KB118000

언제나 내 곁에는 '악마'가 우글거려
만져지지 않는 공기처럼 내 주위를 맴돈다.
놈을 삼키면 내 허파는 타는 듯하고
영원한 죄악의 욕망으로 꽉 차는 듯하다.
—샤를 보들레르, 『악의 꽃』

『지구인』을 다시 펴내며

　장편소설 『지구인』은 내가 특별히 마음에 부담을 안고 있는 소설이다. 그것은 처음에 생각했던 소재를 제대로 완결하지 못하고 마치 슈베르트의 〈미완성 교향곡〉처럼 여지껏 미완의 작품으로 남겨두었기 때문이다.

　원래 『지구인』의 구상은 1974년에 일어난 그 유명한 '이종대'와 '문도석' 두 사람에 의해서 벌어진 갱 사건을 우연히 신문에서 접하고 난 뒤부터 시작되었다. 이른바 산업사회가 시작되던 1970년대 초, 두 사람에 의해서 저질러진 연쇄살인은 지금껏 우리나라에서 볼 수 없었던 가진 자와 못 가진 자와의 괴리현상을 상징적으로 나타내 보인 사회범죄였다.

　일찍이 바클은 "사회는 범죄를 배양하고 범죄자는 그것을 범한다"라고 말하였다. 마찬가지로 이종대가 저지른 범죄는 산업사회로 접어든 고도의 물질문명이 배양한 소산이며, 이종대는 그 사회악의 하수인으로 나는 생각하고 있었던 것이다. 그로부터 3, 4년 뒤 우연히 '이종대'의 이복동생인 '종세'를 만나 인간적으로 친해져 우정을 맺게 되면서부터 본격적으로 소설 구상을 하게 되었으며, 당시 『문학사상』의 발행인이셨던 이어령 선생님으로부터 강력한 권유를 받고 소설을 집필하기 시작하였다.

소재에 대한 간단한 설명을 듣고 '지구인'이란 제목을 붙인 것도 이어령 선생님이셨는데, 나는 원래 '인간시장(人間市場)'이란 가제목을 설정해두었다. 만약 처음의 생각대로 '인간시장'이란 제목을 붙였더라면 김홍신씨의 소설과 동명의 제목이 태어났을 것이지만, 이선생님은 보다 존재론적이며 범우주적인 제목으로 확산시키고자 하여서 당시로서는 다소 파격적인 '지구인'이란 제목을 붙인 것이다.

『지구인』은 1978년부터 1984년까지 『문학사상』에 7년 동안 연재했던 작품이다. 참으로 고통스러운 작업이어서 항상 마감에 쫓기며 피 말리는 난산 끝에 간신히 분만한 소설로, 연재 도중 미국으로 도망치듯 여행을 떠나 한 1년간 집필을 중단하기도 하였고, 또 어떤 부분은 경찰당국에서 문제를 삼아 이른 새벽 사복경찰들의 급습을 받기도 하였다.

그러나 가장 고통스러운 기억은 연재 도중 알 수 없는 기관으로부터 압력을 받아 소설의 후반부가 균형을 잃은 불구의 몸이 되고 말았다는 점이다. 월남전에 대해서 민감하고, 특히 전상자들에 대해서 예민한 반응을 보이던 국가기관에서는 이 부분에 대해 강력한 제재를 가해왔던 것이다. 이런 모든 외부상황이 지금껏 내가 『지구인』에 대해 갖고 있던 마음의 빚이었던 것이다.

그런데 중앙일보사에서 단행본으로 출간된 지 20년이 지난 시점에 문학동네에서 굳이 이 책을 지정하여 새로 출간한다고 하였을 때, 솔직히 이 작품이 가지고 있는 불균형에 대해서 알고 있던 나는 내심 불안한 마음에 아슬아슬한 심정이 되었다. 그런데 이상하게도 교정을 보면서 새로 읽기 시작하자 이 작품이 거의 30여 년 전에 씌어졌음에도 불구하고 전혀 낡지 않고 오히려 생생한 리얼리즘으로 다가온다는 사실에 우선 작가인 내가 충격을 받았다. 게으른 나는 일단 책으로 펴내면 다시 한번 읽어보기도 싫어하고, 어쩌다 개정판을 내게 되어 다시 읽게 되면 이상하게도 오래된 흑백영화를 보듯 낯이 설고, 또한 옷장에 걸린 유행이 지난 옷을 보듯 낡은 느낌을 받곤 했었는데, 『지구인』은 작가인 내가 봐도 오히려 재미있고, 가장 왕성한 정력으로 글을 쓰던 30대의 열정 같은 것이 생생하게 묻어나고 있어 이번 기회에 마음의 빚을 갚으리라 결심하고 후반의 불균형을 보충하느라고 구슬땀을 흘렸다. 그래서 시대적 상황 때문에 쓰지 못하였던 부분을 약 200매 정도 새로 써 보충하여 이 소설을 다시 세상에 상재한다.

또한 작가로서 이 『지구인』이 많은 독자들의 기대를 저버리지 않을 것을 확신하며, 새로운 피로 수혈된 『지구인』이 생기를 되찾아 많은 독자들에게 소설을 읽는 즐거움을 한껏 선사할 것을 기대한다.

그런 의미에서 『지구인』은 늘그막에 낳은 늦둥이로 각별한 사랑을 받는 내 새끼다. 뒤늦게 업둥이를 갖게 해준 '문학동네'의 날카로운 혜안에 경의를 표하며, 이 작품이 새로운 독자들에게 많은 사랑을 받았으면 한다.

2005년 2월
무이당(無二堂)에서
최인호

1권 차례

꿈

무슨 꿈이었을까.

정확히 기억나지 않는다. 어쨌든 악몽이었던 것만은 분명하다.

그러나 늘 깨고 보면 잊어버리는 일상의 꿈일 뿐이었다.

꿈속에서 그는 이것이 분명 꿈이라는 것을 이미 알아차리고 있었다. 그래서 이건 어차피 꿈이니 마음 편하게 먹자고 생각했다. 그러나 그럴 수는 없었다. 심장이 뛰고 필사적으로 짓누르는 꿈의 무게에서 벗어나기 위해서 그는 몸을 비틀었다.

깨야지. 깨어야지.

그는 또 알고 있었다.

이러다 마침내 그의 입에서는 비명소리가 흘러나올 것이며 드디어는 옆에서 잠든 아내가 그를 깨우리라는 것을.

이 버릇처럼 꾸어지는 꿈은 늘 아내의 손에 의해서 깨어지곤 했다. 악몽 속에서 그는 그의 어깨를 조심스레 흔드는 아내의 손길을 느낀다. 처음엔 천천히. 그러나 그의 비명소리는 멈춰지지 않는다. 자신의 비명소리를 자신이 듣는다. 아직 그는 꿈에서 깨어나지 않고 있다.

그것은 무슨 기분일까.

그것은 귀를 틀어막아도 들리는 자신의 목소리와 같은 것이다. 귀를 막고 중얼거려도 자신의 목소리는 들을 수 있다. 마치 깊은 땅속에서 들려오는 듯한 메마른 소리를. 소리는 귀로만 듣는 것이 아니다. 온몸이 소리를 듣는 감각기관인 것이다.

아내는 당황해서 마구 몸을 흔든다. 그제야 그는 비로소 눈을 뜬다.

아직 그가 지른 비명소리는 밤의 어둠 속에 사라지지 아니하고 남아 있다.

"꿈을 꿨군요. 물을 드릴까요?"

이마에 흐른 땀을 손으로 씻어내리며 아내는 공포와 슬픔에 잠긴 눈으로 그를 본다.

악몽은 늘 아내의 손길에 의해서 깨어졌으며 아내가 건네는 차가운 물에 의해서 가시곤 했다. 자신의 필사적인 노력에 의해 스스로 악몽에서부터 깨는 경우는 아주 드문 일이었다. 그런데 그는 이상하게도 혼자의 힘으로 악몽에서 깨어났다.

무슨 소리가 들려오고 있었다. 꿈을 깬 순간에 불쑥 들린 소리는 아니었다. 꿈속에서 그는 그 소리를 듣고 있었다. 그러니까 그 소리가 그의 꿈을 깨웠던 것이다.

그는 짧은 순간 숨죽이고 헐떡이며 그 소리를 들었다.

부욱부욱.

부저가 울리고 있었다.

연이어 문을 두드리는 소리가 들려왔다.

탕탕탕, 탕탕탕.

그는 몸을 일으켰다.

이것이 아직 채 가시지 않은 꿈속의 연장일지도 모른다고 그는 생각했다. 그러나 그의 생각은 오산이었다. 이것은 생생한 현실이었다.

잠들어 있던 아내도 갑자기 몸을 일으켰던 것이다.

"이게 무슨 소리죠?"

"쉬잇 —"

그는 아내의 입을 손으로 틀어막고 다시 귀를 기울였다.

부욱부욱.

부저소리와 함께 발길로 문을 차는 듯한 신경질적인 소리가 한꺼번에 들려왔다.

그는 반사적으로 손목에 찬 채 잠들었던 시계를 보았다. 야광침은 세시 삼십오분을 가리키고 있었다.

"불을 켤까요?"

"켜지 마."

그는 잠옷바람으로 침대에서 일어났다. 커튼은 열려 있었다.

밖엔 일 주일 내리 계속되는 장맛비가 자옥이 내리고 있었고, 텅 빈 거리에는 수은등이 드문드문 서 있었다. 비에 흠뻑 젖은 포도 위엔 수은등의 불빛이 번질거리면서 흔들리고 있었다. 그는 맨발로 거실로 나왔다.

부욱부욱.

부저가 연이어 울더니 탕탕탕 문을 부숴버릴 듯한 강한 기세로 발길질하는 소리가 들려왔다.

그는 문 앞에 섰다.

"누구시오?"

그는 귀를 기울였다. 잠시 문을 두드리던 소리는 멎었지만 그러나 대답은 들려오지 않았다.

"누구시오?"

그는 좀더 큰 소리로 목청을 높였다.

순간 멎었던 부저소리와 신경질적인 발길질이 한꺼번에 쏟아졌다.

그는 반사적으로 문 앞으로 달려갔다.

"여보!"

등뒤에서 아내가 비명을 질렀다.

"문을 열지 마세요."

그러나 그는 더이상 망설일 수가 없었다. 이유를 알 수 없는 이 계속되는 무차별의 고함소리는 그를 더이상 기다림 속으로 도망갈 것을 허락하지 않았다.

그는 자물쇠를 따고 문을 열었다.

그때 그는 열린 문틈으로 차가운 금속제의 총열이 재빠르게 곤두서서 그의 얼굴을 향하고 있음을 보았다.

아파트 복도에 켜진 형광불빛이 번들거리는 총열 위에 파랗게 인화되어 빛나고 있었다.

"손 들어."

나지막한 그러나 절대위기의 순간에 있는 사람들이 낼 수 있는 밭은명령이 아직 나타나지 않은 총열 뒤쪽에서 짧게 부어졌다.

불쑥 어둠 속에서 나타난 그것이 총열이라는 것을 알아차리기에는 어느 정도 시간이 걸렸다.

"손 들어."

서서히 문이 열렸다.

그는 손을 들었다.

"움직이지 마라. 움직이면 쏘겠다."

열린 문 밖에 검은 실루엣이 보였다. 한 사내는 무릎 위에 팔꿈치를 고정시키고 앉은 자세로 그의 가슴을 향해 권총을 겨누고 있었고 바로 그 뒤에 전투복을 입은 사내가 그의 이마를 향해 카빈소총을 겨누고 있었다. 그뿐이 아니었다. 두 사람 옆으로 또는 뒤로 수많은 발, 발, 발들이 보였다. 모두 군화를 신은 발들이었다. 빗물에 젖은 가죽군화들은 곤충의 껍질처럼 번득이고 있었다. 그들은 한결같이 그를 향해 총을 겨누고 있었다.

"집은 포위되었다. 순순히 말을 들어라."

전투복을 입은 사내가 절박한 목소리를 냈다.

"여보."

등뒤에서 가느다랗게 아내가 신음소리를 냈다.

"불을 켜라."

그는 손을 든 채 걸어가 거실의 스위치를 올렸다.

그들은 재빠르게 문을 열고 들어왔다. 두 명은 여전히 쪼그리고 앉아 무릎 위에 권총을 올려놓고 그의 가슴과 아내의 가슴을 향해 고정시키고 있었다.

"너 종세(鍾世)지?"

전투복 입은 사내가 찌르듯 그에게 물어왔다.

그는 손을 든 채 물끄러미 사내를 쳐다보았다. 이상하게 공포심이 들지는 않았다. 악몽 속에 빠졌을 때보다는 차라리 편안한 기분이었다. 어차피 이것은 꿈이 아니니까. 어차피 이것은 현실이니까.

종세.

그러나 그것은 낯익은 이름이었다. 왜냐하면 그 이름은 그의 이름이었으니까. 그러나 그 이름은 이미 수년 전에 그가 버린 이름이었다.

월남전에서 구사일생으로 살아 왔을 때, 낡은 허물을 벗어버리듯 미련없이 버린 낡은 이름이었다.

"우린 다 알고 있다."

전투복 입은 사내는 무표정하게 말을 이었다.

"너 종세지?"

"……아닙니다."

그는 대답했다.

"거짓말하지 마."

앉아서 자세를 취하고 있던 사내가 소리질렀다.

"넌 분명히 종세다. 이종세."

"그 사람은 죽었습니다."

"죽어?"

전투복의 사내가 되물었다.

"전 이만길입니다. 이종세는 죽었습니다. 삼 년 전에 죽었습니다."

"넌 이름을 바꿨다. 우린 모든 것을 알고 있다. 순순히 대답해라. 어디다 숨겼나?"

"숨기다뇨?"

"우린 너의 형 이종대(李鍾大)를 잡으러 왔다. 우린 네가 형을 숨겼다는 것을 알고 있다."

순간 번쩍 들린 손에서는 기운이 빠져 달아났다. 그는 주저앉을 것만 같았다.

"이종대가 무슨 일을 저질렀습니까?"

"시치미 떼지 마라."

앉아쏴 자세의 사내가 소리쳤다.

"너의 형은 사람을 죽였다. 구로동 깽 사건이 네 형의 짓이다. 국민은행 아현지점 깽 사건도 너의 형 짓이며, 이정수라는 사람을 죽인 것도 너의 형이다."

그는 비틀거렸다. 넘어질 뻔했지만 겨우 버티고 섰다.

18

"문도석(文度錫) 알지?"

"모릅니다."

"어제 문도석이 죽었다. 카빈으로 자살했다. 네 형 이종대는 지금 도주중이다. 네 집에 숨어 있다는 정보를 입수했다."

"아닙니다."

그는 대답했다.

"절대 이 집에 오지는 않았습니다. 저를 믿어주십시오."

"손 들어."

그는 엉겁결에 내렸던 손을 다시 들었다.

"여긴 내 집입니다. 지금 저 방에 내 아이가 잠들어 있습니다. 아무도 없습니다. 아무도 숨지 않았습니다. 정말입니다."

"여보."

등뒤에서 아내가 울부짖었다.

그는 고개를 돌려 아내를 보았다. 잠옷바람의 아내 역시 손을 들고 있었다. 얼굴은 하얗게 질려 있었다.

"손을 내리게 해주십시오. 아내와는 상관없는 일입니다. 아내는 모르는 일입니다."

"손 들어, 이 새끼야. 종대, 종대 나와."

순간 앉아쏴 자세를 취하고 있던 사내가 달려들어 그의 목에 권총을 들이대었다. 그의 군홧발이 거실의 마루 위에 한 발짝 올라서 있었다. 흙탕물이 마루 위에 함부로 튀었다. 그는 사납게 사내를 돌아보았다.

"발을 내려."

그는 심장에서부터 끓어오르는 소리를 냈다.

"내 방에 들어오려면 신발을 벗어. 여긴 내 방이다. 여긴 내 집이야. 아무도 무단출입할 수는 없어. 군화를 벗어. 못 벗겠다면 신문지를 깔아주겠다."

"이 새끼."

복부에 강한 타격이 일었다. 그는 쓰러졌다.

"여보."

고통 속에 아내가 달려오는 모습이 보였다. 그는 튕기듯 일어섰다.

"손 들어."

전투복의 사내가 여전히 무표정한 얼굴로 명령했다. 그러나 그는 손을 들지 않았다.

"손 들엇."

그는 대답했다.

"나는 그따위 총쯤 무서워하지 않아. 난 눈 하나 깜짝하지 않아. 죽으려고 맘먹었다면 벌써 수십 번도 더 죽었어."

그는 잠옷을 부욱 뜯었다.

"봐라, 이곳이 심장이다. 쏘려면 한 방에 쏴."

"여보."

울부짖는 아내의 목소리가 들려왔다.

"여긴 내 집이야. 저 방에 아이가 잠들어 있어. 행여 그 아이가 잠을 깬다면 나는 베란다에서 떨어져 죽을 거야. 난 당신들보다 아이의 잠이 소중해. 아이를 깨워 이런 꼬락서니를 보여주고 싶지는 않아. 자, 수색해도 좋아. 얼마든지 수색해. 하지만 조건이 있어. 하나는 군화를 벗고 들어오는 것과 또 하나는 아이의 잠을 깨우지 않겠다는 것. 그냥 들어오려면 나를 찢어죽이고 들어와라."

"이 쌔끼가."

문 밖에 서 있던 건장한 사내가 문을 박차고 들어왔다.

"잠깐."

전투복을 입은 사내가 그를 막아세웠다.

"좋아, 네 부탁을 들어주마."

그는 고개를 끄덕였다. 그는 허리를 굽혀 군화를 벗었다. 앉아쏴 자세를 취하고 있던 사내 둘도 군화를 벗었다.

"불을 끕시다."

그는 전투복을 입은 사내를 보았다.

사내는 대답 대신 고개를 끄덕였다. 그는 스위치를 내렸다.

"앞장서라."

등뒤에 무겁고 차가운 느낌이 왔다. 마치 살갗을 뚫고 들어오려는 듯한 강한 느낌이었다. 그것은 총이었다.

그들은 열세 평의 좁은 아파트를 샅샅이 뒤지기 시작했다. 방금 그가 잠들어 있던 방과 그리고 부엌, 거실, 심지어는 구공탄을 쌓아 놓은 창고에 이르기까지 그들은 구석구석을 뒤져보았다.

남은 곳은 한 곳뿐이었다. 그곳은 아이가 잠들어 있는 방이었다.

"문을 열어라."

"이곳엔 아이가 잠들어 있습니다."

그는 어느 정도 마음의 안정을 되찾고 있었다.

"문 열어."

그는 조심스럽게 문을 밀었다. 조그만 스탠드의 불빛이 비춰지고 있는 방 안에 딸아이가 거꾸로 처박힌 채 잠들어 있었다.

딸애는 제 몸뚱어리만한 곰인형을 안고 누워 있었다.

그는 허락된다면 아이의 눈을 가리고 싶었다. 그것은 그들이 행여 잠을 깰까 걱정되었기 때문이 아니라 설혹 잠속에 빠져 있다 하더라도 엄연히 실제로 존재하는 이 몸서리치는 현실에서부터 아예 격리시키고 싶었기 때문에.

그는 아이에게 자신이 이종세로 알려지고 싶지는 않았다.

더구나 이종대라는 흉악한 범죄자가 큰아버지라는 사실은 아이에게 영원히 숨기고 싶었다.

그는 가능하면 그의 몸속을 흐르는 '광기의 피' 마저도 이어지지 않기를 바라고 있었다.

그는 딸아이가 아주 평범한 아이로 자라주기를 기원했었다. 아내 역시 그의 핏속에 잔인한 광기가 들어 있었다는 것을 아직 모르고 있었으며 비로소 오늘에야 그녀는 모든 것을 알았다. 그러나 개의할 필요는 없다. 그녀는 그것을 충분히 감수할 만한 인내심을 가졌으며 그녀는 잡초처럼 질기니까.

형사 하나가 아이의 옷장 문을 열었다. 소리가 컸는지 곰을 안고 있던 딸아이가 돌아누우며 칭얼거렸다. 그는 단숨에 딸아이 곁으로 다가갔다. 그는 딸아이의 등을 부드럽게 쓰다듬어주었다. 아이는 다시 깊은 잠에 빠져들었다.

충분히 뒤져보았는지 그들은 발돋움하고 방을 나갔다.

그들은 거실 소파에 앉아 있었다. 아내는 부엌 싱크대 옆에 지친 몸을 지탱하고 서 있었다. 그녀는 울고 있었다. 두 손으로 얼굴을 가리고 있었는데 어깨가 들먹이고 있었다. 그러나 소리는 나지 않았다.

그들은 담배를 피워물었다. 닫힌 방 안에 자욱이 내리는 빗소리가 바닷속처럼 밀려왔다.

"당신."

담배를 피워물던 전투복의 사내가 그를 보았다.

"형을 마지막 본 게 언제야?"

그는 생각해내기 위해 머리를 모았다. 언제 마지막으로 형을 만났던가. 어제 같기도 하고 까마득히 먼 옛날의 기억 같기도 했다.

형과의 만남을 따로 기억할 필요가 있을까. 그와 만나지 않고 떨어져 있어도 늘 어제 만난 느낌으로 기억되고 있다. 또 늘 만났을 때라도 그는 남처럼 낯이 설었었다.

"어쩌면 어제인지도 모릅니다."

그는 탁자 위에 놓인 담배를 쥐어들었다. 손이 부들부들 떨리고 있었다.

"형이 어디 사는지 알아?"

성냥불이 두어 번 꺼졌다. 겨우겨우 담배에 불을 댕겼다.

그가 어디 살더라.

마찬가지였다. 그는 어느 곳에라도 있었으며 그는 어느 곳에도 없었다. 그는 바람이었으며 그림자였다. 그가 서 있는 곳이 그의 집이었으며 그가 서 있는 곳이 그의 거처였다. 그것은 종세 역시 마찬가지였다.

그들에겐 머물러 있는 그 순간만이, 그 장소만이 그들의 삶 그 현장이었다.

갑자기 머릿속에 종대의 결혼식 장면이 떠올랐다. 그때 종대의 집이 있는 곳을 얼핏 들은 적이 있었다. 하지만 마땅히 그것을 숨겨야 한다고 생각했다. 왜냐하면 종대는 그의 형이니까. 그의 거처를 알려준다는 것은 종대에 대한 배신행위니까.

그러나 그는 이미 종대의 동생이 아니며 그의 이름은 이미 이종세가 아니라는 자각이 들었다.

"대충 알 수 있을 것 같습니다."

"알아냈어?"

앉아서 맥 풀려 있던 사내들이 바짝 긴장하며 상반신을 일으켰다.

"정확히는 모르지만 대충 알아낼 수 있을 것 같습니다."

"됐어."

전투복의 사내가 담배를 비벼 껐다.

"갑시다. 지금 즉시."

그는 갈기갈기 찢어진 잠옷을 내려다보았다. 이미 흥분은 가라앉아 있었다. 그는 부끄러웠다.

그들은 어차피 내겐 손님이니까. 새벽 세시 반. 아직 통행금지도 풀리지 않은 때 찾아온 버릇없는 손님들이니까.

"옷을 입고 오겠습니다. 그 동안 커피 드실까요?"

"시간이 없소."

짜증스럽게 전투복의 사내가 말을 받았다.

"빨리 옷 갈아입고 나오쇼."

그는 시계를 보았다.

야광시계는 네시 이십오분을 가리키고 있었다.

"아홉시까지는 회사에 출근해야 합니다."

"출근?"

어이없다는 듯 다른 사내가 말을 받았다.

"지금 그런 것 따지게 됐소?"

"종대를 잡는 일이 당신들의 일이라면 출근하는 것은 내 일이오. 내 일은 무엇보다 내게 중요한 것이오."

그는 방으로 들어갔다. 어느 틈에 아내는 따라 들어와 있었다. 눈물은 그쳐 있었지만 눈은 퉁퉁 부어 있었다.

"미안하오."

그는 명랑하게 아내의 어깨를 쥐었다.

"괜찮으세요?"

"괜찮고말고."

"옷을 껴입으세요. 비가 와요."

아내는 그에게 우비를 주었다. 천천히 그것을 껴입었다.

"빨리빨리."

방문 밖에서 재촉하는 소리가 들려왔다.

그는 시계를 보았다. 네시 반이었다.

"늦어도 여덟시 반까지는 돌아오겠소. 아니 못 들르면 곧장 회사로 출근한 것으로 알아둬요."

그는 단단한 복장을 하고 방문을 나섰다.

"갑시다."

앉아 있던 사내들이 군화끈을 매고 있었다.

문을 닫고 나서자 형사 하나가 재빠르게 그를 껴안았다. 그러더니 그의 몸을 민첩하게 훑었다.

"갑시다."

전투복 입은 사내가 거수경례를 했다.

"미안합니다, 아주머니."

종세는 힘들여 구두끈을 매었다.

바로 이 순간 인천시 주안2동 688번지 최정병(崔正炳)씨 집, 세놓은 건넌방에서는 연이어 여러 발의 총성이 울렸다.

이종대는 두 아이들의 왼쪽 가슴에 붉은 사인펜으로 심장 표시를 정확히 하였으며, 아내에게는 마지막 유서를 쓸 것을 강요했다.

밤 두시부터 경찰과 대치해오던 지루한 시간이었다.

종대의 아내 황은경(黃銀慶)은 남편의 뜻이 무엇인가를 알고 있었다. 이것이 어차피 마지막이라는 것을 그녀는 알았다.

그녀는 마지막 유서를 쓸 종이가 있는가를 훑어보았다. 배우 우연정이 웃고 서 있는 칠팔월을 동시에 수록하고 있는 달력이 눈에 띄었다. 그녀는 그 달력을 뜯었다.

마치 지금이 9월 1일인 것처럼. 새 달력을 보기라도 하듯이.

그녀는 다음과 같은 유서를 썼다. 잠들어 있는 아이들 가슴에 남편이 표시했던 붉은 사인펜으로.

'우리 네 식구를 한 묘에 묻어다오.

태양 엄마의 마지막 소원입니다. 이 유서를 묵살하는 자는 죽어서 복수하겠다.'

아내가 마지막 유서를 쓰는 동안 종대는 아이들 품에 인형을 차례차례 안겨주었다.

그는 자신이 쓴 메모지를 구겨 재떨이에 넣었다. 그 메모지엔 다음과 같이 씌어 있었다.

'자본주의는 진정한 민주주의가 아니다. 재벌의 아들은 사치하고 빈곤을 감수하는 구두닦이는 선량인이라고? 웃기지 마시오.'

아내가 마지막 유서를 다 써내려가자 그는 자신이 표시한 붉은 사인펜의 둥근 원 한가운데에 총열을 깎아 만든 수제(手製) 카빈총을 들이대었다.

그는 차례차례 방아쇠를 끌어당겼다. 아들 '태양'과 딸 '큰별', 그리고 아내의 가슴에.

장맛비는 세차게 내리고 있었다. 아직 날은 새지 않고 있었다.

거리는 진공상태인 것처럼 텅 비어 있었다.

차에는 시동이 걸려 있었으며 그들이 올라타자 차는 무섭게 쿨렁이기 시작했다.

"인천으로 갑시다."

창이 열린 차의 좌우에서 사나운 비가 들이치고 있었다. 그러나 아무도 차창을 닫지 않았다.

열어놓은 트랜시버에서 쉴새없이 앵앵거리는 곤충의 날갯소리와 같은 수신음과 발신음이 계속 들려오고 있었다.

"삼삼공입니다. 삼삼공입니다."

전투복을 입은 사내가 마이크를 들고 악을 쓰고 있었다.

"이종대의 거처를 알았습니다. 인천으로 갑니다."

차는 성난 짐승처럼 달렸다. 차 속의 사내들은 침묵이었다.

그는 갑자기 달리는 차에서 뛰어내리고 싶은 충동을 느꼈다.

이제 이들을 종대에게 데리고 가는 것은 일종의 배반행위일 것이다. 내가 만약 그와 무관한 시민이라면 나는 당연한 고발을 하고 있는 것이다. 하지만 이것은 고발이 아니다. 우리는 배가 다르지만 형제이며 동생인 나는 지금 그를 밀고하고 있는 것이다.

짧은 순간에 그와 있었던 모든 기억들이 한꺼번에 소용돌이치면서 떠올랐다.

우리는 피를 나눈 사이였지만 서로를 증오하고 있었다. 아니 증오하는 것만큼 사랑하고 있었는지도 모른다.

그러나 이미 나는 그를 버렸다. 그는 쓰레기이며 버려야 할 유산이다.

나는 내가 지금 취하는 행동이 어떠한 결과를 가져오리라는 것을 잘 안다. 그는 나의 밀고로 인해 체포될 것이다. 내가 아는 것이 틀림없다면 그는 분명 인천의 자기 셋방에 틀어박혀 있을 것이다.

그는 나로 인해 자신의 은신처를 발각당하게 될 것이다. 물론 나는 신문을 보았으며 신문에서 좀전에 형사들이 말하던 범죄에 대해 읽은 기억이 있다. 나는 무심코 그 기사들을 읽었으며 한 번도 그것이 종대와 연관되어 있으리라 생각해본 적은 없었다.

종대는 내 뇌리에서 이미 잊혀진 존재이다. 설혹 그 잔인했던 사건들과 어떤 연관성이 있게 떠올랐다 하더라도 나는 애써 부인했을 것이다. 어쩌면 저 엄청난 사건들을 종대가 저질렀을지도 모른다는 생각이 들었다 할지라도 나는 머리를 흔들면서 신문을 접었을 것이다.

그것은 나와 무관한 일이었다. 가령 이웃집에 살인사건이 나고 우연히 내가 그 범인을 목격했다 하더라도 나는 증인이 되고 싶은 생각은 추호도 없으니까.

나는 내가 애써 가꾼 화단이 타인의 발에 의해 짓밟히거나 타인의 손에 의해 꽃이 꺾이듯 내가 애써 쌓은 내 성에 조금도 타인의 무자비한 발이 쳐들어오는 것을 원치 않는다.

그런데 나는 지금 종대를 밀고하고 있다. 우리는 서로 피를 나눴다. 한때는 다정하게 알몸을 맞대고 굶주림 끝에 허기져서 잠든 적도 있었다. 나는 그에게서 진달래가 먹을 수 있는 꽃임을 알아냈다. 또한 나는 그에게서 뱀풀이 먹을 수 있는 풀임을 알아냈다. 한때 나는 그에게서 남보다 굵은 알밤을 찾는 법도 배웠다.

그는 이야기했었다.

"송장 밑에 항상 알밤이 있게 마련이여."

그러나 언제부터인가 우리는 떨어져 다른 길을 걸었다. 나는 살려고 노력하고 있었으며 그는 반대로 죽으려고 노력하고, 나는 빛을 향해 그는 어둠을 향해 버둥거리며 달려가고 있었다. 때로 나는 그를 빛 속에서 보았으며 때로 나는 그를 어둠 속에서 만났다.

종세는 주머니를 뒤져 담배를 꺼내 피워물었다.

차는 제2한강교를 달리고 있었다. 날은 아직 새지는 않았지만 어둠을 할퀴며 내리는 빗줄기 어디만치에선가 부우연 새벽 미명이 희미하게 젖어들고 있었다.

질긴 빗줄기가 검은 강 위에 화살처럼 내리꽂히고 있었다.

열어놓은 무전기 속에서는 쉴새없이 소리가 앵앵거리고 있었다.

갑자기 미친 듯이 달리던 차가 삐익 — 브레이크를 밟으며 섰다.

"왜 그래?"

전투복의 사내가 운전사를 보았다.

"잘 들어보세요. 심상치 않습니다."

운전사는 시동을 껐다.

무전기에서는 같은 말이 되풀이되고 있었다.

'이종대, 인천에서 경찰과 대치중이다. 이종대, 인천에서 경찰과 대치중이다.'

"뭐야?"

"소재가 밝혀진 모양입니다."

"잡혔어?"

"포위해서 대치중인 모양입니다."

"우라질."

전투복의 사내가 가래침을 뱉었다.

"한발 늦었군."

"도경(道警) 애들에게 뺏겼습니다."

"어떡한다."

"돌아갈까요?"

전투복의 사내는 팔짱을 끼고 빗물이 고여 흐르는 보도를 묵묵히 내려다보았다.

"아직 잡히지는 않은 모양이야. 어쨌든 가지. 내친걸음이다."

차에 다시 시동을 걸기 시작했다. 미친 기세로 차는 달렸다. 휙휙, 수묵화와 같은 새벽기운이 뻗친 경인가도를 지프는 뚫고 질주하기 시작했다.

종세는 담배를 차창 밖으로 던졌다.

그렇담 이미 종대의 소재지는 밝혀진 것이 아닌가. 벌써부터 경찰과 대치하고 있는 중이라면 나는 일단 마음의 부담에서 벗어날 수 있다. 어쨌든 나 자신의 입으로 그의 소재를 밝힌 것은 아닌 결과가 되므로.

그러면 나는 이제 구태여 따라갈 필요는 없는 것이다.

그를 경찰들이 포위했다면 그의 생포는 불가능해진다.

그는 절대로 손을 들고 나서거나 항복을 할 그런 인간이 아니다. 그가 우산대에다 흰 러닝셔츠를 끼워들고 항복을 표시했다면, 그것은 진짜 항복하려는 마음 때문이 아니라 시간을 벌어 용의주도하게 탈출하겠다는 치밀한 계산 때문일 것이다.

"나는 절대로 천재지변이 아닌 이상 남의 손에 죽지는 않아."

종대는 신앙처럼 늘 그렇게 자신있게 말해왔었다.

실제 그는 다른 사람이면 이미 죽어 있어야 될 상황에서도 절대로 죽지 않았다. 그가 운전병이었을 때 트럭이 굴러 벼랑을 수십 바퀴 떨어져내리고도 그는 죽지 않았다.

그의 몸은 온통 칼침자국이었고 어떤 자국은 급소에 맞은 흔적이었다. 그런데도 그는 거뜬히 살아났다.

만약 그가 지금 경찰에 포위되어 있다면 결과는 뻔해진다. 그는 스스로 목숨을 끊을 것이다.

그가 자신의 목숨을 끊는 현장에 내가 갈 필요는 없는 것이다.

"차를 세워주시오."

"뭐라고?"

"난 돌아가야겠소."

"왜?"

"내가 할 일이 없어졌잖소."

"앉아 있어."

옆자리에 앉아 있던 사내가 그의 겨드랑이에 팔을 끼며 고함쳤다.

"아직 당신이 할 일은 남아 있어."

전투복의 사내가 소리쳤다.

"가서 이종대를 설득해. 그게 당신 일이야."

"설득?"

종세는 웃었다.

"내가 종대를 설득해? 어떻게? 자수하라고? 손 들고 나오라고?"

"웃지 마."

겨드랑이에 팔을 낀 사내가 윽박지르듯 흘겨보았다.

"아침부터 이빨 보이지 말어."

그렇다. 아침이었다. 경인고속도로 양 옆으로 빗속에서도 아침기운이 쏟아져내렸다. 그들은 신경질이 나 있는 표정이었다. 범인 검거의 공을 타기관의 경찰에게 뺏겼기 때문이겠지.

그건 나하고는 상관없는 일이다.

어느 틈에 차는 인천시내로 진입해 들어가고 있었다.

날은 완전히 밝아 있었다.

이미 퇴락한 거리에 우산을 쓴 남녀 중학생들이 무거운 책가방을 들고 버스를 기다리고 있었다. 바람이 세차게 불어 비닐우산 몇 개가 미친년의 치마폭처럼 뒤집어졌다.

비는 기세가 죽어 후드득 날갯짓만 하고 있었다.

지프는 교통신호를 무시하고 무서운 기세로 달렸다.

"안내해봐."

전투복 입은 사내가 뒤쪽의 종세를 보았다.

"나도 잘 모르겠소."

종세는 대답했다.

"좋아. 차 세워."

차는 파출소 앞에 섰다. 전투복의 사내가 차에서 내려 파출소 안으로 뛰어들어갔다 금방 뛰쳐나왔다.

"시외 쪽으로 차를 돌려. 주안동이래."

차는 인천 시외 쪽으로 빠져 달아나기 시작했다.

포장 안 된 길이 나타났다. 붉은 황토흙이 간밤에 내린 비로 핏물처럼 고여 있었다. 속력을 죽이지 않은 차의 속도로 흙물은 분수처럼 쏟아졌다.

한적한 신흥 주택가로 차는 접어들었다. 같은 규격과 같은 모양새의 주택가 지붕들 위로 텔레비전 안테나들이 곤충의 더듬이처럼 어지럽게 서 있었다.

갑자기 수많은 사람들의 모습이 보였다. 골목길 양 옆에 예비군복을 입은 사내들이 '세워총' 자세로 늘어서 있었고 아침잠에서 깨어난 시민들이 우비를 입은 채 밀집해 있었다. 예비군복을 입은 사내들이 그들의 호기심을 막아내고 있었다.

그곳은 갑자기 수많은 사람들이 몰려들어 마치 새벽장터 같아 보였다. 경찰관들의 지프와 신문사의 자동차, 들끓는 사람들, 호루라기 소리, 고함소리, 사이렌 소리, 동네 사람들의 소요, 어린아이들의 뜀박질, 휴대용 마이크 소리, 그런 생생한 현장의 소리들이 한꺼번에 뒤범벅되어 아직 가시지 않은 빗속에 엉켜 있었다.

지프는 빠앙빠앙 클랙슨을 울리면서 인파를 헤치고 들어가기 시작했다.

인파의 물결은 그러나 어느 지점에서 단절되었다. 그곳은 완충지대였다. 마치 험난한 바다 위에 솟은 작은 고도처럼 고립된 단절지대가 그들 앞에 다가왔다. 허리에 권총을 찬 사내들이 한 떼 모여 있었다. 그들의 얼굴엔 한결같이 수염이 거뭇거뭇 돋아 있었다.

그들은 차에서 내렸다. 여전히 건장한 사내들이 종세를 호위하고 있었다. 전투복의 사내는 한 떼의 경찰관 앞으로 다가갔다.

"어찌 됐습니까? 잡혔습니까?"

"아직."

그들은 머리를 흔들었다.

"발악을 하고 있어."

"인명피해는?"

"지붕 위로 올라갔던 경찰이 한 명 경상을 입었어. 새벽 네시 반쯤 여러 발의 총성이 들렸어. 그게 뭔지 모르겠어. 우린 가족을 죽인 것으로 짐작하고 있어."

"가족이 죽었으면."

전투복의 사내가 침을 뱉었다.

"더이상 망설일 필요는 없지 않습니까?"

"가능하면 산 채로 잡아야지."

"최루탄을 사용했습니까?"

"한 번."

"버텼습니까?"

"지독한 놈이야."

"그럼 어쩔 겁니까?"

"우선 대치하는 수밖에. 심경의 변화를 기다리는 수밖에."

"제 생각엔 자수하지는 않을 것 같습니다. 이왕 가족이 죽은 바에야……"

"그것도 확실치 않아."

모자 챙에 흰 서리가 낀 검은 점퍼의 지휘봉을 든 사내가 지친 목소리를 냈다.

"아직 그 방에서는 여자 목소리와 애들 목소리가 나고 있거든."

"가족들의 목소리가 들려온다고요?"

"그래. 도저히 이해할 수 없어."

"총성은 그럼 무엇을 의미하는 겁니까?"

"우린 가족의 심장을 쏘아 죽인 것으로 짐작하고 있어. 그런데도 여자 목소리와 애들 목소리가 나는 거야. 가족이 살아 있는 한 함부로 공격할 수도 없어. 놈은 최후엔 가족까지 인질로 삼을 수 있는 놈이니까."

"그건 어쩌면 놈이 여자 목소리를 흉내내고 있는 게 아닐까요? 녀석은 약은 놈이니까, 가족이 죽었다는 것을 알면 무차별 사격할지도 모르니까 일단 죽여놓고 스스로 가족들의 흉내를 내고 있는 것은 아닐까요?"

"그럴지도 몰라. 하지만 흉내치고는 너무 완벽해."

종세는 그들의 수런거리는 소리를 묵묵히 듣고 있었다.

갑자기 심장이 얼어붙는 듯한 느낌이 왔다. 새벽 네시 반쯤 세 발의 총성이 울렸다고? 그렇다면……

종세는 생각했다.

그것은 틀림없이 가족을 죽인 총성일 것이다. 형수와 '태양'과 '큰별'의 가슴을 쏜 총성일 것이다.

그는 맥이 풀렸다.

이제 종대는 자신의 생명은 마지막이라고 판단하고 있는 것이다. 더이상 피할 길은 없다고 생각한 것이다.

나는 안다.

종대가 피비린내나는 방 안에서 홀로 앉아 있음을. 절대로 울고 있지는 않을 것이다. 그는 절대로 울어본 적이 없었다. 눈물을 흘려야 할 경우에도 그는 차라리 차갑게 웃곤 했다.

종대는 피비린내나는 방 안에서 혼자 성우처럼 가족의 목소리를 흉내내고 있는 것이다.

나는 그 이유를 알고 있다. 경찰이 짐작했던 대로 종대는 자기의 가족이 마지막 방패임을 알고 있는 것이다. 엄청난 수로 겹겹이 포위하고 있는 경찰들의 총구가 자기를 향해 터지지 않는 것은 자기의 가족 때문이라는 것을 알고 있는 것이다.

그가 이제 가족들의 흉내를 냄으로써 생명을 벌려고, 혹은 이 최후의 경우에도 도망갈 수 있는 기회를 잡기 위해 시간을 벌려고 하는 행동은 아닐 것이다.

그는 다만 죽을 준비를 하고 있으며 그 순간을 잡으려 하고 있을 것이다. 그는 긴박하게 죽고 싶지는 않을 것이다.

그가 가진 것, 그가 태어나 처음으로 소유한 자신만의 것.

그것은 그가 낳은 핏덩어리밖에 없을 것이다. 그가 가진 것과의 이별을 스스로의 힘으로 차례차례 정리하고 싶은 욕망만이 남아 있을 것이다.

나는 안다.

그가 누구보다 흉내의 천재임을 알고 있다.

고향. 정읍.

봄이면 그는 애산(兒山) 키 작은 소나무숲에 숨어 하루종일 새 울음소리를 흉내내었다.

"나는 새를 부를 수 있다."

종대는 그렇게 이야기했다.

"나는 새를 잡으려 쫓아다니진 않는다. 새를 가만히 앉아서 부르겠다."

아이들은 봄이면 언제든 황달 앓는 아이들처럼 누렇게 부어서 산과 들을 쏘다녔다. 거리에서 주운 쇳조각을 야밤에 기차 레일 위에 갖다놓으면 기차가 지난 자리에 날카롭게 빛나는 비수가 생겨나곤 했다. 그것으로 소나무 껍질을 벗겨내면 막 물이 오르는 속살이 드러나고 그들은 그것을 씹곤 했다.

봄날이면 무엇이든 먹었다. 진달래꽃을 먹고 소나무 껍질을 먹고 쑥을 캐고 뱀풀을 먹고 어떤 녀석은 토담 흙을 먹었다.

산을 쏘다니면 먼 곳에서 새들이 울곤 했다. 그것은 아주 먼 곳에서 울고 있어서 아이들은 막연히 내장산 숲속에서 들려오는 새소리라고 믿고 있을 정도였다.

그런데 종대는 새를 불렀다.

꼼짝도 않고 서서 입에다 주먹을 대고 기묘한 새소리를 흉내내곤 했다.

아이들은 숲속에 숨어 종대의 말이 사실인지 거짓인지 지켜보았다. 처음에는 많이 지켜보았지만 곧 어린애다운 인내심 부족으로 다들 떨어져나가고 후에는 종세 혼자만 풀숲에 숨어서 형의 흉내를 지켜보았다. 봄의 해는 짧아 금세 황금빛으로 빛나고 산그림자가 이마를 적셔왔다.

그 긴 시간을 종대는 언덕에 버티고 서서 새소리를 흉내내고 있었다.

'절대로 새는 오지 않는다.'

종세는 그렇게 생각했다. 왜냐하면 형은 새가 아니니까. 형은 날개가 달려 있지 않으니까. 설혹 새를 잡으려 했다면 마땅히 새를 쫓아 뛰어다녀야 할 것이다. 아니면 아이들처럼 허리춤에 고무 새총쯤 달고 있다가 돌을 먹여 쏘아야 할 것이다. 그것도 아니면 새둥우리를 찾아 아직 눈조차 뜨지 못한 새들을 잡아야 할 것이다.

자기가 선 그 자리에 서서 새를 스스로 찾아오게 한다는 것은 말도 되지 않는다.

그러나 놀랍게도 뉘엿뉘엿 지는 저녁 석양빛 속에 한 마리의 새가 형의 새소리에 조심스럽게 화답하면서 돌연 금으로 빚은 황금빛으로 소나무 사이에서 솟아올랐다. 깃털 하나가 민들레씨처럼 흩어져 내렸다.

종세는 그때의 경이감을 잊지 않는다.

다만 그때 찾아온 새가 과연 종대의 흉내에 속았던 것인지, 아니면 어쩌다 미친 새 한 마리가 우연히 찾아와 노닐다 하늘로 솟구쳤는지 짐작되지 않지만 어쨌든 그 무료한 날의 오후 긴 시간을 새를 부르기 위해 목에서 피가 터지도록 새소리 흉내를 내고 서 있었던 종대의 집요한 모습을 잊지 않고 있다.

그러나 종대는 새를 속였다. 마찬가지로 그는 자기가 원한다면 살아 있는 사람, 살아 있는 생물, 그 모든 것까지도, 아니면 죽어 있는 사물, 물의 흐름, 돌의 침묵까지도 흉내낼 수 있을 것이다.

나는 안다.

종세는 팔짱을 끼고 생각했다.

종대는 지금 피비린내나는 방에 홀로 앉아 이미 싸늘히 식어 죽어 있는 가족들의 굳어버린 입을 대신해주고 있는 것이다.

그것은 과연 자신이 죽을 자리를 찾는 시간을 벌기 위함인가.

아닐 것이다.

아마도 그 짓은 이미 시체에서 떠나 먼 곳을 향해 떠난 저주받은 혼령들과 만나기 위한 처절한 몸부림일 것이다.

이제 자기 역시 곧 한줌의 흙이 되어 그들과 만날 수 있음에도 불구하고 이승에서 마지막 이야기를 나눠보려는 집요한 노력일 것이다.

그는 고향 뒷산의 언덕에서 그토록 오랜 시간 새 한 마리를 부르기 위해 목이 터져라 새 울음소리를 흉내내었듯이, 이제 마지막 떠나는 순간에 이미 살아 있는 자의 눈으로는 헤아리지 못하는 죽은 자의 혼과 만나기 위해서, 그들의 혼을 달래기 위해서 홀로 진혼곡을 부르고 있는 것이다.

왜냐하면 이제 그가 떠나버린다면 아무도 그들 일가족의 혼을 달래줄 수 없으리라는 것을 영리한 그는 잘 알고 있으므로.

종세는 그때 그의 행동을 풀숲에서 숨죽이며 지켜볼 때처럼 그와 떨어져 담 이쪽에 서서 현장을 지켜보고 있는 자신에게 이상한 느낌을 받았다.

종세는 허락된다면 그 자리에서 떠나버리고 싶었다. 마치 오랜 시간을 지켜보지 못했던 성미 급한 이웃집 아이들처럼.

"뭐야? 누구야?"

지휘봉을 든 경찰이 전투복을 입은 사내에게 턱으로 종세를 가리켰다.

"이종대의 동생입니다."

"동생?"

"배다른 동생입니다."

"이리 좀 데려와봐."

전투복을 입은 사내가 종세에게 다가오고 있었다. 그의 군화가 흙탕물을 마구 튀기고 있었다.

종세는 그가 다가오기를 기다렸다. 그의 모자 챙에서는 빗물이 뚝뚝 떨어지고 있었다.

"따라와."

전투복의 사내는 무뚝뚝하게 입을 열었다.

"이제부터 당신에겐 할 일이 남아 있어."

종세는 그의 앞으로 걸어갔다. 양 옆을 호위하고 있던 사내들이 자연 따라나섰다. 그러나 전투복의 사내는 눈짓으로 그들을 막아세웠다.

종세는 사내를 따라 지휘봉을 들고 있는 사내에게 다가갔다.

"당신."

지휘봉을 든 사내가 종세를 돌아보았다.

"이종대의 동생인가?"

종세는 아무런 대답도 하지 않았다.

"대답해."

전투복의 사내가 다소 신경질 섞인 목소리로 윽박질렀다.

"난."

종세는 대답했다.

"잠자다 끌려나왔소. 그것밖엔 아무것도 아는 것이 없소. 종대와 나는 아무런 상관이 없소."

"상관이 있느냐 없느냐고 물은 것이 아니라 형제인가를 물었잖아."

"내 기억이 정확하다면 형제인 것은 분명하오."

"그럼 됐어."

지휘봉을 든 사내가 고개를 끄덕였다.

"따라와."

그는 앞장섰다. 바짝 동여맨 군화끈이 풀려서 걸을 때마다 진흙물을 튀기며 사내의 군복 아랫도리를 더럽히고 있었다.

"괜찮으시겠습니까?"

전투복의 사내가 걱정스럽다는 듯 물었다.

"괜찮아."

지휘봉을 든 사내가 고개를 끄덕였다.

"방탄조끼를 드릴까요?"

"그게 무슨 소용이야. 갑갑하기만 한걸."

지휘봉을 든 사내는 짐짓 웃어 보였다.

"박국장과 김서장이 이종대와 얘기하고 있을 거야."

종세는 지휘봉을 든 사내의 뒤를 따랐다.

대문은 열려 있었다.

대문 입구에서부터 사내는 허리를 굽혔다. 문지방을 넘을 때 그는 허리에 찬 권총을 꺼내 손에 쥐어들었다. 그는 다소 비대한 몸이었지만 대문을 넘을 때부터 매우 날쌘 동작을 보이고 있었다. 그는 대문을 뛰어넘자마자 날쌔게 다섯 발짝 정도 떨어져 있는 회색 블록

벽에 몸을 날려 바싹 다가붙었다. 그는 몸을 돌려 아직도 엉거주춤 서 있는 종세를 재촉하듯 권총 든 손으로 끌어당겼다. 종세는 대문 안으로 들어섰다.

벽 안쪽으로 엇비슷이 좁은 마당이 엿보였다. 별채로 떨어진 마당 한구석 변소와 목욕탕 옆 뜨락에는 낮은 담장을 따라 꽃들이 내리는 빗속에 활짝 피어 있었다.

피처럼 붉은 샐비어 몇 송이가 이슬을 머금고 바람에 떨고 있었고 키 작은 채송화가 흰 이빨을 보이며 웃고 있었다. 화단 가운데 세발자전거가 뒤집혀서 내장을 드러내고 곤두박질쳐져 있었다.

"종대는 이 방에 있다."

지휘봉을 든 사내가 바짝 담 곁으로 따라붙은 종세의 귀에 뜨거운 입김을 불어내었다. 직각으로 꺾인 담 모퉁이로 두 사람은 조심스레 다가섰다.

화단 쪽으로 향한 벽면에는 키 높이로 유리창문 하나가 매어달려 있었다. 반대편 벽 쪽에 두 사람의 경찰이 몸을 바짝 붙이고 그 창문을 노려보고 있었다. 추녀에서 빗방울이 떨어져 얼굴을 쇠못처럼 찌르고 있었다.

종세는 그를 따라 창문 쪽으로 옆걸음질쳐 갔다.

"종대, 이종대."

맞은편 쪽에서 바짝 벽에 몸을 기대고 있던 사내가 조심스레 입을 열었다.

"얘기 좀 하자. 내 말 들리나. 얘기 좀 하자."

말이 끊겼다.

네 사람은 벽에 몸을 기대고 벽 하나 사이에 둔 저편 방 안에 무거운 침묵으로 앉아 있는 상대편의 반응을 기다렸다. 아무런 대답이 없었다. 납과 같은 침묵이었다. 종세는 지휘봉을 든 사내가 서서히 권총의 안전장치를 끄르는 것을 보았다. 권총을 쥔 사내의 손에는 핏줄이 지렁이처럼 돋아 있었다. 여차하면 발사하려는 것처럼 그의 손에 들린 권총은 허공을 향해 부풀어올랐다.

"대답하라, 종대. 내 말 들리나."

갑자기 벽 저편에서 목소리가 들려왔다.

"듣고 있다."

그것은 아주 또렷한 대답이었다. 마치 그의 심장에 귀를 가까이 대고 그의 두근거리는 심장 소리를 듣듯이 벽에 바짝 몸을 대고 들은 종대의 목소리는 또렷하고 분명했다.

"얘기 좀 하자."

말을 꺼냈던 맞은편의 사내가 눈을 빛내며 창문을 노려보았다.

"자수해라. 도망갈 길은 없어."

"알고 있다."

종대의 목소리는 침착하고 가라앉아 있었다.

"하지만 자수할 수는 없어, 난."

종대는 잠시 말을 끊었다. 그러나 오래 걸리지 않았다. 그는 뱉듯이 말을 이었다.

"난 자살하겠다."

"자수해서 꿋꿋이 살아야 할 게 아닌가."

"꿋꿋이? 자수해서?"

쿨럭이며 비웃는 듯한 어조로 종대는 말을 받았다.

"웃기지 마라. 경찰은 믿을 수 없어. 자수하면 어차피 죽을 게 아니냐. 난 자살하겠다. 더이상 말하지 마."

마지막 말은 증오로 차 있었다.

창문 옆 방으로 들어가는 마루 앞에는 댓돌이 놓여 있었다.

그 댓돌 위에 신발이 놓여 있었다. 한 켤레씩 가지런히 놓여 있었다. 그 신발 속에 처마에서 듣긴 빗물이 가득 고여 있었다. 이제 막 비를 피해 방으로 들어간 듯한 신발의 가지런한 배열은 종세의 가슴을 찔렀다. 신발 한 짝이 채 댓돌 위에 올라 있지 못하고 함부로 빗물이 고인 뜨락에 젖은 채 흰 배를 보이고 팽개쳐져 있었다. 그것은 새벽 어시장에 던져진 썩은 생선의 모가지처럼 보였다.

이제 아무도 그 신발을 신지 못할 것이다.

"좋다."

다른 사내가 나섰다.

"몇 가지만 묻겠다. 대답해주기 바란다. 이정수의 시체는 어디다 숨겼나?"

"기흥단지 부근 수원지 옆에 묻었다."

"타고 간 자가용 운전수 최덕현은 어떻게 했나?"

"죽여서 경상남도 산청 검문소 부근 야산에 묻었다."

"운전수 최씨를 죽이고 서울 쪽으로 올라온 것은 무엇 때문이냐?"

"돈이 떨어져서 구로공단에 있는 회사를 골라 봉급을 털려고 올라가던 길이었다. 검문당하지 않았더라면 우린 범행에 성공했을 것이다."

"시끄럽게 굴지 말고 자수해라."

"더이상 내게 자수를 권하지 마라. 내겐 아직도 스무 발 이상의 총알이 남아 있어."

"종대, 너는 새벽 네시 반쯤 서너 발의 총을 쏘았다. 누구를 쏘았는가?"

"정확히 세어라. 나는 여덟 발을 쏘았다."

"그 총성은 누굴 쏜 것이냐?"

"알 필요 없어."

고함소리가 벽 저편에서 터져나왔다.

갑자기 지휘봉을 든 사내가 바짝 가까이 서 있는 종세의 어깨를 잡아끌었다.

종세는 그를 보았다. 그는 종세에게 눈짓으로 창문을 가리켰다.

종세는 비가 다시 세차게 내리꽂히는 뜨락으로 나섰다. 그의 몸은 빗물에 온통 젖어 있었다. 몸은 사시나무처럼 떨리고 있었다.

종세는 몸을 굽혔다. 그는 땅바닥에 떨어진 신발을 주워들었다. 그것은 아이의 신발이었다. 신발 앞부분엔 미키마우스의 그림이 그려져 있었다. 종세는 추웠다. 뼛속까지 찬 한기가 젖어왔다. 그는 와들와들 떨면서 신발을 댓돌 위에 가지런히 올려놓았다.

권총을 굳게 쥔 사내의 눈초리가 무엇을 망설이고 있느냐는 듯이 재촉했다.

종세는 맥이 풀렸다. 그는 부끄러웠다.

마치 수많은 사람 앞에서 벌거벗은 여인과 정사를 할 것을 강요당하는 기분이었다.

그는 무엇을 할 수 있을 것인가 생각했다. 무슨 말을 꺼낼 것인가 생각했다.

"형."

종세는 간신히 입을 열었다. 생각보다 작은 목소리였다. 그러나 종세는 그 정도의 목소리로도 충분히 벽 저편의 종대가 그의 목소리를 알아차릴 것을 알고 있었다. 아니 그가 속삭였다 할지라도 종대는 그의 목소리를 알아들었을 것이다.

그러나 대답은 없었다.

종세는 좀더 큰 목소리로 다시 소리쳤다.

"형."

갑자기 종세는 두터운 벽 너머로 그의 목소리가 투명하게 뚫고 들어가듯, 보이지 않는 종대의 핏속에 자신의 외마디 소리가 수혈되어 그의 혈관을 찢고 들어가는 느낌을 받았다.

"왜 왔어, 이 쌔끼야?"

돌연 공기를 가르는 종대의 외침이 일었다.

"형."

종세는 굴욕을 느꼈다. 그는 자신이 부끄러웠다.

"니 날 몰라서 여길 왔나?"

순간 종세는 한 발짝 창문 앞으로 다가섰다. 굴욕감과 더불어 가슴 깊이 이는 분노가 치밀어올랐다.

그 분노는 저녁 장터에서 홀레붙은 개를 뺑 둘러 구경하는 충혈된 장사치들의 눈앞에서처럼, 벌거벗긴 채 엉덩이를 드러내고 정사를 강요하는 듯한 경찰들의 시선 앞에 무참하게 나선 자신의 모습에서 느낀 모멸감은 아니었다.

그것은 저 벽 하나 너머 앉아 있는 형, 종대, 이종대에 대한 혐오감이었다. 너는 미쳤다. 이 새끼야, 너는 미친 새끼다.

"나와. 더이상 버티지 말고 나와."

종세는 창문 쪽으로 다가섰다.

이것이 마지막이다. 넌 이제 져야 한다. 마땅히 져야 한다. 너는 언제든 나를 비웃었다. 내 사는 방법에 대해서 비웃었다. 그러나 이제 너는 마지막이다. 잘난 체하지 마라. 침착한 척하지 마라. 일어서라. 그리고 총을 버려라. 너는 지금 떨고 있어. 공포와 두려움에 떨고 있다. 감추려 하지 마라. 여유를 보이는 자신의 연기에 도취되지 마라. 일어서라. 손 들고 나와라. 밝은 빛 가운데 서라. 진실로 용기 있다면 두 발로 걸어라. 신발을 신고 나서라. 한번쯤 타인에 의해서 심판을 받아야 한다. 이것은 마지막 기회다. 네가 아직 눈뜨고 있는 이 순간이 마지막 기회다. 이 기회를 놓치면 안 돼. 절대로

안 돼. 네 말대로, 구역질나는 네 교활한 말대로 어차피 죽을 몸이
라는 것을 안다면 자신의 심장을 쏘는 것이 용기 있는 일이 아니야.
진실로 용기를 보이는 일이라면 손 들고 나서는 일이다. 제발, 너는
그것을 배워야 한다. 이것이 마지막 기회다.

종세는 뛰어 창가로 갔다. 어쩌자는 생각은 없었다.

"위험해."

막 창가에 매어달려 주먹으로 창문을 깨어버리려는 종세의 몸을
벽에 몸을 붙이고 섰던 사내가 몸을 날려 붙들었다. 종세는 뜨락에
넘어졌다.

"안 되겠어. 갑시다."

세 사내가 종세의 몸을 결박했다. 그들은 비틀거리며 대문을 나섰
다. 갑자기 등뒤에서 강한 폭음이 일었다. 총성이었다. 연이어 또
한 발의 총성이 울렸다.

"이게 무슨 짓이야?"

지휘봉을 든 사내가 대문 밖으로 나가자 꾸짖듯 말했다.

"조금만 늦었어도 당신은 위험했어."

"무슨 일입니까?"

한 떼의 경찰들이 우르르 몰려왔다.

"누가 다쳤습니까?"

"아니, 아무 일도 아냐."

"총성이 두 발 났습니다."

전투복의 사내가 조심스럽게 말했다.

"혹 종대가 자살한 것은 아닐까요?"

"자살?"

지휘봉을 든 사내가 웃었다.

"천만에. 아직 멀었어."

등뒤로 퍼붓던 총탄음은 아직도 귓가에 맴돌고 있었다. 종세는 헐떡였다. 그는 두 발의 총을 쏘았다. 무엇을 향해 쏜 것일까. 자신의 이마를 향해?

천만에.

자신의 이마를 향했다면 한 발이면 충분했을 것이다.

그는 나를 겨냥해서 쏘았을 것이다. 나의 행동을 비웃으며 쏘았을 것이다. 마지막 나의 바람을 무시하기 위해 그는 비웃음의 조소를 내게 날렸다. 그러나 정면을 향하지는 않았다. 한 발의 간격을 두고 내 등뒤, 내 머물렀던 자리를 겨냥해서 쏘았다. 그것이 그의 대답이었다. 최후의 분명한 대답이었다.

"난 가겠소."

종세는 코트에 묻은 흙물을 털며 지휘봉을 든 사내를 보았다.

"이젠 내가 필요 없지 않소. 그는 나를 향해 총을 쐈소."

종세는 시계를 보았다.

일곱시 삼십오분이 약간 지나 있었다.

"난 회사에 출근해야겠소. 당신!"

종세는 전투복의 사내를 가리켰다.

"나를 데리고 올 때 출근 때까지는 보내주기로 약속했지."

어이없다는 듯 지휘봉을 든 사내가 웃었다.

"당신들은 별종이야. 어이, 이 사람 신원이 확실해?"

지휘봉을 든 사내가 전투복의 경찰을 마주보며 물었다.

"확실합니다."

"그럼 보내지."

"하지만……"

"괜찮아, 보내. 어차피 별 소용이 없었어. 가시오. 수고했소."

지휘봉을 든 사내가 손을 내밀었다. 그러나 종세는 그 손을 받지 않았다.

종세는 전투복을 입은 사내 앞으로 다가갔다.

"날 여기까지 데리고 왔으면 떠나온 자리까지 데려다줘야 할 게 아니오."

"이것 봐. 우리가 당신 출근시키는 운전수인 줄 알아."

전투복의 사내가 신경질을 부렸다.

"마찬가지야. 나 역시 당신네들이 마음대로 잠깨울 수 있는 불침 번은 아니야."

"제발."

사내가 피곤한 듯 이맛살을 찌푸렸다.

"신경 좀 건드리지 마쇼. 요 앞 큰길까지는 바래다주겠소. 어이, 김순경. 요 앞 큰길까지만 바래다줘."

종세는 그러나 걷기로 했다.

그는 흙탕물을 튀기며 골목길을 걸어내려갔다. 끊겼던 비가 다시 찔끔찔끔 내리기 시작했다.

그는 빨리 이곳을 벗어나야 한다고 생각했다. 그래서 그는 뛰듯이 걸었다. 골목 어귀에 수많은 사람들이 몰려 있었다. 그 인파 사이를 뚫고 종세는 걸어내려갔다. 그는 어디가 어딘지 도저히 분간되지 않았다. 그러나 어쨌든 이 인파로부터 빨리 벗어나야 된다는 생각이 마음을 급하게 하고 있었다. 그는 사람들의 어깨를 간신히 밀면서 인파를 벗어났다. 진흙탕 거리를 그는 뛰기 시작했다. 돌아보지 말자고 그는 생각했다. 돌아봐서는 안 된다고 그는 생각했다.

뛰어내려가는 그의 등뒤로 연이어 총성이 들려왔다. 넘어져서는 안 된다고 생각했다. 갇힌 방 안에서 종대가 쏘는 탄환이 벽을 뚫고 담을 뚫고 인파를 뚫고 정확히 그의 등뒤로 쫓아오고 있었다.

로터리에 한 대의 택시가 서 있었다. 그는 헐떡이며 차의 뒷문을
열었다.

"갑시다. 빨리 갑시다."

"어디로요?"

백미러로 운전사가 의아한 듯 쳐다보았다.

"서울로 갑시다."

"서울이오?"

"돈은 얼마든지 주겠소."

차는 비가 쏟아지는 거리를 질주하기 시작했다.

종세는 알고 있었다. 밤 두시가 조금 넘어서부터 시작된 이종대와
경찰의 대치가 언제까지 계속될 것인가를 알고 있었다.

그것은 종대가 스스로 자신의 목숨을 끊을 때 비로소 끝날 것이
다. 그러므로 경찰의 포위망은 실상 그의 죽음을 기다리고 있는 셈
이었다.

마찬가지로 종세는 이제 종대의 죽음을 기다리고 있었다. 그는
종대가 자신의 목숨을 스스로 끊을 것이라는 것을 잘 알고 있었다.
행여 심경의 변화를 일으켜 스스로 걸어나오거나, 방심하여 체포
되는 것은 절대 불가능한 일임을 잘 알고 있었다. 그러므로 그도
역시 종대와 대치하고 있는 셈이었다. 경찰처럼 그를 겹겹이 포위
하고 대치하는 것이 아니라 먼 곳에 따로 떨어져서, 인천과 서울
그 먼 거리로 떨어져서 두 사람은 대치하고 있는 것이다. 그의 죽
음을 기다리는 경찰들처럼 그 역시 그의 죽음을 기다리고 있는 셈
이었다.

회사에 출근하면서 그는 과연 회사가 그의 죽음을 기다리는 장소
로 적합한 곳인가 잠시 생각했다.

그는 어디론가 혼자만의 장소로 떠나가고 싶었다. 차라리 집으로 돌아가버릴까 생각해보았다. 그러나 집은 적당한 장소가 아니었다. 조그만 피의 흔적조차도 집에는 들여놓아서는 안 된다.

빗장을 걸어야 한다. 그렇다면. 그는 생각했다. 어디로 떠날 것인가. 어느 곳에 숨어 종대의 죽음을 기다려야 할 것인가. 절대로 슬픔에 젖어서는 안 된다. 종대의 떨리는 손, 후회, 광기, 절망, 분노, 회한, 망설임. 그 모든 최후의 경련을 지켜봐야 한다. 냉철하게 지켜봐야 한다.

그의 마지막 한순간을 나중에 언제 어디서라도 재현할 수 있게 눈을 부릅뜨고 나는 지켜봐야 한다. 나는 최후의 증인처럼 지켜보고 인생이 필요로 할 땐 언제든 낱낱이 증언해야 한다.

그는 얼핏 생각했다. 차라리 교회로 갈까. 텅 빈 교회에 앉아 그의 임종을 기다릴까. 그러나 절대로 안 된다고 종세는 생각했다. 그곳에서 그의 임종을 맞는다면 그는 어쩌면 천국에 갈지도 모른다.

그는 회사에 들어서려다 말고 망설였다. 다방에서 종일토록 커피를 마실 것인가. 아니면 영화관에서 엉터리 국산 희극영화를 볼 것인가. 어쩌면 호사스런 빌딩 라운지에서 독한 위스키를 마시며 기다리는 편이 나을지도 모르지.

차라리 경마장에서 마권을 사들고 기다릴 것인가. 춤을 추는 것이 나을까. 어두컴컴한 카바레에 틀어박혀 하루종일 낯선 여인들과 아랫도리를 비비며 맞는 편이 낫겠지. 어쩌면 동물원에 가서 원숭이의 빨간 엉덩이를 바라보는 편이 나을지도 모르지. 아니다. 경복궁 박물관에서 고려자기와 수백 년 만에 고분에서 출토된 황금불상을 보는 편이 낫다.

종세는 망설였다.

이대로 평범하게 종대의 죽음을 지나쳐버릴 수는 없다. 저주받은 그의 영혼이 영원히 지옥의 불길 속에서 타오르게 하려면 몸을 비틀며 죽어가는 도살장이거나 복개된 청계천의 하수구 밑을 걸어가야 할 것이다.

그러한 곳, 더럽고 축축한 곳, 그곳에서 나는 종대의 마지막 꿈을 거둬갈 준비를 할 것이다.

그러나 종세는 되돌아 나가려는 발길을 돌리고 엘리베이터를 탔다.

그는 결론을 내렸다. 그의 임종을 지켜보기 위해 일상생활에서 벗어나려 한다면 그것조차 의미를 주는 행위일 것이다. 도대체 그의 죽음이 무슨 의미가 있는 것인가.

그는 이미 태어날 때부터 죽어 있는 무(無) 그 자체였다.

그는 먼지였으며 티끌이었다. 그는 생의 빛나는 생성과 경이로운 신비한 조화를 모르는 저주받은 한줌의 바람에 불과하였다. 바람이 불어왔다 불어간 자리에 바람을 위해 묘비명을 새길 필요가 있을 것인가. 바람은 풍장(風葬)으로만 그쳐야 할 것이다.

종세는 한 시간 정도 늦게 회사에 출근하였다. 동료직원들이 그의 복장을 보고 웬일이냐고 물어왔다. 그는 비가 와서 넥타이를 매지 않았다고 대답했다. 웬 흙물이 잔뜩 묻었냐고 물었다. 그는 바삐 오다 흙탕물에 넘어졌다고 말했다. 아무도 그의 복장이나 행동을 이상하게 생각하지는 않았다.

열한시쯤 아내에게서 전화가 걸려왔다.

"이만길씨 전홥니다."

앞좌석에 앉은 동료사원이 수화기를 건네주며 말했다.

그는 전화를 받았다.

"괜찮아요?"

아내는 그렇게 대뜸 물었다.

"괜찮고말고."

그는 대답했다.

"아이는 어때?"

"잘 있어요. 여보, 난 정말 걱정했었어요."

"괜찮아. 이제 다 해결됐어."

그는 서둘러 수화기를 놓았다. 라디오에서 뉴스가 흘러나왔다. 사무실의 일 중 하나는 그가 소속해 있는 회사의 광고를 모니터하는 일이었기 때문에 책상머리에는 늘 라디오가 켜져 있었다. 그는 볼륨을 죽이고 라디오에 귀를 바짝 갖다대었다.

"열한시 현재 인천시 주안동에서 이종대와 경찰은 아직도 대치 중입니다. 오전 열시 삼십분 동인천 정기섭 수사과장과 이종대는 몇 마디의 대화를 나눴으며, 이 대화를 통해 그들이 지난 칠십이년 칠월 상명국민학교 수위인 김영근씨도 납치했음이 밝혀졌습니다. 왜 총을 쏘았는가 하는 정과장의 질문에 이종대는 두 아이를 죽였다, 영구차를 준비하라고 대답했으며, 범행할 때 쓴 총이 어디서 났느냐는 질문에는 무기고에서 두 정을 훔쳤다고 대답했습니다……"

종세는 라디오를 껐다. 그는 이를 악물었다. 종대는 아직 죽지 않았다. 아홉 시간을 혼자서 버티고 있다. 자신의 손으로 죽인 두 아이와 아내의 피비린내가 나는 방 안에서 홀로 버티고 있다. 도대체 어떠한 힘이 그를 버티게 하고 있는 것일까.

지상에 비상착륙하는 항공기가 내부의 연료를 모두 소모한 후에야 비로소 내리듯 종대는 태어날 때부터 얻은 생명력을 모두 소비한 후에야 목숨을 끊을 것이다.

죽어다오, 제발. 종세는 마음속으로 빌었다. 이제 더이상 버티지 마라.

종세는 점심시간에 동료들과 밥을 먹었다. 입맛이 없었다. 식사를 끝내고 가까운 목욕탕으로 들어가면서 생각했다. 아직 결심이 서지 않았다면 마지막으로 총을 들고 뛰어나와 네가 머물렀던 자리, 이 지상 위의 공간을 향해 총을 난사하고 분노한 경찰들의 집중사격을 온몸에 벌집처럼 얻어맞고 형체도 없이 스러져라. 그것은 너의 마지막 구원이다. 한번쯤은 최후의 순간에라도 너 자신의 운명을 지상에 뿌리내린 자들에게 맡겨야만 한다.

제발, 제발, 제발, 죽어다오.

종세는 사우나의 뜨거운 욕실에 틀어박혀 땀을 흘리기 시작했다. 대낮이었으므로 욕탕은 텅 비어 있었다. 간밤의 피로로 온몸은 솜처럼 지쳐 있었지만 신경은 삐쭉삐쭉 솟아 있었다. 뜨거운 열기가 온몸으로 유릿조각처럼 달라붙었다. 금세 구슬 같은 땀이 흘러내렸다. 목이 타오르고 두 눈이 열기에 부풀어올라 튀어나올 것만 같았다. 두텁게 막힌 사우나 욕탕 안은 뜨거운 수증기로 질식해버릴 것만 같았다. 온몸에서 땀이 흘러내렸지만 머리칼은 무거운 열기에 수분이 증발하여 마른 잎새처럼 건조하게 말라 있었다.

나는 참는다. 종세는 지옥 같은 열기에 틀어박혀서 혀를 깨물었다. 그리고 기다릴 것이다. 그가 목숨을 끊을 때까지 기다릴 것이다.

종세는 땀을 흘리며 생각했다.

나는 참는다. 이 바늘로 내리꽂히는 뜨거운 열기 속에서 기다린다. 종대 네가 갇혀 있다면 나 역시 갇혀 있다. 네가 고통스럽다면 나 역시 고통을 맛볼 것이다.

그러나 비웃지 마라. 너의 결박은 영원히 풀 수 없는 결박이며 나는 원하기만 한다면 뛰쳐나갈 수 있는 자유가 있음을 비웃지 마라. 내게 너와 동일한 조건을 원하지 마라. 그것은 너의 선택이었다.

언젠가 너와 나는 냇가에서 내기를 건 적이 있었다. 한여름이었다. 온 거리와 온 산이 타오르고 있었다. 햇볕은 내리쬐고 있었고 쪽나무의 잎새는 도금을 입힌 듯 번쩍번쩍거렸다.

정읍 다리 밑 냇가에서 둘은 벌거벗고 내기했다. 누가 물 속에 들어가 숨을 오래 참는가 하는 것이었다.

멀리 연지리 철교가 열기에 이글거리고 있었다. 그 위로 기차가 지나가는 것이 보였다. 맨발로 걷는 자갈은 뜨거웠으며 온 거리는 바싹바싹 메말라 있었다. 거리는 죽음과 같은 정적에 빠져 있었다. 둑길 옆 쪽나무마다 물매미만 울 뿐 냇물은 바싹 말라 있었다. 가장 깊은 물도 가슴까지 차오르지 않았다. 뒤편에 이빨 빠진 내장산의 연봉이 삐쭉삐쭉 보였다.

햇빛이 부서지는 냇물은 중유(重油)처럼 뜨거웠다. 송사리떼도 보이지 않았다. 손바닥으로 냇물을 뜨면 냇물은 순식간에 손가락 사이로 모래처럼 흘러내렸다. 태양은 머리 위에 있었다. 그곳에서 너와 나는 누가 물 속에서 숨을 오래 참아내는가 내기했다. 크게 숨을 쉬고 둘은 똑같이 코를 잡고 물 속에 잠기었다.

내 작은 가슴은 고통으로 터질 것 같았다. 마셔뒀던 숨을 조금씩 내뱉을 때마다 입가에서 물방울이 보글보글 튕겨나왔다. 물 속으로 가라앉은 빛들이 수은처럼 반짝거렸다. 표면으로 솟구쳐오른 둘레로 햇빛이 내리꽂혔다. 귓가엔 매미소리. 그대로 물 속에 잠겨 죽어버릴 것만 같았다. 그래도 참았다. 마지막 내쉬는 숨기운까지 아껴서 내뿜었다. 마침내 더이상 마실 숨도 없으면 심장은 철공소의 망치 소리처럼 커졌다. 철교를 지나가는 기차 소리마냥 귓가에 들렸다.

고통스러우면 물을 먹었다. 고통스러운 만큼 물을 먹었다. 벌컥벌컥 들이켰다. 그러나 마침내 눈을 들어올려 네 쪽을 보면 너는 여전히 물 속에 처박혀 있었다.

나는 기다렸다. 네가 고개를 들고 일어서기를.

이미 가슴엔 졌다는 슬픔이 가득 차와서 얼굴 위에 젖은 냇물과 함께 뜨거운 눈물로 흘러내렸다.

그러나 너는 도리어 상상할 수 없는 시간까지 버텼다. 나는 어린 마음에 네가 그대로 물 속에 머리를 처박고 죽어버린 게 아닌가 걱정했을 정도였다.

나는 몇 번이고 도전했다. 지면 또 한번, 그래 또 한번. 그때마다 너는 이겼다. 너는 무엇이든 나를 이겼다. 산그늘이 이마를 적시는 저녁 무렵 너는 웃으면서 얘기했다.

"너는 바보다."

벌거벗고 서서 그대로 석양의 열기로 몸을 말린 후 옷을 입으며 너는 빈정대었다.

"너는 절대로 나를 이기지 못할 거야."

"어째서."

나는 네게 덤벼들었다.

"너는 바보니까."

뜨거워진 작은 자갈을 주워 귓속에 들어간 물을 빼기 위해 귓가에 하나씩 자갈을 대고 있었다.

"이기는 법을 가르쳐주마."

너는 옷을 입으며 웃었다.

"나는 네가 물 속에 들어가면 얼굴을 빼버린다. 그리고 기다린다. 어느 정도 네가 지칠 때까지 마음놓고 기다린다. 네가 고통에 못 견뎌 머리를 빼려 하면 그때서야 나는 물 속에 얼굴을 처박거든. 넌 바보다."

너는 유쾌하게 웃었다. 나는 그때 귓가에 대고 있던 자갈을 네 얼굴을 향해 던졌다. 물론 너는 맞지 않았다. 너는 내가 어쩌면 자갈을 던질지도 모른다는 것을 이미 계산하고 있었으니까. 너는 나를 옷 입은 채 물 속에 처넣었다. 나는 네가 나를 이겼다는 것에 분노하지 않았다. 나는 네가 나를 속였다는 것에 분노했다. 어린 마음에도 그렇게 이긴다는 것은 비겁한 일이며 더러운 것임을 나는 알고 있었다.

종세는 온통 땀에 젖어 고통스럽게 헐떡였다.

이것은 싸움이다. 종대야. 도망가려 하지 마라. 이제 너는 더이상 비겁한 짓은 할 수 없는 마지막 순간에 다다랐다. 이것은 내기가 아니다. 고개를 빼어들고 숨을 마셔두었다가 막판에야 얼굴을 처박을 수 있는 단순한 숨 오래 참기 내기가 아니다. 나는 이긴다.

종세는 뜨거운 욕탕의 벽 너머로, 도시의 숲 너머로, 저 먼 곳에 떨어져 갇힌 방 안에 앉아 있는 종대의 눈을 찾았다. 그 눈이 보였다. 눈은 서로 마주 닿았다.

인천 동부서장 김성천은 이 무렵 대문을 넘고 있었다. 더이상 기다릴 수가 없다고 그들은 판단했다. 이종대가 결국 자살하리라는 것이 분명해진 이상, 그렇다면 스스로 목숨을 끊기 전에 사후처리를 위해 그의 범죄들을 최소한 정리라도 해두어야 한다고 생각했기 때문이었다. 죽은 자는 말을 못 하니까.

김총경은 왼손에 조그만 휴대용 녹음기를 들고 두 명의 부하를 거느리고 대문을 넘어 벽면에 잽싸게 몸을 붙였다.

"종대. 이종대, 내 말 들리나?"

"들린다."

잠시 후 여전히 카랑카랑한 목소리가 들려왔다.

"난 인천 동부서장이야. 몇 마디 얘기 좀 나누자. 괜찮을까?"

비는 그쳐 있었다. 습기가 무겁게 가라앉아 방에서 피비린내가 풍겨왔다.

"죄는 문도석이가 다 뒤집어썼어. 그러니 죄 될 것도 없어. 이제 그만 자수하기로 하자."

"웃기지 마."

종대는 빈정거렸다.

"내 죄는 내가 다 알아."

"죄가 있다면……"

김총경은 조심스레 녹음기의 스위치를 올렸다.

"얘기해봐라."

잠시 침묵이 있었다. 녹음기가 돌아가기 시작했다.

"평택군 팽성면 무기고의 카빈 탈취 사건, 상업은행 용산지점의 김영근 납치 사건. 이 이 이 이름이 기억나지 않는다……"

"이정수."

"맞았어."

종대는 말을 이었다.

"이정수 사건도 내가 저질렀어. 구로공단 카빈 강도 사건도 모두 내가 저질렀고. 내가 주범이다."

"이정수 사건 얘기 좀 해보지."

"차 운전을 도석이가 맡았다. 그날은 마침 남북적십자회담이 열리는 날이었어. 나는 이정수를 죽일 생각은 없었어. 뒷좌석에서 이정수와 실랑이를 하다가 문도석이가 잘못 쏘는 바람에, 계속 다섯 방을 쐈지. 서울대교를 지날 때는 그는 이미 죽어 있었어."

"이정수의 시체는 어디 묻었는가?"

김총경은 그가 심경의 변화를 보이기 전에 빨리빨리 연이어 묻기로 했다.

"기흥 골프장 님쪽 저수지 부근 솔밭에 묻었다. 그날 서울로 와 차를 버렸어."

56

"검문은 안 받았었나?"

"한 번도."

종대는 웃었다.

"단 한 번도 받지 않았지."

"돈은 어떻게 썼나?"

"문도석이와 똑같이 나누어 썼어. 명승지와 유원지를 돌아다니며 놀다가 재범할 때 서울에 왔지."

"구로공단 사건 좀 얘기하지."

"그건 내 단독범행이었어. 도석이와 같이 하려 했지만 우리는 조그만 일로 다퉜어. 그래서 그만두었다. 카빈은 평택에서 훔친 거야. 이때 카빈 두 정과 실탄 백스무 발을 훔쳐왔었지. 범행한 직후 남부순환도로를 통해 달아났었어."

"그 다음엔 뭘 했나?"

"다음날 인천에서 도석이를 만나 돈을 주었더니 '놀랐다'고 말했어. 우리는 그날 화해했어. 그후 돈을 더 주었지. '지문 채취 잘해보슈'라고 차창에 글을 써놓은 짓도 내가 한 짓이야."

"세 차례 범행에 쓴 차는 어디서 구했는가?"

"목이 말라. 물 좀 마시고 계속하자."

말이 끊겼다.

"물은 충분한가?"

"아직도 백 일은 버틸 수 있을 정도로."

"차는 어디서 구했지?"

"이정수 때는 남산에서, 구로동 때는 서울 허리우드극장 앞에서 훔쳐 몰딩과 선팅을 내가 직접 했지."

"이번 사건 좀 얘기하지."

"구로공단 사건과 똑같은 방법으로 해치우려 했어. 물론 절대적으로 성공했을 건데."

종대는 웃었다.

"헌데 도석이가 더듬대서 실패했어."

"포드 차 운전수 최덕현씨는 어떻게 했나?"

"도로 위에서 차를 세우고 도석이가 망치로 뒷머리를 쳐 죽였어. 시체는 트렁크에 넣고 산청 검문소로 빠졌지. 산청 입구 첫 검문소에서 순경으로부터 검문을 받았어. 순경은 내가 좀 봐달라고 말하니 서울에 긴급조회를 하겠다고 으름장을 놔 도석이가 주머니에서 만원을 꺼내줬어. 그때 순경이 돈이 적다고 되돌려주어서 이천오백원을 보태 일만이천오백원을 주니 통과시켜주더군. 검문당할 때 차의 뒤트렁크에는 운전수의 시체가 들어 있었는데, 만약 그가 자동차를 수색하려 했으면 죽이려 했었어."

종대는 잠시 낄낄거렸다.

"그 친구 운이 좋았어. 운전수의 시체는 검문소에서 삼 킬로미터쯤 떨어진 산고개에 묻었어."

"어젠 어떻게 된 거냐?"

"구로공단을 다시 한번 털기로 했는데 그만 미수에 그쳤어. 도석이의 실수 때문이야."

"왜 하필이면 구로공단인가?"

"공단 털기는 식은 죽 먹기야."

"그 이후엔 뭘 했는가?"

"포드 차를 버린 뒤 택시를 뺏어 탔어. 그런데 택시도 금방 고장이 났어."

"그럼 이정수의 매장 장소를 그려줄 수 있나?"

"좋아. 그러나 최의 매장 장소는 애매해."

"그려서 지금 창문으로 내보내줄 수 있는가?"

58

"안 돼."

종대는 소리를 질렀다.

"내가 방에 그려놓겠어."

"그럼 언제 그걸 보여주겠나? 대답해봐라."

"내가 죽은 뒤."

담담하게 종대는 대답했다.

"내가 죽은 뒤 방에서 뒤져가."

잠시 멎었던 빗줄기가 저녁 무렵 후드득 날갯짓하더니 곧 세차게 흩뿌리기 시작했다.

어둠은 서서히 밀려왔다. 7월도 하순. 무더운 여름 더위는 일 주일 계속된 비로 다소 퇴색된 느낌이었지만, 그러나 후텁진 무거운 열기는 도시의 밑바닥에 깊숙이 가라앉아 있었다.

그래서 어디에서든 생선 비린내가 풍겨오고 있었다.

바닷가 근처의 도시 어디에건 모래가 앙금처럼 섞여 있듯이 우기의 거리 어디에건 조금씩 비린내가 섞여 있었다.

바닷가 가까운 곳에서는 신발 속에도, 옷 속에도, 바람 속에도, 뜨거운 물 속에도 조금씩 조금씩 모래는 섞여 있게 마련이다. 그리고 공기 속에 녹아 있는 짠 염분은 갓 도금된 철제의 겉면을 침식해버리고 이내 적철(赤鐵)을 형성한다.

마찬가지로 일 주일 계속된 비로 도시의 벽은 민물고기의 비늘을 뒤집어쓰고 있었다. 덜 마른 생선의 비린내가 모든 사물 속에 깃들어 있었다.

마시는 커피 속에도 먹는 음식 속에도 빗방울이 섞여 있고, 습기찬 땅 속에서 꿈틀거리며 튀어나온 지렁이들이 주머니 속에서 만져졌다.

움직이는 모든 것들이 내부로는 어느 정도 부패해 있어 달콤하고 강렬한 썩은 향내를 풍기고 있었다. 눅눅하고 어두운 곳에 갓 돋아난 독버섯이 현란한 아름다운 무늬를 가지고 있듯이, 모든 사물은 그들 내부의 독을 전부 숨김없이 드러내고 적의를 보이며 함부로 부러진 시계의 날카로운 분침처럼 각(角)을 보이고 있었다.

도시는 거대한 늪이었다. 계속된 비에 함부로 자란 나무들은 덩굴을 이루고 가시를 찌르며 서로 엉켜서 미로를 형성하고 그 안은 무섭게 썩어가고 있었다. 길은 무너지고 어디서든 콸콸콸 물이 흘러가고 있었다.

도시는 전체가 막 침몰하고 있었다. 살아 있는 것들은 도시의 벽을 바쁘게 기어오르고 숨어 있던 동물은 정체를 보였다. 도마뱀이 형광등으로 기어오르기도 하고 쥐들이 엘리베이터 속에서 교미를 하고 있었다. 그 밑으로 콸콸콸 물이 흐르고 있었다.

그래서 큰 도시는 출렁이며 중심을 잃고 흔들리고 있었다. 걸을 때마다 아스팔트가 뗏목처럼 비틀거렸다.

종세는 어둠이 깔린 거리로 나섰다. 제일 늦게 퇴근하는 길이었다. 더이상 텅 빈 사무실에 혼자 우두커니 앉아 있을 수도 없었다.

사무실 구석에서 망가진 비닐우산을 찾아들고 그는 거리로 나섰다.

비는 무서운 기세로 내리꽂히고 있었다. 보도와 맞닿는 표면 위에는 뽀오얀 물보라가 피어오르고 있었다. 우산을 폈지만 살이 부러진 우산으로는 사나운 기세로 내리는 무게를 감당할 수 없었다. 바람이 우산을 뒤집어버렸다. 그는 우산을 쓰레기통에 버렸다.

회사 건물 입구에 사람들이 대여섯 명 몰려서 빗줄기를 멍하니 바라보고 있었다.

종세는 담배를 물었다. 주머니를 뒤져 라이터를 찾아 켰으나 불은 일어나지 않았다. 건물 안으로 비를 피해 들어와 있는 라이터 행상에게서 그는 라이터에 가스를 넣었다. 찰각찰각 손가락에 힘을 주자 불꽃이 일었다. 그는 담배에 불을 붙일 생각을 잊고 단순히 라이터의 불을 반복해서 켰다. 심지를 낮추지 않았으므로 불꽃은 쉬잇 쉬잇 바람을 가르며 피어올랐다. 종세는 입에 물었던 담배를 아스팔트 위에 버렸다. 콸콸콸 경사진 보도 옆으로 내를 이루고 흘러내려가는 물줄기가 그가 버린 담배를 쏜살같이 삼켜버렸다.

"퇴근 안 하세요?"

누군가 등뒤에서 종세의 등을 두드렸다. 종세는 돌아보았다. 아는 얼굴 같기도 하고 전혀 모르는 얼굴인 듯하기도 한 여인이 우산을 펴들고 종세를 보며 웃고 있었다.

"우산이 없으세요?"

"아, 그래요."

그는 대답했다.

"그렇담 같이 써요. 요 앞 로터리 버스 정류장까지 가는 길이니까요."

여인은 우비를 단단히 여며입고 있었다. 종세는 여인과 나란히 빗줄기 속으로 뛰어들었다.

"웬 비가 이렇게 내릴까요?"

어지럽게 우산 위를 두드리는 소리를 들으며 나란히 걷다가 무어라고 한마디쯤 해야겠다는 듯 여인은 혼잣말로 중얼거렸다.

"지독한 비예요. 하늘이 무너져버렸나봐요."

우산은 그러나 비를 가리지 못했다.

겨우 우산 속으로 몸을 집어넣긴 했지만 비는 바람에 이리저리 쓸려 참다랗게 몸을 적시고 있었다.

로터리에서 여인은 섰다.

"전 여기서 가야겠어요, 과장님."

여인은 상한 짐승처럼 달려오는 버스를 가리켰다.

"마침 왔어요. 버스가요. 안녕."

고맙다고 인사할 겨를도 없이 여인은 우산을 접더니 달려가버렸다.

종세는 우두커니 텔레비전 가게 안에 겨우 비를 피하고 서서 여인을 태운 혼잡한 버스가 사라져버리는 것을 보았다. 날카로운 시보 소리가 가게 안에서 들려왔다. 종세는 시계를 들여다보았다. 유리 뚜껑 속에는 부우연 수증기가 서려 있었으므로 숫자판이 들여다보이지 않았다. 그러나 그는 열심히 시계를 들여다보았다.

"나가주세요."

종세와 함께 서너 명 상점 안으로 들어와 있던 사람들을 떼밀며 가게점원이 신경질을 부렸다.

"여기 서 계심 어떡해요. 나가주세요."

종세는 떼밀려 거리로 나섰다.

밀려나온 사람들과 함께 종세는 어항 속을 들여다보듯 거리를 쳐다보았다.

시야 가득히 비가 내리고 있었다. 캄캄한 어둠이 내려 상점마다 번쩍번쩍 알전구 불빛을 켜들고 있었다. 그 불빛들은 어안(魚眼)처럼 보였다. 빗줄기가 번지는 포도 위로 불빛은 지느러미처럼 번들거리고 있었다.

나는 무엇을 기다리고 있는 것일까.

종세는 막연히 하늘을 올려다보았다.

비에 가로막혀 비가 그치기를 기다리고 있는 것일까. 아니면 무엇을 기다리고 있는 것일까. 저 사람들, 비를 피해 서 있다가 가야 할 방향으로 달려오는 버스가 도착하면 부산히 뛰어가는 사람들처럼 나도 노선의 버스를 기다리고 있는 것일까.

아니다.

그는 대답했다.

나는 단지 종대의 죽음만을 기다릴 뿐이다. 그러나 나는 안다. 호명하지 않아도 그의 죽음은 올 것이다. 이처럼 서성이며 기다리지 않아도 그는 죽는다. 그런데 무엇을 망설이고 있는 것일까.

제발.

그는 중얼거렸다.

죽어다오. 지금 이 순간 죽어다오.

지난 낮부터 종세는 종대의 죽음만을 기다렸다. 그러나 종대는 아직 죽지 않았다.

그렇다면 종대 너도 역시 무엇을 기다리고 있는 것인가. 스스로 목숨을 끊기에 가장 적절한 절정의 순간을 기다리고 있는 것일까. 삶과 죽음의 가장 명확한 분기점을 발견할 때까지 기다리고 있는 것일까.

이젠 늦었어, 이 새끼야.

나는 네가 태어날 때부터 죽기만을 기다렸어, 이 새끼야. 네가 죽기만을 기다린 것은 지난 낮부터가 아니야. 네가 태어날 때부터 나는 네 임종을 지키고 있었어.

이제 때는 왔다. 지금이 바로 내가 기다리던 그 시간이다. 손을 들어라. 그리고 총을 쥐어라. 심장은 네 왼쪽 가슴 속에 있다. 냉정해지려 해도 손은 떨리고 있겠지. 그러니까 주의하는 게 좋아. 자칫하면 빗나갈지도 모르니까.

종세는 추녀 밑에서 벗어났다.

어느 틈에 거리는 정전이 되어 있었다. 겨우 캄캄한 거리를 밝히던 네온도, 알전구 불빛도 꺼져버려 도시는 완전한 어둠이었다. 불밝힌 것은 흐르는 차량들의 불빛뿐. 그것은 야행동물의 충혈된 눈처럼 보였다.

한바탕 공습이 끝나고 침묵에 빠져버린 듯한 무방비상태의 도시

위로 피와 같은 비가 자욱이 내리꽂히고 있었다.

캄캄한 거리를 반으로 갈라놓은 지하철 공사장의 텅 빈 구멍 속으로도 비가 퍼붓고 있었다.

어디선가 해머를 두드리는 소리가 지하에서부터 들려오고 있었다. 길 건너편에서 우산을 쓴 사람들이 우물 밑을 내려다보듯 입 벌린 공사장을 가만히 들여다보고 있었다.

종세는 길을 건너갔다. 그 사람들처럼 입 벌린 공사장의 속을 들여다보기 위해서. 머리에 노란 헬멧을 쓴 인부가 허리를 굽혀 구멍 속을 향해 소리를 지르고 있었다.

"내 말 들려? 이봐, 내 말 들려?"

종세는 비를 맞으며 캄캄한 구멍 속을 지켜보았다. 아무것도 보이지 않았으며 아무 말도 들리지 않았다.

"이봐."

사내는 주먹나팔을 대고 소리질렀다.

"안 들려? 내 말 안 들려?"

종세는 그곳을 떠났다.

갑자기 배가 고프다는 생각이 들었다. 점심때 적은 양의 국수를 먹고 하루종일 아무것도 먹지 않았다는 느낌이 들었다. 그러나 참아야 한다고 생각했다.

그보다 급한 것은 목구멍을 불처럼 태우는 한 잔의 독한 술이었다. 그러나 그것도 참아야 한다고 생각했다.

이 고통스런 시간을 죽이기 위해 싸구려 극장에 들어가 엉터리 희극영화라도 보거나, 슬롯머신이나 하면서 잠시라도 시간을 벌고 싶었다. 아니면 창녀집에 들어가 요강처럼 더러운 몸 속에 파묻히고 싶었다. 그러나 그 모든 행위를 참아야 한다고 종세는 생각했다.

그가 스스로 목숨을 끊을 때까지 살아 있는 사람의 욕망은 잠시 미뤄두지 않으면 안 된다.

잠시도 종대의 죽음에서 벗어난 생각을 하거나 그의 죽음을 기다리는 초조하고 지루한 시간을 죽이기 위해 정신을 파는 일을 해서는 안 된다.

머리는 오직 그의 죽음만을 생각할 것. 될 수 있는 한 명료한 의식으로. 될 수 있는 한 최초의 긴장감을 그대로 유지할 것.

종세는 몇 개의 육교와 몇 개의 지하도를 건넜다. 로터리를 지나고 건널목을 뛰었다.

두어 대의 불자동차가 사이렌을 울리고 지나갔다. 불 꺼진 신문사 지하실에서 덜컹덜컹 윤전기가 돌아가고 있었다. 어두운 술집 내부에서 술잔을 마주치며 껄껄 웃는 웃음소리도 들려왔다. 누군가 그의 어깨를 툭 치며 지나갔다. 공중전화 부스 속에서 우비 입은 여인이 다이얼을 돌리고 있었다. 거리에 내건 극장 선전간판에서 여배우가 요염하게 웃고 있었다. 비에 젖은 개 한 마리가 쓰레기통을 뒤지고 있었다. 로터리 육교 위에 현수막이 걸린 채 비에 젖어 있었다. 그곳엔 다음과 같이 씌어 있었다.

'우리는 싸우면서 건설한다.'

터진 수도관에서 콸콸콸 수돗물이 분수처럼 솟아올랐다. 가로수 밑에 머리를 꺾고 한 사내가 구역질을 하고 있었다. 지하철 공사장에서는 끊임없는 해머 소리가 들려오고 있었다.

쾅당, 쾅당 쾅당.

들려. 내 말 들리냐고. 대답해봐.

누군가 캄캄한 도시의 밑바닥을 향해 소리지르고 있었다. 마치 땅에 떨어진 동전을 주우려는 듯 사람들은 초조히 도시의 밑바닥을 들여다보고 있었다.

바람은 골목과 골목 사이를 빠져 달아나고 굳게 닫힌 철문 앞에 서서 한 소년이 신문을 팔고 있었다.

'돼지타이어상회' 주인 김영희는 일곱시 오분과 삼십분쯤 종대가 앉은 자리에서 공포 두 발을 쏘자 한 번 더 종대를 설득하겠다고 나섰다.

경찰은 저녁 무렵 종대가 더이상 자수할 기미를 보이지 않자 철야 대치할 것에 대비해서 집 밖에까지 전선줄을 연결해서 전기를 끌어 집 주위를 대낮같이 밝혀놓고 있었다.

호기심에 모여들었던 사람들도 비가 사납게 퍼붓기 시작하자 하나둘 사라져버렸고, 거의 열일곱 시간이나 버티어온 주안동 대치 장소는 텅 비어 있었다.

만일의 사태에 대비해서 갖다놓은 앰뷸런스, 경찰 차량과 신문사 차량들만 환히 불 켜진 골목길에 가득 차 있었고, 인천공립고등학교로 나서는 큰길 가엔 우비를 입은 예비군들만 집총자세로 주위를 경비하고 있었다.

김영희는 저녁 무렵 일차로 종대를 설득하기 위해서 집 안으로 들어가 얘기를 나누었다. 그는 어느 정도 자신감을 가지고 있었다. 그는 평소에 종대와 친했으며 종대가 한때 자동차 운전을 할 때 타이어를 대준 인연으로 알게 되었다. 후일 종대와 문도석이가 범죄를 저지른 후 빼앗은 돈으로 여행을 떠날 때마다 그저 단순한 유람으로 알고 함께 따라나섰던 유일한 친구였다. 종대는 그를 형이라고 불렀고, 김영희는 평소에 그들이 이처럼 악독한 짓을 할 만큼 성질이 포악하다고 느끼지 않았다. 그들은 언제나 예의가 발랐으며 부인과 아이들을 끔찍이 사랑하고 있었다. 김영희는 휴일이면 만국공원에 나가 종대와 두 아이의 사진을 찍어주기도 했다.

김영희는 그래서 거의 자진해서 대치 장소에 왔을 때만 해도 자신의 말이라면 어느 정도 종대의 마음을 움직일지도 모른다는 확신을 가지고 있었다.

그러나 그가 처음 혼자서 집 안으로 들어가 종대를 불렀을 때 그런 자신감이 무참하게 무너지는 것을 느꼈다.

"나와. 종대야. 나와. 나와서 얘기하자."

창가에 매달려 애원하는 그에게 잠시 후 돌아온 대답은 단 한마디였다.

"우리 천당에나 가서 만납시다."

그의 설득이 무위로 끝나자 경찰은 아예 전신주에서 전기를 끌어다 집 안팎을 대낮처럼 밝혀두고 그가 지칠 때까지 기다리기로 작전을 바꾸었다. 경찰은 그가 심경의 변화를 일으켜 일어나 자수하리라는 기대를 처음부터 가지고 있지 않았다. 그저 그가 스스로 목숨을 끊을 때까지 기다리자는 셈이었다.

경찰은 그를 산 채로 잡는 방법까지도 아예 포기할 수밖에 없었다. 최루탄이나 연막탄을 뿌리는 것도 검토해보았지만 경찰이 조심스레 창가로 접근해 들어가기만 해도 종대는 "더이상 괴롭히지 마라"라고 소리지르며 총을 쏘아대곤 했으므로 자칫하면 쓸데없이 인명피해를 초래하는 결과가 될지도 모르는 일이기 때문이었다.

그러나 경찰은 이렇듯 열일곱 시간이나 계속된 대치상태가 또 밤을 넘기게 되리라는 짐작은 하지 않았다.

인간의 긴장상태란 하루 이상 계속되는 것은 도저히 무리이며, 이젠 서서히 종말이 다가오고 있다는 것을 느끼고 있을 뿐이었다. 늦어도 자정이 오기 전에 어떤 형태로든 결말이 나리라 예상하고 있었다.

스스로 목숨을 끊거나 아니면 마지막으로 남은 총탄을 난사하여 최후로 반항하다가 집중사격을 받아 죽게 되든지 어쨌든 결과는 분명했다.

경찰은 전 인천시내를 발칵 뒤져 특등사수 열 명을 구해다 장전까지 해놓고 만일의 사태에 대비하고 있었다. 인근 주민들은 모두 대피하였으며 골목 안 주택가는 죽음과 같은 정적에 빠져 있었다.

김영희는 자신의 기대감이 무참하게 깨어진 상태로 지프 속에 앉아서 담배를 피워물고 있었다. 그는 도저히 저 불쌍한 종대를 그대로 내버려둘 수는 없다고 생각하고 있었다.

그가 아는 이종대는 절대로 이런 사건의 주인공이 아니었다. 그가 아는 이종대는 열심히 살아보려고 노력하는 사람이었으며, 그의 표정은 설혹 연기였다 할지라도 진지했다. 늘 밝은 표정으로 웃고 있던 경우 바른 이 연하의 친구를 그대로 내버려둔다는 것은 도리가 아니라고 그는 생각하고 있었다.

더구나 그는 저녁 무렵 들어가 나눴던 말 한마디에서 불길한 예감을 받았었다. 그 목소리는 이미 살아 있는 사람의 목소리가 아니라 죽은 자의 목소리였다. 김영희는 한 번만 더 종대를 설득해보리라고 생각하고는 일어섰다.

그는 경찰 간부 앞으로 다가갔다.

"한 번만 더 들어가보겠습니다."

그는 올 때부터 가져온 삼립빵 세 개와 사이다 병을 가리켰다.

"제가 들어가서 한 번만 더 설득해보겠습니다."

"이봐요."

경찰 간부는 짜증스런 목소리로 말을 받았다.

"좀전의 총소리 못 들었소. 제발 좀 내버려두시오. 소용없어. 당신은 아까 한번 들어갔다 왔잖소."

"하지만……"

"그 친구 말대로 만나고 싶으면 천당에서나 만나시오."

"자식, 천당 갈 특등표라도 사두었나. 지옥 가긴 싫은 모양이지."

옆의 사내가 지친 목소리로 참견했다.

"한 번만 더 기회를 주십시오."

김영희는 매달렸다.

"당신 말 듣고 그 친구가 자수라도 할 것 같소."

"난 단지."

그는 비에 젖은 카스테라를 가리켰다.

"이 빵을 전해주고 오겠습니다. 종대는 배가 고플 것 같습니다."

그들은 우울하게 빵을 내려다보았다.

"들어가보슈. 그 대신 조심해요."

"고맙습니다."

김영희는 비가 퍼붓는 집 쪽으로 다가갔다. 밝은 조명등 안으로 들어서자 눈이 부셨다. 그는 비틀거리며 대문을 넘어 집 안으로 들어섰다.

피비린내가 확 풍겨왔다. 그는 더듬거리며 창가로 다가갔다. 두렵다는 생각은 이미 사라져 있었다. 그는 아무것도 무섭지 않았다. 단지 손에 들린 빵조각을 그가 먹어주기만 한다면 그만이라는 생각뿐이었다.

"종대야."

그는 가만히 불러보았다.

그러나 대답이 없었다. 사방은 자옥한 빗소리뿐이었다.

"종대야, 나다. 영희다."

그는 서슴지 않고 큰 소리로 소리질렀다. 마치 곤한 잠을 깨우려는 듯.

"왜 또 왔소?"

아주 침착한 목소리가 벽 저편에서 들려왔다. 분노와 흥분, 광기마저 가라앉고 그저 담담한 목소리였다.

"빵 좀 가져왔다."

그는 벽에 얼굴을 들이대며 손으로 벽을 두들겼다. 그리고 손에 들린 사이다 병을 이빨로 땄다.

"배고프지. 뭣 좀 먹어야지."

"싫소. 수면제가 타 있는 것쯤 잘 알고 있소. 형님, 이건 어린애 장난이 아니우."

"이건 내가 사온 거다. 카스테라하고 사이다다. 애들도 배고플 게 아니냐."

"애들이요?"

종대는 쿨럭이며 웃었다.

"애들은 잠자고 있소."

"아주머니하고 애들은 어때?"

"조금 있으면 알게 돼. 가시오. 이따 내 죽은 담에 들어오시오. 그러면 자연히 알게 될 테니까."

"넌 나까지도 못 믿나."

"난 필요 없소. 나는 이제 죽어. 마지막으로 태양이와 뽀뽀했소. 멀리 가지 말고 내 죽는 모습이나 구경하구려. 심장 부근에 파스로 과녁을 붙여놨소."

"제발 내 말 좀 들어라, 제발. 창문 좀 열어라. 얼굴이라도 한번 보자. 그리고 이것도 받고."

"가. 오래 걸리진 않아. 곧 만나게 될 거야."

순간 김영희는 공포를 느꼈다. 그것은 그가 간단없이 쏘아대는 총알의 유탄을 맞을지도 모른다는 두려움은 아니었다. 그의 목소리가 열일곱 시간이나 버텨온 지리한 대결을 포기하려는 결정적인 의지를 담고 있는 듯한 본능적인 예감을 느꼈기 때문이었다.

종대는 죽는다. 이제 죽는다.

그는 뛰어서 대문을 넘었다. 공포와 슬픔으로 비틀거리며 그는 울기 시작했다.

대치하고 있던 경찰들이 황급히 뛰어나오는 그에게 달려들었다. 그의 얼굴은 창백하게 질려 있었다.

"무슨 일이야?"

경찰관이 뛰어나오는 그의 어깨를 쥐었다.

"죽습니다."

그는 울고 있었다.

"종대가 죽습니다."

그는 소리 높여 부르짖었다. 마개를 딴 사이다 병이 진창에 굴러 떨어졌다.

"종대가 죽어요. 지금 죽습니다. 제발 그를 살려주세요."

그는 자기의 어깨를 붙든 경찰관의 가슴을 애써 잡았다.

"종대가 죽습니다."

"목소리 낮춰."

경찰은 그의 손을 뿌리쳤다.

김영희는 비틀거리며 다른 경찰의 가슴을 거머쥐었다.

"살려주십시오. 살려주세요. 종대가 죽습니다."

그의 손에 매달린 경찰관 역시 그의 손을 뿌리쳤다.

김영희의 손에 들린 빵이 진창 위에 함부로 떨어졌다.

어지러운 군홧발이 그것을 밟았다. 아무도 그 흙 묻은 빵을 개의치 않았다.

"이봐."

경찰 간부가 대기하고 있던 특등사수들을 돌아보았다.

"준비해. 거총."

열 명의 특등사수들이 일제히 카빈총을 세웠다. 발사할지도 모르는 그의 마지막 광기를 향해 모든 경찰이 권총을 빼어들었다.

"안 됩니다."

김영희가 지휘봉을 든 경찰에게 매어달렸다.

"제발 살려만 주세요. 어떻게든 살려만 주세요."

"누구 이 친구 좀 눈에 안 보이는 데 치워버릴 수 없어?"

완강한 어깨를 가진 두 명의 경찰관이 다가와 그의 몸을 결박지었다.

"안 돼. 안 돼."

살벌한 살기가 온 공간을 채웠다. 통곡하는 소리마저 천천히 사라졌다.

종세는 다리 위에 서 있었다. 그는 줄곧 비를 맞으며 거리를 지나 교외로 교외로 발 닿는 대로 걷고 있었다. 그러나 무작정 걷는 것은 아니었다. 그는 막연히 집으로 가는 길을 따라 걷고 있었던 것이다. 그는 다리 위에서 불쑥 정신이 들었다.

집으로 가노라면 자연 거쳐야 할 제2한강교 위에서 그는 걸음을 멈춰섰다. 수은등은 켜져 있었다. 철책 난간 너머로 부풀어오른 캄캄한 강물이 소용돌이치며 흘러내리고 있었다. 온갖 것들이 강물 위에 떠서 흐르고 있었다. 도시의 밑바닥을 흐르고 흘러온 그것들은 마침내 물과 한데 어울려 무서운 기세로 흘러가고 있었다.

그는 강물을 보기 위해서 철책에 기대 허리를 꺾고 무엇이 이 밤중을 도와 흘러가고 있으며, 어떤 것들이 저 도시의 밑바닥을 흘러내리는 동안 삼키고, 할퀴고, 훔치고, 빼앗아 물과 함께 떠내려와 이윽고 한데 모여 떠나버리고 있는가를 물끄러미 주시해보았다.

모든 것이 보였다. 캄캄한 밤중에 발기된 강물이 무엇을 도시의 밑바닥에서 훔쳐와서 흘러내리게 하는 것일까. 모든 것이 보였다.

강물 위로 때로는 웃음이 흘러내렸다. 살아 있는 자의 동상도 떠내려오고, 여인의 성기도 내려오고 있었다. 춤추는 사람들 곁에서 밤내 연주하던 음악소리도 흘러내리고 있었다. 음악소리는 긴 회랑을 울리던 바람. 그 풍금(風琴)으로 물에 섞여 이빨을 보이면서 흘러내려가고 있었다. 잠 못 이루는 자의 울음소리도 흘러내려가고 있었다. 문 밖에서 우는 울음소리와 갓 태어난 아이의 죽음도 한데 흘러가고 있었다. 주기도문 소리도, 일용할 양식도, 우리들의 시험도 흘러내리고 아주 작은 꽃잎도 흘러내리고 있었다.

종세가 갓 지나온 거리의 모든 것이 흘러가는 강물 위에서 또다시 보였다.

거기 누구 없어요? 대답해. 아무도 없어? 쾅당 쾅당 쾅당. 지독한 비예요. 하늘이 무너져버렸나봐요. 나가주세요. 입 다물어, 이 새끼야. 주둥아릴 찢어놓기 전에. 무서워 마라. 이건 절대 죄가 아니야. 이 세상에 있는 물건들은 처음부터 주인이 없는 거란다. 우리는 싸우면서 건설한다. 내 말 들어. 내 말 들리냐고.

온갖 소리가 흘러가고 있었다.

종세는 눈을 부릅뜨고 흘러오는 그 모든 것들을 지켜보았다. 아직 그가 보기 원하는 물건이 떠내려오지 않았으므로 종세는 목을 길게 빼고 물의 숲을 노려보았다.

종대는 러닝셔츠를 벗었다. 그리고 침착하게 파스를 왼쪽 가슴에 붙였다. 땀과 습기에 끈끈히 젖어 있는 가슴에 파스는 밀착되지 않았다. 그래서 그는 두어 번 파스를 두드렸다.

그리고 그는 그토록 오랜 시간, 새벽 네시부터 피 흘리며 쓰러져 있는 그가 전생에 인연을 맺었던 아내와 두 아이의 시체를 가만히 쳐다보았다.

아들 태양은 남방셔츠에 붉은 반바지를 입고 있었고 가슴에 총알을 맞고 죽어 있었다. 딸아이 큰별은 남방셔츠에 파란 반바지로 왼쪽 가슴과 배에 세 발. 부인은 블루진 바지에 빨강과 갈색 체크 무늬인 스웨터 차림으로 오른쪽 젖가슴과 아랫배에 세 발이 관통되어 쓰러져 있었다.

종대는 먼저 아들 앞으로 다가가 그 입술에 자신의 입을 비볐다. 얼음처럼 차가웠다. 그는 아들이 늘 가지고 놀기 좋아하던 장난감 기타를 아이의 가슴 위에 안겨놓았다. 그는 엎드려 기어서 딸아이의 입술과 이마에 키스를 했다. 그리고 이불을 아이의 얼굴까지 덮어주었다. 그는 마지막으로 아내의 입술에 입을 맞대었다. 차디차고 창백해서 아내는 밀랍으로 빚은 인형처럼 보였다. 그는 아내의 얼굴을 수건으로 가려주었다.

아내가 쓴 유서를 머리맡에 단정히 놓고 아내가 쓰다 남긴 달력종이를 펼쳐들었다. 그는 아이들이 쓰던 크레파스로 그 달력 뒷면 백지 위에다 유서를 쓰기 시작했다.

'아버지.

나 먼저 갑니다. 아버지를 원망합니다. 저세상에 가서 가정을 이루렵니다. 이정수씨는 반항했기 때문에 공범이 당황하여 죽인 것입니다.

피해자와 죄 없는 시민에게 대단히 죄송합니다. 우리를 사랑해준 모든 분들께 정말 면목이 없습니다. 최선을 다해본 우리는 후회하지 않습니다. 최덕현씨의 시체는 진주에서 산청으로 들어가는 검문소에서 산청 쪽으로 약 삼 킬로미터쯤 떨어진 고개 숲속에 묻었습니다.'

여기에서 그가 쓰던 푸른색 크레파스는 부러졌다. 그는 다시 붉은색 크레파스를 꺼내 유서를 계속 써내려가기 시작했다.

'……태양아, 큰별아, 미안하다. 여보! 당신도 용감했소. 너희들 뒤를 따라간다. 황천에 가서 집을 마련해 호화롭게 살자. 이 냉혹한 세상 미련 없다.'

그는 유서를 끝냈다.

그는 잠시 방바닥에 놓아두었던 개머리판 없는 카빈을 쥐어들었다.

그는 무엇이든 한 가지의 소망을 빌고 싶었다. 그러나 그는 그것이 헛된 것임을 잘 알고 있었다.

그는 마지막으로 눈을 떠서 사방을 둘러보았다. 아내의 시체가 두 아이를 양 옆에 두고 평온하게 누워 있는 것을 보았다.

그것이 그가 1935년 1월 24일 태어나 눈을 떠서 바라본 사물의 마지막 대상이었다. 그는 총을 들어 흰 파스가 붙여진 가슴을 겨눴다. 총구를 파스에 바짝 밀착시켰다. 그리고 그는 눈을 감았다.

최후의 숨을 크게 들이마셨다. 천천히 아껴가며 숨을 내쉬면서 그는 아득히 저편에 있는 이미 자신의 신체 일부분이 아닌 방아쇠 위에 얹혀 있는 손가락에 힘을 모았다.

그제야 마지막 한 가지의 소망이 선명히 떠올랐다. 그것은 방아쇠를 당기는 손가락 밑의 힘이 아직 죽음의 문턱에 들어서지 아니하고 살아 있는 생의 모든 힘을 모아 불꽃으로 사라지기를 바라는 마음이었다. 그 소망은 이루어졌다. 총알은 그의 마지막 힘에 의해 발사되었으며 그는 함부로 내던져졌다.

종세는 강가에서 수없이 흘러오는 것, 떠오르는 것, 밀려오는 것들을 우두커니 지켜보고 있었다. 마침내 캄캄한 강물 위에서 그가 그토록 오래 기다리던 것들이 떠서 흘러내려오는 것이 보였다.

그것은 막 죽은 자의 영혼이었다. 네 개의 영혼이 거품이 되어 행복하게 강물 위에 부유하면서 떠내려오고 있었다.

　　그들은 서로의 손을 너무 꼬옥 잡고 있었기 때문에 마치 아코디언의 주름처럼 보였다.

　　종세는 난간을 꼬옥 잡고 때로는 웃고 때로는 울고, 때로는 소리치고 때로는 절망하며, 그러나 서로의 손을 잡고 무등을 태우고 겨드랑이 속으로 손을 집어넣고 장난기 어린 간지럼을 태우면서 소프라노의 노래를 불러가면서 떠내려오는 네 개의 영혼을 보았다. 이미 죽은 자는 죽은 자들만의 세계에 있으므로 그들은 난간 위에 서 있는 종세를 보려고도 하지 않았으며 설혹 보았다 하더라도 손가락을 들어 비웃거나 놀려대지 않을 것이다.

　　종세는 다리 밑으로 떠내려오는 투명한 혼들을 줄곧 지켜보았다. 너무 가까이 다가왔으므로 손만 뻗치면 그들 영혼 중의 하나를 건져올릴 수도 있을 것 같았다. 마치 홍수에 떠내려가는 온갖 가재도구 중에 하나를 언덕 위에서 긴 장대로 건져 끌어올려내듯이.

　　물살은 빠르고, 온갖 떠내려오는 것들도 이제 더이상 머무르고 싶지 않은 눈치가 역력했으므로 물살보다 더 빨리 흘러가고 있었고, 그들의 혼들도 더 빨리빨리 흘러가고 있었다.

　　다리 밑으로 흘러든 그들은 이내 보이지 않았다.

　　그래서 종세는 뛰어가 반대편 난간에 서서 다리 밑으로 숨어들어간 혼이 빠져나와주기를 기다렸다.

　　이윽고 그들은 재빠르게 나타났다. 머리를 풀어헤치고 하늘을 보고 누워서.

　　그리고 그들은 비가 내리꽂히는 강 저편 캄캄한 바다가 기다리고 있는 곳을 향해 엇샤엇샤 흘러갔다.

　　종세는 발돋움하고 멀리멀리 사라져가는 네 개의 혼을 바라보았다.

마침내 아무것도 보이지 않았다. 강물 옆 둑길을 따라 뛰어가며 목놓아 우는 통곡소리 하나가 조금 늦게 나타나서 그 혼의 그림자를 좀더 빠른 속도로 쫓아가고 있었다.

출향(出鄉)

　종세는 오늘밤 정읍을 떠나기로 했다.

　그는 모든 준비를 끝내놓았다. 조그만 여행가방에 종세는 며칠 전부터 자기가 가진 옷가지들을 쑤셔넣고 있었다. 가져갈 것은 그것밖에 없었다.

　그는 물 마른 정읍교 자갈밭에 한 달 동안이나 천막 치고 붉고 푸른 깃발 날리며 북 치고 나팔 불던 대륙서커스단이 해질 무렵 천막을 걷는 것을 내내 지켜보았다.

　강 건너 읍내장 열릴 때마다 소를 매어놓는 우시장에 걸터앉아서 어제까지 노래하고 춤추던 서커스 단원들이 춥지도 않은가 흰 러닝셔츠 바람으로 지난 한 달 동안 온 마을을 떠들썩하게 하던 서커스 천막을 주섬주섬 거두는 것을 지켜보았다.

　키 작은 난쟁이들도 떠나는 짐을 기들고 있었고 호루라기 불 때마다 펄떡펄떡 두꺼비처럼 도수체조 넘던 사내들도 천막을 걷어내고 트럭에 영차영차 실어내고 있었다.

종세는 한 달 전 그들이 읍내로 들어왔을 때를 분명히 기억하고 있었다.

추수한 빈 들판을 가로지르며 기차역에서부터 고물 트럭 한 대가 먼지를 풍기며 나팔 불면서 붕작붕작 읍내로 들어오자, 어른이고 아이들이고 한걸음에 군청 앞까지 나아가 이 요란한 풍각쟁이들을 박수로써 맞았다.

트럭 위에서 난쟁이가 흰 횟가루를 연방 방귀 뀌고 있었고, 원숭이 두 마리가 모자를 쓴 채 까악까악 비명 지르며 사람들을 내려다보고 있었다.

그들이 물 마른 냇가에 말뚝을 박고 장대를 세우고 밧줄을 연결하고 천막을 세우기까지 다른 한 떼의 풍각쟁이들은 온 읍내를 돌아다니며 나팔 불고 노래를 불렀다.

"슈산 슈산 슈산 보이. 구두를 닦으세요. 구두를 닦으세요."

아이들은 종일토록 읍내를 돌아다니는 풍각쟁이들의 뒤를 졸졸 따라다니고 있었고 어른들은 벌쭉벌쭉 웃으며 그들을 구경했다.

그날밤부터 서커스는 시작되었다.

오락거리라고는 경찰서 앞 낡은 극장에서 하루에 한 번만 상영되는 영화밖에 볼 수 없는 읍사람들은 그날밤부터 까맣게 몰려들어 요술을, 공중그네타기를, 불 붙인 원판 사이를 뛰어넘는 곡예를, 접시 돌리기를, 난쟁이 어릿광대를, 그리고 그들이 공연하는 〈17년 만의 복수〉라는 연극을 보며 눈이 붓도록 울고 또 웃었다.

한 사람이 모두 한 번씩만 본다면 기껏해야 일 주일이면 끝장나는 서커스가 한 달가량 계속되었던 것은 어린아이들은 어린아이들대로 어른들은 어른들대로 두 번이고 세 번이고 서커스를 보았기 때문이었다.

서커스가 끝나면 아이들은 극장 앞 여관에 진치고 숙박하는 단원들을 막연히 훔쳐보거나 불 꺼진 천막 앞에 앉아 있는 원숭이들을 넋 잃고 바라보기도 했다.

　종세도 그들이 온 홋날부터 그들의 뒤만 쫓아다니는 아이들 틈에 끼어 있었다. 그것 말고는 달리 할 일도 없었기 때문이었다. 산정 약수터에서 물로 배를 채우거나 극장에서 이미 본 영화를 열 번이고 다시 구경하는 것밖에 달리 할 일이 없었다.

　지난 여름 신태인 사기점에서 하루 점원 노릇 하다가 온종일 사기그릇 서너 장 깨어먹고는 단돈 오백환 받고 쫓겨난 이래로 종세는 그저 읍내를 들개처럼 쏘다니며 거리에 버려진 담배나 피워대거나, 아니면 하루에 네 번씩 오르내리는 호남선 완행열차를 훔쳐타고 신태인까지 나가 백골부대 완장을 차고 행패부리는 상이군인들에게서 싸게 산 사카린 한 알을 빈 사이다 병에 물 가득 채워 단물을 만들어 빈 속이 터져라 동진강 가에 주저앉아 먹고 또 먹고 해가 저물면 빈 병을 강물에 띄워 보내고 석탄 화물차에 실려 돌아오는 일만이 종세가 하는 유일한 오락거리였다.

　몇 번이나 이 정읍을 떠나려 했던가.

　정읍은 종세에게 원수의 땅이었다.

　일 주일이면 하루는 역 구내에 숨어 있다 상행하는 완행열차를 훔쳐 타곤 했었다. 역사에서 한 마장만 나가도 철조망은 없었고 그저 빈 들판이었다.

　낟가리 쌓아둔 짚단만 빈들에 드문드문 누워 있을 뿐 동리에서도 쫓겨난 미친개들만 벌판에 서서 여름내 시달린 허수아비 팔목을 물어뜯고 있었다.

　기차가 역에 멎었다 떠나기 시작하면, 엎드려 있던 종세는 미친 듯이 뛰어 바람을 가르는 철마와 함께 달리다 어느 순간 쇠난간을 휘어잡고 화물차에 올랐다. 이윽고 헐떡이는 숨을 가누면서 쉬익쉬익 사라져가는 빈벌을 노려볼 때마다 종세는 이제 나는 다시는 돌아오지 않겠다, 다시는 절대로 정읍으로 돌아오지 않겠다고 이를 악물고 침을 퉤퉤 뱉었다.

이대로 나는 서울로 갈 것이다. 절대 돌아오지는 않을 것이다.

종세는 몇 번이고 다짐했다.

그러나 이리역이 그가 가본 마지막 도시였다. 기차가 신태인을 지나, 와룡을 지나 마악 부용을 지나 곧 이리로 들어설 무렵이면 종세는 왠지 자신을 잃었다.

아직 나는 떠날 때가 되지 않았다는 막연한 두려움이 가슴을 찢고 한 번도 자기 혼자 떠나본 적이 없는 낯선 도시의 이상한 굴뚝과 이상한 사람들의 이상한 말들이 치익치익 칙칙칙칙 레일에 부딪는 기차의 굉음에 섞여 악몽처럼 떠오르고 종세는 마악 이리역으로 들어가기 위해 속력 줄인 기차에서 팽개친 돌멩이처럼 굴러떨어지곤 했다.

철로 연변에 주저앉아 울기도 했고, 비겁한 자신에 대한 부끄러움과 지독스런 시장기에 탈진한 상태로 떨어진 담배꽁초를 주워 피우면서 일 년 전 무턱대고 떠난 형 종대를 생각하곤 했다.

"난 떠나겠다, 이 쌔끼야."

오랜만에 읍내에서 만난 종대는 종세를 보자 그렇게 말했었다. 거의 두 달 만에 본 종대였다. 사변이 나자 좋아라고 다니던 중학교를 이학년 때 때려치운 종대는 일 년이면 겨우 사흘 정도만 집에 돌아올 정도였다.

전쟁이 났을 때 그는 열다섯 살이었다.

그후 정읍을 떠나기까지 종대는 삼 년간을 아무것도 하지 않고 지냈다. 종대는 누구보다도 군대에 들어가고 싶다고 안달하였고 학교

출향(出鄕) 81

를 때려치운 것도 군대에 들어가기 위해서였다. 그는 나이쯤은 얼마든지 속일 수 있다고 큰소리쳤었지만 누구나 그의 앳된 얼굴을 보고는 고개를 절레절레 흔들었다. 그러나 어디서 구했는지 염색도 되지 않은 군복을 입고 다녔으며 벌써 그 어린 나이에 읍내를 휘어잡고 있었다.

그의 활동무대는 주로 산장 유원지였는데, 놀러온 젊은 축들은 대부분 으슥한 곳에 끌려가 한 대 얻어맞고는 하다못해 담배 한 개비라도 바치지 않으면 무사하지 않을 정도였다.

물론 처음부터 그런 짓을 한 것은 아니었다. 전쟁이 끝날 무렵 종대는 종세를 끌고 흉가로 낙인찍힌 빈집에 들어가 도둑고양이를 잡는 법을 가르쳐주기도 했다.

"잘 봐둬, 이 새끼야."

절대로 종대는 종세 앞에선 사투리를 사용하지 않았다. 어쩌다 종세가 사투리를 쓸라치면 종대는 종세의 머리통을 쥐어박곤 했다.

"이 새끼야, 너나 나는 전라도 새끼가 아니야. 우리 고향은 경상남도 양산군 서생면 신앙리야. 우린 경상도 문둥이 새끼들이야. 전라도 사투리를 쓰면 주둥이를 찢어놓겠어."

종대는 절대 집고양이를 잡아서는 안 된다고 다짐했다. 잡으려면 도둑고양이만 잡아야 한다고 가르쳤다. 도둑고양이는 보통 고양이와 달라서 꼬리를 늘어뜨리고 다닌다고 그는 일러주었다.

종대는 도둑고양이를 잡는 데 천재적인 솜씨를 발휘하고 있었다. 도둑고양이는 주로 흉가나 전쟁통에 집 버리고 나갔던 무너진 폐허에 낮 동안 숨어 있다 밤에야 어린아이 울음소리를 내면서 돌아다니는 습성을 알고 있던 종대는 도둑고양이를 발견하면 눈 깜짝할 사이에 목을 졸라 죽였다. 종대와 종세는 솔가지를 주워다 불을 붙이고 그것을 구워 먹었다. 고양이를 쥔 순간 다리를 세워들고 양 겨드랑이를 간질이면 고양이는 비명소리조차 지르지 못했다.

어디 고양이뿐이었던가.

사람의 고기만 아니면 그들은 무엇이든 먹었다.

뱀풀도 먹고 솔껍질도 먹었으며 보리싹이 파랗게 모가지를 내밀면 그새를 못 참아 모가지를 뽑아다 질겅질겅 씹었다. 이미 전쟁은 끝났지만 그리하여 누구든 일가친척 중에서 병신이 되거나, 어느 날 밤 흰 상자에 담겨 뼛가루로 돌아오거나 폭격에 흔적도 없이 죽었지만 요행히 살아남은 자가 다시 굶어죽을 수는 없는 노릇이었다. 전쟁중에 아들을 잃은 노파 하나가 문턱에 매달아놓은 약용 복어알을 끓여먹고 죽은 뒤 실성한 며느리는 읍내를 돌아다니며 사람들이 볼 때마다 찢어진 치마를 걷어올리고 자신의 성기를 보이고 있었다.

"괴기 좀 먹었으면. 아이고 괴기 좀 먹어봤으면."

미친 며느리는 평소 시어머니가 입버릇처럼 되풀이하던 말을 중얼거리며 읍내를 쏘다니고 있었는데, 어느 날 말고개 외진 숲길에서 종세는 그 여인과 정면으로 마주친 적이 있었다.

그때 그 여인은 진달래꽃을 머리에 온통 꽂고 아랫도리는 벗은 채 양지바른 바위에 걸터앉아서 이를 잡고 있었다.

종세가 몇 발짝 물러서려 하자 여인은 무성히 핀 핏물 같은 진달래 가지 하나를 성기 속에 꽂으며 깔깔거렸다.

"괴기 좀 다고. 아이고, 괴기 좀 주드라고."

그 미친 여인을 어느 누가 건드렸는지 읍내에서 목욕하는 그 여인의 배는 눈에 띄게 불러 있었다. 그해 가을 그 여인은 아이를 낳다 죽었는데 그 이후 다리 밑에 살던 거지 하나가 정읍을 아예 떠나버렸다.

그렇다. 종대는 삼 년 동안 그가 말했던 대로 고향이 아닌 정읍에서 어떡하든 살아보려고 바둥거렸다.

어떤 때는 철공소에서 달아오른 쇳덩어리를 해머로 두들기기도 했으며 극장 간판을 그리기도 했다. 그러나 사변통에 내려온 타향 사람을 정읍 사람들은 달가워하지 않았다.

정읍 사람들 둘 중의 하나는 전쟁에서 죽거나 인공 때 죽었으며, 나중에는 내장산까지 도망갔던 빨치산들의 죽창에 찔려 죽었다. 그래서 정읍 사람들은 막연히 외지에서 흘러든 사람들은 모두 빨갱이라고 믿고 있었으며, 그래서 종대는 버림받은 이방인이었다.

종세가 형을 읍내에서 잠시 못 봤다 싶으면 종대는 기차를 훔쳐타고 이리나 군산 아니면 광주까지 무턱대고 내려가 삼남극장 선전실에서 빌붙어먹다가 돌아오든지, 군산 하역장에서 품삯 받고 짐을 부리다가 돌아오는 것이 분명했다.

"난 배를 탈 거야. 배 타고 떠날 거야."

입버릇처럼 중얼대던 종대는 그러나 군산에 다녀오면 등허리의 살갗이 벌겋게 벗겨져 있곤 했다. 한눈에도 몸이 우람하게 크거나 체격이 좋은 편이 못 되는 종대는 짐을 부리는 일에도 적합지 못했으므로 아무리 무거운 짐을 열심히 나른다고 하더라도 뱃사람 눈에 들 수는 없는 노릇이었다.

그는 점점 난폭해지기 시작했다. 고향은 아니지만 정읍이 설혹 그를 따뜻하게 맞아주었다 하더라도 그는 핏속에 끓어오르는 광기를 정읍에 완전히 묻어버리지는 않았을 것이다.

그는 군복을 입고 읍을 휩쓸고 다녔다. 성깔 있는 장꾼들도 닷새마다 열리는 장터를 휩쓰는 종대를 당해내지 못했다.

비록 열여덟의 새파랗게 젊은 키 작은 종대는 상이군인에게서 얻은 쇠갈고리를 주머니에 깊숙이 찌르고 다녔다. 그가 손을 벌렸는데 돈을 주지 않으면 종대는 말뚝에 매어놓은 소의 귀를 자르겠노

라 협박했다. 아무도 그의 말이 단순한 공갈에 그치리라고는 생각
지 않았다.

불과 열여덟에 그는 온 읍내를 장악하고 있었다.

종세가 우연히 종대와 마주칠 때마다 종대는 낮술에 취해 있었다.
피우던 담배를 내어주며 종대는 옆에 서 있는 자기보다 훨씬 몸집
이 큰 친구들에게 으름장을 놓곤 했다.

"늬들 말이여, 우리 동생한테 괜히 까불면 가만 안 둘 텡게 그리
알더라고. 알겄냐, 잉."

그는 일부러 과장된 사투리로 비아냥거리며 웃었다.

그러나 정읍이 그의 미친 피를 달래줄 수는 없었다.

마치 정읍 근방의 애산이 죽은 아이들의 혼을 달래줄 수 없듯이.
예부터 정읍 사람들은 염병을 앓거나 홍역을 앓다 죽은 아이를 항
아리에 담아 애산에 갖다 묻곤 했었는데, 칡뿌리를 캐다보면 으레
깨진 항아리 파편들이 드문드문 나오곤 했다.

그와 마찬가지로 그의 광기를 정읍이 잠재워줄 수는 없었다.

우연히 읍내에서 만났을 때 종대는 자기가 입던 비닐옷을 벗어주
고는 이렇게 말했다.

"오늘밤 기차로 정읍을 떠난다. 이 쌔끼야, 이걸 입어라. 아직 좀
크긴 하다만 곧 니가 키가 크면 맞겠지. 아버지는 잘 있냐?"

종대는 절대로 어머니의 안부는 묻지 않았다. 둘은 아버지는 같았
지만 어머니는 달랐으므로.

"이번엔 정말 떠난다. 저 부산에나 가든지 아니면 군대나 나갈 거
다. 잘 있어라."

부산엔 죽은 제 엄마의 여동생이 살고 있는 것을 아는 종세는 "언
제 오는데?" 하고 물었다. 그러자 종대는 콧방귀를 뀌었다.

"씨팔, 죽어도 이젠 안 돌아온다. 이 원수놈의 땅엔 눈깔에 흙 들

어가기 전엔 절대 돌아오지 않는다."

그는 침을 세 번 뱉었다.

"아버지가 혹 나 못 봤냐고 묻거들랑 모른다고 해라. 어차피 찾지도 않을 것은 안다마는 너한테 편지 쓰고 싶을 때는 극장으로 부치마. 가끔 들러 편지 왔느냐고 물어라."

종대는 피우던 담배를 종세에게 주었다. 종세는 담배를 받아 피웠다. 종대는 목로주점 긴 의자에 쭈그리고 앉아 가만히 종세를 보았다.

"말리지는 않겠지만 열 살 때부터 담배 피우다간 뼈가 굳어 키 못커. 술 마시는 게 낫다. 먹을 테냐?"

종대는 자신의 잔에 막소주를 따라주었다. 일곱 살 차이지만 두 형제의 얼굴은 쌍둥이처럼 닮아 있었다. 종세는 술을 들었다. 딸꾹질이 나왔다. 종대는 술을 잘하지는 못했다. 한 잔에 얼굴이 페인트칠한 것처럼 빨개졌다. 그러나 그는 가끔 술을 먹었는데 그것은 술을 즐겨서가 아니라 나이가 어리다는 약점을 숨기려는 짓이었다.

어디선가 노랫소리가 들려오고 있었다.

"아내여, 이 땅에 굳세게 사세요. 당신과 만날 때에 백년 살자고 세월이 하 수상하니 내일 기약 없어라. 죽어서 백골이나 돌아오리다."

"나도 죽어서 백골이나 돌아올 거다."

종대는 후렴처럼 말했다.

종세는 눈앞이 온통 돌 정도로 취해 있었다.

"이놈의 정읍 땅에서 못 볼 것만 봤다. 떠날 때 냇가에서 눈 씻고 떠나겠다. 너도 나처럼 이곳을 떠나라. 이르면 이를수록 좋을 게다."

그날밤 종대는 그의 말대로 정읍을 떠났다.

종세는 호롱불마저 꺼진 토담벽에 코를 박고 누워 쏟아지는 잠을 참고 기다렸다. 한밤중 연지리 철교로 굴러가는 완행열차의 기적소리가 들려왔다. 종세는 숨을 죽였다. 달빛 부서지는 냇가에서 눈을 씻는 종대의 모습이 보였다.

종대는 그의 말대로 정읍을 떠났다.

떠난 지 반 년 뒤에 종세는 그의 편지를 극장에서 받아보았다. 편지속에 든 사진에는 군복을 입은 종대가 흰 이빨을 보이고 웃고 있었다. 그는 카투사 복장을 하고 있었고 지프의 운전대를 쥐고 있었다.

며칠 동안은 용케 그의 사진을 갖고 다녔다. 그러나 오랫동안 가지고 다닐 수는 없었다. 왜냐하면 종대가 사라진 뒤 읍내 상점 여기저기에서 그가 빚지고 도망갔노라고 경찰서에 알린다 야단법석이었기 때문이었다.

종세는 다리 위에서 사진을 찢어버렸다. 사진은 갈가리 찢겨 냇물에 떠서 흘러갔다.

그 이후부터 종세는 자기도 이곳을 떠나야 한다고 늘 생각했다. 종대의 말마따나 이곳은 그들의 고향이 아니었다.

실제 그는 몇 번이고 상행 완행열차를 타고 일단 떠나기는 했었지만 마음이 약해 중도에서 포기하고 내리거나 아니면 화물칸을 지키는 화부들에게 걸려 실컷 매를 맞는 것이 고작이었다.

화부들은 그를 단순한 무임여행자로 생각하지 않고 달리는 기차에 뛰어들어 석탄을 훔쳐내는 좀도둑으로 생각하는 눈치였다.

서커스단의 울긋불긋한 깃발이 나부끼고 점심 무렵마다 원숭이와 난쟁이를 앞세운 풍각쟁이들이 쇳소리 나팔을 불고 쿵쿵쿵 북치며 행진할 때마다 종세는 그들의 행렬을 따라 걸으며 어쩌면 이들을 따라 함께 떠난다면 아무 두려움 없이 이 고장을 떠날 수 있을지도 모른다는 막연한 생각이 들었다.

그렇다.

이들을 따라 떠난다면 나는 어디든 갈 수 있을 것이다. 이상한 말을 하는 이상한 사람들이 사는 이상한 고장에 나는 갈 수 있을 것이다.

나무가 물구나무서고 바다가 강으로 흘러가는, 난쟁이와 키다리가 춤추고 굴뚝에서 꽃이 피어나며 꿈이 잠보다 길고 해가 서쪽에서 떠서 동쪽으로 지는 이상한 곳.

모든 사람들이 거리로 밀려나와 반은 웃고 반은 울며 지켜서서 발을 구르는 거리 한복판을 쿵자락 쿵자락 나팔 불면서 걸어가는 자신의 모습을 종세는 꿈속에서 언제나 보았다.

거의 매일이다시피 종세는 천막을 들치고 몰래 숨어들어가 서커스를 보았는데 그런 밤에는 자신이 줄 타고 불 속으로 뛰어들거나 원숭이한테 잡아먹히는 꿈을 꾸었다.

아아, 정말 이상한 나라에서 이상한 말을 하는 이상한 사람들이 온 것이었다. 온 읍내가 낮잠에서 깨어나 번쩍 눈 뜨고 기지개를 켜면서 이들의 요란스런 모습을 눈부시게 바라보고 있었다.

서커스 단원 속에는 종세 나이 또래의 소녀 하나가 있었는데 그애는 자전거도 타고 줄도 타고 2부에는 연극에도 출연하는 만능배우였다. 뻔쩍뻔쩍거리는 무대복을 입고 추운 가을인데도 종아리를 드러내놓고 있었다. 굉장히 진한 화장을 하고 있었으므로 종세는 그애가 할머니인지 어른인지 아니면 어린애인지 구별되지 않았다. 그애는 자기가 출연하는 시간이 아닐 때면 관중 사이를 돌아다니면서 출연하는 사람들의 사진을 팔고 있었다.

"사진 있어요. 예, 사진이오. 사진 사세요. 백환이에요."

종세는 밤마다 그애를 꿈속에서 보았다.

아무도 그애가 파는 사진을 사지 않았다. 종세는 그 사진을 한 장 사고 싶었다. 그러나 용기가 나지 않았다. 많은 사람들 앞에서 사진

한 장 달라는 말을 할 수 있는 용기는 도저히 나지 않았다.

며칠을 벼르다 종세는 관중석을 돌아다니며 사진을 판 후 무대 뒤로 마악 사라지려는 그애 앞으로 달려갔다.

"애."

일단 불러세우고 종세는 숨을 가누었다.

계집애는 종세를 마주보았다.

"사진 한 장 사고 싶은데."

"니가?"

계집애는 믿어지지 않는다는 듯 종세를 보며 대뜸 반말을 했다.

진한 화장품 냄새가 났다.

"누구 사진 줄까? 난쟁이 사진?"

"아니."

"그럼?"

"니 사진을 다오."

계집애는 입을 삐죽거렸다. 그러더니 바구니에 담긴 사진 한 장을 꺼내주었다. 값을 지불하고 나서 종세는 사진을 보았다. 모자를 쓰고 짧은 치마를 입은 계집애가 하얗게 웃고 있는 사진인데 그 밑에는 자필로 쓴 사인이 들어 있었다.

송영란.

종세는 가만히 계집애의 이름을 불러보았다.

송영란. 송영란.

갑자기 막연하게 꿈의 회랑(回廊)을 걸어가는 이상한 나라에서 온 이상한 사람들이, 나와는 무관한 사람들이 아니라 이들을 보는 순간 함께 섞여도 무방한 다정하고 낯익은 사람처럼 여겨졌다.

그날밤 종세는 극장 앞 여관으로 달려갔다.

서커스 단원들이 대부분 그 여관에 묵고 있었는데 한 떼의 아이들이 몰려서 이 신기한 사람들의 일거일동을 낱낱이 지켜보고 있었다.

사람들은 이 집요한 호기심을 충분히 만족시키고 있었다. 그들은 여관 마당에서 운동을 하거나 방문을 열어놓고 화투를 치고 빙 둘러앉아 밥을 먹었는데, 그들의 밥 먹는 모습을 보는 것만으로도 아이들은 바지에 오줌을 찔끔찔끔 싸대고 있었다.

이 아이들의 호기심의 대상은 그뿐만이 아니었다. 이들은 공연히 들락거리며, 어이 너희들 중 누구 화약 좀 까줄 사람 있어, 매일 구경 공짜로 시켜줄게라든지, 어이 누구 심부름 좀 해줘. 천막에 가서 김씨 밥 먹으러 와달라고 말 좀 해줄래. 아니면, 어이 누구 심부름 좀 해줘. 조기 가서 술 한 병만 사다다오.

이런 심부름 부탁은 그들의 행동을 지켜보고 있는 아이들에게는 매우 기쁜 것으로 모두 나서서 서로 하려 들었으며 그래서 아주 작은 실랑이까지 벌어질 정도였던 것이다.

그러나 종세가 버티고 있는 한 아무도 종세가 허락하기 전에는 자기가 먼저 심부름하겠다고 나설 수는 없었다. 종세는 종대의 후광도 후광이려니와 같은 나이 또래 소년들을 무자비하게 위압하고 있었다. 정읍 읍내에서는 아무도 종세를 함부로 대할 수 없었다. 비록 종대는 일 년도 훨씬 전에 떠나버렸지만 언젠가는 돌아올 것이라는 강한 잠재의식을 남기고 떠났으므로 종세를 어린애로 취급하거나 심한 행동은 할 수 없었다.

종세는 열두 살이었지만 스무 살 정도의 청년들에게도 담배 한 대 얻어 피울 수 있었다.

종세가 여관 문 앞에 서 있노라니 마침 한 사내가 러닝셔츠바람으로 나타났다. 종세는 그가 누군지 잘 알고 있었다.

그는 곡마단 단장이었다.

"누구 없어? 심부름해줄 사람 없어?"

아무도 나서지 않았다. 서너 발짝 떨어져 아이들은 종세의 눈치를 살피고 있었다.

"저요."

종세는 그를 마주보았다.

"너 심부름 좀 해줄래?"

"예."

"좋아. 저 천막까지 가서 난쟁이 아저씨보구 빨리 좀 오라구 해라. 그 대신 심부름하구 나한테 들러. 내가 공짜표 하나 줄 테니."

"예."

종세는 캄캄한 거리를 말처럼 뛰었다. 그는 골인지점을 향해 뛰는 단거리 주자처럼 이를 악물고 뛰었다. 누가 보는 것도 아닌데 마치 자신의 역량을 시험해보는 기회인 것만 같아 종세는 이를 악물고 다리까지 뛰었다.

천막은 어두웠다. 젊은 사내 둘이서 천막 입구에 앉아서 술을 마시고 있었다.

"어디 가니?"

"심부름 왔습니다. 여관에서요."

"들어가봐라."

사내는 귀찮다는 듯 턱으로 입구를 가리켰다.

종세는 천막 안으로 들어갔다.

텅 빈 무대는 낮보다 훨씬 커 보였다. 알전구 불빛이 조잡하게 가설해놓은 기둥 위에서 희미하게 빛났다. 체조선수 둘이 무대 위에 올라서서 덤블링을 하고 있었다.

난쟁이는 무대 끝 객석에 앉아서 호루라기를 불고 있었다.

종세가 다가가자 난쟁이는 종세를 보았다. 종세는 그가 앉아 있는 것으로 생각했다. 그러나 그는 서 있었다. 그런데도 그는 종세의 어깨에도 닿지 않았다. 그는 일부러 주름살을 가득 만들어 보이며 무서운 표정으로 물었다.

"꼬마야, 누굴 찾니?"

"아저씨요."

"왜?"

"여관에서요. 금방 오시래요."

"알겠다. 가자."

난쟁이는 갑자기 제자리에서 펄쩍 뛰어 물구나무서기를 했다.

"꼬마야, 물구나무서기 할 줄 아니?"

거꾸로 선 채 난쟁이는 종세를 보았다.

"예."

"그럼 해봐라."

종세는 쑥스러웠다. 그러나 망설일 수는 없다고 생각했다. 어떻게든 잘 보이지 않으면 안 된다고 종세는 생각했다. 종세도 물구나무서기를 했다.

"걸을 줄 아니?"

난쟁이가 물구나무선 채 몇 걸음 두 팔로 걸으며 웃었다.

"아뇨."

"됐다. 그만하면 아주 훌륭하다. 좋았다. 가자."

두 사람은 천막을 나왔다. 읍내로 들어서자 사람들이 그를 보고 그저 무턱대고 웃었다. 종세는 자신의 어깨에도 못 미치는 그와 나란히 걷는다는 사실이 자랑스러웠다. 난쟁이는 자기를 바라보고 있는 사람들의 시선을 충분히 인식하고 있었다. 그래서 그는 사람들 앞에서 대여섯 번 팔짝팔짝 재주를 넘었다. 마지막에는 엉덩방아를 찧었는데 그러자 엉덩이에서 하얀 횟가루가 뽕 하고 피어올랐다.

여기저기서 웃음이 터졌다.

종세는 난쟁이와 둘이서 여관 안으로 들어섰다. 여관 마당 평상에 앉아서 한 사내가 노래를 부르고 있었다.

"라일라일 호궁이 운다. 라일라일 호궁이 운다. 아―아, 애달픈 홍콩의 밤거리."

단장은 평상 위에 앉아 있었다. 들어선 난쟁이와 종세를 보자 단장은 당장 고함부터 질렀다.

"뭘 하고 있는 거야? 도대체 어디 있다 온 거야?"

"천막에 있었습니다."

난쟁이는 유난히 큰 머리통을 긁적거렸다. 마치 웃기려는 듯이. 그러나 단장은 웃지 않았다.

"들어가봐."

단장은 흘끗 우두커니 서 있는 종세를 보았다.

"누구냐? 누군데 여기 서 있어?"

"심부름한 꼬맙니다."

방 안으로 들어가다 말고 난쟁이가 말참견을 했다.

"오라, 알겠다, 됐어. 별 구경하고 싶단 말이지."

그는 주머니를 주섬주섬 뒤졌다. 그는 조그만 종이쪽지 한 장을 종세에게 주었다. 종이쪽지엔 도장 하나가 찍혀 있었다. 종세는 그것을 받지 않았다.

"왜 받기 싫으냐?"

"아닙니다."

종세는 고개를 흔들었다.

"구경은 매일같이 했습니다. 표를 받는 대신 부탁이 있습니다."

"부탁?"

귀찮다는 듯 단장은 이마를 찌푸렸다.

"까다로운 꼬마로구나. 무슨 부탁이냐?"

"이곳을 떠날 때 저를 데려가주셨으면 합니다."

"뭐라구?"

단장은 믿어지지 않는다는 듯 머리를 흔들었다.

"너를 데려가달라구?"

"예."

"도대체 어디로 말이냐?"

"서커스단이 가는 데면 어디든 따라가겠습니다."

한심하다는 듯 단장은 썼던 털모자를 벗고 머리를 긁었다. 모자를 벗자 민대머리가 나타났다. 그는 손가락 다섯 개를 펼쳐 보였다.

"꼬마야, 이게 몇 개인지나 아니?"

"다섯 갭니다."

"손가락 숫자를 아는 걸 보니 미친놈은 아닌 모양이로구나. 보아 하니 너는 이 정읍 동리 꼬마는 아닌 것 같다. 사투리를 쓰지 않는 것을 보니. 제법 똑똑하게 뵌다마는 도대체 너는 뭘 하는 놈이냐? 아버지나 어머니는 계시냐?"

종세는 생각했다. 잠시 후 그는 대답했다.

"전 고압니다."

"그럼 고아원에 있냐?"

"예, 고아원에 있습니다."

"우린 사람 도둑질은 하지 않아. 우린 사람 간을 빼먹는 문둥이는 아니다. 사람 따위는 훔치지 않아."

"전 따라갈 겁니다."

"누구 맘대로."

"절 데려가지 않으면 가만두지 않을 겁니다."

단장은 뚱뚱한 몸을 거들먹거리며 웃었다.

"뭐라구? 우리가 널 데려가지 않으면 어떻게 한다구?"

"천막에 불을 지를 겁니다. 나는 거짓말을 하지 않습니다. 난 한다면 하는 사람입니다."

"너는 사람이 아니다. 아직 꼬마일 뿐이다. 너 몇 살이냐?"

"열다섯 살입니다."

종세는 거짓말을 했다.

"난 무엇이든 할 수 있습니다. 난 키가 작지만 힘이 셉니다. 시키면 시키는 대로 무엇이든 하겠습니다. 난 무엇이든 배울 수 있습니다."

"도대체 네가 할 줄 아는 게 무엇이 있냐?"

종세는 생각했다. 그는 더듬거리며 대답했다.

"난쟁이 아저씨 앞에서 물구나무서기도 했습니다. 가르치면 무엇이든 배울 수 있습니다. 먹으라면 식초도 먹을 겁니다. 그래야 몸이 말랑말랑해진다면 얼마든지 먹겠습니다."

단장은 껄껄대며 웃었다.

"좋다. 일단 오늘은 돌아가거라. 우린 열흘 뒤 이곳을 떠난다. 그때까지 다시 한번 생각해봐라. 여기선 그렇게 말했지만 집에 가면 곧 생각이 달라질지도 모른다. 오늘은 가거라. 곰곰이 생각해봐도 마음이 변하지 않으면 그때 다시 오너라. 어쨌든 이 공짜표는 받아야지. 심부름값이니까."

종세는 꾸벅 인사를 하고 여관을 나섰다. 그날밤 종세는 여행용 백에 자신의 옷가지를 챙겨넣었다. 언제라도 떠날 준비를 끝내놓고 종세는 빈 시간이면 언제나 정읍 다리 건너편 무너진 말뚝에 쭈그리고 앉아 그들을 지켜보았다.

행여 그들이 야밤에 몰래 나를 두고 도망가버렸을까 걱정이 되어 종세는 새벽마다 부리나케 집을 나와 새벽이슬이 맺힌 천막을 확인하곤 했으며 잠시라도 그들에게서 눈을 떼지 않았다.

단장은 열흘 뒤쯤 떠날 것이라고 말했지만 그 말은 믿어지지 않았다. 떠나려 하면 그들이 기별도 없이 찾아와 눈 깜짝할 사이에 말뚝을 박고 장대를 올리고 나팔을 불었던 것처럼, 마찬가지로 떠날 때는 흔적도 없이 짐을 꾸리고 떠나버릴지도 모른다는 걱정에 종세는 눈에 불을 켜고 한밤중에라도 냇가에 나가보았다.

이미 겨울이 다가와 야밤의 냇물은 하얗게 살얼음이 얼어붙어 있었다. 푸른 달빛이 살얼음 낀 냇물 위에 잔주름살로 부서지고 자갈들은 얼어붙은 성에를 반짝이고 있었다. 몰아쳐오는 겨울바람에 마른 나뭇가지들이 종아리를 걷고 밤새도록 벌을 서고 있었다.

나는 떠난다.

종세는 얼어터진 볼 위로 사정없이 달라붙는 바람에도 아랑곳없이 꿋꿋이 버티고 서서 달빛 아래 잠든 정읍 거리를 바라보며 외치고 또 외쳤다.

컹컹컹 여기저기서 개들이 짖었다. 늦은 술주정꾼의 발걸음도 잦아들고 기름 아끼려 호롱불마저 끈 거리는 죽음과 같은 정적에 빠져 있었다.

보름달이 뜨면 이윽고 한 마리의 개가 우워워 울기 시작하고, 여기저기 다른 개들이 거기에 화답하여 우워워 ― 우워워 ― 울었다.

나는 떠난다. 이 거리를 떠날 것이다.

종세는 밤마다 둑 위에 올라서서 이를 악물었다.

그 매일밤을 다짐했던 생각이 마침내 결정을 보아야 하는 때가 닥쳐온 것이었다. 바로 오늘밤 공연이 끝나자 한 대의 트럭이 천막 앞으로 끼익 ― 자갈을 튀기면서 다가와 섰던 것이다.

종세는 뭔가 심상치 않은 낌새를 받았다. 그는 언젠가 만났던 난쟁이를 천막 앞에서 만났는데 종세가 꾸벅 인사를 하자 난쟁이는 무턱대고 인사를 받았다.

"안녕하세요?"

종세는 상냥하게 웃으며 말했다.

"누구냐?"

난쟁이는 눈을 가느다랗게 뜨고 종세를 보았다.

"절 모르시겠어요?"

"가만있자. 너는 언젠가 심부름했던 꼬마가 아니냐?"

"예."

종세는 큰 소리로 대답했다.

"웬일이냐?"

다소 시큰둥하게 난쟁이는 물었다.

"이제 여길 떠나시나요?"

"그래. 우린 오늘밤 떠날 거다."

난쟁이는 침을 뱉었다.

"몇시 차로요?"

"밤 열두시 완행열차로 떠난다. 짐은 트럭으로 먼저 보낼 거다. 여긴 끝났다. 손님도 없고 날씨는 춥고 끝났다."

"어디로 가는데요?"

"그건 나도 모른다."

난쟁이는 콧수염을 떼면서 대답했다.

종세는 건너 둑길에 주저앉아서 눈알이 아리도록 담배를 피고 또 피우며 지난 한 달 동안 온 읍내를 나부끼며 즐겁게 만들었던 천국의 휘장이 하나하나 떨어지는 것을 지켜보았다.

대륙서커스라는 거대한 간판이 내려졌다.

울긋불긋 운동회의 만국기 같은 깃발이 내려졌다. 표 파는 임시 가설 판잣집도 부서지고 시간이 되면 몇 명의 악사들이 녹슨 아코

디언과 트럼펫, 색소폰을 구성지게 불어대던 판막이도 비껴 내려오고 양 옆에 내건 확성기도 치워졌다. 그러더니 몇 명의 사내들이 천막을 거둬내렸다. 영치기 영차 노래 부르며 굵은 알통 밴 팔뚝을 움직이면서 천막을 거둬내고는 그것을 자갈밭에 펴서 착착 네모지게 접었다.

그러자 앙상한 뼈다귀가 드러났다. 읍 사람들이 앉아서 웃고 박수치던 가마니들이 차곡차곡 접혀서 트럭에 실렸고 자전거나 빙글빙글 돌아가던 둥근 마루판도 치워졌다.

얼마나 설레었던가. 1부가 끝나고 잠시 휴식시간 중에 막 내린 커튼 틈 사이로 못질하는 소리와 빨리빨리 준비하기 위해 부단히 움직이던 사람들의 발목들이 어지러이 흔들렸었다. 한 칸 높게 세운 무대 위에서 쿵쾅쿵쾅 못 박는 소리와 고함소리들이 시끌시끌한 관중석까지 새어나올 때면 아이들은 이빨이 빠질 때와 같은 고통과 근질근질한 쾌감 속에 꼼짝도 않고 숨죽이고 있었다. 이윽고 불이 꺼지고 막이 올라가면 붉고 푸른 조명 속에 조잡하게 세운 무대 세트가 드러나고 여기저기서 뜨거운 침 삼키는 소리가 참월하게 들렸었다.

그 커튼이, 세트가 치워지고 까마득한 허공에 세워진 장대와 그네들이 치워졌다. 말뚝이 뽑히고 밧줄이 칭칭 감기자 자갈밭 공터는 거짓말처럼 텅 비어 있었다.

모든 것은 신기루처럼 흔적도 없이 치워졌다.

종세는 그 모든 것을 한데서 떨면서 지켜보았다.

마지막 짐이 트럭에 실린 후 사내들마저 짐 위에 올라타고 어디론가 사라져버린 후 종세는 다리를 뛰어넘어 그곳에 가보았다. 캄캄한 어둠이 내려와 있다.

행여 무엇이건 떨어뜨려 남기고 간 물건이 없나 종세는 허리를 꺾고 자갈밭을 한바탕 헤쳐보았다. 아무것도 남아 있지 않았다. 휴짓 조각만이 바람에 불려 여기저기로 떠다니고 있을 뿐이었다. 종세는 이제 남은 것은 자기가 이곳을 떠나는 일밖에 없다고 생각했다. 그들이 하나하나 천막을 내리고 장대를 넘어뜨려 이윽고 이곳에 아무런 흔적도 남기지 않은 것과 같이 이제는 자기가 이 밤을 틈타 떠나버리는 일밖에 남아 있지 않다고 종세는 생각했다.

정읍은 그들의 고향이 아니었다.

정읍은 종세 형제에게 타향이었다.

어둠이 내리자 읍내는 전기가 들어오는 몇몇 부잣집을 빼놓고는 모두 불이 꺼졌다.

호롱불조차도 기름 아끼려 심지를 낮추었으므로 읍내는 캄캄하였다. 그 캄캄한 거리를 종세는 뛰어 집으로 돌아왔다.

난쟁이 말대로 오늘밤 역에서 밤 완행열차로 곡마단이 떠난다면 출발하는 시간인 밤 열두시까지는 아직 까마득히 시간이 남아 있었지만 종세는 서두르지 않으면 안 된다고 생각했다. 한 달 동안 대륙 서커스가 머물렀던 냇가 빈터에서 오래전부터 마음먹어온 결심을 새삼 다짐하고는 종세는 마음 변하기 전에 빨리 이 읍내를 도망쳐야 한다고 생각했다.

종세는 캄캄한 거리를 뛰었다. 집까지 가는 동안 종세는 아무도 만나지 않았다.

아버지는 읍내 도장포에서 아직 돌아오지 않았고 어머니만 집 앞 우물가에서 빨래를 하고 있었다.

종세는 부엌에 들어가 찬장을 열고 찬밥을 물에 말아 볼이 터져라고 먹었다.

이제부터 다가올 낯선 거리를 헤엄쳐나가기 위해서는 믿는 것은 자신 하나뿐, 자신의 몸뚱어리를 위해서는 배 터지도록 먹어두어야 한다고 종세는 생각했다.

행여 누가 자신의 결심을 알아차리고 등뒤에서 덥석 목덜미를 가로챌 것만 같아 종세는 씹을 겨를도 없이 먹었으며 자기의 몫 이외에 아버지의 밥까지 먹어치웠다. 배는 차올라 이내 목구멍까지 올라붙었지만 씹히는 대로 종세는 밥을 퍼넣었다.

그리고 방 안으로 뛰어들어가 오래 전부터 준비해두었던 여행용 백을 어깨에 메었다. 신태인 사기점에서 하루 일하고 받은 돈과 형 종대가 가끔씩 집어주던 돈 모두를 합쳐 종세는 꼬깃꼬깃 접어 양말 밑 발바닥 사이에 끼워넣었다.

작은 백 속에 미처 들어가지 못한 옷가지들을 종세는 닥치는 대로 껴입었다.

낯선 타향에서 부닥치지 않으면 안 될 강추위와 맞서나가려면 너저분한 옷가지들도 요긴하다는 것을 종세는 잘 알고 있었다.

세 개의 바지와 두 개의 양말, 다섯 개의 웃옷을 입고 종세는 여행용 백을 둘러메고 마당으로 내려섰다.

한꺼번에 너무 많은 옷을 껴입어 몸이 뒤뚱거렸다.

마루에서 종세는 아버지가 피우는 엽연초를 한줌 듬뿍 떠서 주머니에 집어넣었다. 역까지 가는 밤길을 내처 혼자 걸으려면 쉴새없이 담배를 피워물어야 한다고 종세는 생각했다.

우물가에서 어머니는 빨랫방망이를 탁탁 두들겨패고 있었다.

종세는 너무 먹어 한 발짝 걷자 욕지기가 치밀어올랐다. 탱자나무 밑에 목을 꺾고 회충배 앓는 소년처럼 종세는 조금 토했다.

종세는 나무 옆에 몸을 숨기고 한참이나 빨랫방망이를 두들기고 있는 어머니를 쏘아보았다.

이대로 모른 체 떠나버리는 것보다는 무언가 한마디쯤 어머니한테 남기는 것이 좋겠다고 종세는 생각했다. 그러나 무엇을 이야기할 수 있을까. 종세는 여러 가지 말들을 떠올려보았다. 어머니는 허리가 아픈지 일하던 몸을 일으켜 등을 두드렸다. 그리고 두레박을 들어 차가운 우물물을 듬뿍 떠서 양푼에 가득 채우고 있었다.

이제 떠나면 언제 올지 모르는 먼길을 떠나면서 나무 밑에 몸을 숨기고 어머니의 모습을 지켜보는 종세의 가슴은 천갈래 만갈래로 찢어지고 있었다.

종세는 아무래도 그냥 떠나야 한다고 생각했다.

이대로 헤어진다는 한마디 말도 없이 정읍을 떠나버린다 해도 어머니는 적어도 열흘간은 찾으려고 하지도 않을 것이다. 열흘 정도는 아무 곳에나 처박혀 잠을 잔다고 해도 걱정하지 않던 어머니였으니까.

떠나버린 지 열흘이 지나야만 그제야 제 곁을 떠나버린 종세를 찾으려 들 것이다.

종세는 뒷걸음질쳐 우물가를 도망쳤다.

하늘엔 반달이 이지러져 비껴 있었고 눈가에 고인 눈물 탓으로 달은 부옇게 달무리가 져 있었다.

울퉁불퉁한 좁은 골목길 옆으로 빠져 달아나는 도랑물이 좔좔 소리내며 흘러가고 있었다.

종세는 눈가의 눈물을 손등으로 씻어내렸다.

키 낮은 탱자나무 울타리를 스쳐 지나갈 때마다 낯익은 집들 창문에 비친 호롱불에 어른거리는 사람들의 그림자가 유령처럼 흔들렸다.

저만큼 일본식 집 창문에서 유난히 밝은 전깃불이 비쳐나와 어두운 길가에 반사되어 눈을 찌르고 있었다.

종세는 발을 멈추고 그 눈부신 창문을 올려다보았다. 늘상 거리에서 만나던 팔기 자식이 창가에 기대앉아 휘파람을 불고 있었다.

어둠 속으로 팔기 자식이 부르는 휘파람소리가 냉기처럼 흘러갔다.

종세는 탱자나무 울타리에 바지를 내리고 오줌을 누면서 휘파람을 불고 있는 팔기를 쳐다보았다. 잔 돌멩이를 주워 녀석의 정수리를 한 방 먹일까 생각했다가 종세는 허리띠를 채우며 고개를 흔들었다.

"우거진 털을 헤치면서 밑으로 밑으로 용갯물아 흐르거라, 우리는 전진한다."

팔기는 우리가 함께 시덕시덕 웃으며 노래하던 그 곡조에 맞춰 휘파람을 불면서 어두운 골목길을 내려다보고 있었다.

종세는 휘파람을 따라 불며 그곳을 떠났다.

"뉘기여? 노래 따라 하는 쌔끼 뉘기여?"

마악 골목길을 돌아서는 종세의 등뒤로 팔기의 고함소리가 따라붙었다.

종세는 잠자코 잔 돌멩이를 하나 주워 힘껏 눈부신 전깃불이 켜진 팔기의 집을 향해 집어던졌다. 무언가 깨지는 소리가 쟁그렁 들려왔다.

종세는 낄낄 웃으며 어두운 골목길을 뛰어 도망쳤다. 등뒤로 팔기 놈이 쫓아올 것만 같아 마음은 급하고 웃음은 그칠 새 없이 거푸거푸 터져 흘렀지만 왠지 종세는 맥빠진 기분이었다. 그래서 더러운 도랑물 가에 주저앉아 배불리 먹었던 밥알을 몇줌 토해버렸다. 좔좔 늙은이 오줌 소리로 흘러가는 도랑물 가엔 하얀 살얼음이 얇게 번져 있었다.

급히 먹은 밥이 체했는지 딸꾹질이 일어났다. 종세는 딸꾹질을 하며 큰거리로 나서는 골목길로 접어들었다.

어두운 길바닥에 시체 하나가 나뒹굴어 있었다. 종세는 다리를 꺾고 주저앉아 그 시체를 가만히 들여다보았다. 간밤에 갓 죽은 시체에서는 피비린내가 나고 있었다.

종세는 그 시체가 누구의 시체인지 알아보기 위해 얼굴을 쳐다보았다. 그러나 그 시체는 낯이 설어 누구의 시체인지 전혀 짐작이 가지 않았다. 눈을 잔뜩 감고 이를 악물고 있었다. 피는 간밤에 모두 쏟아졌는지 더이상 흘러내리지는 않았지만 쏟아내린 피들은 엉겨붙어 검게 물들어 있었다. 옆구리로 관통한 총알 자국은 작았지만 맞은편으로 빠져나간 자리는 형편없이 뭉개어져 있었다. 내팽개쳐진 따발총 하나가 도랑물 속에 곤두서 있었다.

종세는 계속 토하면서 그 시체의 얼굴을 유심히 보았다. 찌릉찌릉 누군가 자전거를 타고 오고 있었다. 페달을 밟을 때마다 희미한 자전거 불빛이 조금씩 밝아왔다. 그 불빛이 시체가 쓰러져 있는 자리를 비추고 종세를 스쳐 지나갔다. 불빛이 순간 머물렀던 땅바닥은 그러나 빈 허공이었다.

종세는 일어섰다.

그가 본 시체는 먼 옛날의 환상일 뿐이었다. 사 년 전 이때쯤 종세는 바로 그 자리에서 시체를 보았다. 그 시체는 종세가 제일 먼저 발견했던 것이었다.

야밤을 틈타 쳐들어왔던 빨치산의 시체였다.

종세는 아직 밝아오지 않은 새벽녘 홀로 집 밖으로 나가보았다. 겁 많은 어른들은 아주 문 걸어잠그고 집 안에 틀어박혀 숨죽이며 떨고 있을 때였다. 간밤에 내린 눈이 사방천지에 내려쌓여 있었다. 바로 이 자리에서 종세는 정규군 인민군 복장을 한 사내의 시체를 보았다.

비단 그 시체 하나뿐이었으랴. 정읍에서 종세는 수많은 시체를 보았다. 시체는 어린아이들에게도 전혀 공포심을 불러일으키지 않았다. 공포심을 불러일으키기엔 그 죽은 자의 모습들은 너무나 흔했으며 예사로운 풍경들이었다. 오히려 죽은 자들의 시체들은 어린아이들에게 친숙했다.

종세는 빨치산들이 쳐들어온 다음날 아침이면 말고개 국민학교까지 질러가는 길을 피하고 언제나 읍내로 들어가 경찰서 앞을 지나 학교로 돌아가곤 했다.

왜냐하면 밤새 총소리가 들리던 것으로 보아 경찰서 돌담 밑으로 빨치산들의 해골이 서너 개 굴러떨어져 있을 것이 분명했기 때문이었다.

경찰서 돌담 밑에는 언제나 싸움이 있은 후면 자른 수박 파먹고 하얀 껍질만 남긴 듯한 접시 같은 흰 해골들이 구르고 있었다. 무심코 발끝으로 흰 접시를 차면 해골들은 제멋대로 굴러가다 어느 순간에 똑바로 섰다.

똑바로 서면 거뭇거뭇한 털이 보였다. 그것은 머리가 박살난 빨치산들의 머리털이었다.

밤마다 경찰서를 습격하여 돌담으로 고개를 내밀기만 하면 다르륵, 경찰들의 불기관총이 울었으므로 내민 부분만큼 머리가 으깨어져 박살나 조각조각 흩어진 해골들이 이리저리 뒹굴고 있었다.

그 조각난 해골들이 종세의 장난감이었다.

종세는 학교까지의 먼길을 집 앞에서 발견한 돌을 차며 걸어가듯 언제나 해골들을 굴리며 걸었다.

종세는 정읍에서 수많은 시체를 보았다.

애산에 칡을 캐러 가면 시체들은 계곡마다 즐비하게 늑골처럼 누워 있었다.

제법 굵은 것이다 싶은 칡덩굴을 발견하여 그 칡덩굴이 끝난 곳까지 따라가보면 한여름 뙤약볕에 바짝 건조한 시체들이 썩어가고 있었다.

시체들은 모두 제 불알들을 입에 물고 있었다. 똥구멍을 핥으면 시디신 왕개미들이 시체의 뼛속으로 사정없이 새까맣게 모여 있었고 붙어 있는 옷가지들을 잡아당기면 낡은 옷들은 부석거리며 떨어져 정강이가 드러나곤 했는데, 그곳에는 하얀 구더기들이 아직 덜 마른 살갗을 파헤쳐 갉아먹고 있었다.

　동네 아이들은 아무도 시체를 무섭다거나 더럽다고 생각지 않았다.

　어떤 아이들은 시체에 붙어 있는 계급장을 가슴패기에 달고 다녔으며, 못된 녀석들은 죽은 시체의 호주머니 속을 뒤져 얻은 호루라기를 물고 다니기도 했다.

　시체가 누워 있는 자리 밑에 굵은 칡이 있는 것은 틀림없는 일이어서 아예 칡덩굴 쫓아가는 것보다는 산 계곡을 뒤져 시체를 찾는 편이 더 수월한 일이었다.

　시체를 찾아 발길로 시체를 뒹굴려버리면 그 밑 언저리엔 칡뿌리가 한껏 자라 있었다.

　칡들은 지난 봄부터 죽은 자의 피와 살을 흡수하여 놀라우리만큼 비대하고 사람의 모양을 닮은 형상으로 자라 있었다.

　모두들 들고 온 호미와 곡괭이로 땅을 파기 시작했다. 시체에서 호루라기를 훔친 녀석은 입으로 연방 호루라기를 불면서 한 뿌리의 칡을 캐기 위해서는 넓은 땅구멍을 파야 했다. 파다보면 벌건 황토흙에서 간혹 깨진 사기그릇 조각이 굴러나오고 흙더미 속에서 아주 작은 뼈들이 드문드문 만져졌다.

　예부터 정읍 사람들은 홍역을 앓다 죽거나 염병에 걸려 죽은 아이들을 따로 산속에 묘분을 파고 매장하지 않고 산기슭에 장작더미를 쌓아올리고 죽은 아이들을 불을 질러 태우곤 했었다. 이 행사는 언제나 야밤에 행해졌는데, 자기 집 아이가 돌림병을 앓다 죽었다는 것을 숨기려는 어른들의 음모 때문이었다.

장작불이 사그라지고 재 속에 하얀 사기질의 뼈만 몇줌 남으면 어른들은 그것을 손가락으로 주워 사기그릇 속에 담아 산 중턱으로 올라와 흙을 파고 그 속에 묻었다.

어린아이들이 수없이 매장되어 애산이라 불리는 산 계곡은 전쟁 후엔 여기저기 싸움하다 죽은 시체들이 즐비하게 어질러져 그대로 까마귀의 밥이 되고 말았다.

칡을 캐기 위해 땅을 파면 그 옛날 앓다 죽은 아이들의 원혼이 자라 통통히 살찐 칡들이 깨어진 사기그릇 파편 속에 들어 있었다.

오랫동안 땅을 파헤쳐 이윽고 성미 급한 아이들에 의해서 칡을 송두리째 캐내는 것이 아니라 어느 정도 파헤쳐 드러난 뿌리만큼 호미로 잘라 칡을 허공에 들어올리면 모두들 모여들어 흙과 어울린 향긋한 즙액을 삼켜대곤 했다.

서로서로 싸우면서 칡을 나눠 한 조각씩 찢어 입에 물고 단물이 빠져나갈 때까지 씹고 또 씹다가 질긴 섬유질은 퉤 뱉어버렸다.

어느 정도 배가 부르면 누구의 제안이라고 할 것 없이 한곁에 버려둔 시체를 들어 칡을 캐느라고 키만큼 파낸 구덩이 속에 집어넣고 흙을 덮어주었다.

채 캐어내지 못한 깊은 칡뿌리는 이제 새로운 시체에 아직 남아 있는 자양분을 빨아먹으면서 다음해면 벌써 무성하게 자랄 것이다.

아이들은 먹다 남은 칡뿌리를 어깨에 둘러메고 노래를 부르며 산비탈을 굴러내렸다. 가슴속에는 각자 시체를 묻은 구덩이가 어디쯤일까 또렷이 기억해두었다 내년이면 남보다 먼저 그 구덩이를 파리라 은밀한 비밀들을 간직하고서.

종세는 도랑물에 목을 꺾고 한참을 토하고 일어섰다.

종세는 지난날 시체가 누워 있던 그 캄캄한 어둠 속을 뚫고 걸었다.

그제야 종세는 여기저기 웅크리고 쓰러져 있는 시체들을 보았다.

시체들은 땅바닥에만 누워 있는 것이 아니었다.

가을날 새로 딴 고추를 지붕 위에서 말리듯 스쳐 지나가는 집 지붕 위에 누워 있기도 했다.

탱자나무 담 위에 한 시체가 막 죽어가며 필사적으로 손을 들어 지나가는 종세의 옷깃을 부여잡고 있었다. 그의 손길을 뿌리치려 하자 시체는 종세의 얼굴에 침을 뱉었다. 종세는 그가 누구의 시체인지 알 수 있을 것만 같았다.

바로 이 집에서 인공 때 죽은 치과병원집 큰아들의 시체였다. 그는 읍내 극장 앞 대로변에서 붉은 완장을 찬 인민군들에 의해 몽둥이로 매맞아 죽었다.

전깃불 켜진 치과병원 창문엔 계집아이 하나가 무엇을 먹고 있는 모습이 비쳐 보였다.

종세는 한참 동안 그 계집아이의 얼굴을 훔쳐보았다.

종세는 언젠가 흉가에서 그 계집아이의 옷을 강제로 벗기고 아직 덜 여문 심상치 않은 복숭아의 붉은 표피처럼 달아오른 성기를 본 적이 있었다. 계집아이는 늘 땋은 머리에 제 머리통만한 리본을 매어달고 거리를 나폴나폴 춤추듯 걸어다니고 있었으므로 언제나 남의 눈에 띄는 얼굴이 하얀 아이였다.

종세는 이 읍내에서 그 계집애가 가장 예쁘다고 생각하고 있었다.

강제로 흉가에 데리고 가 종세는 계집애에게 치마를 벗지 않으면 죽여버린다고 공갈을 쳤는데, 계집애는 삐쭉삐쭉 울면서 자신의 치마를 걷어올리고 무명 팬티를 내렸다.

어쩌자는 생각 없이 종세는 한참 동안 그 덜 익은 복숭아의 표피 같은 성기를 내려다보았다. 종세가 그 계집애의 치마를 올리고 성기를 본 것은 어린 가슴에 무섭게 자라고 있는 이 불모의 도시 정읍에 대한 적의 때문이었으며, 뿌리박지 못하고 늘 겉돌고만 있는 자신의 슬픔을 잊기 위한 복수심 때문이었다.

그러나 서커스에서 번쩍이는 무대복을 입고 짙은 화장을 해서 할머니인지 어린아이인지 분간키 어려운 송영란이란 계집애를 본 순간부터 종세는 그 치과병원집 계집아이를 머릿속에서 지워버릴 수가 있었다.

그 계집아이의 사진을 서커스가 떠나는 오늘까지 종세는 주머니 속에 깊숙이 넣고 시간이 있을 때마다 꺼내 들여다보곤 했다.

나는 보리라. 종세는 번쩍이는 무대복 치마 밑에 온통 드러난 송영란의 넓적다리를 볼 때마다 다짐하곤 했다.

저 이상한 도시. 사람들이 물구나무선 채 걷고 있으며 대낮에 별이 뜨는 이상한 도시. 그 컴컴한 굴뚝 옆 그늘에서 나는 송영란의 치마를 올리고 그 계집애의 성기를 보리라.

종세는 찬란한 전깃불 너머로 리본을 맨 계집애가 물을 마시는 것을 지켜보았다.

한때나마 가슴 설레게 하던 그 계집애의 얼굴은 사진관에 걸려 있는 퇴색된 어린아이의 얼굴처럼 낡고 더러워 보였다.

종세는 다시 골목길을 걸어내려갔다.

여기저기서 죽은 자의 시체들이 슬그머니 다가와서 얼굴을 스치기도 하고 몇몇 시체들은 껄껄거리며 웃었다.

어이. 어어이.

저만큼 쓰러져 있던 시체들이 입을 열고 지나치는 종세에게 알은체를 해 보였다.

종세는 전깃줄에 무언가 거꾸로 매어달려 있는 것을 보았다. 날리던 연줄이 끊어져 매어달려 있는가 고개를 쳐들고 보았는데, 그것 역시 거꾸로 매어달린 죽은 자의 시체였다.

가거라, 가거라.

거리마다 즐비한 시체들이 한꺼번에 부스스 머리를 풀어헤치고 일어서서 종세를 향해 떠날 길을 손짓하고 있었다. 자신은 떠나지 않으면서.

종세는 전깃줄에 매어달린 시체가 누구의 시체인가를 잘 알고 있었다. 그것은 그가 다니던 국민학교의 담임 여선생이었다.

종세는 경찰서 앞길에서 해골바가지를 하나 주워 발길로 차면서 학교까지 걸었다.

일찍 나온 반 아이들은 야외 교실에 모두 모여 있었다.

조잡한 교과서들을 펼치고 앉아 선생님이 나오기를 기다리고 있었다.

쿵쿵 우르릉 쾅쾅.

국군 아저씨들이 탱크를 타고 옵니다. 태극기를 꽂고 옵니다.

등사로 프린트된 교과서를 들고 아이들은 누가 시키지도 않았는데 한꺼번에 선생님이 올 때까지 합창하듯 낭독하고 있었다.

그러나 선생님은 나오지 않았다.

선생님이 나오지 않으면 그대로 수업은 중단되는 것이 상례였다. 아이들은 뿔뿔이 흩어졌다. 종세는 상수리를 따러 학교 뒷산으로 친구들과 더불어 뛰어올랐다. 마음은 마냥 즐겁기만 했다.

선생님이 나오지 않으면 오늘은 하루종일 마음대로 놀 수 있었다. 누구의 간섭도 받지 않으면서.

종세는 어디만치에 상수리나무가 많이 있는가를 잘 알고 있었다. 학교 뒤는 경계가 없이 그대로 산이었다. 내장산 들어가는 입구 쪽 야산 전쟁터에 무성히 자란 나무들이 하늘을 가리고 있었다.

앞서 달리던 종세의 발걸음은 키 큰 상수리나무 밑에서 우뚝 멈춰 섰다.

상수리나무 상단에 무언가 거꾸로 매어달려 있었다.

짙푸른 녹음의 파란 독기가 눈부시게 빛나는 흰 물체 위에 투영되고 있었다. 귀가 따갑도록 매미가 울고 있었다.

어디라고 빈 곳이 없이 내리쬐는 폭양 속에 담임 여선생은 발가벗긴 채 나무에 거꾸로 매어달려 있었다.

아주 오랫동안 그곳에 매어달려 있었는지 온몸의 피가 머리부분에 몰려 있었다. 그래서 잘 익은 과일처럼 터져 흐르지 못한 핏기가 얼굴을 빨갛게 물들이고 있었다.

아이들은 뜨거운 침을 삼키며 그들의 선생님의 시체를 보았다.

부자연스런 자세로 매어달려 있었는데도 얼굴은 그저 평화로운 표정이었다. 벌거벗긴 성기엔 죽창이 깊숙이 찔려 있었다.

몇몇 아이들이 산 아래로 뛰어가 선생님을 부르러 간 동안 종세는 한참 동안 거꾸로 매어달린 선생님의 벗은 몸을 바라보았다.

하늘 위에 금속부분을 반짝이는 쌕쌕이가 날카로운 소리를 내며 지나가고 꽁무니엔 이내 흰 비행운이 떠올랐다.

사방을 꽉 채우는 햇빛 속에 선생님의 벗은 몸은 밀랍으로 빚은 인형처럼 정지되어 매어달려 있었다. 어제까지만 해도 선생님은 물색 옷을 입고 풍금의 페달을 밟았었다. 아이들은 선생님의 풍금 소리에 맞춰 노래를 불렀었다.

"아가야 나오너라 달 마중 가자. 앵두 따다 실에 꿰어 목에다 걸고."

풍금의 페달을 밟던 두 다리는 상수리나무 등걸에 못박혀 두꺼운 밧줄로 친친 동여 있었고 아이들의 노랫소리를 따라 부르는 하얀 치아가 드러나 보이던 입술은 꾸욱 다물어져 있었다.

그 선생님의 시체가 정읍을 떠나는 종세의 앞길을 가로막고 있었다. 전깃줄에 거꾸로 매어달려서.

어디선가 풍금 소리가 들려왔다. 겨울바람이 불어와 풀로 만든 초금(草琴)의 폐달을 밟고 있었다. 낮고 쓸쓸한 반주에 맞춰 죽은 자의 만가(挽歌) 소리가 한꺼번에 일었다.

지붕 위에 누운 시체들도 담장 위에 엎어진 시체들도 전깃줄에 매달린 시체들도 모두 머리칼을 풀고 일어나 우우우 합창을 하기 시작했다.

종세는 주저앉아 도랑물에 목을 꺾고 먹은 것을 모두 토했다.

그리고 불빛 밝은 큰길 가로 쏜살같이 뛰어나왔다.

큰거리는 그래도 시끌시끌한 편이었다. 극장에서 몇몇 아는 사람들이 나오고 있었고 낡은 유성기판 소리가 레코드점에서 들려왔다.

불과 몇 년 전까지만 해도 아침에 나와보면 시체가 즐비하던 읍내 번화가의 거리는 씻은 듯이 피비린내가 가셔 있었다.

어느 집에서 굿을 하는지 징소리와 북소리가 요란하게 들려왔고 술취한 상이군인 하나가 거리에서 노래를 부르고 있었다. 종세는 시계점 유리창 너머로 벽시계를 들여다보았다. 아직 아홉시도 채 못 되어 있었다. 시간은 너무 많이 남아 있었다. 완행열차는 밤 열두시 오십분이 지나야 떠날 것이다.

종세는 골목길에 서서 훔쳐가지고 온 엽연초를 종이로 말아 피웠다. 너무 쓰고 매워 한 모금 빨아들일 때마다 머리가 핑핑 돌았다. 기침이 거푸 나왔다.

맞은편 한길 너머로 아버지의 모습이 또렷이 보였다. 라디오방 한 곁에 도장포를 차린 아버지는 안경을 쓴 채 열심히 도장을 파고 있었다.

종세는 쓴 담배를 깊숙이 빨아들이며 아버지의 희끗희끗 센 흰 머리칼을 훔쳐보았다. 종세는 아버지에게 도장 파는 기술을 이미 배워 익혀 그 기술을 터득하고 있었다.

"뭐든 배워두지 않으면 안 돼."

종세는 제 이름을 새긴 목도장 세 개를 여행용 백 속에 간직하고 있었다.

이대로 기차 시간까지 아버지의 모습을 훔쳐보는 것만으로도 심심치 않을 것 같은 생각이 들었다.

딸꾹질은 아직 멎지 않았다.

골목길 옆 열린 술집 문 안에서 누군가 종세를 보았다.

"아니, 이게 뉘기여. 종세 아니여."

이글이글 돼지갈비를 굽는 연기가 자욱한 술집에서 낯익은 목소리가 튀어나왔다.

종세는 술집 안을 기웃거렸다.

술집 안엔 형 종대의 친구들이 웃통을 벗고 러닝셔츠 바람에 막소주를 마시고 있었다. 극장 기도를 보고 있는 용칠이가 작부 계집의 젖통을 주무르다 손짓을 했다. 종세는 술집 안으로 들어갔다.

"아니 너 워디 간다냐. 삼베 가다마이 걸쳐입고 광 내고 워딜 간다냐?"

"싸카쓰 따라가요."

"싸카쓰?"

용칠이가 놀랐다는 듯 눈을 치켜떴다.

"아니 요 베라먹을 쌕끼 보더라고. 요 쏩쌕끼 도망쳐뿌리는 게 아녀. 너 너 말여, 아부진 만났냐?"

"아뇨."

"이제 보니 도망쳐뿌리는 게 분명혀여. 늬 성처럼."

"아버질 만나더라도 봤다고는 말하지 마세요."

"하이고, 요 쌕끼 보게."

용칠이는 피우던 담배를 종세에게 내어밀었다. 종세는 담배를 받아 물었다.

"싸카쓰 아이들이 널 받아준다고 말혔냐?"

"예."

"하이고, 개천에서 용났어."

용칠은 빈 잔에 소주를 한 잔 따라주었다.

"난 모르겄응께 니 쌕끼가 도망쳐뿌리든지 날라뿌리든지 난 모르는 것인께. 술이나 처먹더라구. 하이고 쑴쌕끼."

종세는 소주를 단숨에 들이켰다. 먹은 것을 모두 토한 뒤끝이라 막소주 한 잔에 금세 취기가 달아올랐다.

"한 잔 더 먹더라고. 안주도 싸게 들고. 밥은 먹었냐아."

"예."

종세는 돼지갈비를 한 점 씹어삼켰다. 다시 빈 잔에 술 한 잔이 따라졌다. 종세는 또다시 술을 단숨에 삼켜버렸다.

"술 잘 마시네. 쬐그만 게."

가슴을 풀어헤친 작부가 흥미있다는 듯 종세를 내려다보며 웃었다.

"말조심혀어. 이 우라졌다 자빠질 년아. 키는 작지만도 잠지는 너 썩은 쑴구멍 문턱에도 못 가뿌려."

"어데."

작부는 재미있다는 듯 젓가락 두들기던 손을 들어 종세의 바지를 쓰다듬었다.

"종세 너 한탕 뛰고 갈라냐아."

"그것 좋지."

작부는 깔깔대며 웃었다.

"썩은 년 주제에 새파란 숫총각 하나 따먹어보드라구. 아이구 좋아라."

종세는 말없이 빈 잔에 술을 따랐다. 그리고 단숨에 들이켰다.

"갈랍니더."

종세는 백을 둘러메었다.

단숨에 마신 술은 금세 달아올라 종세의 몸을 휘청이게 했다. 그러나 나쁜 기분은 아니었다. 잘 마실 줄 모르는 술을 거푸 석 잔 들이켰으므로 온 천지가 곤두박질하고 있었다.

종세는 술집을 나왔다.

밤 깊은 거리는 하나둘 불이 꺼져가고 있었다. 바람은 어디서부터 불어와 어디로 사라지는지, 휴짓조각 하나가 쌩— 하니 불어온 바람에 새처럼 날아 사라졌다.

라디오방은 불이 꺼져 있었고 도장포 문도 닫혀 있었다. 안경을 쓰고 도장을 파던 아버지의 모습도 이미 사라져버리고 없었다. 온몸을 욱신대며 달아오르는 취기가 종세의 마음을 한결 유하게 만들고 있었다.

종세는 로터리에서 역으로 가는 벌판으로 접어들었다.

이제부터 빠른 걸음으로 가더라도 역까지는 삼십 분 남짓한 먼길이었다. 그러나 급할 것은 없었다. 시간은 많이 남아 있으니까. 가는 길에 군청과 맞은편 국민학교를 빼어놓으면 그대로 허허벌판이었다. 인가도 없어서 칠흑 같은 어둠뿐이었다.

이지러진 반달은 얼어붙은 투명한 겨울하늘에 붙박여 있었다. 몇 개의 별들이 갓 도착한 상태로 가쁘게 숨쉬고 있었다. 막힌 데 없어 칼바람이 사정없이 몰아쳤으나 몇 잔 마신 술로 추위는 느껴지지 않았다. 더구나 수없이 껴입은 두터운 옷차림이었으므로.

종세는 비틀대며 들길을 걸었다. 돌아보니 그나마 몇 개의 불빛이 켜 있는 정읍 거리는 침몰한 바닷속처럼 침묵에 빠져 있었다.

군청을 지나자 멀리서 기적소리가 들려왔다.

광주행 기차다. 종세는 중얼거렸다. 몇 번이나 무임승차해서 이

거리를 도망쳐나가려 했다가는 발길을 되돌려 저 기차를 집어타고 쫓겨오곤 했었던가.

종세는 엽연초를 말아 피우며 들길을 걸었다. 떠나오는 등뒤에 뒤늦게 일어선 시체 하나가 부리나케 쫓아오고 있었다. 종세는 그 어지러운 발소리를 들었다. 종세는 등을 돌려 그를 마주보았다.

아직 이별의 인사를 나눴어야 할 죽은 자의 혼이 그곳에 서서 울고 있었다. 종세는 그 사람이 누군가 잘 알고 있었다. 그것은 낯익은 사람의 얼굴이었다.

호루라기 소리가 들려왔다. 기관총 소리가 드세어졌다. 밤의 골목길을 걸어가는 발소리가 저벅이며 높아졌다. 어디선가 뛰어가는 소리가 들려왔다. 타앙─ 총성이 울렸다. 비명소리도 함께 울었다. 대문 여닫는 소리가 들려왔다. 발길로 대문을 차는 소리도 들려왔다. 여인들의 울음소리가 들려왔다. 컹컹 개의 울부짖는 소리도 들려왔다.

본격적으로 그들이 말한 대로 집집마다 수색이 시작된 모양이었다. 제발. 제발. 가족들은 그들의 발걸음이 집 앞에 멎지 말아주기를 빌면서 기도했다.

그때였다. 대문을 박차는 소리가 가까이 들렸다. 대문이랬자 탱자나무 울타리에 세워진 판자 대문이었다. 그것은 분명히 종세의 집 대문이었다.

심장이 멎을 것 같은 무서운 순간이었다.

"문 여시오. 동무, 문 여시오."

아버지가 맥없이 일어났다.

"여보."

어머니가 조심스레 아버지를 불렀다.

"다들 방 안에 꼼짝 말고 숨어 있거라."

"문 여시오, 동무."

순간 대문이 부서졌다. 어지러운 발길이 마당으로 쏟아졌다. 찢어질 것 같은 달빛이 내리비춘 창호지에 그들의 그림자가 우뚝 섰다.

아버지는 문을 열고 나섰다.

"왜 그리 늦소. 나오시오."

앙칼진 고함소리가 허공을 찢었다.

"다들 나오시오."

"없습니다."

떨리는 목소리로 아버지가 대답했다.

"나 혼자뿐입니다."

"무시기? 허튼수작 마시오."

방문이 왈칵 열렸다.

종세는 보았다. 열린 방문으로 쏟아져 들어온 달빛을. 그리고 따발총을 세워든 사내의 충혈된 눈동자를. 총구가 종세의 이마를 겨누고 있었다.

"나와. 다들 나와."

어머니가 그 총구 앞을 막아섰다.

"이 아이들은 어립니다. 어린아이들입니다. 내뿌려둬두 괜찮씀더."

"나와. 다들 나와."

"다들 나와라."

아버지가 뒷짐을 진 채 힘없이 말했다.

가족은 마당에 내려섰다.

세 명의 빨치산들이 달빛 속에 서 있었다. 정규군의 복장을 한 사내만 총을 들고 있을 뿐 두 사람은 죽창을 세워들고 있었다.

"숨겨둔 사람들 있소?"

"없습니다."

아버지가 대답했다.

"아바이 동무 말은 이젠 못 믿소. 벌써 아바이 동문 한 번 거짓말을 했소."

그는 등뒤의 사내에게 명령을 했다.

"샅샅이 뒤져보시오."

명령이 떨어지자 그들은 방 안으로 신을 신은 채 들어섰다. 키작은 탱자나무 울타리 위로 사람들이 스쳐갔다. 타앙 타앙 연달아 총성이 울렸다. 어디선가 고함소리와 외마디 비명소리가 들려왔다. 하늘에서 별똥별이 떨어지듯 한 줄기의 붉은 불꽃이 밤하늘로 솟구쳐올랐다. 그 북새통에도 새벽닭이 울었다. 이제 날은 밝아올 것이다.

"없습니다."

방 안을 구석구석 뒤졌던 사내 둘이 마당으로 내려섰다.

"샅샅이 뒤졌소?"

"없습니다."

"좋소."

사내는 가래침을 돋워 뱉었다.

"그러면 부탁할 게 있소. 동무, 우린 지금 곡식이 필요하오. 위대한 혁명과업을 수행하는 우리 유격대를 위해 곡식을 내놓으시오. 물론 차용증은 주겠소. 이 차용증은 조선인민공화국에서 발행하는 것이오. 가까운 시일 내에 통일이 되면 그땐 두 배로 갚겠소. 차용증을 원치 않으면 군표도 줄 수 있소. 둘 중 하나를 선택하시오."

이젠 그러한 종잇조각 하나로 속아넘어갈 사람은 아무도 없었다. 아버지가 대답했다.

"없습니다. 우린 가난한 사람입니다."

"물론 동무가 가난한 것도 알고 있소. 피땀 흘려 거둔 곡식을 놈들에게 빼앗기는 것을 우린 잘 알고 있소. 모든 곡식을 원하는 것은 아니오. 나눠서 함께 먹자는 말이오. 동무, 곡식을 내놓으시오."

종세는 그 사내가 선 발밑을 바라보았다. 바로 그가 선 자리에 감자와 고구마, 그리고 쌀이 묻혀 있었다. 그것은 아껴 먹어도 봄이 오기까지는 빠듯한 곡식이었다.

"없습니다. 우린 가진 식량이 없습니다."

"지금 말싸움하자는 게 아니오. 우린 시간이 없소, 동무."

"정말입니다."

"그럼 뭘 먹고 사오? 동무는 식량이 하나도 없다면 뭘 가지고 먹고 살지? 대답하시오."

그는 총부리를 아버지의 가슴에 들이댔다.

"그건……"

아버지는 말을 끊었다. 달리 변명할 말이 떠오르지 않았다.

"좋습니다."

아버지는 천천히 물러났다.

"곡식을 드리겠습니다. 그 대신 반은 남겨주십시오."

"좋소. 어디에 감추었소?"

무뚝뚝하게 사내는 잘라 말했다.

"얘들아."

아버지는 종세를 돌아보았다. 종세는 아버지의 눈짓으로 그 표정이 무엇을 의미하는지 알아차렸다.

종세와 종대는 삽으로 마당을 파기 시작하였다. 묻어둔 장소를 잘 알고 있었기 때문에 시간이 오래 걸리지는 않았다. 땅 위엔 서릿발이 하얗게 내려앉아 있었다. 새벽이 가까워온 탓일까 냉기가 서서히 가라앉고 있었다.

곡식들을 담은 가마니가 곧 드러났다. 그들은 가마니 속에 손을 집어넣어 고구마를 한움큼 꺼내 베어물었다. 오랜 굶주림 끝에 맛본 달디단 고구마를 그들은 허기져서 서너 개를 순식간에 먹어치웠다.

"좋소."

사내는 말했다.

"쌀은 그대로 놔두겠소. 그 대신 고구마와 감자는 우리가 가지고 가겠소."

"안 됩니다."

아버지가 신음소리를 내었다.

"세 가마가 봄까지의 우리 식량입니다. 한 가마만 부탁합니다. 우린 네 식구입니다."

사내는 가만히 아버지를 쏘아보았다. 흰자위가 하얗게 떠 보였다. 그는 갑자기 고개를 끄덕였다. 웬일일까. 아주 순순히 물러섰다. 그것이 더 불길하게 느껴졌다.

"좋소. 고구마 한 가마니만 꺼내시오."

종세와 종대는 고구마를 마당 위에 꺼내놓았다.

"아바이 동무 말대로 한 가마니만 가져가겠소. 그 대신 동무."

사내의 손길이 종대 앞에 가서 멎었다.

"이걸 메시오."

그는 고구마 가마니를 가리켰다.

"우리 아지트까지 이 고구마를 메고 가시오. 보다시피 이 동무들은 동상이 걸려 다리를 못 쓰고 있소. 하루만 이 동무를 우리가 빌려가겠소. 그 대신 내일 올 때 틀림없이 돌려보내겠소."

"제발."

밭은 비명소리가 아버지의 입에서 흘러나왔다.

그들의 말이 무엇을 의미하는가 가족들은 잘 알고 있었다. 빼앗은 물건들은 대부분 마을 청년들에 의해서 그들의 아지트까지 운반되었다. 그러나 한 사람도 끌려가서는 돌아오지 못하였다. 부상투성이의 빨치산 행동대원들은 무거운 짐을 부릴 사람들이 필요했다. 그들은 몇 명만 빼놓고는 모두 심한 부상을 입고 있었다.

일단 그들의 아지트까지 끌려간 청년들은 그들의 힘을 필요로 하는 빨치산들에게 이용당할 수밖에 없었으며 설혹 돌려보낸다 한들 자신들의 거처를 안 이상 도망치게 만들어 총격을 가해 죽여버릴 것이 분명했기 때문이었다.

"제발. 이 아이는 끌고 가지 말아주십시오."

"그럼 아바이 동무가 메고 가겠소?"

따발총의 방아쇠가 아버지의 이마를 향하였다.

"뭘 하고 있어. 이걸 메라우."

그는 우물쭈물 서 있는 종대를 향해 소리를 질렀다. 종대는 가마니를 등에 메었다. 그러나 등에 메었을 뿐 좀처럼 일어서지는 못하였다.

"뭘 꾸물대는 기야. 날래 일어나라우."

"선생님."

순간 아버지가 그에게 달라붙었다.

"대신 메고 갈 사람을 알고 있습니다."

"무시기?"

무슨 소린가 잘 알아들을 수 없다는 듯 사내는 강한 함경도 사투리로 되물었다.

"거이 무슨 소리야, 동무?"

"딴 사람이 메고 가면 되지 않습니까."

사내는 잠시 고개를 갸우뚱거렸다. 그리고 한참 후에야 아버지의 말이 무엇을 의미하는가 알아차렸다는 듯 하얗게 웃었다.

"됐소, 동무. 그 말이 무슨 말인지 알겠소, 동무. 우린 더욱 좋소. 자, 말하시오. 아까 읽어준 간나쌔끼 한 놈 붙잡으면 대신 붙잡아 이 가마닐 짐지우고 가겠소. 동무 훌륭하오."

사내는 아버지의 어깨를 부드럽게 툭툭 쳤다.

"내 비밀은 보장해주겠소. 누구 말이오? 어느 간나쌔끼 숨은 곳을 알고 있소?"

아버지의 얼굴이 하얗게 질려오고 있었다. 그는 지금 자기가 무엇을 하고 있다는 것을 분명히 알고 있었다. 그러나 그것은 어떻게든 살아남지 않으면 안 되는 치열한 갈등으로 빚어진 결론이었다. 어디 아버지뿐이었던가. 자신이 살아남기 위해 사람들은 이웃을 고발하고 친척을 밀고했다. 어떤 때는 반동으로, 어떤 때는 부역자로. 어제의 친구가 오늘은 적이었으며 오늘의 적이 내일의 친구였다. 그렇게 해서라도 살아남아 자신의 목숨을 지켜나가지 않으면 안 되었다.

"각시다리에 살고 있는 전봉선의 거처를 알고 있습니다."

사내는 말을 받았다.

"전봉선? 그 간나쌔끼. 좋소, 앞장서시오."

"전 안 됩니다."

아버지는 헐떡이고 있었다. 구슬땀이 이마에서 흘러내리고 있었다.

"우리 아이를 딸려보내겠습니다."

"이 꼬마를 말이오?"

사내는 종세를 가리켰다.

"이 아이가 전씨가 어디 숨어 있는가를 알고 있습니다."

사내는 가만히 종세를 내려다보았다.

사내는 부드럽게 종세에게 말을 걸었다.

"아가야. 네가 알고 있냐? 전봉선이가 어디 숨어 있는지 알고 있느냐?"

때로는 앙칼진 함경도 사투리로 때로는 부드러운 표준말로 사내는 다정하게 종세를 구슬렸다.

종세는 목이 메어 대답할 수가 없었다. 종세는 아버지를 올려다보았다. 창백하게 질린 아버지의 얼굴이 두서너 번 가볍게 끄덕였다. 대답하라고 재촉이나 하는 것처럼.

"알아요."

종세는 대답했다. 그러나 가슴속으로 가득 모래가 차오른 기분이었다. 종세는 퉤퉤 침을 뱉었다.

"됐다. 아주 똑똑한데."

그의 손이 종세의 머리칼을 부드럽게 쓰다듬었다.

"좋소, 동무들."

그는 등뒤에 서 있는 동료를 불렀다.

"한 동무는 이 가마니를 둘러메구 박동무한테 가시오. 그리고 동무는 나를 따라오시오. 그리구 아바이 동무."

사내는 아버지를 쳐다보았다. 그는 이빨을 보이며 크게 웃었다.

"고맙소, 아바이 동무. 우린 잊지 않겠소. 동무의 그 위대한 업적은 잊지 않겠소."

그는 아버지의 등을 두드렸다.

"들어가서 쉬시오. 우린 이 꼬마만 데리고 가겠소. 거처만 알면 곧 보내겠소. 절대 안심하시오."

달이 기울고 있었다. 달빛이 희미해지자 하늘에 무성했던 별빛도 기운을 잃어가고 있었다. 아직 새벽빛이 스며들지는 않았지만 밤은 사위어지고 있었다. 총소리도 드문드문 들려올 뿐 광기의 축제는 파장이 난 느낌이었다.

"앞장서라, 꼬마야."

대문을 나서자 사내는 마치 냄새 잘 맡는 사냥개를 앞세우고 사냥을 떠나는 포수처럼 힘차게 소리쳤다. 그는 총을 바로 세웠다. 종세는 서릿발이 날카롭게 맺힌 골목길을 뛰어 나섰다. 종세는 그들이 찾는 전봉선 선생님이 어디에 숨어 있는가 잘 알고 있었다. 그는 종세의 담임선생이었다.

빨치산들이 왜 전선생님을 잡으려 하는지 종세는 그 이유를 모르고 있었다. 종세는 누구보다 전선생님을 따르고 좋아하고 있었다. 그는 정읍 사람이 아니었다. 그는 외지에서 흘러들어온 사람이었다.

언젠가 전선생님은 인민군이 밀려간 뒤 너도나도 살아남기 위해 서로서로를 부역자라고 고발하고 밀고하고 있을 때 거리에 나아가 이렇게 성난 군중을 가로막고 소리질렀었다.

"이 사람이 부역했다면 나도 부역했습니다. 이 사람이 빨갱이라면 지금 살아남은 여러분들이나 나도 빨갱이입니다. 이 사람의 몸에 손질을 하시려면 나한테도 하시오. 나도 빨갱이입니다."

결박당한 몇몇 사람 중에는 전선생님과 같은 학교 동료인 선생이 하나 서 있었는데, 그는 인민군의 강요에 못 이겨 정치공작대 사무실 벽에 걸린 김일성의 초상화를 그린 사람이었다. 단지 그 죄 때문에 그는 부역자라고 고발당했던 것이다.

"이제야 말하겠소만 나는 이북에서 피난을 온 피난민입니다. 이 선생님도 마찬가집니다. 지금껏 나는 그걸 숨기고 있었습니다. 내 고향은 평양이며 나나 이선생님은 둘다 삼팔선을 넘어온 사람입니다. 오죽하면 저놈들의 핍박을 피해 도망쳐 왔겠습니까. 아직 아무에게도 그 얘길 털어놓지 않은 것은 놈들에게 자칫 발각당하면 반동이라고 죽임을 당할 것 같아 숨기고 있었던 것이외다."

맹목적인 분노와 광기에 젖어 있던 마을 사람들은 순순히 전선생님의 말을 따랐다. 아무도 더이상 그들에게 침을 뱉지 않았다.

종세는 골목길 어귀에서 멈춰섰다. 종세는 주섬주섬 바지를 끌어내렸다.

"뭘 하고 있니, 꼬마야?"

저벅저벅 군화 소리를 내며 따라오던 사내가 총열을 세우며 물었다.

"오줌이 마려워서요."

종세는 볼멘소리로 대답했다.

"빨리 누거라."

사내는 주머니에서 껍질 벗기지 않은 고구마를 꺼내 덥석 베어물었다.

종세는 아랫도리에 힘을 주었다. 그러나 오줌발은 흘러나오지 않았다.

종세가 골목 어귀에서 바지를 내리고 벌레를 꺼내든 것은 실상 오줌이 마려워서는 아니었다.

짐작건대 동편 하늘이 부옇게 밝아오는 것으로 보아 필경 이제 조금 있으면 새벽닭이 목놓아 울 것이고 날이 밝아올 것이 분명했다.

밤새 따르륵 따르륵거리던 거리의 총소리도 군불 잦아들듯 뜸해지고 조금만 버티면 그들이 물러갈지도 모른다는 생각 때문이었다. 그들은 언제나 어둠과 함께 쳐들어와서 빛과 함께 사라져갔다.

빨리빨리 이 밤이 가버리면 그들은 전선생님을 잡으려 들지 않고 다음날을 기약하고 일단 물러설 것이 아니겠는가.

단지 형 종대를 살리기 위해서 어떻게 전선생님이 숨어 있는 곳을 그들에게 가르쳐줄 수 있을 것인가.

종세는 이를 악물고 아랫도리에 힘을 주었다. 그러자 가는 오줌발이 몇 방울 떨어졌다. 절로 한기가 느껴지고 닭살처럼 소름이 돋았다.

더이상 시간을 끌 수도 없어서 종세는 바지를 여며 올렸다.

"가자, 꼬마야."

사내가 소리질렀다. 여기저기 굳게 닫힌 탱자나무 울타리 안쪽에서 닭들이 구성지게 울었다. 물기를 머금은 새벽바람이 불어왔다.

어디로 갈 것인가.

종세는 생각했다.

전선생님이 숨어 있는 곳이라면 종세는 분명히 알고 있었다.

한 곳은 각시다리를 지나 상리로 빠지면 외따로 떨어져 대낮에도 사람이 가기를 꺼려하는 상엿집이었다. 다른 아이와 달리 별로 무서움을 타지 않는 종세가 간혹 대낮에 찾아가 뚫린 문풍지 사이로 들여다보면, 마을 사람들 중에 누구든 죽어 자빠지면 반드시 실려가는 꽃상여가 빈집 한가운데 누워 있었다. 붉은 맨드라미가 토담벽 밑에 곤두박여 피어 있었다. 만장이 벽 여기저기 걸려 있었고 상여 가장자리의 단청이 미친년의 색동저고리처럼 울긋불긋 눈을 찔렀다.

전선생님은 그곳에 숨어 있을 것이다.

아니면 종세가 다니고 있는 국민학교 뒤 야산 동굴 속에 숨어 있을지도 모른다.

학교 뒷산에는 일제시대 탄약창고로 만들어놓은 제법 큰 동굴이 있었다.

학교측에서는 아이들이 그 안에 들어가 놀지 못하게 하느라고 굴 입구를 마른 나뭇가지로 메워놓고 있었다. 그러나 종세는 가끔 학교 수업시간을 까먹고 나뭇가지를 헤치고 굴 속에 들어가 혼자 놀곤 해서 누구보다 굴 속의 사정을 잘 알고 있었다. 전선생님은 밤마다 내장산에서 빨치산들이 쳐들어오기 시작한 뒤부터 한때 학교 뒤 동굴 속에 몸을 숨기고 아침이 돌아오기를 기다리곤 했다. 그 소문이 한 사람 건너가고 두 사람 건너가서 온 동리에 파다하게 번져가자 전선생님은 일단 동굴을 떠나 상엿집으로 몸을 피했다.

종세는 그 사실을 손바닥 들여다보듯 자세히 알고 있었다.

종세는 그래서 골목 어귀로 나서자 이제 상엿집 쪽으로 가야 할 것인지 아니면 학교 뒤 동굴 쪽으로 가야 할 것인지 망설였다. 상리 쪽 상엿집으로 간다면 틀림없이 선생님은 그들에게 잡힐 것이다. 그렇다고 선생님이 붙잡히지 않게 하기 위해서 무턱대고 아무 집이나 손가락질할 수는 없지 않은가. 만약 그렇게 한다면 그들은 더욱 화가 나서 되돌아와 형 종대를 개처럼 질질 끌고 내장산으로 데려갈지도 모른다. 그들은 언제라도 또다시 돌아올 테니까. 겨울이 올 때까지 내일이건 모레건 또다시 돌아올 테니까.

종세는 큰길로 나서는 골목길 입구에 서서 잠시 망설였다.

이대로 상엿집으로 갈 수 없다. 아무리 천천히 간다고 하더라도 날이 밝기 전에 도착할 수밖에 없을 것이고 그렇게 되면 선생님은 그들에게 잡히게 될 것이다.

가자.

종세는 생각했다.

차라리 상엿집으로 가지 말고 학교 뒤 동굴로 가자. 선생님은 더 이상 그 동굴 속에 숨어 있지는 않을 것이다. 선생님은 벌써 그 동굴에서 상엿집으로 몸을 피하셨을 게 아닌가. 일단 동굴까지 안내하고 나서 그들이 동굴을 샅샅이 뒤져내 선생님을 발견하지 못했다고 하더라도 일단 그들이 몰랐던 피난처를 알려준 이상 다시는 종세에게 화를 내지는 않을 것이다.

종세는 말고개 쪽으로 몸을 돌렸다.

선생님은 그곳에 분명히 없을 것이다.

큰거리엔 어두운 그림자들 몇몇이 이리지리 뛰어다니고 있었다. 호루라기 소리가 귀를 찢었다. 이 야밤에 거리를 오가는 그림자들은 모두 산에서 내려온 빨치산들이었다.

한 군데도 불이 켜지지 않았지만 달이 밝고 큰거리의 상점 하나가 불에 활활 타고 있었으므로 거리는 대낮처럼 밝았다. 바람에 불길은 더욱더 타올라 타악타악 불꽃이 거리로 튀어올랐다. 그 불길의 붉은 광채가 거리 위에 번질번질 흐르고 있었다. 그 붉은 빛 속에 몇 개의 시체가 땅 위에 구르고 있었다.

여기저기서 신음소리가 들려오고 고함치는 성난 소리도 들려왔다. 어지러이 뛰어다니는 그림자들이 날파리처럼 흔들렸다. 키 작은 가로수가 목이 부러져 쓰러져 있었고, 어디선가 목놓아 우는 여인의 곡성이 터져 흐르고 있었다.

타앙 타앙 ―

끊겼던 총성이 경찰서 쪽에서 이어졌다. 그 소리는 집 안에서 문 잠그고 이불 속에 머리를 파묻고 듣던 총소리가 아니었다. 낯선 밤의 생생한 현장이 눈앞에 돌연 전개되고 있었다. 가마니를 멘 청년들이 오가고 있었고 누군가 그들 중의 하나를 총대로 후려쳤다.

타앙 타앙.

어둠 속에서 반짝반짝 빠른 빛이 몇 줄기 쏟아졌다. 총구에서 흘러나오는 재빠른 불줄기였다. 대문을 두드리는 소리. 발길로 차는 소리. 어린애의 울음소리. 총소리. 그리고 온 거리를 타오르는 불길. 후욱후욱 마른 불길에 입김을 불어대듯 수상한 바람들이 어디서든지 불어와 풍금 소리를 내며 불길을 거세게 만들고 있었다. 겁많은 개들이 이리저리 울고 머리 푼 연기가 안개처럼 내려찼다.

지나가던 그림자들이 종세를 앞세우고 뒤따르던 사내들과 무슨 얘기를 나누었다. 종세는 그들이 지껄이는 말을 하나도 알아들을 수 없었다.

종세는 도망가버리고 싶었다.

얼마든지 도망쳐버릴 수 있을 것 같았다. 잠시 그들이 한눈을 팔 때 뛰어서 낯익은 골목길로 접어들어 어디든 몸 하나 숨겨버리고 날이 샐 때까지 건드리면 죽은 체하는 무당벌레처럼 꼼짝 않고 숨어 있을 수 있을 것만 같았다. 아니면 그저 길거리에서 죽은 시체처럼 땅에 몸을 맞대고 쓰러져 있기만 해도 그들은 지나가다 툭툭 발길로 찰 뿐 내버려둘 것만 같았다.

그러나 그래서는 안 된다. 그들은 형을 잡아갈 것이며 아버지를 죽일 것이다.

종세는 경찰서를 지나 국민학교로 가는 길목으로 빠져들었다.

그리고 다시 바지를 까내렸다.

"뭣 하니, 꼬마야?"

"오줌이 마려워요."

"무시기?"

사내는 눈살을 찌푸렸다.

"아까 오줌 누지 않았느냐?"

"또 마려워요."

"허튼수작 하지 마라."

사내가 장난스레 철커덕 총열을 곤두세웠다.

"이제 보니 너는 오줌싸개로구나."

종세는 오줌 몇 방울을 흘려내리기 위해서 필사적으로 힘을 모았다. 그러나 불가능한 일이었다. 오줌 몇 방울에 밤이 쉽사리 물러서지는 않았다.

"빨리 가자. 그 간나쌔끼 숨어 있는 데가 아직 멀었느냐?"

"아뇨."

종세는 대답했다.

"어디냐?"

"학교 뒤요."

"뛰어라, 꼬마야."

사내는 소리질렀다.

"시간이 없다."

종세는 뛰었다. 그들은 잰 걸음으로 종세의 뒤를 따랐다.

학교는 어둠 속에 웅크리고 서 있었다. 울타리도 없는 학교 마당으로 세 사람은 들어섰다. 소금을 뿌린 듯한 달빛이 흰 마당 위에 가득 차 넘치고 있었다.

산길로 접어들자 무성한 나뭇잎들이 바람에 우수수 떨어져내렸다. 가랑이까지 낙엽이 차올랐다. 하늘을 가리는 빛바랜 나뭇잎 사이로 큰 달이 엿보였다. 한 떼의 새들이 부호처럼 날았다. 깔린 낙엽을 밟을 때마다 도망치는 산새들의 날갯짓이 일었다.

동굴까지 가는 길은 오래 걸리지 않았다. 학교 쪽에서 아이들이 들어가지 못하게 막아놓은 나뭇가지들이 굴 입구에 쌓여 있었다.

"어디냐?"

숨죽인 사내의 목소리가 귓가에 부어졌다.

"멀었니?"

"아뇨."

종세는 대답했다.

"목소리는 낮춰라."

벌써부터 총을 앞세워 조심스레 따라오던 사내가 종세의 입을 가만히 틀어막았다.

"어디냐?"

"조오기요."

사내는 고개를 빼어 종세가 손가락으로 가리킨 쪽을 노려보았다.

"아무도 없지 않느냐?"

"조오기, 나뭇가지를 쌓아둔 곳이에요. 나뭇가지를 치우면 굴이 있어요."

"그 굴 속에 그 쌔끼가 숨어 있단 말이냐?"

"예."

"거기까지 가자. 앞장서라."

"싫어요."

종세는 머리를 흔들었다.

"난 이제 안 갈래요."

"안 가? 안 가다니?"

사내는 눈을 치켜떴다.

"이제 집에 갈래요. 난 무서워요, 아저씨."

"안 돼."

사내는 쉰 목소리로 잘라 말했다.

"우리가 돌아올 때까지 가면 안 돼."

"그럼 난 여기 있을래요, 아저씨. 저 굴 속에 들어 있는 사람은 우리 선생님이에요. 학교 선생님이에요."

사내는 잠시 종세를 보았다. 알겠다는 듯 머리를 끄덕였다.

"좋아. 그럼 넌 여기 있거라. 가서는 안 된다. 우리가 돌아올 때까지 여기서 기다려."

그는 주머니에서 고구마를 한 개 꺼내었다. 종세는 그것을 받았다. 그들은 굴 쪽으로 걸어갔다.

종세는 몸을 숨기고 나무등걸 사이를 쳐다보았다. 투명한 달빛 아래로 다람쥐처럼 빠르게 굴 쪽으로 접근해가는 두 사람의 모습이 보였다. 뜨거운 침이 목구멍으로 흘러들어갔다. 절로 이빨이 마주 닿았다.

종세는 무서웠다.

나는 거짓말을 했다. 그들은 굴 속을 샅샅이 뒤질 것이다. 그러다가 마침내 선생님을 찾아내지 못한다면 어쩔 것인가. 화가 나서 총을 빼들고 나를 죽이고 형을 죽이고 아버지를 죽인다면 어쩔 것인가.

종세는 소리를 질러 그들에게 전선생님이 숨어 있는 곳은 동굴이 아니고 실은 상엿집이라고 말해버리고 싶을 정도였다. 그러나 그들은 이미 굴 앞에까지 접근해 있었다.

종세는 낙엽 위에 몸을 던졌다. 등뒤로 우수수 낙엽이 쏟아졌다. 낮은 나뭇가지가 바람이 불 때마다 예리한 회초리처럼 볼을 때렸다.

갑자기 가까운 곳에서 엄청난 총성이 들려왔다. 굴 입구를 향해 빨간 불줄기가 연이어 날아갔다. 종세는 귀를 막았다.

"전봉선 이 쌔끼, 나와."

총성과 더불어 고함소리가 정적을 찢었다. 온 산이 흔들렸다.

타앙 타앙 —

총성이 또 울었다.

"나와, 이 쌔끼. 간나쌔끼. 나와, 전봉선. 너는 포위되었다. 손 들고 나와."

굴 입구 쪽에서 불길이 돌연 타올랐다. 굴 입구를 막아놓은 나뭇가지에 불을 지른 모양이었다. 불을 지르려고 따로 나뭇가지를 모을 필요도 없이 불이 타올랐다. 굴 입구 쪽이 밝아졌다. 연기가 무럭무럭 피어오르고 굴 안쪽으로 연기는 빨려들어갔다.

종세는 숨죽이고 이 광경을 지켜보았다.

선생님은 없을 것이다. 선생님은 굴 속에 없을 것이다. 그제야 이상하게도 공포가 사라져갔다. 아주 편안한 마음이 고개를 들었다.

그러나 잠시 후 종세는 꿈속과 같은 장면이 눈앞에서 벌어지는 것을 보았다. 타오르는 불길 속에서 어른거리며 그림자 하나가 흔들렸다. 그 그림자는 불길 사이를 뚫고 뛰쳐나왔다. 이곳에서도 똑똑히 들리는 밭은기침 소리와 함께. 그가 누구인지 알아내는 데는 오래 걸리지 않았다. 그는 바로 전봉선 선생님이었다. 그는 머리 위로 만세 부르듯 두 팔을 치켜올리고 있었다.

종세는 이 믿을 수 없는 현실을 어떻게 받아들여야 할지 눈앞이 캄캄했다.

그들은 뛰쳐나온 전선생님을 등뒤로 노끈으로 묶어 결박지운 채 앞세워 이쪽으로 의기양양하게 걸어오고 있었다.

종세는 낙엽 위를 굴러내렸다. 그들이 기다리고 있으라고 한 장소에서 벗어나기 위해 종세는 마구 몸을 굴렀다. 얼굴이 찢기고 팔뚝이 가시에 긁혀 생채기가 났다. 그래도 종세는 몸을 멈추지 않았다. 풀숲에 몸을 숨기고 가쁜 숨을 가누느라고 헐떡대고 있노라니 발소리가 가까워왔다.

"어디 있어? 꼬마야."

목쉰 사내의 음성이 들려왔다. 종세는 낙엽더미 속에 몸을 숨겼다. 그리고 귀를 막았다. 비 오듯 진땀이 흘러내렸다.

밀집한 나무등걸 사이로 사위어가는 달빛 아래 우뚝 서 있는 선생님의 창백한 얼굴이 분명하게 보였다. 입가에 핏줄기 하나가 흘러내리고 있었다. 수염이 턱밑에 함부로 자라 있었다. 바짝 등뒤로 손이 묶여 있었기 때문에 선생님은 상체를 곧추세우고 있었다.

바보.

종세는 속으로 중얼거렸다.

바보 같은 선생님.

"어디 있나? 꼬마야."

총을 든 사내는 신이 난 목소리로 다시 소리를 질렀다.

종세는 대답하지 않았다. 그들은 오랫동안 서성이지 않았다. 그들은 곧 사라졌다. 낙엽을 밟는 소리가 저벅저벅 사라져갔다.

그래도 종세는 일어나지 않았다. 마지막으로 본 선생님의 얼굴이 감은 눈가에서 선명하게 떠올랐다.

동은 이미 터오고 있었다. 어둠은 물러가고 온누리에 빛이 가득했다. 햇살이 기운차게 쏟아져내렸지만 종세는 엎드린 자리에서 일어날 수 없었다. 등뒤를 덮은 낙엽이 햇솜이불처럼 따스했다. 어쩌다 한겨울 땅을 파면 볼 수 있는 잠든 개구리처럼 종세는 그대로 잠이 들 것만 같았다. 밤새 눈 한번 붙여보지 못하고 날은 밝았다. 악몽의 밤은 물처럼 흘렀다.

종세는 소리 죽여 울었다.

선생님은 죽을 것이다. 그들에게 끌려가 저 깊은 내장산 계곡에서 흔적도 없이 죽을 것이다. 아버지와 형 대신.

종세의 생각은 틀리지 않았다. 내장산의 빨치산들이 모두 소탕된 다음해 봄에도 마을 사람들은 마음대로 산속을 드나들 수는 없었다. 간혹 땅꾼들과 약초를 캐는 사람들이 산속으로 몰래 들어가긴 했지만 산은 군인들에 의해서 통행이 차단되고 있었다. 통행금지가 풀린 초여름 무렵에 약초를 캐러 갔던 심마니에 의해서 전선생님의 시체가 발견되었다. 그는 마당바위 옆 계곡에 거의 썩어 흔적을 찾을 길 없는 뼈로 누워 있었다. 옷과 주머니에서 나온 신분증으로 겨우 시체의 신원이 밝혀졌고 선생님의 뼈는 학교 선생님들에 의해서 추려져 죽은 지 반 년이 지난 뒤에야 장례를 치를 수 있었다.

선생님의 장례식엔 학교 아이들이 대부분 참석하였는데 종세도 끼어 있었다. 종세는 울지 않았다.

"이 이야기를 누구에게도 해서는 안 된다. 절대 비밀이다."

아버지는 종세와 종대에게 말했다. 아이들 사이에는 그 동굴에서 선생님의 유령이 나온다는 소문이 널리 퍼지고 있었다. 종세는 대낮에 그 동굴에 홀로 숨어들어가보았다.

찬물이 뚝뚝 듣는 동굴 속에 선생님의 유령이 잠시 머물렀다 종세를 보자 서서히 사라져갔다.

"나와라, 이 쌔끼. 전봉선 나와."

외마디 소리 하나가 아직 동굴 밖으로 빠져나가지 못하고 맴돌고 있었다.

이제 정읍을 떠나는 종세의 등뒤를 따라 부리나케 쫓아오는 죽은 자의 혼이 누구의 것인지 종세는 잘 알고 있었다. 어차피 떠나기 전에 마지막으로 한번은 작별인사를 나눴어야 할 혼령이었다.

종세가 돌아서서 그를 맞자 갓 도착한 혼령은 그곳에 서서 웃고 있었다. 그는 전선생님의 혼령이었다.

난생 처음 엄청난 비밀을 가슴속에 갖게 한 선생님의 혼령은 종세를 향해 손을 내밀었다.

선생님.

종세는 그를 보았다.

그 많고 많은 죽은 사람과의 이별 뒤에 간신히 나타난 선생님의 모습을 보자 종세는 선생님이 마침내 자신을 용서해주셨다는 것을 알게 되었다.

전 떠나요, 선생님.

종세는 선생님의 창백한 얼굴을 보았다. 그러자 선생님은 말하지 않아도 알겠다는 듯이 가만히 고개를 끄덕거렸다.

오늘 밤차로 떠나요. 서커스 따라가요, 선생님.

차가운 손이 종세의 얼굴을 스쳤다.

잘못했어요, 선생님.

종세는 중얼거렸다.

선생님을 죽게 한 것은 저예요. 하지만 그렇게 할 생각은 아니었어요.

　가까이 기적소리가 울렸다. 몇 잔 마신 술이 달아올랐다. 종세는
연방 딸꾹질을 했다.

　시간이 없어요. 선생님, 전 가겠어요.

　가거라.

　선생님은 노래하듯 말했다.

　뒤돌아보지 말고 가거라.

　종세는 꾸벅 인사를 했다. 고개를 드니 선생님의 혼령은 흔적도
없이 사라져버렸다.

　종세는 그가 온 길을 되돌아가고 있는가 돌아보았는데 발돋움하
여 보아도 그의 모습은 땅 위에도, 땅 밑에도, 앞에도, 옆에도, 뒤에
도, 하늘 위에도 보이지 않았다.

　종세는 선생님의 혼령과 마지막으로 만나려고 갈 길을 너무 지체
했으므로 이젠 더이상 망설임 없이 재게 연지리역까지 가지 않으면
안 된다고 생각했다. 어림짐작으로 보아도 이제 기차시간이 가까워
올 무렵이었다.

　종세는 엽연초를 말아 피우며 논벌 사이에 뻗친 외길을 걸어갔다.

　그래도 역 근처의 작은 거리는 한결 밝고 따뜻했다.

　역거리는 떠나는 마지막 밤차를 기다리는 사람들로 제법 웅성이
고 있었다. 곡물들이 모여 떠나는 집산지답게 역 철조망 뒤 화차 속
으로 부리나케 짐을 싣고 있는 역부들의 모습이 보였다. 검은 무연
탄이 쌓인 옆으로 흰 수은등이 환히 내리비추고 레일이 긴 혁대로
꿈틀거리고 있었다. 여인숙의 불빛이 거리에 내걸려 있었고 문 닫
힌 술집에서는 탁자를 두드리는 노랫소리가 간혹 들려왔다. 국밥집
은 떠나는 사람들이 밥을 먹느라고 가득 차 있었다. 삶은 달걀이 목
판에 몇 개 누워 있었고 기차가 멎을 때마다 달려가 김밥을 파는 아

이들이 역 앞에 쭈그리고 앉아 담배를 피우고 있었다. 그중 몇은 종세의 얼굴을 아는 아이들이었다.

종세는 역 대합실에 들어가서 벽에 걸린 큰 시계를 보았다. 열한 시였다. 아직 떠나려면 한 시간은 넘게 남아 있었다. 대합실 의자마다 봇짐을 진 승객들이 앉아 있었다. 젖 물린 아낙네가 비스듬히 벽에 몸을 기대고 까막까막 졸고 있었다.

종세는 행여 대합실에 서커스 사람들이 있는가 훑어보았지만 그들은 없었다. 난쟁이는 분명히 오늘 밤차로 떠난다고 말했었다.

종세는 빈 의자에 앉아 그들이 올 때까지 기다리기로 작정했다. 올 것이다. 그들은 분명히 올 것이다.

이미 그들은 이 역거리까지 나와 있을 것이다. 아까 보았잖은가. 서커스 사람들이 천막을 걷고 여관에서도 사라진 것을 확인했잖은가. 그들은 쉰 명이 넘는 대가족이었으므로 움직일 때는 일찌감치 준비를 끝내고 미리미리 나와 있을 것이다. 지금쯤 이 역 부근 어디선가 늦은 밤참을 먹고 있을지도 모른다. 그들을 찾아 거리를 헤맬 것인가 종세는 생각했다. 이 집 저 집을 기웃거리다간 아는 얼굴을 만나게 될 것이다. 그럴 바에는 아예 기다리는 편이 나을 것이다.

뿌욱뿌욱 기적이 울었다. 그럴 때마다 대합실 의자에 쭈그리고 잠들었던 사람들이 눈을 뜨고 창 밖을 기웃거렸다. 그들의 손엔 기차표가 꼬옥 쥐어져 있었다.

열한시 반 가까이 되어서야 갑자기 대합실이 시끄러워졌다. 인근 국밥집과 술집에서 출발시간을 기다리던 사람들이 꾸역꾸역 몰려들기 시작하고 닭을 든 사람들이 모여들었으므로 때 아닌 짐승소리가 대합실을 가득 채웠다. 그리고 한 떼의 사람들이 몰려들기 시작했다. 그들이 바로 서커스 사람들이었다.

그들은 단장을 중심으로 대합실로 한꺼번에 몰려왔다.

주위의 눈들이 그들에게 집중되었다. 한눈에도 그들의 옷차림과 행동거지는 주위 사람들과 뚜렷이 차이가 나서 그들이 단순히 외지 사람들이 아니라 뭔가 남의 눈을 끌기에 충분한 일을 하는 사람들 처럼 보였다.

종세는 일어섰다. 그리고 단장 앞으로 다가갔다.

"안녕하세요?"

종세는 단장에게 꾸벅 인사를 했다. 단장은 무심코 종세를 보았다.

"누구냐? 네가 누구냐?"

"전."

종세는 웃어 보였다.

"정읍 읍내에서 공연할 때 한번 찾아갔던 적이 있는 아입니다."

"누구라구?"

단장은 기억이 나지 않는다는 듯 고개를 가우뚱거렸다.

"비켜, 이 자식. 넌 누구냐?"

단장 옆에 앉아 있던 사람들이 가로막고 나섰다. 그들은 거친 말 투로 종세를 윽박질렀다. 종세는 눈 하나 깜짝하지 않았다.

"내버려둬라. 이리 가까이 와라."

단장은 가로막은 사람들을 말리며 종세를 불렀다.

"난 네가 누군지 모르겠다."

"전 정읍 읍내 여관으로 찾아갔던 사람입니다. 절 서커스 단원으로 데려가달라고 부탁했던 사람입니다."

"아……"

단장은 그제야 생각난다는 듯이 혀를 찼다.

"이 꼬마 좀 봐라. 정말 왔네."

"뭐 하는 아입니까?"

옆사람들이 종세를 아니꼽다는 듯이 흘겨보았다.

"이 친구가 말야, 정읍에서 공연할 때 말야, 찾아와서는 이러는 게야. 절 데려가지 않으면 천막에 불을 지를 겁니다. 저는 거짓말을 하지 않습니다. 저는 한다면 하는 그런 사람입니다. 헛허허."

단장은 웃었다. 그러자 주위 사람들도 소리내어 웃었다.

종세는 그들의 웃음이 무엇을 의미하는가 생각했다. 나를 비웃고 있는 것일까. 그 웃음소리 속에 높은 소프라노의 웃음소리가 섞였다. 종세는 소리나는 쪽을 보았다. 그 화려했던 무대복을 입었던 송영란이가 종세를 보고 웃고 있었다. 종세는 절로 낯이 붉어졌다.

"난 무엇이든 할 수 있습니다. 난, 난, 키가 작지만 힘이 셉니다. 시키면 시키는 대로 무엇이든 하겠습니다."

그 언젠가 단장에게 했던 말을 종세는 또박또박 되풀이했다.

"얘야."

단장은 부드럽게 타일렀다.

"우린 사람 도둑질 하진 않아. 넌 분명히 후회하게 된다. 우릴 따라가게 된다면."

"전 고압니다."

"글쎄 잘 생각해봐라. 도대체 뭘 어떻게 하겠다는 거냐?"

"전 따라갈 겁니다."

"날 따라가겠다는 거냐?"

"예."

"야단났구먼."

단장은 한심하다는 듯 혀를 찼다.

뿌욱뿌욱 기적소리가 들려왔다. 기차가 도착하는 걸 보자 대합실에 몰려 있던 사람들이 하나둘씩 일어서고 있었다. 개찰은 시작되고 있었다.

"단장님, 일어나야 합니다."

서커스 단원들도 짐을 들고 일어서고 있었다.

"다음에 데려가기로 하지."

단장은 종세에게 얼버무리듯 말을 흘렸다.

"일 년 뒤에 우린 또다시 정읍에 온다. 그때까지 잘 생각해봐라."

"지금 함께 갈 겁니다."

종세는 힘주어 말했다. 단장은 가만히 종세를 쏘아보았다. 그는 담뱃불을 던져 구둣발로 껐다. 사람들이 대합실을 통해 역 안으로 들어가고 있었다. 창 밖으로 기차의 모습이 보였다. 불 켜진 차창 안으로 사람들의 모습이 보이고 때맞춰 기다리던 김밥장수 아이들이 떼지어 달려가서 차창마다 고개를 들이밀고 소리지르고 있었다.

"김밥 있으요. 계란도 있으요오 ─"

쉬잇쉬잇 하얀 입김이 기차의 바퀴 밑에서부터 솟아오르고 있었다.

"갑시다, 단장님."

옆사람이 단장을 재촉했다.

"어이."

단장은 일어서며 앞사람에게 소리쳤다.

"저 아이 앞으로 표 한 장 끊어라."

종세는 그 말이 무엇을 뜻하는가를 잘 알고 있었다. 종세는 단박 얼굴에 웃음이 피어올랐다. 그는 꾸벅 인사를 했다. 누군가 종세의 손에 딱딱한 기차표 한 장을 쥐여주었다. 종세는 그 표를 들여다보았다.

'조치원.'

거기엔 그렇게 씌어 있었다. 한 번도 들어보지 못했던 도시의 이름이었다.

언제든 정읍을 떠나려고 도둑기차를 탈 때도 이리까지 나가는 것이 고작이었다. 신태인, 이리, 군산, 광주 그리고 서울. 그런 지명만

이 종세가 알고 있던 도시의 이름이었다.

이렇게 정식으로 기차표를 사서 개찰구를 통해 정당하게 기차를 타보는 것도 생전 처음이었다. 언제든지 역 옆 채마밭에 숨어 있다 막 속력을 내기 시작하는 기차에 뛰어올라 도둑승차하는 것이 보통이었다.

이제 드디어 떠난다. 떳떳하게. 그것도 꿈에 그리던 서커스단에 정식 단원으로 끼어서. 부러운 주위 사람들의 눈동자를 받아가며.

역원이 맨 나중에 끼어든 종세의 손에서 기차표를 쥐어들더니 찰칵 경쾌한 소리를 내며 표를 잘랐다.

그리고는 역 안이었다. 휘황한 불빛을 밝힌 기차가 종세 앞에 서 있었다. 말소리는 들리지 않지만 굳게 닫힌 차창 너머로 떠드는 승객들의 부산스런 모습이 눈앞에 다가왔다.

"야."

누군가 종세에게 소리질렀다.

"어릿어릿하지 말고 곧바로 따라와."

키가 목 하나는 더 큰 아이가 종세에게 험상궂은 얼굴로 소리질렀다. 그러나 나이는 많이 들어 보이지 않았다.

"이것 좀 들어, 이 쌔끼야."

그는 손에 든 짐을 가리켰다. 종세는 그 짐을 받아들었다. 생각보다는 무거운 짐이었다.

"쥐새끼만한 게 너 앞자리만 따라가다간 모가질 비틀어버릴 거다. 넌 뒷자리야. 이 쌔끼, 높으신 분들은 객차에 타겠지만 우리야 화차 신세야. 이 쌔끼, 따라와."

기차는 한없이 길었다. 일행은 그 기차의 끝까지 걸어갔다. 기차의 끝에서는 정읍에 내리는 화차를 떼어내고 정읍에서 싣는 곡물 화차를 새로 붙이느라고 역원들이 바쁘게 움직이고 있었다. 덜컹덜컹 화차칸이 열차의 후미에, 자석에 이끌린 쇠붙이처럼 붙었다.

곡마단 일행은 대충 세 부류로 나뉘어 움직이고 있었다. 맨 앞 열엔 단장과 제작부장들이 앞서고 있었고, 가운데엔 무대단원과 악사, 그리고 곡예사들이 걸어가고 있었는데, 그중에는 처자들을 거느린 단원들이 꽤 있었는지 짐을 머리에 인 아낙네와 아이들을 어깨 위에 무등 태운 단원들이 걷고 있었다. 낯익은 난쟁이가 뛰어가며 그들을 쫓아가고 있었다. 맨 뒤 행렬엔 막일을 도맡아 하는 후견(後見)들과 조련사들이 걸어가고 있었다. 종세는 그 맨 끝 행렬을 따라갔다. 모두 종세보다 나이가 두어 살은 더 들어 뵈는 후견들은 힐끗힐끗 종세를 쏘아보고 있었다. 침을 이빨 사이로 찍찍 뱉으면서. 그들의 표정엔 어디서 굴러먹다 새로 들어온 말뼈다귀 같은 이 꼬마녀석을 어떻게든 혼구멍내줘야겠다는 무언의 결의 같은 것이 번득이고 있었다. 종세는 본능적으로 그들의 적의를 냄새 맡고 있었다.

단원들은 차례차례 기차에 올라탔다. 종세가 무심코 객차에 올라타려 하자 종세에게 짐을 맡겼던 아이가 따라와서 머리통을 쥐어박았다.

"내 말 못 들었어. 이 쌔끼, 넌 화차라니까 어딜 가는 거야. 이쪽이야, 네 자리는."

종세는 화차 안으로 들어섰다.

화차 안에는 이미 실어놓았는지 온갖 서커스 소도구들이 가득 차 있었다. 천막과 깃발, 잡동사니 조명기구들과 널빤지들, 무대용 자전거, 각목, 밧줄, 연주 세트. 그런 잡다한 물건들이 차곡차곡 쌓여 있었다.

그 사이에 한 쌍의 말이 목책에 갇혀 실려 있었다. 부르릉 — 그들이 들어서자 말들이 콧김을 뿜었다.

화차 안엔 희미한 알전구 하나만 비추고 있을 뿐 조용했다. 대충 잡아 열 명쯤 되어 보이는 아이들이 짐 부린 자리 여백에 쭈그리고 앉아 대뜸 담배를 꼬나물었다.

"씨팔, 언놈은 누워 가고 시러베쌔긴 서서 가고."

누군가 투덜거렸다.

종세는 짐 위에 걸터앉았다. 그러나 마음은 편치 않았다. 여기저기서 슬쩍 스쳐 지나가는 눈초리로 종세를 훑어보는 아이들의 눈들이 화살처럼 날아왔다.

"댐이 어디락꼬?"

"조치원."

"조치원이 뭐꼬, 좆치원이면 좆치원이지."

덜컹 기차가 진저리를 쳤다.

"가안다아아―"

누군가 길게 소리쳤다.

"잘 있거라 나는 간다 이별의 마알도 없이 떠나가는 완행열차 대전발 영시 오십부운―"

뿌욱뿌욱 기적이 연이어 울었다.

퉤. 한 아이가 화차칸 밖으로 침을 뱉었다. 그러고 한 아이, 두 아이 합세해서 모두 퉤퉤, 침을 뱉기 시작했다.

"정읍, 씨팔 다시 오나봐라. 퉤."

"금순아 어딜 가고 나만 홀로 헤매이느냐아, 퉤."

덜컹덜컹 기차가 관절 부러지는 소리를 냈다.

"오메오메, 좋은 것. 오메, 좋은 것."

뿌욱뿌욱 기적이 울더니 마침내 결정적으로 덜컹 기차가 용틀임했다. 고개만 내민 말 한 쌍이 목을 빼고 마음껏 울었다. 한구석에서 원숭이가 끼익끼익 소리질렀다. 기차는 스릉스릉 움직였다. 그리고는 이내 레일 위를 미끄러졌다. 서서히 바깥풍경이 윤활유처럼 뒷걸음질쳤다. 어둠이 흘러갔다.

종세는 창 밖을 내다보았다.

몇 개의 불빛이 스쳐가더니 캄캄한 어둠이었다. 어둠에 뜬 먼 불빛이 완만히 물러갔다. 눈을 껌벅거리면서.

기차가 속력을 높였다. 와르릉와르릉 발 아래 레일과 맞부딪치는 기차의 발이 요란하게 울었다. 간지러운 요동이 발바닥을 긁어대었다.

아이들은 하나둘 주머니에서 누룽지를 꺼내 볼이 메도록 씹기 시작했는데 종세는 홀로 열린 화차 문 앞으로 다가가보았다.

투명한 하늘엔 큰 달이 떠 있었다. 아무것도 보이지 않았다.

매운 바람이 한꺼번에 쏟아져 들어오고 귓가에는 미친 기차의 발광 소리가 가득 차올랐다. 기차가 커브를 틀자 저 멀리 연기를 뿜으며 앞서가는 기차의 머리가 보였다. 그제야 종세는 자신이 미래로 향한 한순간의 꼬리를 겨우 붙잡은 사실을 깨달았다.

어쨌거나 종세는 그제야 배가 고픈 것을 느꼈다.

곡예

종세가 칠성이와 더불어 배당받은 포스터는 백 장이 넘었다. 열한 시에 늦은 아침 겸 점심을 들고 곧장 거리로 뛰어나왔다.

큰거리를 경계로 서쪽은 칠성이와 종세가, 동쪽은 명균이와 상철이가 포스터를 붙이게 되어 있었다.

구멍가게, 다방, 빵집, 음식점, 세탁소, 눈에 띄는 대로 들어가 거리로 면한 유리창에 포스터를 붙이고는 그 대신 포스터 밑 귀퉁이에 삼각형으로 표시된 입장권을 잘라주었다.

절대로 주인 없는 벽이나 전봇대에 붙여서는 안 된다. 할 일 없는 동리 조무래기들이 지나가다 말고 벽보만 보면 박박 찢거나 오줌을 싸거나 포스터 위에 낙서를 잔뜩 해놓기 때문이었다.

그래도 따뜻한 봄날이어서 한결 기운이 솟았다.

지난 겨울은 얼마나 춥고 길었던지. 조치원, 천안, 온양, 충주를 거쳐 청주에 들어선 것이 엊그제였다. 그 동안 천막 안으로 윙윙 찬

바람이 새어들고 겨우 산 사람 입에 풀칠이나 하는 게 고작이었다.

"이 엄동설한에 어느 시러베놈의 쌔끼가 여편네 엉덩이나 끼고 있지 곡마단 구경 온담."

기도 보는 제작부장이 텅 빈 가마때기 위에 주저앉으며 한숨을 푹 욱푹욱 쉬었다. 아무리 손님이 들어오지 않는다고 하더라도 최소한 단원들의 일당은 주어야 했기 때문에 공연이 끝나면 단장의 이맛살 이 절로 찌푸려질 수밖에 없었다.

그 긴 겨울 동안에 종세는 발가락 두 개가 동상에 걸렸을 뿐 다행 히 얼어죽거나 굶어죽지는 않았다. 보름 예정의 공연이 으레 열흘 도 못 되어 끝나곤 하였다. 더이상 버티어봐야 고작해야 손가락으 로 헤일 정도의 손님이 드는 데는 견딜 재주가 없었다.

곡마단원 두 사람이 보따리를 쌌다. 한 사람은 야밤에 단원의 주 머니를 뒤져 돈을 훔쳐 도망갔다. 꼬깃꼬깃 일 년 동안 모은 돈을 잃어버린 악사는 그날따라 트럼펫 소리가 목이 쉬었다.

뚜우따아 따따뚜뚜우우우우.

그 긴 겨울 막바지에 암놈 원숭이 한 마리가 간밤에 죽어버렸는데 추워서 죽은 것인지 배고파 죽은 것인지 조련사도 궁리궁리해보았 지만 도저히 알아내지 못하였다. 아마도 춥고 배고프고 그리고 그 저 허해서 죽어 뻣뻣이 굳어버린 원숭이 시체를 구덩이를 파고 묻 었더니 그날밤 홀로 남은 홀아비 원숭이가 목놓아 울었다. 그런데 다음날 충주를 떠나려고 천막을 걷는데 원숭이 쪽에 몰린 단원들이 모두 깔깔 웃으며 손가락질을 하고 있었다.

종세도 밧줄을 내리다 말고 무슨 일인가 원숭이 쪽으로 가보았는 데, 원숭이는 단원들 앞에서 쭈그리고 앉아 열심히 자신의 성기를 쥐고 흔들어대고 있었다.

"이 쌔끼 보드라고. 지 여편네 뒈진 지 하루 만에 용두질치는 꼬락서니 보드라고."

조련사 김씨가 자신이 민망한 듯 몰려든 후견들에게 소리를 지르고 있었다.

"뭣들 보아. 나이들 처먹고 원숭이 용두질치는 게 그리도 재미있남."

원숭이의 성기는 무섭게 발기되어 있었다. 까맣게 몰려들어 구경하는데도 원숭이는 아랑곳하지 않고 손가락으로 비벼대고 있었다.

"봄은 봄이여, 우라질."

과연 봄이었다. 충주를 떠나는 기차 위에서 종세는 동상 걸린 발가락이 유난스레 간질거렸다.

무심천 주차장 빈터에 말뚝을 박고 정지작업하느라고 땅을 파는데 땅은 이미 딱딱하게 얼어 있지 않고 질편하게 녹아 있었다. 비릿한 흙냄새가 풍겨오고 자연 삽질은 신명이 차올랐다. 어쩌다 땅을 파노라면 시커머니 죽은 흙더미에서 무언가 꿈틀거리며 움직이곤했는데, 그것은 땅 밑에서 잠자던 개구리들이었다. 개구리들은 그긴 겨울을 버티어내느라고 바짝 말라 있었다. 발가락으로 건드려보면 벌벌 기는데, 그럴 때마다 난쟁이 석씨는 한결같이 주워다가 자갈들을 쌓아올리고 개구리를 구워먹었다.

"이게 보약이다. 이게 정력제란 거다. 먹으면 힘이 불끈 솟아오른다."

개구리란 개구리는 모조리 거둬다가 석씨는 구워먹었지만 힘은 솟아오르지 않았다. 석씨는 그날밤 밤새도록 설사를 했다.

그러나 이미 봄은 봄이어서 단원들은 모두 기대에 부풀어 있었다. 그 지리하게 긴 겨울을 함께 부둥켜안고 체온으로 몸을 녹인 사람들만이 서로 느끼는 이상야릇한 흥분이 청주에서부터 일기 시작하였다.

무심천 냇물은 살얼음이 녹아 흐르고 밤하늘엔 뽀오얀 달무리가 떴다. 젖어 흐르는 봄날 하늘 멀리 아지랑이가 피어올랐다. 버드나무 가지마다 파릇파릇 싹이 움트고 종세는 그날 새벽녘에 이상한 꿈을 꾸었다.

영란이의 몸을 부둥켜안고 입맞춤하는 꿈이었다. 어찌어찌 꿈이 깨었는지 종세는 모르겠으나 온몸이 쭈뼛하는 강렬한 쾌감이 몸을 찔렀다. 깨고 보니 아랫도리가 젖어 있었다. 아직 사라지지 않은 쾌감에 미련을 두느니보다는 오히려 참담한 부끄러움이 밀려와서 종세는 낯을 붉혔다.

정읍을 떠나올 때부터 굳게 마음먹었던 영란이에 대한 관심은 그러나 막상 곡마단에 들어왔지만 쉽사리 채워지지 않았다. 영란이는 단장의 수양딸이었으며 그애는 늘 종세의 머리 위에 있었다. 그애는 2부 연극에서 주인공 꼬마 역을 도맡아 하였으며, 또한 3부 바라이데이 쇼에서는 으레 서너 곡 부르는 중견가수였다.

"헬로 슈산 슈산 보이. 구두를 닦으세요. 구두를 닦으세요……"

영란이의 인기는 대단해서 가는 곳마다 앵콜이 터져나왔다. 어린 아이인지 처녀인지 할머니인지 모르는 영란이의 분칠한 모습은 관객의 탄성을 불러일으키기에 충분하였다.

"산도 설고, 물도 선 머나먼 곳에
   누굴 찾아 나 여기 왔나.
   부모 형제 버리고 머나먼 곳에
   누굴 따라 나 여기 왔나.
   괄세 많은 타관 인생……"

나이 많은 여단원을 봐도 지분거리는 고께이(곡예사)들도 영란이에게는 함부로 대하지 못하였다. 종세는 어쩌다 영란이와 눈이 마주치면 낯이 붉어졌다. 눈치 빠른 칠성이가 재빠르게 종세의 마음을 알아차렸다.

"너 이 쌔끼, 영란이 좋아하지. 영란이 쳐다보는 눈초리가 안질 걸린 누깔 같다. 이 쌔끼. 관둬라. 뽈록이(배) 맞추고 싶다면 술집 갈보들이나 찾는 게 낫다. 올라갈 수 없는 나문 쳐다보들 말아라."

그러나 꼭 한 번 충주에서 청주로 밤기차를 타고 오는 동안 종세는 공교롭게도 영란이와 함께 떠나온 적이 있었다. 왜 영란이가 객차를 마다하고 짐 실은 화차 쪽으로 왔는지 종세는 그 이유를 모른다. 후견 아이들은 모두 떼지어 객차로 나들이를 떠났다. 그들은 기차만 떠나면 기차 머리까지 순례를 떠나는 버릇들이 있어 공연히 할 일도 없이 떼지어 승객들이 가득 찬 객차를 오락거리곤 했다. 간혹 상이군인들과 싸움을 벌이면서. 어쩌다 미친년이 타면 으슥한 기차 구석에 몰아붙이고 번갈아 치마를 끌어올리고 성기를 만지면서. 잘은 모르지만 후견 중에 몇몇은 날쌘 손버릇을 가지고 있어 슬쩍슬쩍 혼잡한 객차를 쏘다니며 도둑질을 하는 모양이었다. 하다못해 빈 사이다 병이라도 주울 수 있는 객차를 놔두고 화차에 웅크리고 있을 필요는 없으니까.

열린 화차문 밖으로 큰 달이 한가득 떠 있었다. 밤하늘은 남색 물감을 풀어놓은 듯 파랗게 투명했다.

"얘."

영란이가 우두커니 앉아 있는 종세에게 말을 걸어왔다.

"나, 나 말이지?"

종세는 말을 더듬으며 영란이를 보았다.

"금 여기 너 말구 또 누가 있니?"

영란이는 하얗게 눈을 흘겼다.

"너 담배 있니?"

종세가 주머니에서 주섬주섬 담배를 꺼냈다. 충주 길거리에서 주운 담배들이다. 영란이는 날쌔게 담배를 하나 피워물었다. 아주 익숙한 솜씨였다. 한 번도 영란이가 담배를 피우는 것을 본 적이 없었던 종세는 놀라서 영란이를 쳐다보았다.

"아이 써. 아이 써라."

쿨럭쿨럭 기침을 하면서 영란이는 담배를 달리는 기차 밖으로 던져버렸다.

"이런 쓴 담밴 뭐라고 피우는지 모르겠다."

정도 이상으로 밭은기침을 하면서 영란이는 종세를 보았다.

"너 사팔뜨기니?"

"아, 아, 아니."

"그런데 왜 네 눈이 사팔뜨기 같으니?"

느닷없이 영란이는 종세를 윽박질렀다.

"아, 아냐. 난 사팔뜨기가 아닌데."

"그래. 난 니가 사팔뜨기인 줄만 알았다. 아니면 됐지 머."

영란이는 불쑥 일어나 아무 일도 없었다는 듯 달리는 화차에서 교묘하게 균형을 잡으며 객차 쪽으로 걸어가고 있었다.

왜 그애가 내게 사팔뜨기라고 했을까.

청주로 오기까지 종세는 줄곧 그 생각만 하고 있었다. 난 사팔뜨기가 아닌데. 아마도 몰래 담배라도 피워볼 겸 화차 쪽으로 살짝 나왔다가 쓴 담배 두어 모금에 넌덜머리가 나서 돌아가려다 뭐라고 한마디쯤 해야만 할 것 같아 그저 마음에도 없는 소릴 지껄였을지도 모른다. 미친년. 종세는 침을 뱉었다. 네년의 눈깔이 사팔뜨기다.

"씨팔. 몇 장이나 붙였냐?"

칠성이가 세탁소 유리창에 포스터를 붙이고 나오더니 갈라진 이빨 사이로 재빨리 침을 뱉으면서 짜증스레 물었다.

"반도 더 남았을걸."

"우라질, 남은 오십 장을 어디다 붙인단 말이냐. 날씨 한번 우라지게 더운데."

중앙공원으로 접어드는 골목길에 솜사탕 장수가 솜사탕을 말고 있었다. 칠성이는 무턱대고 그쪽으로 달려갔다.

"아씨. 솜사탕 하나 주시오."

"돈부터 내라."

"아따, 성질 한번 되게 급하긴. 돈 대신 싸카스 표 줄게요."

"싸카스."

솜사탕 장수는 말을 하면서도 발을 멈추지 않고 흔들어댔다. 그럴 때마다 하얀 솜사탕이 구름처럼 막대기 위에 엉겨들었다.

"재밌소. 끝내주요. 여자들이 발가벗고 춤도 춘당께. 이렇게 말이오."

칠성이는 두 다리를 번쩍번쩍 흔들어댔다. 그는 껄껄 웃었다.

"두 장 줄 테니 두 개만 주소."

"두 장 가지곤 안 돼. 세 장에 두 개 주지."

"젠장. 좋았소, 주시오."

칠성이는 포스터 밑둥이에 삼각형으로 표시된 입장권을 짝 짝 세 장 찢어 내어밀고는 솜사탕 두 개를 뽑아들었다. 그리고 이미 소용이 없어진 포스터를 구겨 쓰레기통에 처넣었다.

종세와 칠성이는 솜사탕을 베어먹으며 골목길을 걸어내려갔다. 어디선가 하모니카 소리가 들려오고 있었다.

"우리 신세는 포스타 붙일 때가 최고인기라. 광 한번 잡는기라. 니는 내만 졸졸 따라오면 되는기라."

칠성이는 포스터를 챙겨들더니, 눈에 띄는 대폿집으로 들어갔다.

"안녕하세요?"

구변 좋게 칠성이는 문을 열더니 대뜸 소리부터 질렀다. 어두컴컴한 안채에서 빨래를 하고 있던 작부가 눈이 둥그레져서 칠성이를 보았다.

"대륙싸카쓰에서 왔습니다. 포스타 한 장 붙여주시오. 표는 드릴 테니."

그러자 닫힌 방문이 드르륵 열렸다. 대여섯 명은 되어 보임직한 작부들이 벌거벗은 차림으로 서로 엉겨붙어 있다가 재미있다는 듯 칠성이를 보았다.

"그게 뭐예요?"

"싸카쓰 포스타요."

"어머나."

작부들이 일제히 소리를 질렀다.

"아저씬 뭘 하는 사람인가유?"

"나 말요? 난 곡마단에서 술통 굴리는 사람이지유."

"접시도 돌리나유?"

"접시도 돌리지유."

"증말이에유?"

"아따. 이따 보러 오면 될 거 아닌감."

"표가 있어야쥬."

"한 장은 줄 수 있소. 포스타 붙여주는 대신."

"사람이 몇인데."

"가만 있자. 한 마리, 두 마리, 세 마리, 네 마리……"

칠성이는 술집 안에 있는 작부들을 손가락으로 세기 시작했다. 그러나 정작 작부들은 화를 내기는커녕 재미있다는 듯 깔깔거리며 웃고 있었다.

"아따 많기두 하다. 일곱 마리네."

"그러니 일곱 장 주슈."

"누구 맘대로."

"아저씨."

웃통을 벗은 여인 하나가 툇마루로 걸어나왔다.

"술 한잔 줄 테니 인심 좀 써요. 돼지고기 한 접시두 줄 테니."

"그래두 안 돼."

"국밥도 주리다."

"그래두 안 된다니께."

"금 뭘 원하슈?"

"히히힛."

냅다 칠성이의 입에서 웃음부터 새어나왔다.

"웃긴 뭘 웃소. 싱겁긴."

방앗간 참새들처럼 조르르 모여든 작부 중 하나가 소리를 질렀다.

"왜 거 있잖아. 히히힛. 홀애비 삼 년에 술보다 급한 게 하나 있잖아. 다 암시롱 부끄럽게. 다 암시롱."

"미친놈 보게."

깔깔 웃으며 한 여인이 농지거리를 받았다.

"이 쌔끼야. 그짓이 싸카쓰 표 일곱 장에 택두 있겠냐."

"이 쌔끼라니. 내가 니 썩은 밑구멍에서 나왔냐. 얼다 대구 욕지거리야, 이년아."

"니 애비두 거기서 나왔다. 이 쌔끼야."

"요 베라먹을 갈보야."

"대갈통에 피두 안 마른 요 강아지 쌔끼야."

"대갈통엔 피가 안 말랐지만 잠지엔 피 말랐다, 왜."

천연덕스럽게 칠성이는 별 악의 없는 한바탕의 욕지거리를 일일이 대꾸하고 있었다.

"어느 년이 치마 벗을 텨. 금 열 장 줄 테니."

"스무 장 주면 내가 하지."

누군가 말을 받았다. 제일 나이 어리고 호리호리하게 생긴 여인이었다.

"스무 장은 뭘 하게?"

"한번 보고 또 보고 눈만 뜨면 또 보지. 군인 간 서방 휴가 오면 함께 가지. 옆집 친구도 데려가지."

"증말?"

칠성이가 술 탁자 위에 포스터 뭉치를 내려놓았다.

"스무 장 줄 테니 옷 벗을 텨?"

"입은 뭐 가죽이 모자라서 찢어놨는 줄 아니. 요 베라먹을 쌔끼야."

"좋았어. 스무 장이라구. 금 사십 장에 두 마리렷다. 나머지 한 장은 누구냐? 치마 벗을 년 손 들어라."

"어따. 주제에 두 년 끼고 잘 욕심은. 저 쌔끼 코피가 나려고 저러나. 속리산 배암 잡아 한 타스 처먹었나. 엉덩이 한번 흔들면 제 풀에 살려줍쇼 내려올 쌔끼가."

"내가 산삼 달여먹었는 줄 아니, 이년아. 내 동무도 썩은 맛이라도 봐야 하잖니."

칠성이는 문간에 서 있는 종세를 가리켰다.

"저앤 총각이다. 알토란 같은 숫총각이다."

"총각이라면 내 돈 주고도 하겠다."

"종세, 너 할려?"

칠성이는 진지하게 종세를 돌아보았다. 종세는 낯이 붉어져서 고개를 숙였다. 종세는 머리를 흔들었다.

"좋아. 금 저앤 국밥이나 말아줘라. 표 스무 장 줄 테니."

"스무 장부터 내놔."

호리호리한 계집애가 대뜸 신발을 끌고 나왔다.

칠성이는 침을 발라 표가 붙어 있는 포스터를 세기 시작했다. 칠성이는 인심 좋은 척 스물하고도 두 장을 더 세어놓았다. 작부년은 포스터를 받아들더니 일일이 세어보았다. 모두 세고 나서 계집애는 아주 다정하게 칠성이의 팔을 꼈다.

"따라와, 이 쌔끼야."

막상 계집애가 자기 팔을 낚아채자 다소 부끄러운 듯 칠성이는 종세를 보았다.

"정말 너 괜찮니?"

"괜찮아."

"그럼 조금만 기다려라. 국밥 말아줄 테니. 그거 먹구 기다려라. 난 뽈록이 맞추고 곧 돌아올게."

"언니, 나 잠깐 갔다 올게."

두 사람은 빈방으로 들어갔다. 종세는 빈 의자에 앉았다. 열린 방 안에서 흥미가 가신 작부들이 한결같이 종세를 바라보고 있었다. 누군가가 노래를 부르기 시작했다.

"꽃과 같이 아름다운 나의 사랑 에레나시. 밤 깊은 주점에서 노래는 시들었나. 쓸쓸한 선창가엔 등대불만 껌뻑껌뻑……"

그러자 하나둘 그 노래를 따라 합창을 하기 시작했다. 씩씩하게 웃통을 벗고 앉아서.

종세의 앞에 뜨거운 김이 무럭무럭 피어오르는 국밥 한 그릇이 놓였다. 인심 쓰듯 술 한잔도 따라나왔다. 종세는 오랫동안 맛보지 못했던 향긋한 음식 냄새를 맡았다. 종세는 가만히 한입 가득히 입 안에 틀어넣었다. 그리고 천천히 씹어보았다. 용솟음치는 기쁨이 가슴에서부터 저려왔다. 종세는 허겁지겁 먹기 시작했다. 땀을 뻘뻘

154

흘리면서.

"천천히 먹어, 체할라. 모자라면 더 주마."

뒤에서 누군가 소리쳤다.

눈 깜짝할 사이에 종세는 한 그릇을 비웠다. 실로 얼마 만인가. 정읍을 떠나온 지 벌써 넉 달. 그 동안 하루 두 끼만으로 이 악물고 버텨왔다. 그 엄청난 굶주림에도 떠나올 때 가져온 돈 오백환을 아직 허물지 아니하였다.

낯선 도시. 사람들이 물구나무서는 밤과 낮이 거꾸로 흐르는 이상한 도시. 해가 서쪽에서 떠오르고 그림자가 하늘을 가리는 이상한 낯선 도시에의 꿈은 이미 깨어졌음을 알았다.

조치원, 충주, 온양, 천안 그리고 이곳 청주.

벌써 대여섯 군데의 낯선 도시를 찾아헤매는 동안 종세는 조금씩 조금씩 자기가 걷는 한 발짝의 앞선 미래가 바삭바삭 유릿조각처럼 깨어지는 것을 보면서도 그러나 저 먼 곳에서는 아직도 거꾸로 물구나무선 그림자들이 힘차게 발맞추어 행진하고 있음을 믿고 있었다.

칠성이는 오랜 후에 나타났다. 그는 잔뜩 지쳐 있었다. 그는 무엇이 더러운지 연신 퉤퉤 침을 뱉고 있었다.

"담에 올 땐 요 쌔끼야."

따라오던 호리호리한 계집애가 철썩 칠성이의 엉덩이를 후려치며 말했다.

"좀더 엉덩이질 배워갖고 오너라."

두 사람은 술집을 나섰다.

햇볕이 온 거리에 가득 차 있었다.

눈부신 봄 햇살이었다. 막힌 데 없이 햇살은 흘러넘쳐서 온 거리는 말리는 건어물처럼 내장을 드러내고 길게 누워 있었다. 칠성이는 중얼거렸다.

"밥 실컷 먹었냐?"

종세는 고개를 끄덕였다.

"잘했다. 술두 먹었냐?"

종세는 머리를 끄덕였다.

"얼굴이 발갛다. 시팔, 한겨울 굶었더니 뽈록이 한번 맞추는 데 근(根)이 빠졌는가보다."

칠성이는 남은 포스터의 밑동부리에서 입장권을 모두 잘랐다. 그리고 똑같이 분배하였다. 두 사람은 일곱 장씩 나눠 가졌다.

"잘 감춰둬라. 들키면 이틀 밥 굶는다. 너나 내나 이게 비상금이다. 청주 떠날 때까지는 요긴하게 쓰일 거다."

칠성이는 소용없는 포스터를 발기발기 찢어 주점 쓰레기통 속에 처넣었다.

"그럴 리야 없겠지만 절대 입 다물어라. 잠꼬대라도 해서는 안 된다. 그러면 끝장이다."

종세는 끄덕였다. 둘은 햇살이 둥둥 흐르는 큰 거리로 나왔다. 어디선가 노랫소리가 들려오고 있었다. 쿵자작 쿵자작, 밴드의 쇳소리가 들려오고 둥, 둥, 둥, 큰북을 두드리는 북소리도 들려왔다. 사람들이 무슨 소린가 고개를 빼고 소리난 곳을 기웃거리고 있었다.

연이어 휴대용 마이크 소리가 한적한 시내를 찌렁찌렁 울리고 있었다. 가게마다 고개들을 내밀고 내다보고 있었고 떠나던 차들도 멈춰섰다. 칠성이가 중얼거렸다.

"마찌마와리(가두선전)다."

곡마단에서는 으레 천막을 치고 무대를 가설한 뒤 공연 준비가 완료되면 포스터를 붙이는 한편 악단들을 앞세워 일종의 가두선전을 벌이게 되어 있다. 좀 큰 도시에서는 트럭을 동원하고 작은 도시에서는 걸어다니면서 행진을 하는데 청주가 큰 도시임에도 불구하고 걸어다니면서 선전하는 것은 지난 겨울의 불황 때문이었다.

온 거리가 일순에 멈춰섰다. 쿵자작 쿵자작 녹슨 쇳소리가 밀려내려오고 있었다. 삘리리 삘리리. 뚜우따다 뚜우따다. 몇 종류 되지 않는 밴드가 큰북의 리듬에 맞춰 둔중한 강처럼 흘러내려오고 있었다.

"친애하는 청주 시민 여러분. 오늘밤 일곱시부터 무심천변 주차장 공터에서 대륙싸카스가 시작됩니다. 하늘을 나는 공중 트라피즈, 화려한 바라이데이 쑈우. 요절복통하는 코메디, 그리고 연극 〈17년 만의 복수〉, 온갖 즐거운 레파토리가 여러분을……"

키 큰 사람들 사이로 종세와 칠성이는 파고들어 앞자리에 서서 지켜보았다.

햇살에 밴드의 금속부분이 반짝거리고 울긋불긋한 깃발이 나부꼈다. 얼굴에 회칠한 어릿광대 윤씨, 난쟁이 석씨가 앞장을 서고 조련사는 한 마리 남은 원숭이를 어깨에 메고 있었다. 그 뒤를 바짝 따라 악사들이 연주하고 있었으며 동네 조무래기들이 까맣게 달라붙어 있었다.

거리는 생기에 차서 금방 세수한 사람처럼 반짝반짝 빛났다. 뭔가 흥겨운 즐거움이 구경하는 사람들의 마음을 가득 채웠다. 행렬은 가까이 다가와서 종세와 칠성이 앞을 막 통과하고 있었다. 어릿광대 윤씨의 손에서 삐라가 뿌려졌다. 사람들은 달려가 그것을 주웠다.

행진은 종세와 무관한 사람들의 시위 같았다. 종세는 넋을 잃고 그들을 바라보았다. 갑자기 칠성이가 인파를 뚫고 나갔다. 종세도 칠성이를 따랐다. 둘은 쿵작쿵작 신나는 행렬 사이로 끼어들었다.

난쟁이 석씨가 흘끔 끼어드는 두 사람을 쳐다보았다.

"포스터 다 붙였냐?"

"예."

칠성이가 대답했다.

"골고루 붙였냐?"

"예."

종세도 나부끼는 깃대 하나를 받아들었다. 깃발은 색동저고리처럼 울긋불긋거렸다. 한잔 마신 술이 더운 열기에 복받쳐올랐다. 쿵작쿵작거리는 큰북 소리가 온몸의 혈관을 두드렸다. 절로 신명이 오르고 발걸음이 으쓱거렸다. 맥없이 주점을 빠져나오던 칠성이의 얼굴 표정에 금방 기쁨이 넘쳐흐르고 있었다. 종세 역시 그냥 걸을 수 없는 발작적인 힘이 내부에서 솟아올랐다. 종세는 높이뛰기 선수처럼 뛰어올랐다. 몸은 가벼운 풍선처럼 떠올랐다. 이 행진이 어디로 가는 것일까. 종세는 깃대를 휘두르며 생각했다. 그래. 이 행진을 따라간다면 어쩌면 이상한 도시, 그림자가 물구나무서서 무채처럼 흔들거리는 이상한 꿈의 도시로 따라들어갈지도 모른다.

행렬을 따라 한바탕 거리란 거리를 신나게 돌아다니다 곡마단으로 돌아온 것은 초저녁이었다. 이미 동쪽으로 포스터를 붙이러 떠났던 명균이와 상철이는 돌아와 있었다.

"단장님이 널 여태껏 찾았어."

명균이가 종세를 보자 말했다.

"오는 대로 빨리 오라구 그랬어."

"왜?"

아무래도 켕기는 구석이 있는 칠성이가 열띤 소리로 물었다.

"내가 어떻게 알아."

"어디 계신데?"

"분장실에 있을걸."

종세가 불안해서 얼굴을 내려뜨리고 분장실로 가려 하자 칠성이가 종세를 쿡 찌르고 속삭였다.

"시치미 떼. 알겠니? 나발 불었다간 우린 끝장이다."

종세는 고개를 끄덕였다.

저녁 공연을 앞둔 곡마단은 바삐 돌아가고 있었다. 커튼 열린 다까부다이(무대) 위에선 무대복을 입은 무희들이 손과 발을 맞추며 춤 연습을 하고 있었다. 모두들 자기 연습에 몰두해서 아무도 종세를 거들떠보지 않았다. 2부 연극에 언제나 이찌마이(주연배우)로 나오는 이씨는 한구석에 서서 말끔히 쌍권총을 돌리고 있었다. 그가 권총을 양손에 들고 돌릴 때는 번개와 같아서 손끝에 달린 바람개비 같았다. 그것이 이씨의 장기였다.

"단장님 어디 계세요?"

종세가 묻자 이씨는 종세의 이마통에 권총을 들이대면서 대답했다.

"분장실로 가봐라."

단장은 분장실에 마카오 할아버지와 둘이 앉아 있었다.

마카오 할아버지는 초저녁인데도 술을 들이켜고 있었다.

"찾으셨어요?"

종세가 꾸벅 인사를 하자 단장은 맥없이 종세를 보았다.

"너 글 읽을 줄 아니?"

대뜸 물어보는 통에 종세는 달리 대답할 말이 떠오르지 않았다.

"예."

"정말이냐?"

마카오 할아버지가 다짐하듯 물었다.

"예."

"글은 쓸 줄 아니?"

"알아요."

"좋아."

마카오 할아버지는 거울 앞에 놓인 종이 뭉텅이를 꺼내서 종세 앞에 내밀었다.

"그럼 이걸 읽어봐라."

종세는 할아버지가 내민 종이를 들여다보았다. 그것은 저녁때 공연할 연극의 대본이었다. 연극 대본은 으레 마카오 할아버지가 새로운 도시에 도착할 때마다 대사만 바꿔서 창작했다. 가령 일 년 전 청주에서 공연한 작품이 〈악한과 쌍권총〉이라면 〈홍콩서 온 박마담〉이란 작품을 하룻밤에 써내렸다. 마카오 할아버지가 창작한 대본은 그것 말고도 〈17년 만의 복수〉 〈상하이 블루스〉 같은 작품이 여럿 있었는데 내용은 대동소이해서 모두 복수극이었다. 지방 사람들은 그런 통쾌한 복수극을 좋아했다. 20년 만에 상하이에서 선글라스를 쓴 키 훤칠한 미남 청년 하나가 집으로 돌아온다. 그는 20여 년 전 계모의 학대에 못 이겨 도망친 주인공이다. 이 사람에겐 여동생이 하나 있었는데 두 남매는 새로 들어온 계모에게 모진 학대를 받는다. 계모가 데리고 들어온 배다른 형이 특히 걸핏하면 두 남매를 때린다. 오빠는 어린 여동생(이 어릴 때의 역은 송영란이 도맡아 하고 있었다)을 남겨두고 상하이로 도망가버린다. 출세해서 돌아온 그를 아무도 알아보지 못한다. 그런데 이럴 수가 있는가. 헤어진 여동생은 마침내 길거리의 여인이 되어 있는 것이다. 여동생은 자기 오빠인 줄도 모르고 그를 유혹한다. 주인공 남자는 권총으로 동생을 사살한다. 그리고 복수의 총을 든다. 닥치는 대로 계모, 이복형을 한꺼번에 쌍권총으로 죽여버리고 만다. 그리고 안개 낀 무대 뒤로 사라져버리는 게 마카오 할아버지가 쓰는 대본의 내용들이었다.

이런 뻔한 대사와 스토리를 그러나 지방 손님들은 숨죽여 보고 그리고 울었다. 어린 남매가 이별할 때는 객석 여기저기서 훌쩍이는 곡성이 바다를 이루었고 마침내 이씨가 쌍권총을 뽑아들 때면 박수 소리가 천막을 진동하였다. 온양에서는 실제로 계모를 향해 소주병이 거꾸로 날아들 정도로 손님들은 연극과 현실을 혼동하고 있었다.

종세는 더듬거리며 대본을 읽기 시작했다.

"영아, 삼 년만 기다려다오. 아니 삼 년이 더 걸릴지도 모른다, 영아. 허지만 이 오빠는 꼭 출세해서 돌아오리라. 돌아와 영아, 너를 남부럽지 않게 키워주마. 울지 마라, 영아."

"됐어."

마카오 할아버지가 고개를 끄덕였다.

"그만하면 됐다."

"괜찮을까? 이애가 해낼 수 있을까?"

단장이 미심쩍다는 듯 갸우뚱거렸다.

"할 수 있을 것 같아. 애야."

마카오 할아버지가 종세를 내려다보았다.

"너 오늘부터 프롬타 쳐라."

"프롬타요? 그게 뭔데요."

"내 말 잘 들어라. 1부 끝나고 2부 연극이 시작되면 무대 뒤에서 촛불을 들고 대사를 읽어주는 거다. 그럴 리야 없겠지만 배우들이 대사를 잊어버릴 때도 있으니까. 뭐 어렵지 않은 일이지만 한눈 팔아서는 안 된다. 그리고 말이다. 공연중에 이씨가 쌍권총을 뽑아들면 화약도 터뜨려야 한다. 할 수 있겠니?"

"예."

종세는 큰 소리로 대답했다.

이제야 내가 빛을 보게 될지도 모른다. 언제나 잡일을 도맡아 하면서 종세는 이 일을 하기 위해서 정읍을 도망쳐 나오지는 않았다고 생각했었다. 말뚝을 박고 밧줄을 달기 위해서 장대를 오르면서도 종세는 난 원숭이는 아니라고 늘 생각했었다. 기회는 생각보다 빨리 찾아왔을지도 모른다. 그새 곡예부에서 은근히 들어오라고 꼬셨지만 종세는 모른 체 눈감고 있었다. 종세가 하고 싶은 것은 평행

봉 위에서 물구나무서거나 트라피즈 공중그네를 타는 곡예가 아니었다. 종세는 3부 쇼에서 노래를 부르는 가수가 되거나 아니면 2부 연극에서 배우 노릇을 하는 것이 꿈이었다. 그 기회는 의외로 빨리 찾아왔다. 비록 배우가 되는 것은 아니랄지라도 우선 프롬타 치다 보면 일당도 나올 것이고 잘하면 배우 노릇 하게 될지도 모른다. 칠성이가 늘 꿈꾸듯 누워서 술통을 굴리거나 접시를 돌리는 지상곡예 따위는 얼마나 유치한 일이냐.

"알겠으면 나가봐라."

마카오 할아버지가 종세의 머리통을 쥐어박았다.

"대본은 네 것이다. 네가 가져라. 넌 오늘부터 승진했다. 이제 넌 배우다. 시간 되기 전에 빨리 대본 외도록 해라."

종세는 꾸벅 인사를 하고 뛰듯이 분장실을 빠져나왔다. 분장실 앞에 칠성이가 불안해서 서 있었다.

"뭐라든?"

칠성이가 의외로 싱글싱글 웃으며 나오는 종세를 보며 이상하다는 듯 물었다.

"입장권 뻥쳐먹었다구 누가 찔렀든?"

"아니."

종세는 소리쳤다.

"난 이제 배우가 됐다."

"배우?"

칠성이가 꿩 구워먹은 소리를 냈다.

"봐라. 이게 대본이다."

종세는 손에 들린 종이뭉치를 칠성의 눈앞에 들이대었다. 이미 천막 밖 무심천변에 낙조가 지고 있었다. 동네 조무래기들이 까맣게 몰려들어 원숭이 재롱을 보고 있었고 손님을 부르는 확성기 소리가 악쓰고 있었다.

"오세요. 오세요. 들어와서 보세요. 기회를 놓치시면 안 됩니다. 기회는 딱 한 번. 놓치시면 평생 후회할, 기회는 딱 한 번."

입구 가설무대 위에서 악사들이 구성지게 노래를 연주하고 있었다. 텅 비었던 공터 앞으로 사람들이 하나둘씩 몰려들고 있었고 자연 확성기 소리는 높아갔다. 울긋불긋한 깃발들이 바람에 흔들리고 트럼펫 소리가 멀리멀리 사라져갔다. 상이군인 두 명이 매표구 앞에서 술주정을 하고 있었다. 아직 개장시간은 안 되었으므로 문을 열지 않았다. 사람들은 자연 굳게 닫힌 천막 안이 궁금해서 떼를 지어 서성이며 고개를 들고 요란스런 팡파르에 넋을 잃고 있었다. 아이들은 신이 나서 경마장 말처럼 뛰어다녔지만 어른들은 심하게 말리지는 않았다.

봄은 봄이었다. 한 번도 이처럼 엄청난 인파를 본 적이 없는 종세로서는 이 좋은 봄날에 찾아온 행운에 엎드려 절이라도 하고픈 심정이었다.

종세는 천막 옆에 쭈그리고 앉아 대본을 소리내어 읽기 시작하였다. 붉은 노을빛이 아직 한참 남아 있어 간신히 글이 보일 정도였다.

칠성이는 종세가 소리내어 읽는 대본을 물끄러미 들여다보고 있었다.

"난 글을 모른다."

한참 후에 칠성이가 한숨을 쉬며 말했다. 그는 사마귀가 가득한 손으로 무심코 땅바닥을 파헤치고 있었다.

"넌 참 글을 잘 읽는구나."

핏빛 노을이 차츰 어두워가고 곡마단 입구에 알전구가 번쩍 켜졌다. 손님을 받아들이는지 잔뜩 몰려 있던 사람들이 줄지어 하나씩 둘씩 입장하고 있었다. 누군가 저벅저벅 이쪽으로 오고 있었다.

"늬들 여기서 뭘 하고 있니? 일하지 않고."

제작부장이었다.

"일어나, 이 쌔끼들아. 칠성이 너 이 쌔끼. 살살 꾀만 부리고."

"아니에요."

칠성이가 볼멘소리로 대답했다.

"종세가 오늘부터 프롬타 친대요. 그래서 도와주고 있는 거예요."

"이 새꺄. 말대꾸 마라. 얼렁 들어가서 곡예부 몇 사람 좀 나오라구 해. 일손이 모잘른다구. 아무래도 오늘밤은 터질 것 같다. 오이리할 것 같아."

"정말이에요?"

칠성이는 신이 나서 몸을 발딱 일으켰다.

"난 간다, 종세야."

칠성이는 깡충깡충 뛰면서 천막 안으로 들어갔다.

심술궂은 봄바람이 불어와 대본을 팔랑이며 헤쳐대었다. 이미 날은 어두워 글씨는 보이지 않았지만 종세는 점자를 더듬는 장님처럼 소중한 대본을 가만히 쓰다듬어보았다. 등뒤 천막 속에서 신나는 연주 소리가 터져흘렀다. 방금 서커스는 시작된 것이다.

바람은 흔들리고 있었다.

펄럭펄럭. 펄럭펄럭.

도대체 바람은 어디서 불어오는 것일까.

온갖 바람들. 그 어디선가에서 머리 풀고 일어난 바람들이 나뭇잎을 떨구고, 닫힌 창문을 흔들고 미친년 치마폭을 펄럭이다가 그래도 아직 기운이 남아서 여기저기 아직 사라지지 않은 그늘진 곳의 썩은 고인 눈을 한두 번 헤적이다가는 이윽고 한데 모여서 서커스 천막의 빈틈 사이를 여지없이 짓쑤시고 있었다.

서커스는 거대한 깃발이었다. 허공에 펼쳐진 빛바랜 천막이 바람에 흔들리고 있었다.

펄럭펄럭. 펄럭펄럭.

천막 안으로 유난히 바람이 가득 불어와 구경하는 사람이나 이제 막 공중그네를 타는 곡예부 단원들이나 모두 바람에 불리어 날아가고 곤두박질치고 물구나무서고 쓰러지고 있었다.

바람은 익숙했다. 서커스 사람들에게 바람은 신명을 일으키는 기운이었다. 바람이 없으면 어릿광대 윤씨도 횟방귀를 뀔 수가 없으며 난쟁이 석씨도 물구나무서기를 못 할 것이다. 연극배우 이씨도 쌍권총을 돌리지 못할 것이며 불도 타오르지 못할 것이다.

팜파라라라.

무대 쪽에서 구성진 팡파르가 울려퍼졌다. 공중 트라피즈가 열기를 띠어가는 모양이었다. 박수소리가 연이어 물결쳤다.

"종세 너 프롬타 잘못 쳤다간 아가릴 찢어놓을 거야."

이씨가 분장을 하면서 거울 속으로 흘끗 종세를 보았다.

"대본 오늘 받아서 아직 절반도 못 외웠어. 니 쌔끼 프롬타에 막이 올라가고 내려가게 생겼으니 정신 바짝 차려. 까딱하면 일을 망친다구. 알겠어?"

"알겠어요."

종세는 대답했다.

"청주 첫날에 오이리(만원)했으니 아무래도 이 봄은 청주에서 지낼 것 같아. 초장부터 잡쳐놓으면 손님들이 오지 않을 게 뻔하니까."

니마이 강씨가 한마디 거들었다. 그는 얼굴에 수염을 더덕더덕 붙이고 있었다. 공업용 세메다인을 턱밑에 철썩 바르고 돼지털을 잘라서 턱밑에 붙이자 영락없는 할아버지 형상이었다. 그는 이씨의 아버지 역할을 맡고 있었다. 횟가루를 머리에 뿌리자 단박에 강씨는 머리가 센 할아버지가 되고 말았다.

"종세, 너 여자 분장실로 가봐라. 준비는 다 되었는지."

종세는 대본을 들고 무대 뒤 통로를 더듬더듬 기었다.

펄럭펄럭 무대 막이 바람에 나부끼고 있었다. 여자 분장실 천막을 들치자 누군가 비명을 질렀다.

"어떤 쌔끼야."

강씨의 마누라인 황씨 아줌마가 막 팬티를 까내리고 깡통에 오줌을 싸고 있었다.

"저예요."

"요 쌔끼 봐라. 너 여기가 어딘 줄 알고 기웃거리니, 망할 쌔끼야."

그렇지 않아도 악질 계모 역을 맡고 있는 황씨는 원래 성격도 암팡지고 입도 걸걸한 편이어서 남자들하고도 말싸움이나 주먹다짐에 절대 지는 일이 없었다. 가끔 남편 강씨가 바람피우다 들키면 영락없이 황씨한테 물어뜯기고 손톱으로 할퀴우고 주먹으로 얻어맞아서 강씨는 간혹 그의 특기인 외발자전거 타기를 포기하는 때도 있을 정도였다.

황씨는 겨우 찔끔 참았던 오줌을 상대편이 종세라는 것을 알자 계속 누기 시작했다. 깡통에 세찬 물줄기가 쏟아졌다.

"강씨 아저씨가요, 준비 다 됐느냐고 알아보고 오라 해서 왔어요."

"너는 후견 아니냐?"

"오늘부터 프롬타 치게 됐어요."

"니가 프롬타를 쳐."

황씨 아줌마가 눈을 동그랗게 떴다.

"아이고 연극 망했구나."

"이리 와봐라."

166

맨땅에 주저앉아 입술에 루주를 칠하고 있던 연숙이가 종세를 보자 손가락을 까딱까딱하였다. 연숙이는 이씨의 누이동생 역할을 맡아서 하고 있었다. 배역도 창녀였지만 실제 연숙이는 남자만 보면 지분거리는 색골이었다. 너무 노골적으로 추파를 보내곤 해서 언제나 봄닭처럼 안절부절못하는 후견들도 연숙이는 거들떠보려 하지 않았다. 새로 단원이 들어오면 으레 연숙이가 맛보는 것이 보통이었는데 한 번 속아넘어가지 두 번 다시 연숙이에게 속아넘어가는 단원은 없었다. 누구든 연숙이를 미친년이라고 말하고 있었다. 실제 연숙이는 어딘지 모르게 좀 성하지 못한 구석이 있었다.

　"우는기라."

　칠성이가 종세한테 얘기했었다.

　"이건 시작부터 끝날 때까지 엉엉 우는기라. 우는 것도 조용히 우는 게 아니라 귀신 곡하듯 우는기라. 언놈이 그짓 하겠노. 섰던 자지도 죽을 판인데."

　칠성이가 종세한테 최초로 충고했던 말은 절대 연숙이를 따라서 보리밭으로 가지 말라는 얘기였다.

　"절대로 따라가서는 안 된다, 종세야. 메뚜기 잡으러 가자 하고 꼬셔도 절대 따라가지 마라. 그러다간 시퍼런 총각딱지 무 베어먹듯 떨어진다."

　실제 연숙이는 스찌바(가설식당)에서 밥을 먹다가 슬쩍 남의 눈을 피해서 종세에게 말했었다.

　"너 글 쓸 줄 아니?"

　"예."

　"그럼 편지 써줄래? 이따 끝나고 우리 방으로 와라. 우리 방 알지?"

　"예."

공연이 끝나고 종세는 연숙이한테 갔었다. 은근히 칠성이에게 갈까 말까, 물어보는 게 어떨까 싶었지만 가지 말라고 말릴 것이 뻔했으므로 혼자 찾아가리라 마음먹었다. 까짓 칠성이 말대로 연숙이가 꼬신다면 배를 발길로 차버리고 돌아오면 되지 않겠느냐고 생각했기 때문이었다.

"어머니."

종세가 찾아가자 연숙이는 갱지 한 장과 연필을 꺼내주더니 받아쓰라고 이른 다음 자기는 벌러덩 누워서 천장을 바라보며 대뜸 한숨을 쉬었다.

"어머니."

종세는 받아썼다.

"이년은 잘 있습니다. 어머니 여긴 청주예요. 올 겨울엔 돈도 못 벌고 공만 쳤습니다. 어머니. 그래서 당분간 돈을 못 보내드릴 것 같습니다. 하이고."

갑자기 연숙이는 대성통곡을 하기 시작했다. 종세는 받아쓰다 말고 놀라서 연숙이를 쳐다보았다.

"하이고 내 팔자야. 하이고 이년의 팔자야."

곡소리는 요란했지만 그러나 얼굴에서 눈물은 흘러내리지 않았다. 연숙이는 제 가슴을 연신 쥐어짜고 있었다.

"한번 읽어봐라. 하이고 내 팔자야."

"어머니. 이년은 잘 있습니다. 어머니. 여긴 청주예요. 올 겨울엔 돈도 못 벌고, 공만 쳤습니다. 어머니. 그래서 당분간 돈을 못 보내드릴 것 같습니다."

"하이고. 하이고."

연숙이는 종세가 쓴 편지를 박박 찢더니, 갑자기 종세의 손을 잡아 자기 가슴에 들이대었다.

168

"가슴이 뛰나 만져봐라. 이놈의 가슴 찢어봐라."

나중에 종세는 알았다. 연숙이가 글을 모른다는 것은 생거짓말이라는 것을. 글을 모른다면 어떻게 대본을 욀 수 있을 것인가.

"그년은 고아다. 애비 에미도 없는 년이다."

뒷날 종세가 칠성이에게 고백하자 칠성이는 웃으며 말했다.

"그년은 없는 할아버지한테도 편지 쓸 년이다."

그러나 종세는 왜 모두들 연숙이를 따돌리는지 알 수 없었다. 연숙이가 좀 성치 못한 데가 있다 하더라도 인정은 남보다 특출나게 많았다.

"아따 종세야."

연숙이가 맨땅에 주저앉아서 종세에게 무얼 던져주었다.

"엿이다, 먹어라."

"아따 이년아, 내는 안 주고 저 쌔긴 엿 주냐. 알겠다, 이년아. 니 심뽀가 뭔지 알겠다."

황씨가 투덜거렸다.

"언닌 뭐 땀시 주갔소 잉. 언니야 맨날 엿 묵으면서 잉."

팜파라라. 무대 쪽에서 팡파르가 울렸다. 박수소리가 물결쳤다.

"끝났나보다. 영란인 왜 안 와?"

"영란인 2막부터 나오잖아요."

"그래두 분장을 해놔야지."

무대 쪽에서 요란한 마이크 소리가 들려왔다. 1부가 끝나고 곧 여러분이 고대하시고 고대하시던 2부 연극 〈17년 만의 복수〉가 시작되겠사오니 빨랑빨랑 오줌 마려운 사람은 여긴 공중목욕탕이 아니니 앉은 자리에서 실례하지 마시고 각각 요강을 드렸으면 좋겠지만 사정이 허락지 않으니 천막 뒤 변소에서 빨랑빨랑 용건을 해치우고 장내에서 담배 피우는 사람은 간첩이니 정 담배 피우실 분은 콧구멍으로 피시고 장내가 혼잡하오니 어린애들은 깔고 앉아주셨으면 좋겠다는 사회 보는 김씨의 익살스런 말이 일사천리로 흘러내렸다.

막 연극이 시작될 판이었다. 종세는 분장실을 나와 막 뒤에 미리 준비해두었던 양초에 불을 붙여 들었다. 한 손에는 대본을, 한 손에는 양초를 들고 종세는 세트 뒤에 쭈그리고 앉았다. 막을 올릴 준비를 하느라고 뛰어다니는 후견들과 각각 자기 자리로 돌아가는 배우들의 어지러운 발소리들로 무대 뒤는 수라장이었다. 그렇지 않아도 얇은 광목으로 만든 세트는 자칫하면 불이 붙을 만큼 위험했고 거기에 페인트로 울긋불긋 칠해놨기 때문에 한결 조심스러웠다. 어쩌다 촛불이 기울어 광목에 닿기만 해도 불이 날 판이었다. 세트 뒤 통로는 한 사람이 드나들기에도 불편할 정도로 좁았다.

벌써부터 타오른 촛농이 종세의 손등에 뜨겁게 흘러내렸다. 절로 숨이 가빠오르고 진땀이 배어 솟았다.

잘해내야 한다. 종세는 이를 악물었다. 이것이 내가 세상에서 태어나 처음으로 맞은 일이니까.

"잘해, 이 쌔끼야."

이씨가 쌍권총을 손에 들고 나오면서 종세의 머리통을 쥐어박았다.

흰 모자에 흰 양복, 흰 구두에 검은 와이셔츠, 빨간 넥타이를 맨 이씨는 마치 무덤 속에서 막 튀어나온 미라처럼 보였다. 미리 대기하고 있는 강씨도, 황씨 아줌마도, 연숙이도 모두 이상한 나라에서 갓 도착한 사람들 같았다.

오랫동안 기다리셨습니다. 이제부터 〈17년 만의 복수〉, 그 대단원의 막을 올리겠습니다.

빠라라빠라라. 빵빠라 빵빠라. 빠라라라라라.

술렁거리던 소리가 일제히 물 끼얹은 듯 조용해졌다. 이미 불 꺼진 객석에서는 숨소리조차 들려오지 않았다. 스름스름 막이 올라가기 시작했다. 막 양쪽에서 후견들이 열심히 줄을 잡아당기고 있었다.

관객의 눈앞에 무겁게 가리어졌던 막이 드디어 열리기 시작했다. 미지의 세계가 열리기 시작했다. 현실의 표피 뒤에 가리어진 환상의 세계가 과일의 껍질이 벗겨지듯 노출되었다. 조명이 일제히 들어왔다. 그 빛은 달빛도, 햇빛도 아닌 이상한 나라에서부터 함께 도착한 죽은 자의 몸 속에 생명을 불어넣는 마술의 램프였다.

종세는 캄캄한 어둠 속에 홀로 버려졌다. 유일한 불빛은 촛불. 대본에 바짝 눈을 들이대었지만 조잡한 프린트 글씨가 또렷이 보이지 않았다. 얇은 불투명 막 저편에서 비추이는 강렬한 조명 불빛이 그대로 세트를 통과해서 눈을 찔렀다. 열기에 온몸은 이미 땀투성이였다. 흘러내리는 땀을 손등으로 씻으며 종세는 세트를 노려보았다. 무대 오른편에서 나오는 이씨의 그림자가 막 뒤에 어른거렸다. 그 그림자는 해질 무렵 운동장에 늘어지던 미루나무의 그림자만큼이나 거대하였다. 종세는 기어서 이씨 쪽으로 다가갔다.

"아."

이씨가 불투명막 저편에서 첫마디를 꺼냈다.

"고향을 떠나온 지 십 년하고도 칠 년. 십칠 년이 되었구나. 아아. 산천은 유구한데 사람들은 간 곳 없구나. 다들 어디로 갔단 말인고."

장내를 가득 메운 사람들이 어쩌면 저렇게 침묵 속에 약속이나 한 듯 가라앉아 있을 수 있을까. 이씨가 던지는 말 한마디는 그대로 수백 명의 사람들 귀에 가시처럼 박혀들었다.

종세는 한 눈으로는 무대를 오르내리는 이씨의 그림자를 좇아서 이동하며 한 눈으로는 대본을 따라 내려가면서 작은 소리로 읽기 시작하였다.

이씨가 말하기 직전 한 호흡 먼저 그가 외어야 할 대사를 일깨워

주는 것이 프롬타의 요령이었다. 무턱대고 좔좔 읽어주는 것은 도리어 배우들의 머리를 혼란시킬 우려가 있었다. 그들은 수백 번 같은 내용의 대사를 외고 있었으므로 첫번 맥락만 들려주면 자동적으로 거침없이 좔좔 외어나갔다.

무대에 강씨가 등장하고 이어서 황씨도 등장하였다. 종세는 말하는 사람을 쫓아서 무대의 하수(下手)로, 또 상수(上手)로 쫓아다녔다. 자연 바빠져서 종세는 다람쥐 쳇바퀴 돌듯 무대 뒤를 기었다. 반쯤 타버린 촛불에 손등이 마구 데었다. 미처 뜨겁다고 생각할 겨를도 없이 대사는 이어졌다. 순조롭게 진행되던 연극이 1막 끝부분에 가서 덜컥 걸려버렸다. 황씨가 엉겁결에 2막에서 해야 할 대사를 불쑥 외어버린 것이었다. 강씨가 어물거릴 수밖에. 종세는 강씨가 욀 대사의 첫마디를 숨죽여 전했다. 그러나 강씨는 들리지 않는 모양이었다.

"에또, 그래서, 뭐냐 하믄……"

"바쁘시지 않으시다면 우리 집에서 묵어가시는 것도 좋을……"

"에또, 에또, 그래서 뭐냐 하믄……"

"바쁘시지 않으시다면."

종세는 목소리를 높여 소리질렀다.

귀가 먹었냐. 이 바보 같은 쌔끼야.

첫번 대사의 맥락이 끊기면 배우들의 얼이 빠져버리는 것일까. 웬일인지 강씨는 종세의 프롬타를 알아듣지 못하고 있었다.

"에구, 당신두. 뭐 그리 더듬거리고 있소."

보다못해 황씨 아줌마가 한마디 거들었다.

"너무 귀한 손님이 오셔서 안 그렇소."

강씨가 대본에도 없는 말을 너부죽이 꺼내들었다.

"바쁘시지 않으시다면……"

종세가 거의 고함을 질렀다. 그제야 알겠다는 듯 강씨가 말을 받았다.

"바쁘시지 않으시다면 우리 집에서 묵어가는 것도 좋을 것 같습니다."

갑자기 종세는 맥이 풀렸다. 나는 지금 무엇을 하고 있는가. 막 뒤에 쥐처럼 숨어 쭈그리고 앉아서. 이빨이 자랄 때마다 문지방을 긁어내리는 쥐처럼 죽은 언어를 지껄이면서.

내가 있어야 할 곳은 이곳이 아니다.

종세는 문득 생각했다.

내가 있어야 할 곳은 이 얇은 막 저편, 조명이 눈부신 무대 위다. 이 얇은 막을 찢어라.

종세는 프롬타 할 생각도 없이 대본을 덮고 앉았다. 주머니에서 꽁초를 한 대 찾아 촛불을 댕겨 피워물었다. 1막 끝무렵이라 애써 프롬타하지 않아도 연극은 순조롭게 진행되고 있었다. 아니 대사가 막힌다고 하더라도 종세는 읽어줄 마음이 내키지 않았다.

이것은 내가 할 일이 아니다. 저 또렷한 불빛을 차단하는 얇으나 무섭게 질긴 막을 뛰어넘지 않고서는 나는 바다 밑에 잠긴 해녀와 다름없다. 나는 떠올라야만 한다. 고향의 바닷가 해녀들처럼. 호오이 호오이 휘파람소리를 내면서.

"애."

누군가 종세 곁으로 기어왔다. 촛불에 그 얼굴이 드러났다. 영란이였다. 2막에 나오는 영란이는 이미 무대의상을 입고 짙은 화장을 하고 있었다.

"놀랬다, 애. 니가 프롬타 치니?"

종세는 대답 대신 영란이를 노려보았다.

"잘됐다, 애. 잘됐지 뭐니."

영란이는 하얗게 웃으며 다가왔다.

"잘 부탁한다, 얘."

순간 종세는 영란이의 어깨를 걷어쥐었다. 순식간의 일이어서 영란이는 소리조차 지르지 못하였다. 더구나 무대 뒤였기 때문에 소리를 지르거나 도망칠 시간적 여유는 없었다.

"내 눈을 봐라. 이 망할 것아."

종세는 바짝 촛불을 자신의 얼굴에 갖다대었다. 머리칼이 몇 올 부지직 타올랐다.

"내 눈깔이 사팔뜨기냐?"

걷어쥔 어깨에 힘을 주어 종세는 영란이를 윽박질렀다.

"대답해."

"까불지 마. 까불면 아버지한테 이를 거야. 이 손 놔."

"대답해. 단장한테 이르건 말건, 내가 쫓겨나건 말건 당장 대답해. 대답하지 않으면 모가질 비틀어버릴 거야."

"이 손 놔, 이 쌔끼야."

순간 영란이의 입에서 침이 뱉어졌다. 종세는 얼굴 정면으로 침을 맞았다. 촛불이 꺼졌다. 화가 나서 씨근씨근거리는 영란이의 호흡 소리가 어둠 속에서 들려왔다.

촛불이 꺼지자 막 저편에서 비쳐오는 조명의 불빛만 투명하게 드러나고 무대 위에 선 사람들이 움직일 때마다 거대한 그림자들이 비틀거리고 있었다. 종세는 맥없이 영란이의 어깨에서 손을 떼었다.

"가만두지 않겠어. 너 두고 봐."

씨근씨근대면서 영란이가 부르짖었다. 어둠 속을 기어서 영란이가 사라졌다. 잠시 머물렀던 영란이 몸에서 풍겨오는 짙은 화장품 냄새가 남아 있었다.

종세는 무릎에 얼굴을 묻고 오랫동안 숨죽여 앉아 있었다.

방금 1막이 끝났는지 막이 천천히 내려가고 있었다.

아쉬움 섞인 탄성과 열기, 박수소리가 장내를 뒤덮었다. 완전히 막이 내려가자 무대 뒤는 암흑이었다. 캄캄한 어둠 속에서 종세는 촛불을 켤 생각도 없이 쭈그리고 앉아서 차라리 이 길로 박차고 일어나 어디론가 도망가버리고 싶다고 생각하고 있었다.

어디선가 종세를 찾는 소리가 들려왔다.

"종세 이 쌔끼 어디 갔어? 요 베라먹을 쌔끼."

"무대 뒤에 있을 거예요."

후견 중의 누군가가 대답했다. 투덜거리며 강씨가 종세한테 다가오고 있었다.

"종세, 이 종간나쌔끼."

강씨는 대뜸 종세의 머리통을 쥐어박았다.

"이 쌔끼야, 프롬타 치는 거야, 자는 거야."

"난 분명히 읽었다구요."

"들려야 말이지."

강씨는 눈을 부릅떴다.

"2막에선 정신차려. 한번 더 그랬다간 혼내줄 테니."

"아따, 아저씨가 못 듣구서 괜히 강짜셔."

연숙이가 거들었다.

"아저씨 귀는 당나귀 귀예요?"

"이년아, 니년 귀는 조개 귀냐?"

지나가던 황씨가 남편을 편들었다.

더이상 실랑이할 시간도 없이 곧 2막이 시작되었는데 극성스럽던 바람은 곧 비를 몰고 와서 후드득거리는 빗방울 소리가 천막을 두들기고 있었다. 가벼운 소요가 객석에서 일었다. 봄비가 그대로 천막을 뚫고 새어 떨어지는 모양이었다. 그러나 동요도 잠깐뿐 연극이 시작되자 곧 가라앉았다. 대신 천막의 여기저기를 두들기는 빗줄기 소리로 천막 안은 바닷속처럼 잠겨들었다.

무대 막 저편에 영란이가 나와서 대사를 외고 있었다. 영란이의 상대역을 맡고 있는 동규가 울음 섞인 목소리로 영란이를 부둥켜안고 구성진 가락을 토해내고 있었다.

"영아, 삼 년만 기다려다오. 아니 삼 년이 더 걸릴지도 모른다. 영아, 허지만 이 오빠는 꼭 출세해서 돌아오마. 돌아와 영아, 너를 남부럽지 않게 키워주마. 울지 마라, 영아야."

종세는 더듬더듬 주머니에서 성냥을 꺼내 촛불을 켜들었다. 따스한 불빛이 다소 종세의 마음을 훈훈하게 만들었다. 얼른 대사를 좇아 대본을 펼쳐나갔다.

괜찮아, 씨팔.

종세는 흘러내리는 땀방울을 손등으로 벅벅 씻어내렸다.

괜찮아, 씨팔. 괜찮고말고, 씨팔. 나는 지금 저 쌔끼들에게 말을 가르쳐주고 있는 거야. 저 쌔끼들은 벙어리와 다름없어. 그래. 이 세상 모든 쌔끼들은 모두 벙어리야. 귀머거리에 장님, 그리고 벙어리야. 나는 듣고, 보고, 말할 수 있다. 저 쌔끼들보다 한 발짝 앞서 듣고 말할 수 있다, 씨팔.

종세는 큰 소리로 대사를 외기 시작했다. 미친 듯이 무대막에 비친 그림자를 따라 상수에서 하수로 하수에서 상수로 쫓아다니며 그제야 문득 종세는 자신이 무대 위에 선 것 같은 착각을 느꼈다. 손님과 종세를 가로막은 무대막이 서서히 벗겨져나갔다.

종세는 1인 4역을 하기 시작하였다. 때로는 이씨의 목소리를 내고, 때로는 황씨의 목소리를, 영란이의 목소리를, 동규의 목소리를 내기 시작했다.

연극은 내리막을 향해 치닫고 있었다. 종세는 기어서 얼마 전에 미리 만들어둔 화약 앞으로 달려갔다. 연극 끝무렵에 이씨는 네 발의 총을 쏘게 되어 있었다. 하나는 어머니와, 하나는 아버지, 그리고 하나는 형과, 마지막 하나는 영란이를 향해서.

종세는 자갈을 쥐어들었다. 그리고 무대 앞 저편에 서 있는 이씨의 그림자를 노려보았다.

쏴라, 이 쌔끼야.

종세는 숨을 죽였다.

타앙 타앙 ─

칠흑처럼 어두운 정읍의 야밤을 찢던 낯익은 총소리가 멀리서 들려왔다. 쏘는 소리가 귀청을 때렸다. 나가지 마라. 아버지의 목소리가 들려왔다. 귀를 막아라. 듣지 마라. 들어서는 안 된다.

무대막 저편에서 쌍권총을 뽑아든 이씨의 그림자가 분명하게 보였다. 이씨가 늘 자랑하는 쌍권총을 뽑아들 시간이 다가온 것이었다. 쏴라. 이 쌔끼야.

권총이 허공을 향해 들어올려졌다.

종세는 돌을 들어 화약을 강타하였다.

타앙.

화약음이 일었다. 파란 화약 연기가 풍겨나와 코를 찔렀다. 황씨가 비명소리를 지르며 쓰러지는 그림자가 똑똑히 보였다.

타앙.

종세는 두번째의 화약을 두들겼다. 연이어 세 차례, 네 차례의 화약을 때렸다.

종세는 총살당하였다. 스스로 쏜 총탄에 맞아 스스로 쓰러졌다. 아주 행복한 죽음이 찾아왔다. 까마득히 멀리서 박수소리가 들려왔다. 박수소리도 멀어져갔다. 천막을 두들기는 빗방울 소리가 관 뚜껑을 두드리는 쇠못 소리처럼 들려왔다. 막을 내리듯 종세는 무거워지는 눈꺼풀을 내리감았다.

　곡마단에 들어와 처음 일당을 받고 종세는 숙소로 돌아왔다. 이젠 후견들과 천막에서 잠자지 않아도 좋은 신세가 된 것이었다.
　"넌 난쟁이 석씨와 함께 자거라."
　단장이 일당을 나눠주며 종세에게 말했다. 내심 공연중에 영란이의 어깨를 걸쳐줬던 사실이 겁이 났지만 아마도 그 계집애가 엄포만 놓았을 뿐 정작 단장한테 이르지는 않았던 모양인지 단장은 오히려 종세의 머리를 쓰다듬어주었다.
　"잘했다. 아주 잘했어."
　종세는 스찌바에서 볼이 메도록 밤참을 먹고 누구보다 먼저 빗줄기 속을 뛰어 숙소로 달려갔다. 아직 곡마단 앞 빈터에는 사람들이 모여서 웅성거리고 있었다.
　싸구려 여인숙을 찾아 단장이 가르쳐준 방 앞에 다다르자 방 안엔 이미 불이 켜져 있었다. 난쟁이 석씨가 먼저 와 있을 리는 없을 텐데 이상하다고 생각하며 종세는 방문을 열었다. 방 안엔 처음 보는 남자가 앉아 있었다. 아니 남자는 아니었다. 나이든 여자였다.
　"아줌만 누구세요?"
　"너는 누구냐?"
　"여긴 대륙싸카스 단원들 숙손데요."
　"알고 있다."
　여인은 남자의 목소리도 여자의 목소리도 아닌 이상한 목소리를 내면서 대답했다.
　"나도 싸카스 사람이다, 대륙싸카스."
　"첨 보는데요, 아주머니는."
　"오늘 들어왔다."

"허지만 여긴 남자들 숙손데요."

"내가 여자처럼 보이니?"

그 사람은 야릇하게 웃으며 일어섰다.

"그럼요."

종세는 어리둥절해서 얼빠진 목소리를 내었다.

"넌 뭘 하는 아이냐?"

"저는 연극에서 프롬타 쳐요."

"똑똑하게 생겼구나. 들어와라. 비가 들이친다."

종세는 신발을 벗고 방 안으로 들어섰다.

"아줌마는 뭘 하시나요?"

"나 말이냐?"

그 사람은 머리에 쓴 가발을 벗었다. 그러자 짧은 남자 머리가 나타났다.

"나는 불춤을 춘다."

"삼부 쇼에서요?"

"그렇단다. 오늘 처음 왔단다."

입술에 붉은 루주를 칠하고 속눈썹에 귀고리, 그리고 어깨가 파인 원피스를 입은 그 사람은 요술을 부리듯 하나하나 몸에 붙인 귀고리, 목걸이를 떼기 시작했다.

"내가 여자처럼 보였다면 미안하구나."

"그럼 아줌마는 남잔가요?"

"나는 남자란다."

그 사람은 속눈썹을 뜯었다.

"너처럼 자지가 달렸단다."

사내는 가슴에서 솜뭉치를 꺼내었다. 그러자 불룩 솟았던 가슴이 밋밋하게 줄어들었다.

"허지만 네가 날 여자로 착각했다면 여자로 계속 생각해도 좋단다. 날 아가씨라고 부르기 싫으면 아줌마라고 불러도 좋단다. 아줌마라고 부르기 싫으면 누나라고 불러도 좋단다."

"왜요? 아저씨는 남자인데요."

"난 여자가 더 좋으니까."

그 사람은 스타킹을 벗었다. 부얼부얼 솟은 털이 정강이까지 무성히 자라 있었다. 그는 기묘한 동물처럼 보였다.

"허지만 난 아저씨라고 부르는 게 좋겠는데요."

"맘대로 하렴. 그건 네 자유니까."

"자유라니요?"

종세는 되물었다.

"자유란 말이 무슨 뜻인데요?"

"네 맘대로 하라는 뜻이다. 내 이름은 박길훈이다. 네 이름은 뭐냐?"

"종세요, 이종세."

"사람들은 나를 정자라고 부른다, 박정자."

"왜요? 아저씨는 남잔데 왜 여자 이름으로 불리나요?"

"사람들은 나를 여자로 알고 있으니까."

"왜 아저씨는 남자면서 여자 옷을 입고 있나요? 나는 아저씨가 첨에 여자인 줄만 알았어요."

"난 여자가 더 좋으니까."

"남자가 싫으세요?"

"싫고말고."

"왜요?"

"남자는 수염이 나지 않니. 그리고 서서 오줌을 누지 않니. 난폭하고, 싸우고, 죽이고."

"그럼, 아저씨는 앉아서 오줌을 누나요?"

"그럼. 나는 여자처럼 행동한다. 여자처럼 말하고, 여자처럼 걷고, 여자처럼 춤추고, 여자처럼 오줌 누고, 여자처럼 먹고."

"변소도 여자용 변소에 가시나요?"

"그렇고말고."

"그렇지만 목욕탕은 남자 목욕탕에 가셔야 하잖아요."

"그건 그렇지. 넌 참 똑똑한 애로구나."

"그것 보세요. 아저씨가 아무리 여자처럼 행동한다고 하더라도 남자는 남자예요. 그건 숨길 수 없는 사실이에요."

"하지만 얘야."

사내는 담배를 피워물었다. 전열기에서 주전자 물이 끓고 있었다. 쉬익쉬익 끓어오르는 주전자에서 훈김이 새어나오고 있다.

"내가 여자처럼 생각하고 여자처럼 한다면 언젠가는 정말 여자가 될 것이다."

"왜 그처럼 여자가 되고 싶으세요?"

"남자들은 싸우니까. 서로 죽이니까."

"여자들도 싸우는걸요."

"죽이지는 않는다. 그리고 여자들은 애를 낳을 수 있지 않니."

"아저씨도 애를 낳고 싶으세요?"

"낳고 싶다. 언젠가는 낳게 되겠지."

"누구의 애를 낳고 싶으세요?"

"누구의 애냐고?"

박씨는 목쉰 소리로 웃었다.

"불의 아이를 낳고 싶다."

종세는 그 말이 무슨 뜻인가 머리를 모았지만 짐작이 가지 않았다.

"불의 아이라뇨?"

"나는 매일같이 불을 먹는단다."

"불을 먹어요?"

"그럼 먹고말고."

"불이 음식인가요?"

"그럼 맛있지. 맛있고말고. 불은 맛있단다."

"뜨겁지 않으세요?"

"불이 뜨겁다고? 아니지. 불은 차갑단다. 얼음처럼 차단다."

"저는 아저씨가 말하는 게 무슨 뜻인지 모르겠어요."

"언젠가는 알게 되겠지."

사내는 휴대용 트렁크에서 무엇인가 약봉지를 꺼냈다. 사내의 손이 눈에 띌 정도로 떨리고 있었다. 약봉지를 펼치자 흰 가루가 나타났다.

"어디 아프세요?"

"나 말이냐? 그럼 아프고말고."

"어디가 아프세요?"

"모든 곳이 다 아프단다."

"그럼 병원에 가셔야죠."

"괜찮아."

박씨는 트렁크에서 주사기를 꺼내었다. 너무나 심하게 손이 떨렸으므로 하마터면 흰 가루약이 쏟아질 뻔했다.

"그 약은 무슨 약인가요?"

"이 약을 먹으면 꿈을 꿀 수 있단다."

"잠자지 않아도요?"

"그럼 그렇고말고."

박씨는 끓어오르는 주전자 뚜껑을 벗겼다. 주전자 뚜껑에는 수증기가 맺혀 맑은 증류수가 한 줌 정도 고였다. 그 증류수에다 박씨는 하얀 가루약을 개기 시작했다. 그는 신음소리를 내고 있었다. 그 하얀 액을 박씨는 주사기로 빨아들였다. 겨우 주사기가 차오를 정도의 약이었다.

그는 팔뚝을 걷었다.

"주사 좀 놔주겠니?"

"제가요?"

종세는 공포에 질려 박씨를 쳐다보았다.

"저는 주사를 놓을 줄 모르는데요."

"무서워할 것 없다. 그저 찌르기만 하면 된단다. 찌르고 누르기만 하면 된단다."

"전 못 해요."

박씨는 주사기를 자신의 팔뚝에 찔러넣었다. 손이 떨리고 서툴러서 바늘이 부러질 것만 같았다.

"망할 놈의 손. 손이 떨려서 핏줄 찾아내기도 힘이 들구나."

박씨는 여러 번 주사바늘을 찔렀다. 그럴 때마다 피가 배어나왔다. 마침내 제 구멍을 찾았는지 주사바늘은 정지되었으며 흰 주사액이 조금씩 흘러들어갔다. 붉은 피가 주사액으로 역류해 들어가서 곧 흰 주사액은 붉은빛으로 물들었다.

주사액이 모두 들어가자 길게 누웠다. 금세 눈이 풀어지고 그의 눈은 꿈을 꾸는 듯 먼 하늘을 헤매고 있었다. 메마른 침이 박씨의 입가를 타고 흘렀다. 아직 채 지우지 않은 붉은 입술이 헤벌어졌다. 눈가에 젖은 눈물이 가득 고였다. 종세는 그가 잠든 것인지, 눈 뜨고 꿈을 꾸고 있는 것인지, 아니면 울고 있는 것인지 분간하기 위해서 다가가 그의 얼굴을 들여다보았다. 그러나 그는 잠들지도 꿈꾸고 있지도 울고 있지도 않았다. 아주 황홀한 표정이 그의 얼굴에 비온 뒤 서편 하늘에 떠오르는 무지개처럼 피어올랐다.

"꿈을 꾸시나요?"

종세는 그의 환상을 깨뜨리지 않기 위해서 조용히 물었다.

"뭐라고?"

혀가 꼬부라져 불확실한 목소리로 그가 물었다.

"꿈을 꾸시나요?"

"그럼."

그는 중얼거렸다.

"좋은 꿈을 꾸고 있지."

박씨는 웃었다.

"날 좀 내버려두렴. 난 이제 아무것도 말하고 싶지 않아. 아무것도 보고 싶지 않고 아무것도 듣고 싶지도 않아. 날 내버려두렴."

종세는 벽에 기대어 앉았다. 박씨는 마른 입술을 혀로 축이며 일어나 앉았다.

"꼬마야, 노래 부를 줄 아니?"

"노래요?"

"아는 노래 있으면 하나 부르렴."

반쯤 열린 창문으로 극성스런 바람에 실린 빗방울이 쏟아져 들어오고 루핑 지붕을 두드리는 빗줄기가 요란했다.

종세는 노래를 부르기 시작했다.

"어느 날 달밤에 대머리 까진 총각이 찾아왔도다. 깡깡, 깡깡이 너의 깡깡이 소리는 듣기는 좋으나, 너의 인물 못나서 나는 싫도다."

박씨는 이상한 사람이었다. 그는 곡마단 사람들과 어울리려 하지 않았다. 그는 늘 혼자였다.

아니 박씨가 곡마단 사람들과 어울리려 하지 않는 것이 아니라 곡마단 단원 그 누구도 자기의 무리 속에 박씨를 넣어주려 하지 않았다.

남자 단원들도 박씨를 따돌리고 있었고, 여자 단원들도 박씨를 따돌리고 있었다. 나이든 사람들도 박씨를 멀리하고 있었고 젊은 축들도 박씨와는 거리를 두고 있었다.

박씨는 남자도 여자도 아닌 중성이었으며 젊지도 늙지도 않은 이상한 사람이었다.

하지만 그 누구도 박씨를 괄시할 수는 없었다. 박씨가 단장에게 스카웃되어 온 뒤로부터 손님은 늘면 늘었지 줄지는 않았으니까.

3부 쇼 끝날 무렵에 사회 보는 김씨는 목청을 돋우고 소리를 지른다.

기다리고 기다리던 인도의 불춤. 아리따운 아가씨 박정자양의 나체춤.

갑자기 객석에 불이 꺼진다. 뚫어진 천막 사이에 밤하늘의 별만 보일 뿐 사방은 칠흑같이 어두워진다. 어설픈 밴드가 녹슨 소리로 체리핑크 맘보를 연주하기 시작하면 무대 왼편에서부터 양손에 찬연한 불덩어리를 든 박씨가 돌연히 등장한다. 기름 먹인 솜방망이에 붙인 불꽃은 어둠 속에 솟아오른 박씨의 벌거벗은 몸매를 철로 만든 동상처럼 비춘다. 그의 온몸은 심지를 박은 양초처럼 타오른다.

젖가슴과 엉덩이만 가린 무명옷이 이글이글 타오르는 광채의 알몸을 겨우 차단하고 있다. 솜을 뭉쳐 넣은 가슴은 제법 솟아오르고 긴 가발의 머리칼이 몸의 율동을 따라 하늘하늘 출렁인다.

양손에 들린 불덩어리가 음악에 맞춰 몸의 여기저기를 핥고 스쳐 지나간다.

벌써부터 못된 조무래기들의 휘파람소리가 후익후익 들려오고 혀 꼬부려 음탕한 히야까시를 발하는 똘마니들의 야유가 여기저기서 탄성으로 터진다.

하이고 죽갔구나.

빤쓰도 벗어다우, 정자야.

불길은 욕망의 혀처럼 날름거리며 박씨의 몸을 핥고 조금씩 태우기 시작한다. 저러다가 불길이 몸에 댕겨 타오르는 것이 아닐까. 분장 때 온몸에 바른 구리무가 뜨거운 불길에 녹아 송진처럼 끓어오르고 간혹 머리칼이, 겨드랑이의 털이 부지직 타오른다.

흐느적거리는 음악소리가 뱀처럼 감겨들고 박씨는 마침내 불을 뿜기 시작한다.

입 안에 가득 휘발유를 머금고 있다 불꽃을 향해 혹혹 입김을 불어젖힌다. 그럴 때마다 입에서부터 무서운 불길이 폭죽처럼 터져나왔다. 그는 불을 분무처럼 불어서 꺼져가는 불길을 일깨운다.

아니다.

그는 입에서 휘발유를 뿜어대는 것이 아니다.

그는 몸 구석에 잠들어 있는 불의 씨앗들을 조금씩 조금씩 파종하고 있는 것이다.

그는 불의 씨앗을 뿌리고 있는 것이다. 그의 몸은 불덩어리 그 자체이다.

정읍에서 추수가 끝나고 긴 겨울이 오면 달 밝은 벌판에 나가 여기저기서 쥐불을 놓곤 했다. 방천 둑 마른 잔디에도 불을 놓고 가을걷이 끝낸 논벌에도 불을 놓았다. 음력 정월이면 아이들은 군용 쇠깡통에 숯불을 구워 담고 논벌에 나가 쇠깡통을 돌리면서 여기저기에 불을 질렀다.

겨울 달은 살얼음 위에 비수처럼 번득이고, 베어낸 마른 볏줄기마다 서릿발 같은 성에가 엉겨 있었다. 마른 풀들은 바람도 없는데 잘 탔다. 새떼와 같은 불길 소리는 벌판 위에 국물 들이켜는 아이의 입맛 다시는 소리로 호르륵호르륵 들려오고 불을 피해 도망가는 들쥐들의 어지러운 발소리가 살얼음 위에 부서지고 있었다. 해는 이미 지고 벌 위에 떴던 노을도 깜박 사라진 지 오래건만 성급한 들불들의 고함소리는 밤을 대낮처럼 밝히고 아이들의 검게 탄 얼굴에서 흰 이빨만 강조하고 있었다. 방천 둑 위를 타오르는 불길도 화다닥 화다닥 튀어오르면서 머리 푼 연기를 밤하늘로 너풀거렸다.

밤이 깊으면 불들은 풀이 죽어 간혹 바람에 고개만 내민다. 스러지는 잔불만 남기고 스러지곤 했는데 그럴 때면 온 벌이 다 구들장처럼 따스해지고 불이 지나간 자리에 검은 상처만 연기를 풀썩이며 신음하고 있었다.

박씨의 불춤을 보노라면 종세의 머릿속으로는 정월 보름날 벌판에 나아가 쥐불을 놓던 기억이 떠오르곤 했다. 박씨는 제 몸에 불을 지르고 있다. 뜨거워 몸을 꿈틀거리면서. 그리하여 관능의 춤을 추면서.

춤이 끝날 무렵이면 박씨는 입으로 불을 먹곤 했다. 그때면 박씨의 온몸엔 구슬땀이 흘러내리고 기운은 다 빠져나가 새벽 빈들의 불 지나간 자리에 타오르는 연기처럼 지쳐 있었다.

입으로 불을 하나씩 끄고 나면 음악이 멎고 박씨의 불춤이 끝나곤 했다. 분장실로 돌아오는 박씨의 온몸은 불기운에 적당히 익어 있었다. 이미 젖가슴에서 솜뭉치를 벗겨내릴 기운조차 없어서 박씨는 물끄러미 바라보고 있는 종세에게 마른 입술을 핥으며 가발을 벗겨 달라고 부탁하곤 했다. 그의 온몸에서 생명을 일으키는 불이란 불은 모두 빠져나간 것이라고 종세는 생각했다.

어디 박씨뿐이랴.

곡마단의 모든 사람들은 햇볕 속에 바로 서면 초라하고 밀짚모자에 두른 낡은 필름 테처럼 이상하고 어색했다. 그들은 땅 위에 발을 내리고 서 있으면 모두 이 세상 사람같이 보이지 않았다.

그들은 외줄 위에서만 자전거를 탈 수 있었으며 외줄 위에 서서 무거운 쇠봉을 들고 균형을 잡을 때만 안정되어 보였다.

황씨 아줌마는 누워서 술통을 돌릴 때만 살아 있었으며 외발자전거를 타고 마루무대를 돌며 마루 위에 놓아둔 인형을 업고 모자를 쓰고 작은 우산을 펼칠 때만 살아 있었다.

난쟁이 석씨는 횟방귀를 뀌고 사다리를 오를 때만 사람으로 보였으며, 모든 곡마단 사람들은 탈 때만, 총을 쏠 때만, 마이크를 잡고 노래를 부를 때만, 다리를 번쩍번쩍 들어올리면서 춤을 출 때만, 외봉을 타고 기어오를 때만, 물구나무서기 할 때만 살아 있는 사람들이었다.

기차게 외봉을 타는 강씨도 전봇대에 걸린 연을 따라 올라갈 때는 위태롭게 보였고, 접시돌리기를 수십 년 해온 곡예사도 걸핏하면 밥그릇을 쨍그렁 깨곤 하였다.

불춤 추는 박씨도 마찬가지여서 그는 오직 춤을 추고 입에서 불을 뿜어낼 때만 살아 있는 사람이었다. 춤을 추지 않을 때면 박씨는 언제나 여관방에 틀어박혀 눈을 뜨고 긴 꿈에 사로잡혀 있었다. 꿈을 깨면 박씨는 손을 떨면서 끓인 주전자 뚜껑에 맺힌 증류수를 흰 가루약에 타서 개고는 주사기로 빨아들여 무수히 주사바늘 자국이 난 팔뚝에 찔러넣곤 했다.

"아줌마."

종세는 박씨를 언제나 아저씨라고 부르지 않고 아줌마라고 불렀는데, 그것은 박씨가 그렇게 불러주기를 바라는 눈치였기 때문이었다.

"주사 놓을 자리가 없어지면 어떻게 하나요?"

박씨가 주사기를 들고 팔뚝을 걷을 때면 무수한 바늘 자국이 보였다. 마치 그 자국은 해지지 말라고 실로 수없이 누빈 바늘 자국처럼 보였다. 박씨는 빈자리를 겨우겨우 찾아내어 주사바늘을 찔러넣곤 했다.

"오른팔이 또 남아 있지 않니."

박씨는 멀쩡한 오른팔을 들어 보였다.

"허지만 아줌마, 아줌마는 오른손잡이니까 왼손으로 주사를 놓을
수 없잖아요."

"난 오른손도 쓰고 왼손도 쓸 수 있어."

"오른팔도 모두 주사자국이 나면요."

"발에다 놓지. 내겐 두 다리가 있지 않니."

"두 다리도 모두 주사자국이 나면요."

"그러면."

박씨는 침을 흘리며 웃었다.

"심장에다 놓을 수밖에 없지 않니."

"심장에다 주사를 놓으면 아프지 않을까요?"

"물론 아프겠지. 하지만 괜찮을 게야."

"심장에두 빈자리가 없으면요."

"그러면."

박씨는 이 세상의 아무것도 응시하지 않는 몽롱한 시선으로 맥없
이 대답했다.

"죽어버리면 되겠구나."

종세는 조심스럽게 꿈에 잠겨가는 박씨에게 물었다.

"하지만 아줌마는 언젠가는 애를 낳고 싶다고 하잖았어요?"

"그럼 그렇고말고. 언젠가는 애를 낳게 되겠지."

종세는 그의 뱃속에서 날로 커가는 아이, 불의 아이를 밤마다 꿈
속에서 만나곤 했다. 태어날 기약이 없는 불의 아이는 그가 날마다
먹어대는 불꽃의 양으로 점점 타오르고 비대해져가고 있었다. 그러
나 그러한 꿈은 박씨의 울음소리로 금방 깨어지곤 했다. 새벽녘이

면 박씨는 슬프게 울곤 했다.

　처음에 종세는 그가 아주 많은 슬픈 사연을 가지고 사는 거라고 생각했고 그래서 그의 울음소리를 모른 체 덮어두었다. 하지만 그의 울음은 새벽마다 계속되었고, 어느 날 아침 새벽 미명 속에 그의 울음을 들여다보았더니 늙고 추한 얼굴 위에 눈물 같은 물기가 한 줌 고여 있었으므로 종세는 가만히 그를 흔들어보았다. 그는 한참 만에 눈을 떴다.

　"내가 울었니?"

　그는 쉰 목소리로 종세를 보며 물었다.

　"예."

　"그래? 자거라. 그건 내 버릇이니까."

　청주에서의 공연은 한 달 이상을 끌었다. 연일 만원이었다. 보름 예정했던 공연이 보름 더 연장되었을 정도였다. 한 달이 거의 지날 무렵에야 손님들이 뜸해지고 뜸해진 이상 또다시 천막을 걷어야 하는 시기가 다가온 것이었다.

　봄은 청주에서부터 왔으며 떠날 무렵엔 짓궂은 바람에 벚꽃도 지고 있었다.

　바로 그 무렵 곡마단에서는 작은 사건이 일어났다. 공연이 끝났을 때 대여섯 명의 건장한 사내들이 불 꺼진 천막 안으로 들어와서 단장을 찾았다. 첫눈에 보아도 예사 사람들이 아니었다.

　곡마단 주위에는 늘 현지 똘마니들이 들끓고 있었는데, 그들이 요구하는 것은 기껏해야 공짜 구경 하겠다는 투정 정도였다. 굳이 말썽을 피우지 않겠다고 단단히 천막을 칠 때부터 경찰서와 약속을 하고, 또한 불조심하겠다고 소방서에서도 허락을 맡은 곡마단측에서는 이러한 하찮은 똘마니들과의 실랑이는 삼가고 있는 형편이었다. 그래 몇 번 티격태격하다가는 못 이기는 척 입장을 시켜주고, 상이군인 행패에도 눈을 감고 들여보내주는 것이 보통이었지만 이들 청년들은 그런 똘마니들은 아닌 것으로 보였다. 모두 체격이 건장했으며 위엄이 있어 보였다. 그물을 걷던 후견들이 긴장해서 그들을 지켜보았다.

그들은 단장이 나오자 단장을 데리고 천막 구석진 자리로 끌고 갔다. 그들 중 가장 나이 어려 보이는 청년이 먼저 말을 꺼냈는데, 자기들은 청주를 휘어잡고 있는 깜둥이 폭력단원이라고 소개하고는 용건이 있어 왔다고 말을 이었다. 대충 곡마단 간부들은 수십 년 동안 전국을 돌고 있었으므로 어느 도시엔 누가, 어느 도시엔 어느 폭력단이 터줏대감이라는 것 정도는 알고 있었다.

청주의 깜둥이라면 예사 양아치들과는 달라 제법 족보가 있는 건달들이었다.

그들의 요구는 뜻밖이었다. 즉 오늘 저녁 시내 만성각이라는 요릿집에서 청주 유지들과 한바탕 연회가 벌어지는데 단원 중에서 몇 사람만 요릿집으로 보내달라는 부탁이었다. 물론 화대를 지불하겠고 오늘밤 안으로 돌려보내겠다고 약속하였다.

단장은 고개를 흔들었다.

간혹 그런 요구가 들어왔지만 단장은 그럴 때마다 분명하게 거절했었다. 새로운 도시에서 놀러 들어온 곡마단원, 특히 여단원들에 대한 선망의 열도는 대단해서 어느 도시건 꼭 공연장 안에서 손님의 자격으로 구경을 하는 것보다는 좀더 친근하게 접근해보려는 사람들이 있게 마련이었다.

어떤 사람들은 돈으로 유혹했고, 어떤 축들은 권력으로, 혹은 폭력으로 유혹했지만 단장은 절대로 응하지 않았다. 일제시대 만주에서부터 곡마단에 몸담아온 단장은 예인(藝人)에 대한 긍지가 대단

해서 마치 단원을 술 따르는 기생이나 접대부로 생각하는 부류에게
는 절대로 몸을 굽히지 않았다.

　그러나 상대가 상대니만큼 일언지하에 거절할 수는 없었다. 이들
거물 깡패들은 각 도시마다 줄이 닿아 있어 어쩌다 용케 청주에서
피해를 입지 않고 도망쳐 나간다 해도 다른 도시에서도 이들의 연
락을 받은 깡패들에 의해서 행여 흥행을 망칠 우려가 있었기 때문
이었다.

　"도대체 누굴 원하시오?"

　말이 나온 이상 상대방 진의는 알아야겠다는 듯 단장은 그 사내에
게 물었다.

　"네 사람만 보내주시오."

　사내는 차갑게 말을 뱉었다.

　"저애하구, 저애."

　그는 손가락을 들어 아직 정리를 끝내지 못한 천막 안에 앉거나
서 있는 여자들을 가리켰다.

　"그리고 또 불춤 추는 아가씨, 그 아가씨도 보내주시오."

　"그 사람은 여자가 아닙니다."

　단장은 머리를 흔들었다.

　"그 사람은 남잡니다."

　"웃기지 마슈, 단장. 젖가슴 튀어나온 남잔 보질 못했수."

　"아닙니다. 정말입니다."

　"좋소. 어쨌든 그 여자두 보내주시오."

　"미안하지만 안 됩니다."

　단장은 행여 상대방이 언짢게 생각할까봐 될 수 있는 한 부드럽게
거절의 말을 꺼냈다.

　"우린 곡마단이지 함부로 술좌석에 보낼 그런 사람들이 아닙니

192

다."

어느새 후견들과 곡예단원들이 모여들었다. 단장과 사내들이 나누는 말투가 심상치 않자, 시키지도 않았는데 하나둘씩 절로 몰려든 것이었다. 물론 후견들과 덤블링을 하는 곡예단원들도 유사시엔 동리 똘마니쯤은 퇴치할 수 있을 정도의 힘과 단합된 단결력을 가지고 있었다. 더구나 단장은 그들의 구심점이어서 단장의 말 한마디는 절대의 힘을 가지고 있었다. 그러나 상대가 상대니만큼 거리를 두고 사태를 지켜볼 수밖에 없었다.

"뭘 그래?"

뒤에 섰던 사내가 나섰다. 그는 어두운데도 얼굴에 파일럿용 선글라스를 쓰고 있었다.

"난 성질이 급해. 그러니까 용건만 말하겠다. 우리가 왜 당신 단원들의 손목을 잡는답디까, 데리고 잔답디까. 정당한 대가도 지불하겠다는데 뭔 말이 그리 많아. 우린 가겠어. 그러니 열시까지 만성각으로 네 사람만 보내주슈. 아까 우리가 찍었던 여자애들 네 사람만. 만약 열시까지 여자애들을 보내지 않는다면 당신네들은 걸어서는 청주를 못 떠나. 네 발로 기어서 떠난다면 몰라도."

"오메, 환장하겠네."

누군가 한마디했다.

"어떤 쌔끼야."

선글라스 쓴 사내가 소리친 쪽을 돌아보았다.

"주둥아리 함부로 나불대지 말어."

"늬들은 뭣 하고 있어?"

단장이 보다못해 소리를 질렀다.

"일들이나 해."

단원들이 하나씩 둘씩 흩어졌다.

"우린 가겠어. 단장, 알아서 해. 지금이 아홉시니까 열시까지 보내. 잘 생각해보라구. 괜히 후회하지 말고."

사내들은 썰물처럼 빠져나갔다.

"좆 같은 쌔끼들 보드라고 잉."

의자를 치우면서 칠성이가 가래침을 뱉었다.

그런 부탁에 기분 나쁜 것은 비단 단장뿐만은 아니었다. 오히려 실제 곡예를 하고 있는 단원들이 더 기분 나빴다. 일부러 그네를 타다가 손님들을 놀라게 하느라고 떨어지거나 횟방귀를 뀌는 것은 모두 보아줄 대상이 있는 즐거운 유희였다.

그러나 서커스 천막 밖에까지 불리어나가 특정한 몇 사람을 위해 곡예를 하거나 무시를 당하는 것은 참을 수 없는 모욕이었다.

매일같이 덤블링을 하는 곡예부 단원들은 하나같이 울퉁불퉁한 근육에 넘치는 힘을 가지고 있었다. 그러나 그들이 생명력이 넘칠 때는 오직 매트 위에서만이었다. 꼭 끼는 타이츠를 벗는 순간 그들은 밥 짓는 여편네 옆에서 어린애를 업고 부채질하는 턱없는 사내로 전락해버리는 것이다.

거리에 나가보면 생선장수는 생선장수대로, 쌀장수는 쌀장수대로 제 몫을 충분히 하고 있는 단단한 생활인이라 할지라도 일단 서커스 가마니 위에 앉으면 얌전하고 때맞춰 박수를 치는 손님이 되어버리듯, 단원들도 힘이 솟고 신명이 날 때는 오직 서커스 천막 안에서만 그러하며 일단 천막을 벗어나면 두꺼운 안경을 벗어버린 눈 나쁜 사람처럼 생기를 잃어버리는 존재에 불과했다.

그러므로 그들이 유일하게 긍지를 갖고 있는 천막 안에서의 곡예를, 재주를, 타이츠를 천막 밖에서 요구할 때는 굴욕이었다. 그들의 곡예를 보고 싶으면 마땅히 천막 안 가마니 위에 접힌 수건처럼 얌전히 무방비상태로 들어와 앉아 있어야 하는 것이다.

서커스의 천막은 그런 의미에서 그들이 가진 유일한 환상이었다. 어쩌다 뚫린 구멍을 통해 들어오는 햇살도 천막 안에서는 프리즘을 통해 보이는 무지개 빛깔처럼 환상에 젖어 있었다. 천막을 받치는 기둥은 그들의 생명을 이루는 뼈였으며 천막에 가득한 열기는 그들의 살이었다. 그 뼈와 살은 어느 순간 무너져서 제 육신을 찾지 못하고 원혼만 남아 울며 헤매는 귀신처럼 흥행이 끝난 순간 치워지는 천막과 더불어 사라졌고 낯선 도시에서 또다시 환생되는 것이었다.

그래서 단원들에게는 서로의 과거를 묻지 않으며 알려고도 하지 않는 불문율이 있었다.

그물을 내리고 매트를 마는 후견들이나 곡예부 단원들은 그들이 지껄이고 간 말이 기분 나빠서 모두 쌍욕들을 한바탕 지분대기 시작했다.

"어쩐지 청주에서 재수 좋다 싶더니 씨팔 막바지에 좆 같은 쌔끼들 지랄하구 자빠졌구나."

"깜둥이고 나발이고 한바탕 붙으면 될 게 아닌가베."

단원들의 욕지거리와는 달리 단장에겐 심각한 문제였다. 그래서 그는 제작부장과 마카오 영감을 분장실로 불러들이고 대충 이야기를 하였다.

"깜둥이는 내가 좀 알긴 아는디."

제작부장이 얘기를 듣고 나서 한마디했다. 그는 한때 건달생활을 했으므로 어느 정도 그쪽 계통에 눈이 밝은 편이었다.

"여간 독종이 아니라우. 그 아인 헌다면 허구야 마는 아인디."

"그 소문은 나도 들었어."

단장이 말했다.

"그러니까 문제지. 웬만하면 버텨보겠지만서두."

"버티면 필시 뭔 일이 생기뿌릴 것인게."

"다음 행선지가 대전 아닌가."

마카오 영감이 말을 거들었다.

"용케 빠져나간다 해도 대전도 문제 아닌가."

"그러게 말이에요."

"그렇담……"

마카오 영감이 파이프를 뻑뻑 빨며 신중하게 말을 꺼냈다.

"보내보지, 일단."

"하지만, 형님."

"괜찮아. 이 사람아. 뭔 일이 생기겠나? 내가 데리고 감세. 네 명이랬지? 누구누구야?"

"하지만……"

"글쎄 고집부리지 마. 내 다 알아서 하겠어."

버들가지 같은 실비가 거리에 뿌려지고 있었다. 밤참을 먹다 말고 네 명의 여자가 차출되었다. 연숙이와 지순이, 옥분이, 그리고 박씨가 마카오 영감을 따라나섰다.

종세도 따라나섰는데 이를테면 연락병 역할을 할 아이로 뽑힌 셈이었다.

타이츠 입은 무대복장 그대로다. 지순이는 혹시 몰라 간단하게 할 수 있는 마술도구를 챙겨들고 따라나섰다. 박씨 역시 가발에 여자 옷차림이었다.

거리는 어두웠고 드문드문 켜진 불빛이 비가 내리는 거리 위에 번질 녹아 흐르고 있었다. 어디선가 개가 광광 짖었다.

분명한 얘기는 듣지 않았지만 네 사람은 대충 자기들의 임무를 알고 있는 눈치였다. 그러나 누구 하나 불평하지는 않았다. 그것이 임무라면 일단 운명으로 받아들이는 일에 모두 익숙해져 있었기 때문이었다.

저벅이며 걷는 발소리가 거리를 울리고, 지순이가 든 보따리 속에서 마술봉 도구가 빈 도시락을 두드리는 젓가락처럼 쩔겅쩔겅 울었다. 그 소리는 좋은 의미로 새로운 거리에 들어가 마찌마와리할 때 울리는 북소리처럼 들려왔다.

"산도 설고 물도 선 머나먼 곳에 누굴 찾아 나 여기 왔나."

연숙이가 가만히 노래를 부르기 시작했다.

"부모 형제 버리고 머나먼 곳에 누굴 따라 나 여기 왔나."

잠자코 물 고인 흙탕물을 피해 걷던 옥분이도 그 콧노래를 따라 하기 시작했다.

"괄세 많은 타관인생
　내 설움에 내 못 이겨
　잔을 들고 불러본다 흘러간 과거사 불러본다.
　밤거리에 웃음 파는 나를 그 누구가 만들었나요."

종세는 주머니에 손을 찌르고 휘파람을 불며 따라나섰다. 거리에 누가 버리고 간 것일까, 뒤집히고 살 빠진 우산 하나가 뒹굴고 있었다. 종세는 그것을 주워들었다. 비는 가릴 수 없었지만 우산대를 쥐어든 것만 해도 종세는 기분이 좋았다.

큰거리로 나선 지 얼마 안 되어 제법 큰 요정이 나타났다. 그들은 요정 안으로 들어갔다. 한옥 대문 안으로 들어서자 불 켜진 방 안에서 젓가락으로 술상을 두드리며 부르는 노랫소리가 들려왔다.

뜨락에는 작은 연못이 만들어져 있었는데 그 연못 속에는 잉어들이 꿈틀거리며 헤엄쳐 다니고 있었다.

"들어오세요."

기다리고 있었다는 듯 한복을 차려입은 뚱뚱한 여인이 마루 문을 열었다. 그들은 마루 위로 올라섰다.

"이 방입니다. 이리 오세요."

좁은 마루를 가로지른 후 그 여인은 맨 끝의 방문을 열었다. 방 안에 앉아 있던 사람들의 시선이 모두 바깥으로 집중되었다. 한눈에 예닐곱 정도 되어 보이는 사내들이 술상을 끼고 동그랗게 앉아 있었다. 모두들 건장한 사내들이었다.

"왔구먼."

바깥쪽에 앉아 있던 사내가 활짝 웃으며 일어섰다.

"들어오라구."

그들은 방 안으로 들어섰다. 대낮처럼 밝은 불빛에 눈이 부셨다. 전혀 낯선 세계의 풍경이 생경한 느낌으로 다가왔다. 비에 젖은 머리칼이 화장 지워진 얼굴 위에 흘러내리고 조명 밑에서만 화려하던 무대복들이 초라하게 내장을 드러냈다. 이미 그들은 전주가 있었는지 술기가 올라 얼굴이 발그스레 상기되어 있었다.

"영감이 단장이오?"

술상 가운데에 버티고 앉은 사내가 마카오 영감을 쏘아보았다.

"아닙니다."

마카오 영감은 아주 공손하게 말을 했다.

"저는 이 아이들을 인솔하고 왔습니다."

"재주가 뭐요?"

"이 아이는 마술이고, 이 아이는 접시 돌리기도 하고 연극도 합니다. 그리고 이 아이는 춤을 추고 이 사람은 불춤을 춥니다."

"불춤?"

그 사내는 박씨를 보았다.

"저 여자가 불춤을 추나?"

"예, 그렇습니다."

"저 꼬마는 뭐요?"

"이것저것 잡일은 다 합니다."

"꼬마야."

사내는 종세를 보았다.

"술 한잔 마실 테냐?"

그는 마시던 술잔을 종세에게 내어주었다. 종세는 서슴없이 술잔을 받았다. 와아, 웃음이 터졌다. 종세는 술을 들이켰다.

"됐어. 아주 똑똑한 아이로군. 노래 한 곡 불러봐라."

종세는 사내를 노려보았다. 그가 무섭다는 생각은 떠오르지 않았다. 아무도 종세는 무섭지 않았다.

"한 잔 더 주면 부를게요."

와아, 또 웃음이 터졌다. 옆자리에 앉은 사내가 술을 따라주었다. 종세는 연거푸 술을 들이켰다. 독한 술은 금방 기별이 일었다. 찬비에 젖은 뱃속에 훈기가 전해지고 상 위에 가득한 안주를 종세는 허겁지겁 입 안에 처넣었다.

종세는 노래를 부르기 시작했다.

"아저씨 장작 팰 때 밑에서 보니까
　아저씨 사타구니에 야구 뺏다 달렸구나.
　저것이 무엇이냐, 전봇대냐, 홍두깨더냐.
　저것은 너의 아줌마가 밤에 즐겨 먹는
　군고구마. 짜 짜 짜 짜 라라라라지."

누군가 젓가락으로 술상을 두들기기 시작했다. 종세는 기분이 좋았으므로 고함치며 노래를 이어나갔다.

"아줌마 빨래할 때 밑에서 보니까
　아줌마 사타구니에 조개껍질 달렸구나.
　저것이 무엇이냐, 쥐구멍이냐, 바람구멍이냐.
　저것은 너의 아저씨가 제일 좋아하는

뽀 뽀 뽀 뽀 로로로 찌이 —"

거나하게 취한 사내들이 배를 잡으며 웃었다.

"됐어."

가운데 앉은 사내가 주머니에서 무엇인가 꺼냈다. 그것은 한 움큼의 돈이었다.

"받아라. 꼬마야."

종세는 그것을 받았다. 저 쌔끼는 왜 내게 돈을 주는 것일까. 종세는 그 사내를 노려보았다.

"늬들도 노래 한 곡 불러야지."

사내가 올망졸망 모여앉아 있는 여인들을 가리켰다.

"거기 앉아 있으라고 오란 건 아냐. 이리 가까이 와."

누군가 연숙이의 손을 잡아끌었다. 연숙이가 그 손을 홱 뿌리쳤다.

"이년 봐라."

대뜸 거센 말투가 사내의 입에서 뱉어져 나왔다.

"너 여기가 어딘 줄 알고 까불어."

"흥, 어디긴."

연숙이가 종알거렸다.

"내 손이 전차간의 손잡인 줄 아나. 함부로 만지려 들게."

"어이. 이년 봐라."

"내가 니 쌔끼 뱃속에서 나왔니. 이년 저년 하게."

"허어."

앉아 있던 사내들이 대부분 웃었으므로 손목 잡으려던 사내는 화를 낼 것인지 아니면 분위기에 맞춰 농담으로 웃어넘겨야 할지 분간이 가지 않는다는 듯 어리둥절 무안하게 좌중을 훑어보았다.

"나도 기분이나 내자. 애, 술 한잔 다고."

연숙이는 자기가 술을 따라 벌컥벌컥 들이켰다.

"애, 늬들 뭐 하니? 마시지 않고."

연숙이는 지순이와 옥분에게 소리쳤다.

"화통하긴 니가 젤이다. 니 이름이 뭐냐?"

"내 이름 알아 뭘 할라고?"

"살림 차릴라 그러지."

"관둬라, 애. 니 머리칼 없는 것 보니 니 자지 매독 걸린 것 내 알지."

"니년 조개는 금테 둘렀다든?"

"남이사."

"조년 말버릇 보게."

"내 입이 어때서. 입은 비뚤어져도 말은 바로 한다고."

"조것 봐라."

"왜 먹고 싶으냐? 덤비려면 한 타스로 덤벼라. 싸카스 십 년에 배운 건 엉덩이질이야. 요 베라먹을 새끼들아. 깜둥인지 흰둥인지 어떤 놈이 깜둥이냐?"

순간 잽싼 사내의 손길이 연숙이의 얼굴을 후려쳤다. 금방 얼굴에서 피가 튀었다. 비명 지를 새도 없었다.

종세는 그때 박씨가 놀라운 속도로 술상을 차고 일어서는 것을 보았다. 너무나 순식간에 일어나서 눈앞에 벌어지는 광경이 어떻게 되는지 분간이 되지 않았다.

박씨의 몸이 허공을 날았다. 그리고 방 가운데 앉은 우두머리로 보이는 사내의 목을 거머쥔 것과 동시에 술상 위에 구르던 과도를 사내의 목덜미에 날카롭게 들이대었다. 사내의 목덜미에서 금방 피가 솟았다.

"조용히 해라."

차디찬 말 한마디가 박씨의 입에서 뱉어졌다. 평소에 들을 수 없던 굵은 저음의 목소리였다. 늘 박씨의 목소리는 남자의 목소리도 여자의 목소리도 아닌 기묘한 중성의 목소리였는데 그 목소리에는 힘차고 위엄이 깃들어 있었다.

달려들려던 사내들이 흠칫하며 물러섰다.

"움직이다간 네 두목의 목이 달아난다."

얼핏 박씨를 여자로만 착각했던 사내들이 그러나 놀라운 기세로 기선을 제압하는 날렵한 솜씨에 어찌할 바를 모르고 꿈결처럼 벌어지는 광경을 바라보고만 있었다.

"얘들은 보내라."

"안 돼."

누군가 연숙이의 손을 잡아챘다.

사내의 목에 들이댄 과도가 한 치 깊숙이 찔려 들어갔다. 가는 신음소리가 사내의 입에서 토해졌다.

"보내라구 해."

박씨는 결박지어진 사내에게 재촉했다. 백짓장처럼 창백하게 질린 사내의 얼굴에 고통의 빛이 스쳐 지나갔다. 연숙의 손을 쥐었던 사내가 힘없이 손을 놓았다.

"빨리 가거라."

박씨가 종세를 보았다.

"아줌마."

종세는 그를 마주보았다. 문 밖에 서 있던 마카오 영감이 놀란 얼굴로 손짓으로 연숙이와 지순이를 불러냈다.

"빨리 가래두."

"괜찮으세요, 아줌마 혼자서?"

"괜찮아. 빨리 가거라."

귀찮다는 듯 박씨는 소리질렀다.

종세는 신을 신고 뜨락으로 나섰다. 눈앞에 벌어지는 급박한 상황에도 몸은 빠르게 움직여지지 않았다. 한잔 마신 술에 마음이 풀어진 때문일까, 아니면 박씨의 놀라울 만큼 빠르고 정확한 솜씨를 보고 안심이 되었기 때문일까. 종세는 대문을 나섰다.

"난 천막으로 가겠다, 종세야."

마카오 영감이 종세에게 말했다.

"너는 빨리 가까운 경찰서로 가거라."

"예."

"나두 같이 갈래요."

연숙이가 종세의 뒤를 따랐다.

두 사람은 한결 굵어진 빗줄기를 뚫고 캄캄한 밤거리를 무작정 걸어내려갔다.

"놀랬다, 얘."

연숙이가 진심으로 감탄하며 말했다.

"난 박씨가 그렇게 무서운 사람인지 몰랐다, 얘."

"난 알구 있었어."

종세는 자기 혼자만이 그 비밀을 진작부터 알고 있었다는 듯 과장되게 자랑했다.

"박씨 아줌마는 그런 사람이야. 남들이 보면 이상한 사람 같지만 박씨 아줌마는 힘도 세고 싸움도 잘하고 빠른 사람이야."

"너는 왜 박씨를 아줌마라고 부르니?"

"박씨 아줌마가 자기를 아줌마라고 불러달랬어."

"왜?"

"박씨 아줌마는 남자보다 여자가 더 좋다고 했어."

"왜 그럴까? 난 남자로 태어나고 싶었었는데."

"남자들은 수염이 나고, 서서 오줌 누기 때문에 싫다는 거야. 또 남자들은 싸우고 서로 죽인다는 거야."

"하지만 박씨는 오늘도 싸우지 않았니? 칼로 목을 찌르지 않았니?"

"아직 박씨 아줌마는 완전히 여자가 되지 않았거든."

종세는 자랑스레 박씨에게서 들었던 말을 떠벌렸다.

"남자가 어떻게 여자가 될 수 있니?"

"여자처럼 행동하면 언젠가는 진짜 여자가 될 수 있다고 박씨 아줌마는 믿고 있거든."

"왜 그렇게 여자가 되고 싶어할까? 자지가 달렸으면서."

"박씨 아줌마는 애를 낳고 싶대."

"애라니?"

놀란 듯이 연숙이가 물었다.

"그게 무슨 소리니?"

"박씨 아줌마는 언젠가는 애를 낳고 싶댔어."

"누구의 애를 말이냐?"

"불의 아이를 낳고 싶댔어."

"미친놈이구나."

잠자코 연숙이는 말했다.

"박씬 미친놈이야."

"박씨 아줌마는 미친 사람이 아냐."

종세는 진심으로 부정했다.

"박씨 아줌마는 좀 이상한 사람일 뿐이야."

"그 쌔낀 미친놈이야."

연숙이가 퉤 침을 뱉었다.

"그 쌔끼 애를 내가 대신 낳아주면 될 텐데."

"누나가 어떻게?"

"내가 왜 애를 못 낳니. 사내애건 계집애건 한 타스도 낳겠다."

어두컴컴한 거리에 불밝힌 파출소가 보였다. 종세는 그리로 달려 갔다. 총을 어깨에 메고 서서 하품을 하고 있던 경찰이 종세를 우두 커니 보았다.

그제야 종세는 무서운 마음이 들었다.

박씨는 그 자리에 혼자 앉아 있다. 우리들을 모두 떠나보내고서.

어쩌면 지금쯤 놈들에게 둘러싸여 죽어 있을지도 모른다. 여섯 놈 의 무자비한 발길질에 개처럼 짓밟혀서. 사내의 목을 겨누고 있던 과 도는 어느새 놈들에게 빼앗겼을지도 모르고 그들은 합세해서 박씨 아줌마의 몸을 때리고 밟고 그리고 칼로 찌르고 있을지도 모른다.

종세는 혀꼬부라진 소리로 목을 꺾고 듣고 있는 경찰관에게 고래 고래 소리를 지르기 시작했다.

경찰서가 바라보이는 길목에서 연숙이는 치마를 들치고 고의춤 에서 네모나게 접은 돈을 꺼내어 펼쳐들었다.

"아무래도 뭣 좀 사가야 할 게 아니니?"

마침 목판에 엿을 가득 싣고 쩔겅쩔겅 가위질하며 엿장수가 지나 가고 있었다. 연숙이는 엿을 샀다. 흰 밀가루가 묻어 있는 엿을 쪼 개 입에 넣고 우물거리며 종세와 연숙이는 경찰서 앞으로 다가갔 다. 간밤에 내린 빗물이 웅덩이진 곳마다 괴어 있었고 소달구지가 지나가다 흙탕물을 튀겼다. 그 흙탕물이 연숙이의 치마에 정통으로 뿌려지자 연숙은 목이 찢어져라 소리를 질렀다.

"하이고, 새옷 베렸구나. 느그 눈은 뒀다 어디 쓸락하노. 이 미친 쌔끼야."

경찰서 앞에 총을 들고 서 있던 순경이 두 사람을 쳐다보았다. 그 는 두 사람이 층계를 올라 그냥 비실비실 비켜 건물 안으로 들어가려 하자 눈을 부라리고 총을 거머쥐었다.

"면회 왔단 말이오."

연숙이가 금방 눈물이 쏟아질 듯한 청승맞은 얼굴로 종알거렸다.

"얘 아빠가 붙잡혀가서 면회 왔소. 하이고, 이년의 팔자야."

순경은 말없이 연숙이를 보더니 손짓으로 경찰서 안을 가리켰다. 두 사람은 냉큼 경찰서 안으로 들어섰다. 경찰서 복도는 대낮인데도 컴컴해서 갑자기 어두운 곳에 들어선 길이라 눈앞이 어릿어릿하였다. 도대체 어디로 가야만 박씨 아줌마를 만날 수 있을 것인지 종세는 방향이 분간되지 않았다. 닫힌 문 안에서는 비명소리도 들려오고 어디선가 아이고 아이고 하고 곡성도 들려오고 있었다.

이미 청주에서는 공연이 끝나고 잠시 후면 대전으로 떠날 판이었다. 간밤에 박씨 아줌마 덕분으로 몸 다치지 않고 무사히 도망쳤던 곡마단원들은 천막을 거두면서도 모두 박씨 이야기뿐이었다. 이제껏 종세는 단원들 앞에서 그의 무용담을 얘기하도록 요구받았는데 그럴 때마다 종세는 입이 닳도록 과장되게 간밤의 일을 얘기했지만 결코 싫증나지는 않았다.

짐을 다 싣고 나서 트럭이 떠나기까지 시간 여유가 있자 종세는 단장에게 박씨 아줌마를 면회하고 오겠노라고 말했다. 아무래도 단원들은 박씨가 수월하게 풀려나오지는 못할 거라고 말하고 있었다. 그보다도 종세가 걱정했던 것은 날마다 그 흰 가루약을 물에 개서 주사를 맞지 않고서는 견디지 못하는 박씨 아줌마에 대한 근심 때문이었다. 그래서 종세는 여인숙에서 박씨 아줌마의 짐을 챙기다 말고 떠나기 전에 아줌마에게 주사기와 흰 가루약을 전해줘야 한다고 결심했다. 이것이 없으면 아줌마는 꿈을 꾸지 못하니까.

종세는 박씨 아줌마의 짐을 뒤져보았다. 짐은 작은 트렁크에도 반 정도 찰 만큼 적었는데 대부분 박씨 아줌마의 무대복장이었다. 가

발과 타이츠, 여자용 내의와 러닝셔츠, 때묻은 양말과 바지 그리고
는 세면도구들뿐이었다. 낡은 지갑 속에는 신분증과 사진이 한 장
들어 있었는데 그 사진 속에서 박씨 아줌마는 놀랍게도 군복을 입
고 있었다. 군복을 입은 아줌마의 모습은 전혀 달라 보였다. 어깨에
수류탄을 걸치고 탄띠를 두른 박씨 아줌마는 철모 밑으로 눈을 부
라리고 서 있었다. 얼굴엔 수염이 무성하게 나 있었다. 종세는 지갑
을 짐 속에 꾸려넣고 그 약을 찾기 시작하였다. 그때 옷가지 사이에
서 무언가 묵직한 것이 만져졌다. 종세는 가만히 그것을 들어보았
다. 그것은 권총이었다. 한 손으로 들기에는 무거운 권총은 반질반
질 윤이 흐르고 있었고 보기만 해도 겁이 날 정도로 차디찬 이빨을
드러내고 있었다. 종세는 본능적으로 권총을 내려놓고 주위를 살펴
보았다. 종세는 수없이 이런 유의 무기를 보아왔다. 권총뿐인가. 따
발총, 기관총, 크레용 같은 탄환, 수류탄, 화약, 그리고 타앙타앙 하
늘을 찢는 탄환 소리와 비명소리. 사람을 죽이는 무기들을 종세는
눈이 닳도록 보아왔다.

　그런데 왜 박씨 아줌마는 이런 권총을 짐 속에 숨기고 있을까. 더
구나 알 밴 피라미 같은 붉은색의 탄환이 서너 개 함께 구르고 있었
다. 이제 저 탄환을 총 속에 집어넣고 철커덕 장전을 하고 마음먹은
곳을 향해 겨눈 후 방아쇠를 잡아당긴다면 무서운 폭음과 함께 빛
보다 빠른 속도로 탄환은 목표한 사람의 심장을 뚫을 것이다. 이것
은 무대용 도구가 아니다. 쌍권총 든 이씨가 연극에서 쏘아대는 장
난감 권총이 아니다.

　종세는 누가 보고 있지 않는데도 당황해서 권총을 트렁크 속에 팽
개쳐버렸다. 흰 가루약과 주사기만을 챙겨들고 종세는 박씨 아줌마
를 찾아나선 길이었다.

　종세와 연숙은 무턱대고 회색 콘크리트 벽을 따라 걸었다.

"누구야?"

저쪽 복도에서 누군가 걸어오다가 두 사람을 보자 소리를 버럭 질렀다. 연숙이 화들짝 놀라면서 비켜섰다.

"늬들 뭣 하는 아이들이야?"

"면회 왔는데요."

"면회?"

거인처럼 키 큰 사내는 종세를 내려다보았다.

"누굴 면회 왔단 말이냐?"

"박정자 아줌마요."

"박정자? 박정자가 누군데?"

"아니에요. 박길훈 아저씨요."

종세는 고쳐 말했다.

"아, 어젯밤 싸웠던 싸카스 사람 말이냐?"

"예."

"따라와라."

사내는 앞장서서 복도를 걸어갔다. 복도 끝에 사무실이 있었다. 많은 사람들이 책상을 놓고 앉아 있었다. 여기저기서 고함소리가 들려오고 방금 앉아 있던 사람이 철썩 따귀를 맞았다. 어린애 우는 소리와 전화벨 소리, 책상을 주먹으로 때리는 소리, 그리고 열린 창문으로 새어들어오는 군가 소리, 장터처럼 시끌한 사무실 구석에 종세와 연숙이는 앉았다.

"늬들은 박길훈과 어떤 사이냐?"

"같은 곡마단원이에요."

"대륙서커스?"

"예."

"박길훈은 면회가 안 돼."

사내는 책상 위로 두 다리를 뻗고는 아, 아, 긴 기지개를 켰다.

"그 쌔긴 악질이다. 그리고 아편쟁이다. 그 쌔긴 폭력으로 감옥으로 가든지 아편 때문에 수용소로 가든지 둘 중에 하나다. 아마 수용소로 가게 되겠지. 훈장을 받았으니까 정상은 참작되겠지."

"훈장이요?"

종세가 물었다.

"훈장도 보통 훈장이 아니다. 빨갱이를 천 명두 넘게 죽였다."

사내는 만사가 귀찮다는 듯이 귓가에 꽂아두었던 담배꽁초에 불을 붙여서 입에 물고 맥없이 동그라미를 띄워올렸다.

"어제 그 쌔긴 칼로 사람의 목을 찔렀다. 늬들은 가거라. 면회는 중지다."

"아저씨."

연숙이가 울먹울먹 상반신을 일으켰다.

"우린 지금 대전으로 떠납니다. 만나게 해주세요."

"아마도 일 년 뒤쯤 만나게 될 게다."

사내는 흘끗 연숙이의 손에 들린 엿가락을 보았다. 엿은 체온에 녹아 이미 딱딱한 각질을 상실하고 흐물흐물 휘어 있었다. 보송보송하라고 바른 밀가루는 털려나가고 손때가 까맣게 묻어 있었다.

"너는 서커스에서 뭘 하는 아이냐?"

사내는 연숙이를 보았다.

"접시를 돌립니다."

"접시를?"

"물구나무서기도 합니다."

"거꾸로 서는 것 말이냐?"

"예."

"그럼 이 재떨이를 돌려봐라."

사내는 책상 위에 올려놓은 접시를 가리켰다. 인근 식당에서 식사 배달하고 남긴 식기를 재떨이로 쓰는지 접시 위에 담배꽁초가 수북이 쌓여 있었다.

"네가 여기서 재주를 보여준다면 면회를 시켜주겠다."

"안 됩니다."

연숙이는 머리를 흔들었다.

"왜 안 돼? 애야, 이 세상에 공짜가 어디 있느냐?"

"이걸 돌릴라고 그러면 막대기가 있어야 합니다."

"막대기?"

그는 벽에 세워둔 대나무를 집어들었다.

"이만하면 충분하냐? 이건 말 안 듣는 녀석 때리는 회초리다."

"나는 천막 밖에서는 재주를 부리지 않습니다."

"아따, 비싸게 굴기는."

사내는 허공에 대나무 막대기를 힘차게 휘둘러 보였다. 날카롭게 허공이 찢어지는 소리가 났다.

"하기 싫으면 가거라. 우린 바쁘다."

사내는 하품을 베어물었다.

연숙은 일어서서 사내에게서 대나무를 받아들었다. 그리고 접시 위에 수북이 쌓인 담배꽁초를 쓰레기통에 말끔히 비웠다.

종세는 연숙이가 갑자기 화가 난 모양이라고 생각했다. 연숙이의 얼굴이 이상하리만큼 굳어 있었다.

"약속하이소. 재주를 보여주면 아저씰 만나게 해준다고 약속하이소."

"물론이지."

연숙은 손바닥에 접시를 가벼이 떠받쳐 올렸다. 접시는 연숙의 손 위에서 가벼운 풍선처럼 떠올랐다. 접시는 무게를 잃고 깃털처럼 날았다. 양 옆에서 날개가 솟았다.

연숙은 활처럼 휘는 대나무 막대기 위에 접시를 떠올렸다. 그리고 사납게 접시를 돌리기 시작했다. 접시는 무서운 속도로 자전을 시작했다. 사람을 때리는 막대기는 활처럼 긴장하며 떨었다. 간신히 올려진 접시의 가장자리를 연숙이는 팽이채로 후려치듯 손바닥으로 때리기 시작했다. 접시는 맹렬히 회전했다. 그래서 돌지 아니하고 제자리에 정지된 것처럼 보였다. 사무실 사람들의 시선이 하나둘 이 기묘한 곡예를 벌이는 여인에게 집중되었다. 책상을 때리던 형사들도, 훌쩍훌쩍 울던 사람들도 모두 한쪽으로 몰려들었다. 창밖 뜨락 무성하게 핀 라일락 꽃잎 사이에서 떠돌던 벌 하나가 열린 창문으로 새어들어와 붕붕거리며 날아다니고 있었다. 햇빛이 알맞게 비쳐 들어와서 반 쪼갠 과일처럼 빛나고 있었다. 접시는 마침내 막대기 위에 고정되었다. 연숙은 그것을 허공에 받쳐들었다. 그리고 막대기를 이마 위에 서서히 올려놓았다. 막대기는 연숙의 연약한 두개골을 뚫고 머리 위에 섰다. 무서운 힘으로 두들겨박은 쇠못처럼.

연숙은 천천히 일어났다. 그리고 두 눈을 그녀의 머리 위에 떠도는 접시 위에 고정시키고 사무실을 걷기 시작했다. 사무실은 이상야릇한 열기와 광기로 충만하기 시작했다. 아무도 박수를 치려 하지 않았다. 그것은 이 긴장된 균형을 깨뜨리는 이단행위였다. 연숙이가 막대기 위에, 그리고 그녀의 두개골 위에 받쳐든 것은 실상 하찮은 접시는 아니었다. 그것은 사무실에 가득한 종이, 책상, 전화, 캐비닛, 그 모든 것들이 연숙이의 두개골 위에서 빙글빙글 돌고 있었다. 접시 속에 담겨서. 그뿐만이 아니었다. 사무실을 맴도는 신음소리, 욕지거리, 웃음소리, 저주의 말, 고함소리, 그리고 폭력과 피 같은 보이지 않는 온갖 것들도 함께 연숙이의 두개골 위에서 빙글

빙글 돌고 있었다. 마침내 그리하여 연숙이가 받쳐든 것은 창문을 뛰쳐나가 뜨락에 무성한 라일락꽃, 반은 햇빛과 반은 그늘에 잠겨 있는 그 불가사의한 숲과 도시와, 거꾸로 흐르는 강과 배를 수면 위로 내보이며 흘러가는 물고기, 뿌리를 허공에 드러낸 나무들, 스무 개의 발을 가진 거미, 그러한 온갖 것들이 연숙이의 두개골 위에서 빙글빙글 돌고 있었다. 연숙은 마치 자전하는 지구의 축을 받쳐든 운수 나쁜 미친 여신처럼 보였다. 그래서 아무도 이 무서운 자연의 균형을 깨뜨릴 수가 없었다.

연숙은 막대기를 이마에 올려놓고 책상 위로 올라섰다. 아무도 말리지 않았다. 연숙은 책상 위에서 책상 위로 뛰어다녔다. 막대기는 이마에서 왼쪽 어깨로, 왼쪽 어깨에서 오른쪽 어깨로 재빠르게 옮겨다녔다. 땀이 비 오듯 연숙의 이마에서 흘러내렸다. 접시는 막대기 위에서 제단 위에 바쳐지는 제물처럼 흔들렸다.

마침내 접시가 균형을 잃더니 연숙의 이마에서 굴러떨어졌다. 그리고 딱딱한 바닥에 부딪쳐 깨어졌다.

그제야 누군가 박수를 치기 시작했고 사람들은 휘파람을 불었다. 연숙이는 바닥에 떨어져 깨어진 접시 조각을 하나씩 주워 쓰레기통에 넣었다. 연숙의 얼굴이 비로소 제 얼굴로 돌아왔다.

"놔둬라."

잠자코 구경하던 사내가 부드럽게 말했다.

"약속은 지켜주마. 면회는 여기서 해라. 오랜 시간은 안 된다. 어이, 김순경. 가서 박길훈이 좀 데려와."

그는 맞은편 책상 앞에서 무엇인가를 쓰고 있는 정복 입은 사내에게 명령했다.

"너는 접시만 돌리지 않고 마음먹은 것은 무엇이든 돌릴 수 있겠구나. 이 집도, 나무도……"

"남자도 돌립니다. 아저씨두 맘만 먹으면 제가 돌릴 수 있습니다."

연숙이는 음탕하게 낄낄 웃었다.

"남자는 이마로 돌리는 게 아니라 엉덩이로 돌리냐?"

누군가 구경하던 사람 중의 하나가 큰 소리로 말했다. 그러자 모두들 껄껄거리며 웃었다.

"힘 좋은 사람은 엉덩이로 돌리구예, 힘 없는 사람은 손가락으로 돌립니더."

그때였다. 사무실 문이 열리더니 박씨 아줌마가 들어왔다. 두 손은 꽁꽁 묶인 채였다. 간밤에 입던 옷을 그대로 입고 있었으므로 아줌마의 옷차림은 아주 괴상했다. 옷은 여자 옷 그대로인 무대복에 얼굴만 남자 얼굴이라서 마치 큰 벌레처럼 보였다. 햇살이 눈부신 듯 짠뜩 눈을 찌푸리고 있었으므로 주름살이 한결 강조되어 보였다. 눈엔 눈곱이 끼어 있었고 그는 한낮인데도 학질 걸린 사람처럼 와들와들 떨고 있었다.

데리고 온 사람이 박씨 아줌마를 나무의자에 앉혔다.

"아줌마."

종세는 그가 잠들어 있는 사람처럼 보였으므로 그를 깨우려는 듯 말을 걸었다. 훌쩍훌쩍 연숙이가 울기 시작했다.

"엿 드이소."

연숙이가 손아귀에서 녹아 흐르는 엿을 박씨에게 내어밀었다. 박씨 아줌마는 그것을 받을 수가 없었다. 왜냐하면 손이 묶였으므로, 손이 잘렸으므로.

"아줌마, 우린 오늘 떠나요."

박씨가 그저 고개를 끄덕였다. 입가에서 침이 흘러내렸다. 그는 바보천치처럼 보였다.

"아줌마 짐은 내가 갖고 갈게요."

박씨는 여전히 머리를 끄덕였다. 그는 멍텅구리처럼 보였다.

"가거라, 꼬마야."

박씨는 귀찮다는 듯 눈을 감았다 떴다.

"아저씨."

종세는 멀찌감치 앉아 있는 사내를 돌아보았다.

"박씨 아줌마가 변소에 가고 싶대요."

"어이 김순경, 변소 좀 데려가."

"제가 데려갔다 올게요."

"네가?"

사내는 종세를 보았다.

"혼자 가면 바지 단출 끄를 수 없잖아요."

"그건 그래."

사내는 웃었다.

"데려갔다 오너라. 허기야 수갑 채웠으니 도망이야 가겠니."

"내가 있잖아요, 아저씨."

연숙이가 하얗게 웃었다. 종세는 서둘러 박씨 아줌마를 부축해서 일으켰다. 그의 몸은 썩은 나무토막처럼 무거웠다. 이 세상에 태어나 처음 걸어보는 사람처럼 그의 발걸음은 서툴렀다. 아줌마가 어떻게 이런 발걸음으로 춤을 출 수 있었을까.

종세는 박씨 아줌마를 데리고 변소에 들어가자마자 문을 잠갔다. 그리고 빠르게 주머니에서 흰 가루약을 꺼냈다. 세면대에서 물을 받아 평소에 보아둔 대로 약을 개어서 주사기로 빨아들였다. 그리고 박씨를 변기 옆구석에 처박았다. 부패한 고깃덩이가 그제야 꿈틀거렸다.

"시간이 없어요, 아줌마. 빨리 주사를 놓으세요."

"난 손이 묶였잖니."

"그럼."

"네가 놔다우."

변기통 속으로 더러운 똥덩어리가 보였고, 그 위에 구더기들이 오글오글 모여 있었다.

"난 못 해."

"괜찮아."

박씨는 똥통 옆구석에 앉아서 희미하게 웃었다.

"어렵지는 않단다."

"어디다 놓으란 말이에요?"

"네 눈에 띄는 곳 모든 곳에."

종세는 그의 짐승처럼 불결한 눈을 쳐다보았다. 눈곱이 낀 눈은 절망과 죽음 같은 체념과 그래도 한가닥 쾌락에의 기대로 박쥐처럼 충혈되어 있었다. 종세는 그 야비한 눈알에 주사바늘을 찔러버리고 싶은 충동을 받았다. 종세는 그가 아끼던 오른손을 보았다. 그리고 그 팔뚝에 주사바늘을 대었다. 손이 와들와들 떨렸다. 이것은 칼이다. 이 쌔끼야. 죽어라. 이 쌔끼야. 바늘이 살 속으로 파고들었다. 천천히 주사액이 쓰레기 속으로 빠져들어갔다.

"아, 아."

박씨 아줌마는 변소 벽에 등을 기댄 채 눈을 감았다.

"너는 내 아들이다."

그제야 마른 몸에 불이 댕겨진 모양이었다. 금세 박씨 아줌마의 눈에 생기가 돌기 시작했다. 종세는 변소 속에 주사기를 버렸다. 눈물이 흘러나왔으므로 눈앞이 부옇게 흐려 있었다.

"종세야."

묶인 두 손이 천천히 떠올라와 종세의 머리를 쓰다듬었다.

"가거라. 내 너를 찾아가마."

"우린 대전으로 떠나요."

"알구 있다."

"대전 다음엔 어딘지 몰라요."

"괜찮아. 내가 풀려나면 어디든 찾아갈 수 있으니까."

"짐은 내가 보관할게요."

활활 불이 타올라 박씨 아줌마는 마침내 불꽃이 되었다. 그는 마치 불춤을 추기 위해서 무대 위로 나서는 사람처럼 힘차게 일어났다. 더러운 똥통 속에서.

"잘 가거라, 꼬마야. 내 너를 잊지 않으마."

"애, 좀 천천히 걷자."

경찰서를 나와서 종세가 댓 발짝 앞서 걷자 연숙이가 숨찬 소리로 말했다.

"무슨 애가 그리 걸음이 빠르니."

"기다린다구."

종세는 볼멘소리로 대답했다.

"빨리 가야지."

"애 충분해. 트럭은 세시에 떠난다. 아직도 두 시간은 넘게 남았다. 일찍 가서 뭐 하니? 가서 짐 꾸리고 심부름이나 할 텐데."

"그럼 뭘 해?"

"얼마나 좋으니, 애. 봄날이다, 애."

연숙이는 양산을 활짝 폈다. 따스하고 감미로운 봄볕은 가린 투명한 양산 밑으로 그대로 녹아흘러 연숙이의 얼굴은 제법 화사하게 피어올랐다.

"좀 좋으니, 애. 꽃 좀 봐라."

연숙이는 누구네 집 화단일까. 얕은 울타리 너머로 유리처럼 빛나는 꽃들을 가리켰다.

"말도 못 들었니? 봄 조개는 무쇠도 녹이고 가을 자지는 쇠판도 뚫는다더라. 애."

짓궂은 바람이 불어 몇 잎의 꽃을 부스스 날리자 연숙이는 아까운 듯 혀를 끌끌 찼다.

"오라질놈의 봄바람. 지집년 치마폭이나 들먹이고."

종세는 잠자코 땅을 보고 걸었다. 연숙이의 말대로 싫은 기분은 아니었다. 지난 한 달 동안 줄곧 천막 안에서만 생활하다가 비로소 이제 떠날 무렵에야 낯선 도시에 제법 풋정이 든다. 물론 빈 시간이면 후견들과 어울려 극장에들 가느라고 외출을 했었다. 어느 도시건 곡마단 사람들은 극장은 공짜로 들어가게 되어 있었고 극장 사람들 역시 곡마단은 무료 입장이었다. 그러나 이제 떠날 무렵 돌아보는 청주 거리는 그새 길목도 대충 알 만큼 정이 들어 전혀 새롭다.

거리의 유리창은 햇빛을 받아 반짝이고 쇼윈도의 부엉이시계 눈알은 쉴새없이 왔다갔다하고 있다. 사진관에서 내건 어린아이의 사진은 언제나 웃고 있었고 거리를 오가는 소달구지가 갓 만든 빵과 같은 쇠똥을 따스한 보도 위에 구워놓는다. 큰거리 중앙분리대에 만든 화단 위엔 갖가지 꽃들이 숨 참기 내기 하는 아이들처럼 다투어 피어 있었다. 아, 아 좋은 날이었다. 지금 곧바로 떠나지만 않는다면.

"종세야."

사진관 쇼윈도를 들여다보던 연숙이가 종세에게 소리쳤다.

"니캉 내캉 사진 찍을래?"

연숙이는 한 쌍의 남녀가 손 잡고 찍은 사진을 유리창에 코를 박고 들여다보고 있었다. 사진의 배경으로 바다와 야자나무가 우거져 있었다.

"탁 칼로 손가락 베어갖고 서로 손가락에서 피 빨아먹고 의형제 맺은 후에 손 잡고 저런 사진 찍었으면 좋겠다, 얘."

종세는 공연히 근지러워서 침을 뱉었다.

"배고프지, 점심 사줄까?"

연숙이가 길가의 중국집을 가리켰다.

"들어가자, 얘. 밥 사줄게."

연숙이는 살짝 덧니를 보이며 웃었다. 그러더니 따라오거나 말거나 먼저 중국집 안으로 들어가버렸다. 종세가 따라들어가자 연숙이는 우동을 두 그릇 시키고 나서 서 있는 보이에게 이렇게 말하였다.

"박수 치기 전에 오지 마이소."

보이가 사라지자 연숙이는 문을 잠그더니 털썩 주저앉아 백 속에서 담배를 꺼내어 피워물었다. 종세에게도 담배를 한 대 권하고 나더니 말뚱말뚱 종세를 쳐다보았다.

"종세, 니 자지에 털 났노?"

종세는 대답 대신 히히 웃었다.

"아따, 웃기는."

연숙이는 후루룩 엽차를 들이켰다.

"뽈록인 맞춰봤나, 가시나하고?"

종세도 대답 대신 엽차를 들이켰다.

"묻는 내가 미친년이제. 하이구 가슴이야."

느닷없이 연숙이는 제 가슴을 두들겨팼다. 그리고는 백을 뒤져 종이와 연필을 꺼내었다.

"받아 좀 써라. 편지 좀 써야겠다."

"누나도 글 쓸 줄 알잖아."

"글씨가 엉망이 돼서 그런다."

종세는 언젠가 한번 칠성이 말마따나 있지도 않은 연숙이의 어머니한테 편지를 받아써준 사실을 기억했다.

그년은 고아다. 칠성이의 말이 생각났다. 그년은 없는 할아버지한테도 편지를 쓸 년이다. 그러나 종세는 잠자코 연숙이가 내어주는 연필을 받아들었다.

"아버지."

연숙이는 한숨 쉬듯 담배연기를 길게 내어뿜었다.

"아버지라니, 저번엔 어머니였잖아."

"아버지나 어머니나 그놈이 그놈이구 그년이 그년 아니냐. 잠자코 받아쓰거라."

종세는 아버지라고 받아썼다.

"아버지, 이년은 잘 있습니다. 아버지, 오늘 청주를 떠납니다. 지난 겨울엔 돈을 못 벌었지만 여기선 돈 좀 모았습니다, 아버지."

연숙이는 새 담배를 갈아피웠다. 그녀의 눈은 이층 중국집 창 밖으로 망연히 뻗어나가 있었다.

"아버지, 이번 편지에는 아주 중요한 사실을 말씀드리겠습니다. 나는 이번에 시집갈 겁니다."

받아쓰던 종세가 연필을 멈춰 세우고 놀라서 연숙이를 보았다.

"받아써, 요 베라먹을 쌔끼야."

종세는 잠자코 받아썼다.

"아버지한테 허락맡아야 되겠지만 워낙 일이 급하게 되었습니다. 올해로 내 나이 스물넷인데 그만한 나이면 시집가도 한참 갔어야 할 나이 아닙니까. 혼인식이나 올린 연후에 아버지한테 찾아뵙고 인사를 올릴까 합니다. 제가 결혼하려고 하는 사람은 같은 곡마단에 새로 들어온 사람입니다. 이름은 박길훈이고 나이는 쉰 살인지 마흔 살인지 서른 살인지 아직 잘 모르겠습니다."

종세는 물끄러미 연숙이를 바라보았다. 그러나 말을 뱉어 연숙이의 꿈을 깨게 할 수는 없을 것 같았다.

이미 그녀의 눈은 창 밖 거리풍경에만 머물러 있는 것은 아니었다. 그 너머로, 그 너머에서 너머로 그녀의 눈은 아주 먼 곳까지 헤엄쳐나가고 있었다.

"제가 이렇게 결혼을 서두르고 있는 것은 다름 아니라 그 사람의 애를 가졌기 때문입니다. 요즈음엔 배가 하루가 다르게 불러오고 있습니다. 그래서 애를 낳기 전에 서둘러 혼인식을 하려고 하는 것입니다. 새끼가 나중에 울 아빠 엄마 결혼하는 것을 봤다고 하면 어찌 되겠습니까. 육 개월만 기다려주면 손자새끼 안고 한번 찾아가 볼랍니다. 그때까지만 기다려주이소."

외어두었던 연극 대사처럼 거침없이 이어내려가고 있던 사연이 거기에서 딱 그쳤다. 종세는 빠르게 읽어내려가는 연숙이의 말을 받아쓰기 위해서 열중하고 있다 딱 말이 끊겼으므로 이제나저제나 또 사연이 이어질까 붓방아를 찧고 있었다.

"내 어디까지 말했노?"

그제야 제정신이 든다는 듯 연숙이가 종세를 보았다.

"한번 읽어봐라."

종세는 연숙이가 불러준 사연을 처음부터 읽기 시작했다. 연숙이는 눈을 감고 편지 내용을 듣고 있었다. 불러준 내용을 끝까지 읽자 연숙이는 또다시 말하기 시작했다.

"그 남자는 아편쟁이입니다. 지금 감옥 속에 붙잡혀 있습니다. 아무래도 성한 사내는 못 되는 것 같지만 남자란 건 그렇구 그런 거 아닙니꺼."

또다시 말이 끊겼다. 종세는 연숙을 올려다보았다. 감은 연숙이의 눈에서 한 방울의 눈물이 흘러내렸다.

"인내라."

연숙이는 종세의 손에서 편지를 빼앗아 들었다. 그리고 성냥불을 켜서 편지를 태우기 시작했다.

"그저 한번 해본 짓이다."

연숙이는 코를 훌쩍이며 편지를 끝까지 태웠다.

"그저 심심해서 한번 해본 짓이여. 종세 니한텐 미안하게 됐구면."

연숙은 일단 꺼두었던 담배에 다시 불을 붙여 물었다.

"난 애비두 없구, 에미도 없어. 난 고아여. 씨팔. 천지간에 피를 나눈 살붙이란 빈대쌔끼도 없구먼. 그저 해본 짓이여. 미친 봄바람 놀음 그저 해본 짓이랑께."

연숙이 길게 한숨을 쉬었다.

"난 내 눈으로 똑똑히 봤어. 내 코앞에서 에미 죽구 내 등뒤에서 애비가 고꾸라졌구먼. 피난길에 폭격 맞아 한꺼번에 애비 에미가 폭삭 죽어버렸구먼. 하이고, 내 팔자야. 하이고, 이 우라질년의 팔자야."

연숙은 별 감정도 없이 그저 되는 대로 씨부리고 있었다. 이 사투리, 저 사투리, 되는 말, 안 되는 말 오만 잡가지 다 섞어서 나오는 대로 퍼담아대고 있었다.

"이 쌔끼들은 밀나무를 심으러 갔나. 우동 한 그릇 먹다가 눈깔 다 빠져버리겠다. 이봐."

연숙은 생각난 듯 고함지르며 일어서서 짝짝 손뼉을 쳤다. 예이, 하고 멀리서 대답하는 소리가 들려왔다.

"빨리 주더라고."

일어섰다 앉으면서 연숙은 자연스레 종세 옆으로 다가앉았다. 그리고 그녀의 손이 천연덕스럽게 종세의 어깨에 둘러졌다. 종세는 몸을 비틀었다. 평소에 생각해두었던 대로 벌떡 일어나 발길로 연숙의 가슴팍을 쥐어박고 쏜살같이 밖으로 뛰쳐나가 버리리라던 결심은 씻은 듯이 사라져버렸다. 그저 근질근질거리고 쑥스러운 기분이었다. 그렇다고 은근히 연숙의 유혹을 기다리는 호기심은 일지 않았다. 단지 완강히 거절하고 일어선다면 채 가슴에 맺힌 한을 다 쏟아놓기도 전에 또다시 연숙에게 상처를 줄지 모른다는 우려 때문이었다.

"어디 좀 보자. 털 좀 났나 어디 좀 보자."

연숙이의 손이 거머리처럼 뻗어와 종세의 바지 단추를 하나씩 풀어나갔다. 종세는 연숙의 가슴을 밀어붙였다. 그러나 거세지는 않게.

"괜찮다. 첨엔 다 그런 기라. 모른 체 가만있거라."

바지 속으로 헤쳐 들어온 손가락이 익숙하게 종세의 사타구니 속으로 파고들었다.

"하이고, 요 쌔끼 봐라."

순간 연숙이가 종세의 겨드랑이를 꼬집었다.

"이제 보니 여간내기 아니구먼."

그때였다. 문을 두드리는 소리가 났다. 연숙이는 황급히 종세의 사타구니에서 손을 빼고 소리를 질렀다.

"뭐꼬?"

"음식 왔습니다."

"음식? 뭔 음식이 그리도 빨리 나오노."

연숙이는 짜증스럽게 말했다.

폐광

"어젯밤 도야지 꿈을 꾸었어."

아침 조회가 끝나고 야구라(망루) 밑 갱구로 낮근무를 떠나는 행렬에서 근식이가 종대에게 남의 귀를 꺼려하듯 낮은 목소리로 소곤거렸다.

"집채만한 돼지 세 마리가 홍수에 둥둥 떠내려가는 꿈이었어. 잘하면 노다지나 잡을는지."

종대는 그의 은밀한 속삭임에 이렇다 할 수긍도 부정도 하지 않고 헬멧을 고쳐 썼다.

갱구로 내려갈 때마다 근식은 으레 간밤의 꿈을 이야기하는 것이 보통이었으니까. 어떤 때는 도야지 꿈을, 어떤 때는 똥 꿈을, 어떤 때는 맑은 물 꿈을, 어떤 때는 모가지가 베어져 콸콸 붉은 피를 쏟는 어린아이의 꿈을.

그래봐야 소용없는 짓이라는 것을 종대는 잘 알고 있었다. 어차피 맥이 끊어져가는 금광이라 할지라도 아직 간신히 금맥이 남아 있어 잘하면 관 속의 시체를 파헤쳐 해골의 금니빨을 캐어내는 정도의 금은 나올 것이고 그것은 근식의 꿈과는 상관없는 일이기 때문이었다.

어쩌다 운좋게 한눈에도 순금이 번쩍이는 감석 덩어리를 주웠다 해도 남의 눈을 피한답시고 칸델라에 살짝 숨겨나오다 번번이 들켜온 근식으로서는 현장감독의 눈은 물론이고 작업이 끝나고 나올 때 몸을 샅샅이 뒤져 감시하는 광주측 감독의 눈을 피할 수가 없는 것을 종대는 잘 알고 있었기 때문이다.

어리석은 짓이었다. 그리고 어리석은 꿈이었다.

벌써 서너 번 도금하다 들켜 신용이 떨어진 근식이었지만 그래도 아침마다 좋은 꿈을 용케도 꾸는 근식을 볼 때마다 종대는 비록 그들이 캐어내는 금광석이 광주의 것이며 자기들은 부지런히 금을 운반하는 개미에 불과한 존재라 할지라도 그러한 꿈이야말로 이 첩첩 산중에 격리되어 딱딱한 광물질의 절대고독과 싸우는 잿빛 생활에 유일한 즐거움이라는 것을 새삼 느끼곤 했다.

그러한 꿈이 없다면 이 산중에서 그의 아버지처럼 미쳐 죽거나 아니면 폐광을 돌아다니는 거랑꾼으로 벌써 전락해버렸을 것이었다.

종대와는 달리 군에 입대하기 전부터 금광을 전전해온 근식은 금을 신앙처럼 믿고 있었다. 그는 금광촌에서 태어났으며 그의 아버지 역시 어릴 때부터 금을 캐어온 광부였다. 그의 아버지는 자기가 평생을 바친 금광이 폐광이 되어버리자 거랑꾼이 되어 폐광을 돌아다니며 버력더미를 뒤지곤 했고, 나중에는 산속에 들어가 계곡마다 모래를 체로 걸러내다가 마침내 미쳐서 보이는 것마다 금이요, 그가 만지는 것마다 금이 되는 환상에 빠져 아주 비참하게 폐광된 갱 속에 몸을 던져 죽고 말았는데, 벌써부터 근식은 제 미친 아버지를 따라갈 만큼 조금씩조금씩 미쳐가고 있었다.

삼 개월 전 둘이 군부대를 탈영하기 전에 근식은 종대에게 이렇게 말했었다.

"금 캐러 가자, 종대야. 좆도 산속에 들어가 죽을 때까지 금이나 캐면 헌병새끼들한테 들킬 걱정도 없고 잘하면 노다지도 캐고……"

막상 일을 저지르긴 했지만 군 탈영이 무서운 범죄라는 것을 잘 알고 있는 종대로서는 일단 근식의 말대로 산속 갱 속에 숨어버리는 게 상수지 싶었다. 근식처럼 죽을 때까지 산속에 틀어박혀 금을 캘 생각은 터럭끝만큼도 없었고 한 일 년 숨었다 바깥세상으로 나오면 맹렬한 수사도 지지부진 가라앉을 게 뻔했으므로 종대는 근식을 따라 산속으로 산속으로 도망쳐왔다.

과연 근식의 말대로 광산측에서는 종대를 홀끗 보더니 어디서 왔는지, 뭣 하던 사람인지, 일체 묻지 않았다.

"이름은?"

"이형석입니다."

"건강해?"

"예."

"엎드려뻗쳐 스무 번 해봐."

종대는 시키지도 않았는데 엎드려뻗쳐를 삼십 번이나 해 보였다.

내친걸음에 힘이 다할 때까지 계속하려 했더니 광주측은 그만하면 됐다는 듯 시큰둥하게 말했다.

"됐어. 당장 갱 안으로 들어가."

비가 사납게 내리고 있었다. 태풍에 날리는 쇠못 같은 비라 우의를 걸쳤지만 이내 옷은 엉망이 되었고 헬멧에서 빗물이 후드득 들겼다.

"봐라, 종대야. 집채만한 금을 캐고 말 테니."

일단 갱 안에 들어서면 절대로 입을 열게 되어 있지 않았으므로 근식은 열뜬 목소리로 속삭였다.

종대는 대답 대신 웃어 보였다.

한 사람씩 한 사람씩 구덩이 속을 기어내려간다. 가는 사다리가 수직으로 뻗어내려 있다. 땅으로부터 오십 미터의 깊이. 발 하나 잘 못 놀리면 그대로 추락해서 즉사해버린다. 종대는 순서를 기다려 사다리에 몸을 싣는다. 얼핏 비 오는 산 계곡이 가득 눈에 찬다. 잠시 심호흡을 한다. 비릿한 공기가 가슴 가득히 차오른다. 물 속으로 가라앉는 잠수부들이 얼핏 숨을 모아 쉬듯 종대는 온몸 구석구석에 맑은 공기를 분배한다.

다시 갱을 나설 때까지 이 맑은 공기를 조금씩조금씩 아껴 쓰지 않으면 안 된다. 땅 속은 공기가 희박할 뿐 아니라 더운 열기에 차 있어 조금만 몸을 움직여도 숨이 차오른다. 그것은 살아 있는 자를 위한 공기가 아니다. 땅 밑에 묻힌 죽은 사람들. 수억 년도 전에 우리가 얼굴에 주름을 만들듯 땅이 분노로 깊은 주름을 만들 때 파묻힌 나무뿌리와 길짐승이 아직 사라지지 않은 마지막 숨을 모조리 뿜어내어 만든 지하수와 같은 공기인 것이다. 그것은 산 자를 위한 공기가 아니며 그것은 오직 죽은 자들의 탄식 속에 조금씩 형성되었다. 그래서 그 공기는 몸 속에 뛰노는 혈관을 서서히 죽여나간다. 살아서 조금이라도 손상되지 않은 몸으로 이 금광을 도망쳐 나가려면 힘껏 들이마신 맑은 공기로 생명을 지켜나가야 한다.

종대는 사다리를 타고 내려갔다. 고개를 젖혀보았지만 벌써 갱구 위로 보이던 투명한 하늘은 보이지 않는다. 발 아래를 조심스레 보아도 검은 어둠만 아가리를 벌리고 있어 그 끝을 헤아릴 수가 없다. 이마에 걸린 칸델라의 불빛이 반딧불처럼 간신히 사다리가 매어달린 흙벽을 비출 뿐이다. 한 발짝 내려갈 때마다 어둠이 완강히 밀려간다. 벌써 숨이 차오른다. 머리 위에서 연이어 사다리를 타고 내려오는 근식의 숨소리가 젖어 들린다. 외계로 유일하게 연결된 사다리를 탯줄처럼 거머쥔다. 흙부스러기가 후드득 헬멧 위로 쏟아진다. 어쩌다 성급한 근식의 발이 종대의 손을 짓밟는다 하더라도 비명을 질러서는 안 된다. 이를 악물고 참는다.

조심스레 일 레벨의 상갱(上坑)에 다다른다. 먼저 내린 갱부들이 차례차례 내리는 동료들을 묵묵히 기다리고 있다. 칸델라 불빛만이 이마 위에서 번득인다. 그것은 심해어(深海魚)의 눈처럼 보인다. 일단 갱부들은 모두 모이기를 기다려 곧바로 또다시 막장으로 흩어진다.

말하지 않아도 감독의 눈짓 하나로 모이고 흩어진다. 종대의 조는 또다시 팔십 미터의 하갱(下坑)으로 내려간다. 이젠 더이상 외계에서 침입해 들어오고 있다는 느낌은 들지 않는다. 캄캄한 어둠과 그리고 뜨거운 지열뿐이다. 입은 자연 다물어진다. 귀도 자연 막힌다. 눈도 자연 멀어진다. 점자를 판독하는 맹인처럼 종대는 손을 더듬어 사다리에 매어달린다.

씨팔.

가슴속에서 불덩어리 같은 외침 하나가 이글이글 타오른다. 당장 토하고 싶지만 이를 악물고 참아버린다.

나는 살아 있다. 나는 살아 있다.

종대는 주문을 왼다. 밑으로 내려갈수록 열기는 더해간다. 이대로 밑으로 밑으로만 내려가면 용암이 분출하는 지구의 끝에 도달할 것이다. 지구의 중심은 불이다. 뜨거운 불이다. 그 불이 수억 년 전부터 타오르고 있다. 그래서 우리가 살고 있는 땅의 표면은 구들장처럼 따사롭다. 그 온기가 풀과 숲을 이루고 꽃을 피운다. 어쩌다 수만 길 내부의 뜨거운 분노가 지구의 심장에서부터 표면으로 분출된다. 그리하여 지구의 입으로 분노가 흘러내린다. 이대로 내려가면 타죽어버릴 것이다.

땀이 비 오듯 쏟아진다. 사다리가 매어달린 흙벽에 머리를 기댄다. 벌써 힘이 부친다. 잠시 쉬느라고 몸을 숙이면 흙벽에서 숨쉬는 소리가 들린다. 밤에 야광시계의 초침이 생생하게 번득이듯 흙이 숨쉬는 소리가 들린다. 흙의 맥박 소리도 들린다. 그리하여 흙이, 땅이, 지구가 죽어 있는 게 아니라 살아 있다는 두려움을 느끼게 된다. 흙의 혈관이 보인다. 우리는 그가 잠들어 있을 때 조용히 그가 내부에 간직한 가는 모세혈관을 뜯어내야 한다. 모세혈관 속에 들어 있는 지구의 피가 바로 우리들이 캐어내는 금인 것이다. 이 거인의 잠을 깨워서는 안 된다. 우리들이 숲속에 달팽이와 더불어 제물 탱크 속에 웅크리고 잠자고 있는 동안 지구는 이 광활한 우주의 한 구석에서 깊은 잠에 빠져 있다. 돌아갈 길을 모르는 미아처럼.

씨팔.

종대는 중얼거린다.

나는 살아 있다. 나는 살아 있다.

막장에 도착한 갱부들은 일단 두 조로 갈린다. 한 조는 단단한 암벽에 발파작업하는 착암조이며 또 한 조는 부서진 광석을 긁어 운반하는 운반조다. 그러나 뚜렷이 일을 분담하는 것은 아니다. 막장에 도착한 이상 모두 발파작업에 나서고 모두 운반작업을 돕는다.

천장 여기저기서 물방울이 떨어져내린다.

칸델라 불빛이 한층 기세를 올린다. 이상야릇한 열기와 정적이 갱 안을 짓누른다.

감독의 눈짓으로 착암조가 맥을 가늠한다. 그리고 착암기를 암벽에 들이댄다. 이윽고 털털털털 착암기가 경련을 시작한다. 견고한 암벽이 조금씩조금씩 부서져내린다. 다이너마이트를 묻은 아구리를 트는 작업에서부터 막장일이 시작되는 것이다. 아구리가 뚫리면 그 구멍에 노미를 들이댄다. 그리고 해머로 두들기기 시작한다. 단단한 암벽에 긴 구멍이 생긴다. 그 구멍 속에 노련한 착암조장이 다이너마이트를 재어넣는다.

모두 말없이 그 작업을 지켜보고 있다. 다이너마이트가 단단하게 재어지면 착암조장이 도화선에 불을 댕긴다.

불을 댕긴 순간 갱부들은 재빠르게 도망쳐 땅바닥에 몸을 처박는다. 종대도 뛰어서 암벽에 머리를 묻고 엎드린다. 발파되기까지 사분. 그러나 그 순간은 죽음처럼 길게 느껴진다. 서둘러선 안 된다. 침착하지 않으면 안 된다. 자칫하다가는 폭발된 거센 기운으로 몸을 다칠 우려가 있다. 종대는 될 수 있는 대로 낮게 바닥에 몸을 밀착시킨다. 그리고 손가락으로 귓구멍을 틀어막는다. 눈을 감는다. 흙먼지가 들어가지 않게 입을 굳게 다문다.

종대가 근식과 둘이 부산 미군부대를 탈영한 것은 삼 개월 전이었다. 일 년 남짓한 군대생활이었다. 고향을 떠나면 무슨 수가 생기겠지, 막연한 생각으로 객지를 전전하다가 종대는 부산 친척집에서 눈칫밥을 얻어먹을 수밖에 없었다. 일자리는 마땅치 않고 그렇다고 막노동은 죽기보다 하기 싫었다.

막노동을 해야만 입에 풀칠을 할 수 있다면 차라리 강도짓이라도 하는 게 나을 것 같아 보였다.

별수 없이 종대는 나이를 속이고 군대에 입대할 수밖에 없었다. 열여덟 살을 스무 살로 속이고서야 겨우 입대할 수 있었는데 제주도에서 훈련을 마친 후 종대는 부산 미군부대에 카투사로 배속받았다.

비록 전쟁이 끝났다고는 하더라도 일선으로 배치받기가 죽기보다 싫었던 종대는 선임하사를 구워삶기로 작정을 했었다.

돈도 권력도 없이 맨주먹만이 전 재산인 종대는 천상 최일선으로 나아가 제대할 때까지 눌러지낼 수밖에 없었다. 그러나 종대에겐 최악의 경우에도 기민하게 돌아가는 교활함과 기지가 남달리 발달되어 있었다.

종대는 선임하사의 초상화를 그려주었다. 종대의 그림솜씨는 어릴 때부터 타고난 재능이었다.

"사진이여. 이 쌔끼가 내 얼굴을 그대로 사진 박았단 말여."

선임하사는 종대가 그려준 초상화를 받아들더니 놀라운 듯 껄껄거리며 웃었다.

초상화 한 장으로 좀처럼 가기 힘든 부산 미군부대로 가게 된 종대는 미군부대에서도 단박 눈에 띌 정도로 두각을 나타내기 시작했다.

언제나 어디서나 처한 환경에 재빠르게 동화하고 적응하는 능력을 종대는 천부적으로 획득하고 있었다.

하룻밤 사이에 종대는 피엑스 건물 벽에 거대한 산타클로스 할아버지의 얼굴을 그려놓은 것이었다.

마침 연말이 가까워서 크리스마스라면 사족을 못 쓰는 미군장병들은 아침에 일어나서 이 돌연한 그림에 모두들 넋을 잃고 있었다. 종대로서는 대단한 모험을 한 것이었다.

가장 눈에 잘 띄는 피엑스 건물 벽에 시키지도 않은 산타클로스 할아버지의 얼굴을 그린 것은 자칫하면 영창감일 수밖에 없는 무모한 모험이었다. 그러나 이 할아버지의 얼굴은 눈부신 아침 태양빛 속에 너무나 자연스레 웃고 있었다. 종대가 봐도 썩 잘된 그림이었던 것이다.

종대는 벌써 부대 내에서 가장 유명한 사병이 되어 있었다. 그의 그림솜씨는 특히 미군장교들을 경탄케 만들었다. 아직 독신인 장교들은 자신의 초상화를 그리게 해서 미국의 애인에게 보내는 게 유행이 되었으며 영관급 장교부인들은 다투어 종대를 집으로 초대해서 초상화를 그려달라고 청원했다.

종대는 거의 날마다 장교부인들에게 불려다녔다. 그들은 대부분 부산시내 고급주택가에 몰려 살고 있었다. 그곳엔 전란 후의 굶주림도, 비명소리도, 고통도 전혀 없는 풍요하고 따뜻한 이방지대였다.

웬만한 영어쯤은 벌써 귀동냥으로 얻어배워 의사소통은 막히지 않았다. 치사하게 피엑스에서 양담배나 빼다 팔지 않더라도 종대는 상당한 액수의 용돈을 벌 수가 있었다.

몸이 가늘고 키가 작은 종대는 그 몸에 무서운 광기를 지니고 있는 것에 비하면 아주 예쁜 얼굴을 가지고 있었다. 그 예쁜 얼굴은 그의 내부에 깃들어 있는 광기와 적의와 신경질적인 잔인성을 참으로 알맞게 가리고 있었다. 그의 언제나 수줍어 웃고 있는 듯한 예쁜 얼굴은 무서운 가면이었다.

그러나 수많은 장교부인들은 이 작은 동양인을 모두 귀여워하기 시작하였다.

운 나쁜 남편을 따라 낯선 타국에 건너온 부인들은 대부분 이 비참한 나라의 황인종들을 경멸하고 있었지만 마음속으로는 하나의 노예를 거느리고 싶다는 권위의식을 가지고 있었다. 그녀들은 곧 이종대가 귀엽고, 예쁘고, 재미있는 노예임을 알아차리게 되었다. 종대는 물론 자신의 입장을 잘 알고 있었다.

절대로 자신은 그들의 노리개 입장에서만 만족해야 한다는 사실을 분명히 알고 있었다.

간혹 대담한 부인들은 노골적으로 종대를 유혹하곤 했다. 종대가 그녀의 얼굴을 그리기 위해서 캔버스와 물감을 들고 가면 속이 비치는 얇은 내의바람으로 의자에 앉아 포즈를 취하는 부인들도 많이 있었다.

종대는 그녀들의 유혹이 단지 유혹하는 것으로만 만족해하는 변태적인 것이라는 걸 잘 알고 있었다. 그러므로 그녀들의 몸에 손을 대거나 적극적으로 움직이면 태도를 돌변해서 따귀를 때리고 문 밖으로 내쫓을 것이라는 것을 알고 있었다.

"갓뗌! 썬 오브 비치."

종대는 그런 수줍어하는 태도를 보이는 것으로써 그녀들의 유혹을 견디어낼 수밖에 없었다. 종대는 그러나 그것이 굴욕이라고 느껴본 적은 한 번도 없었다.

언제나 종대는 그녀들을 방문할 때면 이빨을 닦고, 세수를 하고 찾아가곤 했다. 그들은 냄새에 민감해서 종대에게 세면장에서 이빨을 닦을 것을 노골적으로 요구하곤 했다. 언젠가 한번은 오라는 시간에 맞추어 한 여인의 집을 찾아갔을 때 종대가 노크를 하자 안에서 "캄 인" 하는 소리가 들려왔다. 문을 열고 들어섰지만 거실에는 아무도 보이지 않았다. 그러나 분명히 대답 소리를 들었으므로 종대는 소파에 앉았다.

그 순간 종대는 밭은 신음소리를 들었다. 무의식적으로 나온 소리라기보다는 다분히 주위를 의식한 듯한 과장된 신음소리였다.

종대는 소리난 쪽을 쏘아보았다. 한 뼘쯤 열린 방 안 침대 위에서 벌거벗은 두 남녀가 뒹굴고 있었다.

종대는 엉겁결에 화판을 들고 일어섰다. 발끝을 세우고 나서려고 하자 방 안에서 숨가쁜 소리가 튀어나왔다.

"웨이트. 웨잇."

종대는 자석에 끌린 듯 멈춰섰다.

"잠깐이면 끝난다."

종대는 이해할 수 없는 심정으로 귀를 기울였다.

"돌아서라."

수치와 흥분, 굴욕과 강압, 쾌락과 절망에 젖은 목소리가 화살처럼 꽂혀왔다.

종대는 돌아섰다. 방문이 한 뼘은 더 열려 있었다. 방 안이 환히 들여다보였다. 그때야 종대는 그들이 자기들의 정사 장면을 숨기려고 하는 것이 아니라 종대에게 보여주려 하고 있다는 사실을 깨달았다. 때마침 종대가 오리라는 시간에 정사를 벌였으며 그래서 문이 열려 있었다는 사실을 종대는 깨달았다.

종대는 눈을 부릅뜨고 그들의 정사를 지켜보았다. 그것이 그들을 위한 것이라면…… 그것이 그들의 쾌락을 위한 것이라면……

분홍빛 침대 위에 누운 여인의 백옥같이 흰 엉덩이가 점점 흔들리기 시작했다. 신음소리가 충분히 커졌으며 온몸이 털투성이인 남자의 육체가 경련하며 떨었다. 평소 잘 세탁된 군복을 입었던 장교의 맨몸이 땀에 젖어 있었다. 그는 문 밖에 종대가 잘 보고 있는가를 가늠이나 하듯이 확인하고 그리고 소리쳤다.

"이리 와. 이리 와라."

종대는 그러나 움직이지 않았다. 온몸이 긴장되어서 나무등걸처럼 굳었다. 경련하며 떨던 두 육체가 마침내 재처럼 스러졌다. 방문이 닫히고 잠시 후 잠옷을 입은 장교가 나타났다. 종대는 그에게 거수경례를 했다. 사내는 찡그리며 종대를 노려보았다. 그의 얼굴에 한바탕 쾌락이 지나간 뒤의 허무가 죽음처럼 깃들어 있었다. 그는 허락된다면 권총으로 종대를 쏴죽이고 싶은 듯 종대를 노려보았다. 자기 혼자만의 비밀을 이 작은 동양인에게 마침내 들키고 말았다는 적대감이 그의 분노를 불붙게 하고 있었다. 그러나 곧 사내의 얼굴에 교활한 미소가 떠올랐다.

종대는 그 미소에 노예처럼 웃었다.

"너는 보았냐?"

사내는 문신이 가득한 손을 들어 종대를 가리켰다.

"모든 걸 보았냐?"

"아닙니다."

종대는 대답했다.

"전 보지 못했습니다."

"널 무단침입죄로 헌병에게 넘길까?"

"아닙니다."

종대는 캔버스를 들어 보였다.

"전 그림을 그려달라고 해서 왔을 뿐입니다."

"가거라."

장교는 탁자 위 군복에서 새파란 달러를 꺼냈다.

"이걸 가지고 가거라."

종대는 그것을 받았다. 그리고 돌아섰다.

"절대로 입을 열어서는 안 돼. 입을 열었다간……"

사내는 뻗었던 손끝의 손가락을 잡아당겼다.

"빵빵이다."

종대는 단지 보아준 대가로 받은 돈을 주머니에 찔러넣고 그 집을 나섰다. 굴욕감은 터럭만큼도 느껴지지 않았다. 종대는 단지 행복했다.

그 행복했던 시절이 끝난 것은 전혀 뜻밖의 사건 때문이었다. 종대가 간혹 불려가던 집의 파출부로 있던 영숙이 때문이었다.

어쩌다 한국여자와 결혼한 장교의 집에 불려갈 때가 있었다. 오히려 동족에게 더 심하게 구는 것은 그녀들이었다. 평소의 열등의식을 종대에게 퍼부으려는 듯이 그녀들은 사사건건 시비를 걸어 들었다. 그녀들은 종대가 갈 때마다 무슨 물건을 훔쳐가는 게 아닌가 하고 눈을 부라렸다.

영숙은 그러나 다른 아이들과는 달랐다.

언젠가 그림을 그리다 말고 시간이 되어 문 밖으로 나서려는데 뒤늦게 영숙이 퇴근하는 것을 보았다. 그애는 종이봉지를 들고 있었다. 영숙은 종대와 마주치자 놀란 듯 종이봉지를 감췄다. 종대는 달려갔다. 혹시 그애가 주인 집에서 몰래 물건을 훔쳐가는 게 아닐까 하는 생각 때문이었다. 그렇게 되면 애꿎은 종대만 의심을 받게 되어 있었다. 종대가 다가가자 영숙은 황급히 돌아섰다. 종대는 그애의 어깨를 잡고 끌어당겼다.

"그게 뭐냐?"

"아무것두 아니에요."

"암것두 아니라면 보여봐."

"아니에요."

"아니라니?"

"암것두 아니라니까요."

종대는 그애의 손에서 종이봉지를 빼앗았다.

"왜 이러시는 거예요?"

종대는 종이봉지를 헤쳐보았다. 종이봉지 속엔 피우다 버린 담배 꽁초가 수북이 들어 있었다.

"주세요."

종대는 종이봉지 속을 들여다보았다. 이빨 자국이 선명한 칠면조 고기와 먹다 남긴 음식물이 얌전히 포장되어 있었다.

"동생들 줄 거예요. 왜 이러시는 거예요."

영숙이는 글썽거리는 눈으로 종대를 쳐다보았다.

종대는 감은 눈 속에 선연히 떠오르는 영숙의 얼굴을 보았다. 그러나 그 환상은 잠시 후 산산조각으로 깨어졌다. 도화선을 타들어가던 불이 마침내 다이너마이트에 댕겨져 폭발된 것이었다.

조마조마한 긴장 끝에 드디어 갱 안이 울리는 폭음으로 터지면 종대는 언제나 이상야릇한 기쁨에 몸이 저려오곤 했다.

그 무시무시한 폭발음과 때를 맞춰 종대는 가슴속에서부터 응어리져온 고함소리를 마음놓고 질러댄다.

나는 살았다. 나는 살아 있다.

폭음과 동시에 무서운 바람이 갱도를 몰아친다. 무한히 뻗쳐 있는 갱도 사이를 미친 바람이 마음놓고 굴러간다. 소리는 메아리치고 잠든 땅 속은 놀라 깨어난다. 막혔던 혈관이 파열되어 피가 흘러내린다. 연기가 갱 속을 가득 채운다. 질식할 것 같은 연기 속에 하나 둘 심한 기침을 하면서 일어선다. 아직 앞이 보이지 않는다. 너무나 거대한 소리 때문에 머리가 쪼개질 듯 어지럽다.

오랫동안 기다리면 서서히 연기가 사라지고 이윽고 흐릿하게 시야가 열린다. 암벽 쪽으로 다가가 보면 폭발로 부서져내린 바위와 흙들이 어지럽게 쌓여 있다.

아직 위험이 사라지지 않았는데도 갱부들이 서둘러 암벽 쪽으로 가는 것은 누구보다 빨리 순도 높은 감석을 채취하고 싶은 욕망 때문이었다. 어쩌자는 생각은 없었다. 설혹 순금이 번득이는 감석을 발견했다 해도 가질 수 없는 것을 번연히 알면서도 갱부들은 서로 서둘렀다. 본능적인 욕망 때문이었다.

종대는 연기를 헤치고 흙더미 쪽으로 다가갔다. 이미 근식은 먼저 와서 흙더미를 헤치고 있었다. 그의 눈이 벌겋게 충혈되어 보였다. 갓 떨어져내린 흙더미는 폭발할 때의 충격으로 따스한 체온이 깃들여 있었다.

감독의 눈이 번득였다. 감석은 감석대로 잡석은 잡석대로 감독은 따로따로 건져올렸다.

236

종대는 얼핏 한 조각의 돌에 눈이 머물렀다. 비록 삼 개월밖에 되지는 않았지만 순도 높은 감석을 골라내는 눈은 남보다 탁월했다. 종대는 슬쩍 남의 눈을 피해 그 돌을 쥐어들었다. 그리고 그것을 주머니에 넣었다. 본능적으로 좋은 물건을 골라내었다는 느낌이 근질근질하게 목구멍을 치받아올랐다.

문제는 이것을 어떻게 들고 나가느냐 하는 데 있는 것이다.

감석만을 골라 담은 운반차를 감독이 운반하라고 종대와 근식을 쳐다보았다. 종대는 운반차를 밀면서 갱도를 빠져나왔다.

"잡았나?"

근식이 남의 귀를 의식하며 조용히 물었다.

"아니."

종대는 머리를 흔들었다.

"그럼 골라라."

근식은 운반차에 가득 실린 감석을 턱으로 가리켰다. 이동 운반차에 실릴 때까지는 아직 시간적 여유는 있었다.

"괜찮아."

종대는 무표정하게 대답했다.

"난 잡았다."

근식은 백치처럼 웃었다. 땀과 흙물이 뒤범벅된 근식의 얼굴에 아주 행복한 미소가 떠오르고 있었다.

"내 꿈이 맞았다."

종대는 이 바보녀석의 기쁨이 갱 밖으로까지 연장되지 못하리라는 것을 잘 알고 있었다. 그는 전과가 있느니만치 샅샅이 수색을 당할 것이다. 심지어 항문까지도.

금은 햇빛 속에서는 녹이 슬어버린다. 그가 가진 금의 환상은 오직 땅 밑에 있을 때만 존재하는 것이다. 햇빛에 녹아 흐르는 얼음처럼.

종대와 근식은 이동 운반차에 감석을 실어담았다. 담으면서도 근식의 손은 재빨리 돌을 헤치고 있었다.

권양실에 벨을 눌러 신호를 보내자 권양기의 벨트가 가동되기 시작했다. 로프가 힘차게 긴장되더니 이윽고 위윙위윙 움직이기 시작했다.

두 사람은 잠시 어둠 속으로 감석더미가 사라지는 것을 지켜보았다.

"이번만은 안 들킨다."

근식은 이를 악물며 돌아섰다.

"절대로 안 들킨다."

근식은 머리에 맨 칸델라를 떼어 암벽에 기대어놓았다. 천장에서 차가운 물방울이 떨어졌다.

그는 주머니에서 조심스레 조그만 흙덩어리를 꺼냈다. 그것을 근식은 칸델라 불빛에 비추어 보았다. 그의 손이 후들거리며 떨리고 있었다.

"종대야, 봐라."

끓어오르는 기쁨을 억제하며 그의 목소리는 출렁이고 있었다.

"금이다, 종대야. 봐라, 금이다. 누런 금이야."

근식의 말대로 그의 손에 들린 돌은 황금빛을 은근히 발휘하고 있는 순도 높은 감석이었다.

"망 좀 봐다우, 종대야."

근식은 결심했다는 듯 종대를 쳐다보았다.

"이번만은 절대로 들키지 않는다."

그는 한입 돌을 입에 넣었다. 그리고 깨물었다.

종대는 그가 무엇을 하고 있는가를 잘 알고 있었다. 그는 흙을 먹으려 하고 있는 것이다.

흙을 먹으면 흙은 소화기관에서 녹지 아니하고 그대로 배설될 것이다. 그것을 골라 금을 찾아낼 것이다.

종대는 말로만 들어본 행위를 실제 실행하려 하고 있는 근식을 차마 말릴 수가 없었다.

"아버진 갱 속에 들어갔다 올 때마다 요강을 찾았었다."

시간 있을 때마다 근식은 말했다.

"아버진 요강 위에서 똥을 누시곤 하셨다. 그때 아버지 얼굴은 귀신만큼이나 찌그러지곤 하셨어. 그러고는 언제나 피똥을 누셨다. 요강 한가득 피가 배어나왔지."

종대는 흐린 칸델라 불빛 아래 웅크리고 앉아서 천천히 돌을 씹고 있는 근식의 얼굴을 쳐다보았다. 그의 얼굴에서 땀인지 눈물인지 분간할 수 없는 물기가 흘러내리고 있었다.

그는 한껏 힘을 주어 흙을 삼켰다. 마른 목의 복숭아뼈가 흔들거렸다.

"천천히 먹어라."

종대는 속삭였다.

"한꺼번에 많이 먹으면 체해."

"망이나 봐다우."

근식은 또 한입 흙을 입에 버무렸다. 그의 얼굴은 고통과 또 한편의 환회로 뒤범벅이 되어 있었다.

저건 무슨 맛일까.

종대는 무심코 생각했다.

"맛있냐?"

종대는 장난스럽게 물었다.

"맛있다."

근식은 백치처럼 웃었다.

"꿀맛이다. 아니 금맛이다."

"미친놈."

근식은 손아귀에 남아 있는 흙더미를 한꺼번에 입에 털어넣었다. 그는 가장 안전한 피난처를 비로소 발견해낸 것이다. 그곳에 금을 감춘다면 칼로 배를 가르기 전엔 절대로 들키지 않을 것이다.

그는 마지막 힘을 다해서 흙을 삼키려고 안간힘을 썼다. 용이하게 금은 삼켜지지 않았다.

저벅저벅 갱도를 걸어오는 발소리가 들려왔다. 아마도 기다리다 지친 사람들이 웬일인가, 혹시 사고라도 났는가 보러 오는 중이거나 아니면 잡석을 실은 운반차를 끌고 오는 중일 것이다.

근식은 황급히 일어섰다.

"가자."

그는 고통스럽게 말했다. 칸델라를 들어 이마에 올려쓰고 그는 맥없이 웃었다.

"괜찮겠니?"

"괜찮아."

근식은 비틀거리며 앞장섰다.

종대는 갱도를 따라 걸었다. 갱도 저편에 세 칸델라의 불빛이 떠올랐다. 그들은 무표정하게 종대와 근식을 보았다.

이제 근식은 또다시 요강을 찾게 될 것이다.

금에 미쳐 자살한 자기 아버지처럼 요강을 타고 앉아 피똥을 누게 될 것이다.

아아.

종대는 무수히 뚫린 갱도 사이로 폭발음이 메아리쳐 번져가듯 뒤돌아 고함소리를 한마디 지르고 싶은 충동을 느꼈다.

씨팔.

나는 살아 있다.

나는 살아 있다.
나는 살아 있다.

지난 보름 동안 갱 속에서는 금 한 쪼가리도 나오지 않았다. 갱부들은 아무래도 금맥이 끊긴 게라고 수군거리곤 했다.

대여섯 개의 맥을 찾아 굴진하는 갱도 중 이미 서너 개는 금맥이 끊긴 지 오래였다. 더이상 캐봐도 나오는 것은 돌조각뿐이었다.

고참 갱부들은 이제 남은 두어 개의 맥도 거덜나기 직전이라고 단정을 내리곤 했다.

이미 이 광산에서 금을 캐기 시작한 것은 오래 전이었으며 전성기를 지난 것이 오륙 년 전이었다.

한창때는 하루에도 금이 오뉴월 장마에 우박 쏟아지듯이 솟아나오곤 했었다는 것이다.

아직도 금이 나오고 있는 또 하나의 막장은 그중 금맥이 실하지만 지하수가 무릎까지 차오르고 있어 금을 캐기에는 무리였다. 펌프로 물을 퍼올린다 해도 콸콸 쏟아지는 지하수를 배수 파이프로 뽑아낼 수는 없었다.

남은 것은 오직 두 개의 막장뿐이었다. 죽으나 사나 그 두 개의 맥을 찾아 굴진해나가는 수밖에 없었다.

문제는 이 유일한 두 개의 갱도가 언제 아슬아슬한 금맥이 끊기는가에 달려 있었다. 그 두 개의 금맥마저 끊기면 금광은 문을 닫을 판이었다.

이미 뻔질나게 드나들던 광주측도 코빼기를 보기가 힘들어졌다. 노임은 밀리기 시작하였다. 남아 있는 광주측 사람들은 젊은 보안과장, 노임 대신 기약 없는 공전표만 떼어주는 사무직원과 몇몇 경비원뿐이었다.

광부들은 불원간 이 광산이 문을 닫고 폐광이 되어버릴 것이라고 믿고 있었다.

벌써 눈치 빠른 사람들은 야밤에 하나둘 짐을 싸기 시작했고, 발파부 사람들은 글리세린과 폭약을 개어 넣는 용액을 챙겨가지고 줄행랑을 쳐버렸다. 그들은 하다못해 도망가는 길에 강이라도 만나면 물 속에 폭탄을 터뜨리곤 애꿎은 민물고기들만 떼죽음시켜버릴 것이다.

보름 동안 금이 나오지 않자 합숙소 근처에 남아 있던 막소주집이 문을 닫았다.

한때 우박처럼 금이 쏟아지던 시절의 영화와 번영을 상징하듯 합숙소 근처에는 술집과 간단한 잡화를 팔던 가게터가 흉가처럼 남아 있었는데 지금은 늙은 과부 하나만 유일하게 막소주를 팔고 있을 뿐이었다.

그녀는 광부들이 은밀하게 훔쳐오는 금을 도맡아 읍내에 가서 팔아다가 그 수고비를 먹는 것으로써 생활하였지만 이제 광산이 문을 닫는다고 하더라도 절대로 이곳을 떠나지 않을 것이다. 왜냐하면 그녀의 남편이 이 광산에서 죽었으므로.

광부들은 누구나 밀린 노임을 받아 챙겨들고 뿔뿔이 헤어져 정들었던 광산을 떠나 새 일자리를 찾느니보다는 그나마 잠재워주고 밥 공짜로 먹여주는 이 광산에서 금맥이나 용케 살아남아 어영부영 하루하루를 부지해나가기를 염원하고 있을 뿐이었다.

그래서 아침에 눈 뜨고 점호를 하러 갈 때면 사무실 벽에 낯선 공고가 하나 붙어 있지 않을까 전전긍긍하곤 했다. 폐광을 알리는 공고는 으레 새벽녘에 사무실 벽에 나붙게 마련이었다. 이미 광부들이 그것을 발견했을 때는 광주측은 산기슭까지 내려가 야간열차를 타고 도망쳐버린 후였다.

아무래도 산신제라도 드려야 할까보다 하는 쑥덕공론들이 팽배하고 있을 무렵 하갱 막장에서 맥이 끊겼던 금이 제법 쏟아져준 것이었다.

간밤에 도야지 꿈을 꾸었다는 근식의 꿈 때문이었는지 어쨌든 금이 나왔다는 소식은 권양실에서부터 울려퍼져 잡역부들까지도 신명이 나 있었다.

당장은 입에 풀칠이라도 하게 되었다는 기쁨이 온 얼굴에 번질거리고 있었다.

그러나 종대는 잘 알고 있었다.

일이 끝나고 사다리에 매어달려 갱구로 오르면서 이제 이 광구도 임종이 가까웠다고 생각하였다. 촛불이 꺼지기 전 마지막으로 잠시 반짝 타올랐다 암흑 속에 잠겨버리듯 겨우겨우 가늘게 몰아쉬는 금맥의 숨소리도 꺼져갈 때가 온 것이라는 것을 종대는 잘 알고 있었다.

갱구로 나서자 여전히 줄기차게 내리고 있는 빗줄기가 보였다. 날은 어두워져 있었다. 그러나 아직 잔영이 있어 희부연 빛이 계곡 위를 어루만지고 있었다. 계곡 아래는 그대로 구름이었다. 산 아래로 몰려내려가는 빗물과 수증기가 한데 어우러져 운무를 만들고 있어 그 밑이 보이지 않았다.

그 구름 아래가 종대가 도망쳐야 할 곳이었다.

종대는 깊이 맑은 공기를 들이마셨다. 갱부들은 차례로 줄지어 경비원 앞에 서서 몸을 맡기고 있었다. 경비원들은 오랜만에 금이 나왔다는 것을 확인하기 위해서라도 샅샅이 갱부들의 몸을 뒤지고 있었다.

한 사람씩 걸을 때마다 허리 고의춤에 매어달린 헤드램프의 축전지가 도시락과 부딪쳐 달그락거렸다. 빗물에 젖어 헬멧들이 투구벌레의 갑옷처럼 빤짝거렸다. 안개가 밀려들고 있었다.

"좆 같은 새끼들."

근식이 종대가 들으라는 듯 투덜거렸다.

"똥구멍까지 후벼보라지."

그로서는 자신만만한 은닉처를 발견했으므로 여유가 만만하였다. 그러나 무리하게 삼킨 금덩어리, 뱃속에서 이 난처한 이물질을 녹이기 위해서는 어떠한 소화액을 분비해야 할 것인가 조사하는 모양인지 오후 내내 배를 쥐어짜고 있었다. 웩웩, 막장에서 그는 구역질을 하였지만 다행히 토하지는 않았다. 뱃속에 든 감석가루가 아래로만 밀려나가주기만을 바랄 뿐이었다.

이미 검사를 마친 갱부들은 하나씩 둘씩 안개 속으로 사라져가고 있었다. 산비탈을 내려가는 발소리가 저벅이며 멀어져갔다.

근식이의 차례가 오자 경비원은 야릇하게 웃으며 물었다.

"어따 숨겼어? 말해봐. 눈감아줄 테니."

"왜 이래."

근식이가 볼멘소리를 내질렀다.

"생사람 잡으려구 지랄허네."

경비원은 그러거나 말거나 근식의 헬멧을 벗기고 온몸을 훑어내려간 다음 도시락을 풀어보라고 말한 후 빈 도시락통까지 뒤집어보고 칸델라를 분해해서 하얗게 죽은 카바이트재를 샅샅이 뒤져보았다. 그러고도 근식이 금을 감춘 곳이 나타나지 않자 경비원은 이상하다는 듯 혀를 차며 말했다.

"설마 삼킨 것은 아니겠지?"

"웃기네. 배를 갈라 내장을 뒤집어보든지."

"됐어. 다음."

종대는 경비원 앞에 섰다.

그는 경비원을 잘 알고 있었다. 경비원은 흘끗 종대를 보더니 묵묵히 종대의 몸을 훑어내려가기 시작했다. 태연스럽게.

종대는 이 자식이 마침내 주머니 속에 든 감석을 만지고는 음흉스레 웃으며 뒤지는 척 종대의 사타구니에 매어달린 성기를 두어 번 건드린 후 보내줄 것임을 잘 알고 있었다. 그 신호는 그냥 보내준다, 하지만 혼자 먹어서는 안 돼, 일단 눈감아줄 테니 알아서 하라는 둘만의 약속된 신호였다.

종대는 이 광산에 온 다음날부터 어떻게든 경비원인 김가를 구워삶아놓지 않으면 안 된다고 생각했다. 남의 눈이 있었으므로 주막에서 술을 살 수는 없는 일이었다.

종대는 면밀히 김가가 무엇을 하며 어떻게 소일하는가를 주시하였다. 그리하여 마침내 사흘에 한 번씩 자전거를 타고 산 아래 읍내까지 다녀온다는 사실을 알아차렸다. 그는 유일하게 광산 밑 사택에 가족들을 데리고 살고 있지 않은 기혼남자였으며 읍내에 살고 있는 가족들을 만나러 가는 것을 핑계 삼아 금을 훔쳐 빼돌려 나간다는 것은 명백한 사실이었다. 자전거 핸들 밑에 매어달린 식기통 속에 가득 채워져 있을 감석조각을 종대는 손바닥 보듯 알아차렸다.

종대는 그를 구워삶기 위해서는 서투르게 돈을 집어주거나 술을 사는 일보다는 오히려 위압적인 힘의 시위를 보여주어야 한다는 것을 알고 있었다.

종대는 숙소에서 식사를 끝낸 후 미리 산비탈을 뛰어내려가 숲속에서 몸을 숨기고 그를 기다렸다.

달빛은 온누리에 흘러넘쳐 비늘을 보였다. 풀벌레도 제법 울고 엉겅퀴의 꽃잎이 달빛에 젖었다. 구름 한 점 없는 밤이었다. 달은 윤기 흐르는 새앙쥐의 눈처럼 푸른 하늘에 붙박여 있었다. 흐드러지게 핀 달맞이꽃 위에 이슬이 내리고 있었다.

오랜 후 숲 사이에서 쩌렁쩌렁 요령을 울리며 자전거가 나타났다.

김가였다. 자전거의 불빛이 비탈을 빠르게 굴러올 때마다 조금씩 밝아졌다.

종대는 빠르게 몸을 솟구쳐 달려오는 자전거의 앞을 가로막았다.

"누구야?"

페달을 밟지 않아도 저절로 굴러가는 자전거의 속도를 조절하느라고 신경을 쓰고 있던 김가는 놀란 듯 소리를 버럭 질렀다. 제풀에 자전거가 길 옆으로 쓰러졌다.

종대는 대답 대신 자전거의 핸들 밑에 매어달린 식기통을 부여잡았다.

"누구야? 어떤 쌔끼야?"

한마디로 힘깨나 쓰게 보이는 몸매를 가진 김가는 이 돌연한 침입자에 대해 대뜸 욕지거리를 퍼부었다.

종대는 침착하게 보자기를 풀었다.

"이 쌔끼."

순간 사내의 발이 종대의 몸통을 향해 내질러졌다. 충분히 계산하고 있었던 습격이었다. 종대는 날쌔게 몸을 돌려 피했다. 어떠한 강자와 맞부딪치더라도 마음에는 차가운 불꽃이 타오르고 있었다. 이 상야릇한 쾌감이 종대의 뼈마디에서 불꽃을 보였다. 그의 내부엔 논리로는 설명할 수 없는 정확한 기계의 작동과 같은 방어와 공격이 숨어 있었다.

원한다면 어떠한 강자, 어떠한 벽과 마주치더라도 단 한 대도 맞지 않고 상대방을 격파할 수 있는 동물적인 본능이 종대의 핏속에 숨어 있었다.

종대는 달려오는 김가의 몸을 향해 허공으로 치솟아 두 발을 찔러 넣었다. 비명소리를 지르며 김가는 풀숲에 나뒹굴었다. 잠시 주춤거리던 김가는 마지막 힘을 모았다. 무언가 달빛 아래서 예각을 그

246

렸다. 번득이는 금속부분이 물고기의 흰 배처럼 허공을 찢었다.

"이 쌔끼, 죽인다!"

종대는 가만히 서 있었다. 차갑고 냉소적인 웃음이 그의 입가에 떠올랐다. 작고 왜소한 그의 몸매가 잘 맞아떨어지는 열쇠의 금속 성처럼 정확하게 달빛을 가르며 휘두르는 비수의 정수리를 단숨에 쪼개었다. 칼날이 번득이며 포물선을 그렸다. 허공에 떠 있던 나머지 한 발이 미처 피하지 못한 김가의 얼굴 아래 멎었다.

그는 쓰러졌다.

종대는 식기통을 열었다. 그는 보았다. 식기통 속에서 빛나는 야비한 빛깔의 금덩어리를. 수은을 굴려 모은 금덩어리는 아직 순금의 광채를 발휘하고 있지는 않았지만 그것은 충분히 아름다웠다.

종대는 쓰러져 있는 김가의 멱살을 끌어올렸다. 그는 간신히 눈을 떴다.

"내가 보이냐?"

종대는 조용히 물었다. 사내는 힘없이 머리를 끄덕였다.

"내가 누군지 알겠냐?"

"알아."

고통을 참는 신음소리가 입에서 새어나왔다.

"너는 새로 들어온 이형석이지."

"맞아."

종대는 엉겅퀴 풀잎을 한 움큼 뜯어 그에게 내어밀었다.

"피를 닦아라."

사내는 간신히 주저앉았다. 입술이 터져 피가 입가에서 흘러내리고 있었다. 그는 잠자코 입가를 씻어내렸다.

"이게 보이냐?"

종대는 그의 눈앞에 바짝 식기통을 들이대었다. 금은 달빛을 받고 가래침처럼 타락된 광채를 보였다.

　김가는 끄덕였다.

　"너는 광부들 도금을 감시하고 있지만 읍에 내려갈 때마다 우리들의 다섯 배는 도금하고 있다. 이걸 보안과장에게 넘겨줄까?"

　"너는 도대체 뭘 하는 놈이냐?"

　"보다시피."

　종대는 담배를 피워물었다.

　"나는 광부지."

　산 계곡 아래에서 밤열차의 기적소리가 아주 가늘게 들려왔다. 잿더미 속에 간혹 타오르는 불티처럼 계곡 아래의 인가 불빛이 아득하게 보였다.

　"어차피 나는 떠날 놈이다. 평생을 이 땅 속에서 썩을 놈은 아니다."

　"그럼 빠른 게 좋을 텐데."

　김가가 침을 퉤퉤 뱉었다.

　"사람 하나쯤 죽이고 온 신세냐?"

　"천만에."

　종대는 꽁초를 버렸다.

　"때가 오면 떠날 놈이다."

　"이 광산엔 이미 금맥이 끊겼어."

　"그건 나두 알고 있다."

　"폐광은 오늘내일이야."

　제법 우정이라도 보여주듯 김가는 종대를 보았다.

　"어차피 산속에서 살 신세가 아니라면 떠나는 게 좋아. 하루 이틀 미루다보면 거랑꾼 신세나 될걸."

　"나두 한몫 잡을 거다."

종대는 김가를 쏘아보았다.

"네 도움이 필요해. 절대로 남의 눈엔 띄지 않게 하겠다. 눈만 감아다오. 떠날 때 차비는 있어야 할 게 아니냐."

"좋아."

김가는 의외로 선선히 고개를 끄덕였다.

"어차피 금맥은 끊겼어. 먼저 주운 놈이 임자다."

"분명히 말해두지만……"

종대는 쓰러진 자전거를 일으켜세우는 김가의 등뒤에 대고 말했다.

"오늘밤 일은 피차 모르는 체하는 게 좋을걸."

경비원은 종대의 몸을 샅샅이 훑어내렸다. 그리고 약속처럼 종대의 사타구니를 가볍게 두드렸다.

종대는 안개를 뚫고 걸었다. 근식이 종대를 기다리고 있었다. 안개가 미립자로 넝넝거리며 떠다니고 있었다. 움직이지 않으면 수십개의 바늘이 되어 살갗을 쑤시고 비벼들 것 같은 차가움이 있었다.

"배가 아프다, 종대야."

근식이 고통스럽게 하소연했다.

"창자가 끊어질 것 같다, 종대야."

"집에 가서 피똥을 누거라."

근식의 손이 종대의 어깨를 쥐었다. 그의 손이 와들와들 떨리고 있었다.

"애새끼라도 낳으려고 진통하는 것 같으다, 종대야."

종대는 묵묵히 비탈길을 걸었다. 땅 밑으로 발전기 소리가 둔탁하게 울리고 있었다.

그는 이제 알을 낳을 것이다. 알을 낳을 때면 유난히 부산스레 몸을 움직이면서 횃대에 오르는 닭처럼 그는 금알을 낳을 것이다.

흙과 교미하고 대지의 정액을 먹으며 지구의 탐욕스런 정욕 아래 무릎으로 기며 정복당해 마침내 수정당해서 임신 후 혀를 깨물며 산고를 이겨나가서는 흙의 사생아인 알을 낳게 될 것이다. 황금의 알을 낳을 것이다.

합숙소는 쥐죽은 듯이 조용했다. 불은 나간 지 오래였다. 사택 쪽에서 어린아이들 우는 소리가 들려올 뿐. 어디선가 라디오 소리가 들려오다가는 끊어졌다. 비는 여전히 기승을 부리고 있었다. 독신 광부들은 유일하게 하나 남은 주막으로 내려가 소주를 마시거나 모여서 기약 없는 전표를 밑천 삼아 화투패라도 돌리는 모양이었다.

종대는 엽연초를 말아 피우며 뚫린 문풍지 사이로 밀려오는 바람 소리를 듣고 있었다. 심지 돋운 호롱불이 유난히 깜박이고 있었다.

같은 방에서 기숙하고 있는 광부는 화투판에 낀 것이 분명하였다. 종대는 오랫동안 누워서 주위의 분위기를 살피고 있었다.

마침내 주위에 아무도 없다는 것이 분명해지고 웬만한 소리쯤은 지붕을 날쌔게 두들기는 빗소리에 잠겨들 것이라는 확신이 서자 주머니를 뒤져 갱 속에서 훔쳐넣었던 감석을 꺼내들었다. 근식에게도 말하지 않았던 감석을 종대는 호롱불에 가까이 비춰 보았다.

순도 높은 감석이었다. 물 밑에 가라앉은 돌 표면 위 파랗게 낀 이끼처럼 검은 흙더미 사이에는 먼지 같은 잔잔한 금가루가 엉겨붙어 있었다. 세 개의 큰 감석은 한 손으로 들기에는 무거울 정도였다.

종대는 도시락 뚜껑을 꺼내어 물로 깨끗이 씻었다. 그리고 숨겨두었던 수은을 도시락 뚜껑에 부어넣었다. 수은은 생명처럼 귀한 물건이었다. 종대는 그것을 김가에게서 얻었다. 어쩌다 광부들 중에 매독에 걸린 녀석들은 하나같이 거울 뒷면의 수은을 혀로 핥으며 미쳐 발광하곤 했는데, 수은은 매독에 걸린 녀석에게 필요한 약이라기보다는 금을 녹이는 놀라운 침(唾液)이었다.

우리가 씹는 음식물을 침으로 녹이듯 수은은 금을 녹이는 유일한 타액이었다. 수은의 독은 전갈의 독보다 무서워 잘못 다루다가는 손톱을 까맣게 변색시키고 마침내는 사람의 머리털을 갉아내리는 마법의 물이었다.

수은은 도시락 뚜껑 위에서 번득였다. 수은을 볼 때마다 종대는 경이를 느끼곤 했다.

그것은 금속이었지만 액체처럼 보였다. 그것은 자를 수가 없었고 오직 부서질 뿐이었다. 부서뜨리면 언제나 오뚜기처럼 구형으로 뭉쳤다. 절대로 타협하지 않겠다는 고집으로 도사리고 있었다.

종대는 녹슨 쇠판을 꺼내어 감석을 빻기 시작하였다. 쇠뭉치로 감석을 부서뜨리고 그리고 곱게 빻았다. 흙가루는 흙가루대로 그 속에 묻어 있는 금가루는 금가루대로 한데 어울려서 잘게 부서졌다. 조그만 가루라도 흘리지 않으려고 조심하면서도 한편 누군가 이 작업을 지켜보지 않을까 하는 불안감으로 종대는 연신 주위를 둘러보았다. 마침내 감석가루는 먼지처럼 곱게 부서져내렸다.

종대는 마당으로 내려가 대야에 고인 빗물을 들고 방으로 들어왔다. 대야에 곱게 빻은 감석가루를 모조리 부어버렸다.

절로 입에 침이 고인다, 숨이 가빠오른다. 흥분을 가라앉히려는 종대의 눈이 빛나기 시작한다.

도시락 뚜껑을 기울여 수은을 대야에 집어넣는다. 수은은 물 속에 가라앉자 독립되어 존재한다.

대야를 흔들어본다. 수은이 출렁거릴 때마다 흙가루 속에 묻어 있던 금가루가 수은 속으로 빨려든다. 수은이 용케도 금만 삼키기 시작한다. 먹히지 않으려는 금과 삼키려는 수은과의 싸움이 벌어진다. 흙이 방해하려 하지만 맥을 쓰지 못한다. 한 알의 금조차도 수은은 빠뜨리지 않는다. 잔인하게 금을 삼켜버린다. 금을 삼킨 수은이 영롱하게 빛나온다. 배부른 자의 여유가 수은에게서 엿보인다.

금을 모조리 삼켜버린 수은들은 이제 더이상 삼켜버릴 것이 없어지자 식인의 본능을 발휘한다. 수은이 수은을 삼켜버린다. 힘센 수은이 점점 비대해져간다. 그리하여 마침내 커다란 하나의 수은덩어리가 되고 만다. 한꺼번에 너무 많이 먹은 뱀처럼 수은은 게으름을 부리기 시작한다.

종대는 수은만을 건져올린다. 그것을 헝겊으로 싸서 쥐어짠다. 수은이 삼킨 것을 토해버리고 물러간다.

종대는 수은을 따로 보관해두고는 조심스레 수건을 열어보았다.

아, 아.

마침내 순금만이 젖은 헝겊 사이에서 찬란하게 번득이고 있었다. 막 건져올린 생선처럼 금들은 필사적으로 손가락 사이로 빠져나가려고 요동을 치기 시작했다. 주의하지 않으면 안 된다.

종대는 혼신의 힘을 다해 마지막 탈출을 시도하는 금덩어리를 손아귀에 넣어줬었다.

금이다.

종대는 낄낄거리며 웃으면서 눈을 비비며 손바닥에 가득한 금을 노려보았다. 너울거리는 호롱불은 그가 비출 수 있는 면을 모두 긁어모아 금조각 위에서 부서졌다.

이것이 내가 찾아야 할 유일한 꿈이다.

종대는 거품 같은 웃음을 흘리면서 금을 보았다. 그것을 어루만지고 쓰다듬고 그리고 냄새를 맡아보았다. 금은 녹이 슬지 않는다. 금은 배반하지 않으며 죽지 아니한다. 천 년이 지난 뒤에라도 금으로 존재한다.

나는 비로소 깨달았다. 내가 지금까지 꿈꿔왔던 환상은 바로 이것이다.

정읍. 그 더러운 고장. 귀를 찢는 비명소리. 안방을 울리는 폭탄소리. 죽은 사람의 피. 산속에서 쳐내려온 자들의 마이크 소리. 어제의 친구가 오늘의 적이 되는 지옥의 계절에 귀를 틀어막으면서 키워온 꿈은 바로 이것이었다.

나는 모을 것이다.

종대는 이를 악물었다.

방해하는 자는 죽일 것이다. 내 손아귀에 들어 있는 이 꿈을 앗아가려 하는 자는 죽일 것이다.

그때였다.

종대는 민첩하게 호롱불을 훅 불어 껐다. 무슨 소리가 문 밖에서 들려온 것 같은 느낌 때문이었다.

종대는 어둠 속에서 온 신경을 곤두세웠다. 천지를 꽉 채운 빗소리 속에 숨죽인 인기척이 천천히 움직이고 있었다.

"누구야?"

종대는 숨죽여 물었다.

대답 소리는 없었다.

종대는 문을 박차고 일어섰다. 문 밖에는 판초 우의를 뒤집어쓴 경비원 김가가 남의 눈을 꺼리는 듯 어둠 속에 서 있었다.

"나야."

그는 소리 죽여 말했다.

"방에 아무도 없지?"

종대는 대답 대신 끄덕했다. 그는 말없이 우의 사이로 손을 뻗어내밀었다. 그리고 그는 쿡쿡 어깨로만 웃었다.

"신통찮아."

종대가 차갑게 말했다.

"형편없는 돌이었어. 겨우 한 줌이나 나왔을까."

"이거 왜 이래?"

김가가 윽박질렀다.

"오리발 내밀지 마. 서로 좋은 게 좋은 거야."

종대는 그의 손바닥에 서너 조각의 금을 떨어뜨렸다.

"겨우 이거야."

"더 없어?"

종대는 머리를 흔들었다.

"이러지 마. 난 봤어. 니가 낄낄거리며 웃는 것을 봤어. 조금만 더 생각하는 게 좋을 거야. 그게 피차를 위하는 길이라는 걸 잘 알 텐데."

종대는 두 조각의 금을 더 떨어뜨렸다. 그는 킬킬대며 웃었다.

"부지런히 모아둬. 어차피 맥이 끊겨가는 금광이니까."

그는 우의를 여며 입었다.

"또 올게. 원하는 것 있으면 말해."

"있어."

종대가 말했다.

"담에 올 때 수은이나 더 갖다줘."

"알았어."

김가는 으쓱대며 웃었다.

"그거라면 얼마든지. 넌 좋은 친구니까. 잘 있어."

그는 빠르게 주위를 둘러보았다.

그리고 어둠 속으로 사라졌다. 사택 쪽에서 어린아이 울음소리가 들려오고 주막집에서 젓가락으로 탁자를 두드리며 부르는 노랫소리가 들려오고 있었다.

산 계곡마다 우거진 숲을 적시는 빗줄기 사이로 생나무 냄새가 생피 냄새처럼 생생하게 풍겨오고 있었다.

254

종대는 우의를 뒤집어썼다. 그리고 반동강으로 부서진 부삽을 쥐어들고 비가 쏟아지는 언덕을 향해 쏜살같이 뛰쳐나갔다.

더 늦기 전에 빨리 해치워야 한다고 종대는 생각했다. 이제 조금 있으면 화투패를 돌리던 녀석들도, 술에 취해 노래 부르던 녀석들도 모두 잠자리로 돌아올 것이다.

그들이 오기 전에 빨리 해치워야 한다고 종대는 생각했다.

사택 뒤 언덕은 온통 소나무숲이었다. 낡은 통발을 철거한 통나무들이 여기저기 누워 있었다.

종대는 캄캄한 어둠 속을 달렸다. 빛은 전혀 없었지만 어림짐작으로 정확히 목표하고 있는 소나무 밑동을 집어낼 수 있었다.

엎드려서 종대는 조심스레 장소를 확인하였다. 그리고 빠르게 부삽으로 소나무 밑을 파헤쳐나가기 시작했다.

비에 젖은 흙은 수월하게 속을 보였다. 나뭇가지에 잠들어 있던 밤의 새들이 푸드득거리며 날았다.

무릎까지 파헤쳐나가자 부삽 밑에 금속이 닿는 경쾌한 감촉이 있었다.

종대는 흙을 헤치고 미군용 식기통을 꺼내들었다. 혹시 그가 파보지 않은 사이에 어느 놈이 훔쳐갔을지도 모른다는 불안감이 손을 떨리게 하고 있었다. 뚜껑을 벗기고 손을 식기통 속에 넣어보았다.

있었다.

그곳엔 종대가 이곳에 와서 나날이 모아둔 양식이 고스란히 모여 있었다.

어두운 빛 속에 종대는 눈을 부릅뜨고 식기통 속을 노려보았다. 거친 왕모래 같은 금조각이 식기통을 채우고 있었다.

종대는 땅에 얼굴을 묻고 쾌감에 젖어 웃었다. 살아 있다는 전율이 머리칼을 곤두세우고 고통스러운 기쁨이 가슴을 찢었다.

그 속에 종대는 좀전에 채집해온 금조각을 털어넣었다.

정밀한 소리를 내며 금이 합쳐졌다.

가득 채운다.

종대는 낄낄거리며 말했다.

이 식기통을 가득 채울 것이다. 걸인들이 집집을 돌아다니며 동냥을 구해 성찬을 마련하듯 나는 조금씩조금씩 금을 모아 이 식기통을 가득 채울 것이다. 가득 채운 다음 나는 이곳을 떠날 것이다. 종대는 또다시 파헤친 흙 속에 식기통을 얌전히 고정시켰다. 그리고 사납게 흙을 덮기 시작했다. 흔적도 없이 흙은 소나무 밑동을 덮었다. 행여 남이 볼까 종대는 풀조각을 뜯어 흙 위를 마름질했다.

그리고 쏜살같이 소나무숲을 빠져나왔다. 쏟아지는 빗물을 받아 손에 묻은 흙물을 씻어내렸다.

아직 합숙소는 정적에 빠져 있었고 계곡을 흘러내리는 물소리만 콸콸거리고 있었다.

종대의 숙소 앞에 누군가 서 있었다. 근식이었다.

"웬일이냐?"

종대는 그의 어깨를 쥐었다. 그의 몸은 사시나무 떨듯 경련하고 있었다.

"기다리고 있었다."

맥없이 근식이가 대답했다.

"방에 불이 꺼져서 나는 네가 잠이 든 줄만 알고 있었어."

"들어와라."

"괜찮아. 그냥 가겠어."

근식이 몸을 꺾었다.

"나는 배가 아파."

창백한 얼굴로 근식이 말했다. 말라 균열이 간 입술이 덜덜 떨리고 있었다.

"창자가 찢어지는 것 같아. 창자가 꼬깃꼬깃 꾸겨져."

"똥은 누었니?"

"아니."

근식이가 신음소리를 내었다.

"똥이 나오지 않아. 이제까지 요강을 타고 앉아 있었어. 그래도 나오지가 않아."

"서두르지 마라."

종대가 다소 장난스레 말했다.

"똥은 어차피 나오게 돼 있으니까."

"웃지 마."

근식이가 엄격하게 말을 잘랐다. 멀리 금을 채취하고 버린 버력더미들이 불빛 아래 거대하게 보였다. 그곳에서 내비친 불빛이 빗줄기를 뚫고 이곳까지 내달아와 근식의 얼굴을 밝히고 있었다. 그의 눈이 병들어 죽어가고 있는 짐승의 눈빛처럼 불길한 예감에 젖어 있었다.

"무서워, 종대야. 나는 무서워 죽겠어, 종대야."

미쳐가고 있다.

종대는 동물의 점액질로 충혈된 그의 눈빛을 본 순간 그렇게 생각했다.

이 녀석은 서서히 미쳐가고 있다. 금에 미쳐 죽은 제 아버지처럼.

"왜 날 찾아왔니?"

"약 좀 얻으러 왔어."

종대는 방으로 들어가 알약으로 만든 소화제를 한 움큼 들고 가 그에게 내밀었다.

그는 그것을 단숨에 털어넣었다. 그리고 침으로 녹여 삼켰다.

"가겠어."

근식은 다소 안심이 되었다는 듯 한결 밝아진 얼굴로 종대를 바라보며 웃었다.

"이젠 괜찮을 거야. 소화가 잘될 거야."

"걱정하지 마."

"바래다줄까?"

"괜찮아."

그는 머리를 우의로 감싸들었다.

"별일 없겠지만 어쨌든 주의하는 게 좋아. 며칠 전 전언통신문으로 광부들 신상에 대해 조사서를 작성해서 보내라는 전언이 있었어. 물론 그 새끼들이 일일이 여기까지 확인하러 오진 않겠지만 말야. 그래두 주의하는 게 나쁘진 않겠지. 나야 괜찮지만 너는 아직도 때가 묻지 않았어. 산속에 묻혀 있을 놈이 못 된다는 것은 한눈으로라도 알아볼 수 있으니까. 어쨌든 주의해. 너무 걱정하지는 말어."

근식은 코를 풀었다.

"이젠 괜찮을 거야. 소화가 잘될 거야. 고맙다, 종대야."

그는 입버릇처럼 같은 말을 되풀이했다.

"빨리 돌아가서 잠이나 들어야지. 그래야만 꿈이라도 꿀 수 있으니까."

얼빠진 백치의 표정으로 근식은 종대에게 조금 웃어 보였다.

"오늘밤도 도야지 꿈을 꿀 거야. 그건 분명해."

그는 휘청거리며 빗줄기 속으로 사라졌다.

종대는 멍하니 그가 이내 빗줄기 속으로 사라져가는 것을 지켜보았다.

종대의 탈영은 전혀 우발적인 사건이었다.

미군부대에서의 카투사 생활을 종대는 한 번도 고통스럽게 생각해본 적이 없었다. 오히려 지상낙원으로 생각될 정도였다.

별로 하는 일 없이 장교들에게 귀여움을 받고 초상화를 그려준다는 미명 아래 무상으로 병영 바깥으로 출입할 수 있던 종대가 하루 아침에 탈영을 하고 그 때문에 헌병에게 쫓기는 범죄자가 되어 이 낯선 금광까지 들어오게 된 것은 단 한 가지 이유 때문이었다.

그것은 영숙이 때문이었다. 미군대위 집의 파출부로 나오고 있던 영숙이 행여 도둑질을 하는 게 아닌가 윽박질렀을 때 영숙이는 눈물을 글썽이면서 종대 앞에 미군들이 먹다 남긴 칠면조 고기가 든 종이봉투를 벌려 보였다.

그 맑은 눈물을 본 순간 종대는 뭐라고 달리 변명할 수도 위로의 말을 던질 수도 없었다. 눈물을 글썽이면서 종대의 앞을 뛰어 사라지던 영숙의 뒷모습을 종대는 참담한 기분으로 쳐다보았다.

그날밤 종대는 부대로 돌아와서도 한잠도 이룰 수가 없었다. 이빨 자국도 선명한 칠면조 고기를 얌전히 벌려 보이면서 영숙이는 울먹이며 말했다.

"동생들 줄 거예요. 왜 이러시는 건가요?"

어지러운 세상이었다. 종대는 숱하게 보았다. 토요일 저녁이면 병영의 장교구락부에서는 파티가 벌어졌다. 지프마다 가득 계집애들이 타고 들어와서 밤새 춤을 추었다. 모두 하나같이 머리를 볶고 양담배 한 보루에도 젖가슴을 보였다.

직접 미군 상대로 몸을 파는 양갈보가 아니더라도 반반한 여인이면 언제나 미군들을 향해 추파를 던지는 어지러운 세상이었다. 파티에 참석하는 여인 중에는 어엿한 대학생들도 있다는 소문이었다.

털이 부얼부얼한 가슴을 그대로 내놓은 미군 병사들의 품에 안겨 여인은 깡통맥주 서너 통에 혀가 꼬부라져 헬로, 다알링을 외치곤 했다.

파티가 무르익을 무렵이면 취한 병사들은 여인들의 맨가슴에 맥주를 붓고 흘러내리는 맥주를 혀로 핥으며 웃었고 여인들은 카이카이 몸을 꼬며 웃었다.

수치심도 부끄러움도 없는 난장판의 파티였다.

엄중히 금지되어 있는 병영 내의 정사도 눈을 피해 이루어지곤 했다. 파티가 파할 무렵이면 술 취한 여인들도 병사들도 모두 발정한 개들처럼 달아올라 하나씩 병영으로 흩어졌다.

종대는 사병구락부에서 토요일 밤을 새워 벌이는 파티에 참석한 일이 있었다. 그날 종대는 마침 몸이 아파 외출은 하지 않고 침대에 누워 있었다. 멀리서 파티장을 울리는 캄보밴드 노랫소리가 아스라이 들려오고 껄껄대며 웃는 웃음소리와 어디를 간지럽히는 듯한 깔깔대는 교성이 들려오고 있었다. 의무반에서 아스피린을 두 알 얻어먹고 누워 있다가 종대는 거의 파장 무렵의 파티장에 천천히 나가보았다.

이미 술에 취한 사병들은 웃통들을 벗어던지고, 흑인들은 흑인들끼리, 백인들은 백인들끼리 따로 모여앉아서 박수를 치고 마루를 구르며 춤추고 있었다. 술취한 뒤끝에 간혹 흑인들과 백인들 간에 싸움이 잇달아 벌어졌으므로 헌병이 자리를 지키고 있었다.

종대는 구석진 자리에 맥주를 한 병 시켜들고 앉았다. 빈속에 먹은 감기약 탓인지 현기증이 어질어질 다가오고 식은땀이 배어들고 있었다.

한바탕의 춤이 끝나자 플로어는 어두워졌다. 원색의 조명이 마루를 이리저리 핥기 시작하고 젖어 흐르는 느린 템포의 음악이 연주되기 시작했다.

으레 마지막을 장식하는 스트립쇼 시간이었다. 언제나 나체쇼를 벌이는 여인은 단 한 사람 고정되어 있었다. 그런데도 사병들은 주말마다 되풀이되는 유치한 스트립쇼에 잔뜩 기대를 걸고 있었다.

떠들썩하던 홀 안이 일순 물을 뿌린 듯 조용해졌다. 병영 밖에서 여인들을 데리고 들어온 사병들은 하나같이 어깨에 손을 얹고서 탁자 위에 걸터앉고 잠시 후에 벌어질 나체쇼를 눈을 부라리고 기다리고 있었다.

이러한 뜨거운 호기심을 기다렸다는 듯 돌연 벗은 여인이 무대 위에 등장하였다.

언제나 같은 얼굴, 같은 음악, 같은 몸짓의 율동이었다. 그녀는 이미 자신의 벗은 몸 위로 집중되는 검은 욕정과는 전혀 무관한 몸짓으로 춤을 추기 시작하였다.

그것은 기지개를 켜는 몸짓에 지나지 않았다. 생명이 깃들지 않은 육체의 율동은 단지 밀랍인형의 움직임에 불과하였다.

기계적으로 여인은 나일론 슈미즈를 벗기 시작하였다. 아주 천천히 마치 자신의 피부를 뜯어내려는 것처럼.

유치한 각본에 맞추어 여인은 침대 위에 누워 베개를 끌어안았다. 그 베개는 주말마다 사용되는 그녀의 소도구였다. 그리고 몸부림치기 시작하였다.

누군가 혀를 꼬부려 음탕한 휘파람을 불기 시작하였다.

"벗어라, 벗어."

휘파람소리에 맞추어 흑인들의 고함소리가 터져나왔다.

"벗어라, 벗어."

여인은 관객들의 조바심을 충분히 알고 있었다. 그녀는 아주 천천히 브래지어를 벗어던졌다.

흐르다 굳어버린 촛농과 같은 젖꼭지가 매달린 메마른 젖가슴이 드러났다. 탄력 없는 젖가슴 위에는 변색된 젖꼭지가 위태롭게 붙어 있었다.

후익후익 휘파람이 일고 신음소리가 홀 안을 가득 채웠다. 여인은 간신히 치부만을 가린 팬티 차림으로 정사를 즐기는 몸짓을 흉내내면서 무대 위를 기고 뛰고 걸었다.

종대는 이 나체쇼의 마지막이 다가온 것을 잘 알고 있었다. 나체쇼는 단지 젖가슴에 국한되었다. 그것을 모르지 않으면서도 미군들은 한결같이 마지막 남은 팬티조차 벗어주기를 갈구하고 있었다.

"팬티도 벗어라."

"모두모두 벗어라."

여인은 그들의 요구를 비웃으며 춤을 계속하고 있었다. 단 하나의 방어벽인 팬티만이 그녀가 관객에게 보일 수 있는 유일한 복수였다.

"벗어라, 벗어."

"팬티도 벗어라."

그때였다. 한 흑인 병사가 무대 위로 뛰어올랐다. 흔히 일어나는 일이었으므로 사람들은 놀라지 않았고 여인조차 당황하지 않았다.

흑인은 여인을 꼼짝 못 하도록 껴안았다. 음악은 계속되었다. 조명은 여전히 원색의 강렬한 빛을 무대 위에 집중시키고 있었다.

심상치 않은 분위기를 눈치채었는지 여인은 비명을 질렀다. 그러자 한 떼의 군인들이 무대 위로 뛰어올랐다. 그들은 한결같이 웃통을 벗고 있었다. 한 사내가 여인의 가슴에 술을 붓기 시작하였다. 여인은 비명을 질렀다. 또 한 사내가 여인의 가슴에 입을 들이대고 흘러내리는 술을 핥고 있었다.

분위기는 이상한 열기로 충만되기 시작했다. 모두들 소리를 지르며 계속할 것을 요구하고 있었다. 광기와 잔인한 변태적 정욕이 꿈틀대고 있었다. 구경하는 헌병조차도 못 본 체 내버려두고 있었다. 그로서는 단지 흑인과 백인 간의 싸움만을 말릴 의무밖에 없었으니까.

종대는 김빠진 맥주를 들이켜며 그들이 행하는 야비한 폭력을 낱낱이 지켜보았다. 호기심 때문은 아니었다.

한 사내가 여인의 입을 벌리고 술을 붓고 있었다. 환호성과 신음 소리가 홀 안을 흔들었다.

여인의 허벅다리에서 눈물과 같은 술이 흘러내리고 있었다. 여인은 연신 비명을 지르고 있었다. 누구 하나 말리는 사람은 없었다.

신이 난 흑인 병사가 여인의 유일한 팬티를 벗겨내렸다. 버둥거리는 발길질로 병사의 안경이 굴러떨어졌다. 일제히 웃음이 끓어올랐다. 흑인 병사는 주머니에서 무엇인가를 꺼내 여인에게 내밀었다. 그것은 십 달러짜리 지폐였다. 말하자면 이것을 줄 테니 그것을 벗어던지라는 무언의 유혹이었다. 여인이 고개를 젖히어 그의 얼굴에 침을 뱉었다.

그러나 굴욕과 비굴에 젖어 울고 있던 여인의 손에 굳게 쥐어진 달러는 그녀의 생명이었다. 그녀가 끝까지 흑인들의 조롱을 감수할 수밖에 없었던 것은 바로 그들이 쥐어준 그 돈 때문이었다. 마찬가지로 종대 앞을 눈물에 젖어 뛰어 도망가던 영숙의 뒷모습을 떠올릴 때마다 종대는 늙고 추한 스트립걸의 몸에 부어지던 술과 낄낄거리는 웃음소리, 그리고 던져지던 십 달러의 지폐를 함께 떠올리곤 했다. 한 조각의 먹다 남은 칠면조 고기를 부여안고 도망하던 영숙의 젖은 얼굴은 실상 원색의 조명 속에서 벗기를 강요당하는 여인과 다름없었다.

며칠 뒤 종대는 피엑스에서 식료품과 깡통을 한아름 사들고 영숙이 파출부로 일하고 있는 대위의 집 앞에서 기다렸다.

언덕 아래로 죽은 물고기의 흰 배와 같은 바다가 보였고 해수병에 걸린 노인의 기침소리처럼 헐떡이는 파도소리가 들려왔다. 낙조가 기울고 있었다. 멀리 외국에서 온 상선들이 열대어처럼 바다 위에 떠 있었고 갈매기가 떼지어 하늘을 날고 있었다.

영숙이 나온 것은 붉은 낙조마저 기울고 있는 저녁 무렵이었다. 긴 머리를 고무줄로 얌전히 동여매고 있었다. 그 머리칼이 언덕길을 내려가는 탄력으로 무채처럼 흔들리고 있었다. 그림자가 길에 드리워졌다. 반바지를 입은 미국아이들이 굴렁쇠를 굴리며 언덕길을 뛰어내려가고 있었다.

종대는 잠자코 그애의 뒤를 따랐다. 국제시장으로 내려가는 길목서부터 그애의 발걸음이 빨라졌다. 장사치들의 고함소리가 시끌시끌거렸다. 어떻게든 살아야 한다는 피난민들로 시장거리는 아비규환이었다. 염색한 군복 한 벌을 팔려고 악을 쓰는 장사치부터 신문을 파는 소년들, 구두 닦는 소년들, 싸구려를 외치는 발악적인 고함소리. 영숙은 그 인파에 섞여들어 빠르게 부둣가로 걸어가고 있었다.

종대는 자칫하면 그애의 모습을 놓쳐버릴 것만 같았다. 그래서 인파를 헤치며 뛰었다.

겨우 광복동 거리를 지나 영도다리가 가까워왔을 때야 영숙이를 따라잡을 수가 있었다. 종대는 잠자코 영숙의 어깨를 때렸다. 영숙은 반사적으로 종대를 노려보았다. 지는 햇빛에 눈이 부신 듯 영숙은 손가락을 들어 이마를 가렸다.

"아."

영숙은 가늘게 신음소리를 내었다. 순간 움츠렸던 몸이 뻣뻣하게 바로 세워졌다.

"왜 또 이러시는 거예요? 오늘도 불심검문이신가요?"

차가운 말투였다. 흰 얼굴에 또렷한 비웃음이 가득 차올랐다.

"그, 그게 아니야."

종대는 사납게 밀고 들어오는 기세에 한 발짝 물러섰다. 그는 갑자기 분노가 치밀었다.

"할 말이 있어. 그래서 따라왔어."

"절 따라오셨다구요?"

"그래. 그 집에서부터 따라왔어. 잠깐이면 돼. 할 말이 있어 왔어."

"난 가야 해요."

마침 시간이 되었는지 영도다리가 고개를 쳐들기 시작했다. 지나던 차량들은 발을 멈추고 사람들은 고개를 내밀고 다리가 수직으로 부상하는 것을 지켜보았다.

파도가 갈라지기 시작했다. 기다렸던 배들이 연기를 뿜으며 뿌앙 뿌앙 뱃고동을 울리면서 다리 옆을 지나고 있었다. 낙조는 이미 핏빛으로 물들어 있었다. 그 핏빛의 낙조가 영숙의 흰 얼굴을 붉게 물들이고 있었다.

"난 가야 해요. 시간이 없어요. 배를 타야 해요."

종대는 잠자코 손에 들린 종이봉지를 영숙에게 내밀었다.

"이게 뭐예요?"

"저번 일이 미안해서 사과하러 왔어. 동생들에게 줘."

영숙은 종이봉지를 받지 않았다. 그녀는 강하게 머리를 흔들었다.

"난 거지가 아니에요."

침이라도 뱉을 듯이 영숙은 소리질렀다.

"값싼 동정은 하지 마세요."

영숙은 몸을 돌려 방파제로 뛰어가기 시작했다. 종대는 굴욕을 느꼈다. 그는 따라갈 생각을 하지 않고 묵묵히 그애가 다리 밑 둑으로 뛰어가는 것을 지켜보았다. 머리칼이 나부끼고 있었다. 둑 아래 선착장엔 작은 배가 한 대 발동을 걸고 사람들을 태우고 있었다. 인근 동네까지 실어다주는 배였다. 영숙은 사람들에 파묻혀서 배 위로 올라갔다.

곧 배는 통통 소리를 내며 선착장을 떠나 바다로 헤엄쳐나가기 시작했다.

종대는 한 대 얻어맞은 멍한 기분으로 배를 쳐다보았다.

난 거지가 아니에요. 값싼 동정은 하지 마세요.

날카롭게 부르짖고 떠난 영숙의 외침이 귓가를 맴돌고 있었다.

미군들이 먹다 남긴 칠면조 고기를 몰래 주워가는 것은 수치가 아니었던가. 그것이야말로 거지행위가 아니었던가. 그런데 왜 나의 행동을 그토록 혐오스럽게 생각하고 있었을까.

종대의 가슴속엔 기묘한 분노 같은 것이 치밀어올랐다. 처음부터 영숙에게 관심을 보였던 것은 호기심 이외엔 아무것도 아니었다. 그녀를 위해 피엑스에서 식료품을 사면서도 어리석은 짓을 하고 있다는 자책감이 들 정도였었다.

그러나 이렇게 완강한 저항에 부딪힌 이상 어떻게든 끝까지 밀고 나가야겠다는 투지가 끓어오르는 것은 어쩔 수 없는 일이었다.

다음날 그 무렵 연락배 시간에 맞춰 종대는 부둣가로 나가보았다. 찬비가 내리고 있었다. 방파제를 때리는 파도의 포말이 제법 굵고 바람까지 몰아치고 있었다. 아무래도 태풍이라도 불어올 모양이었다. 다행히 배는 준비를 하고 떠날 시간을 기다리고 있었다. 종대는 표를 사고 먼저 배 위에 올라가 영숙이 올 때까지 기다리기로 하였다.

이미 배 안은 시내로 통근하는 사람들로 만원이었다. 배 안이라고 했지만 어디 비를 피할 다른 장소가 없었기 때문에 모두 찬비를 고스란히 맞고 있었다.

거의 떠날 무렵 영숙이 나타났다. 나일론 우의를 뒤집어쓰고 있었다.

마음은 급하고 몸은 제대로 말을 듣지 않는다는 듯 종종걸음으로 둑길을 뛰어오는 그녀의 모습을 본 순간 종대는 슬그머니 웃음부터 나왔다.

뿌앙. 고동이 몇 번 진저리를 치며 울었다. 배가 회전하기 시작했다. 가득 탄 사람들이 배의 회전으로 한 곳으로 쏠렸다. 비명소리가 일었다.

종대는 키 작은 그녀가 행여 넘어질세라 힘껏 뱃전을 붙들고 서 있는 것을 보았다. 배는 선착장에서 멀어져갔다. 파도는 성난 근육처럼 부풀어오르고 뒤챌 때마다 흰자위를 보였다. 그 위로 바람에 실린 빗방울이 내리꽂히고 있었다.

종대는 사람을 헤치고 영숙에게 다가갔다. 시선이 마주쳤다. 비에 젖은 얼굴이 찡그려졌다. 입술이 파랗게 죽어 있었다. 눈에 띨 정도로 영숙은 몸을 떨고 있었다.

"또 만났군."

종대는 웃으며 말했다. 우의를 뒤집어쓴 군모에서는 빗방울이 듣고 있었다.

"영숙이를 기다린 것은 아니니까 안심해."

배가 사납게 흔들리기 시작했다. 비록 인근 동네까지 사람들을 실어다주는 연락배이긴 했지만 이 태풍에 바다 위에 뜬 것은 무리였던지 배는 심하게 흔들리고 있었다.

영숙의 얼굴이 심하게 비틀렸다. 종대는 그애가 자기의 출현을 못마땅하게 생각해서 언짢게 여기고 있기 때문이라고 믿었다. 그러나 뱃전을 붙들고 선 영숙의 손이 파들파들 떨리고 있는 것으로 보아 고통을 참고 있는 게 아닌가 하는 느낌을 받았다. 어쩌면 배멀미라도 하고 있을지도 모른다. 땀방울이 영숙의 이마에서 방울방울 맺혀 흘렀다.

"왜 그래? 어디 아파?"

"상관하지 마세요."

이 피난지 부산까지 밀려내려와서 한창 행복해야 할 나이에 단지 먹고살아야 한다는 본능적인 고통과 정면으로 싸워나가는 이 키 작은 조그만 소녀의 마지막 오기와 자존심은 도대체 언제까지 버텨나 갈 수 있을 것인가. 이 최후의 자존심마저 부서져버린다면 이 소녀는 걷잡을 수 없이 무너져버릴 것이다. 어쩌면 완강하게 거부하는 자존심만이 이 연약한 소녀를 아직까지 버티게 한 유일한 생명력인지도 모른다.

마침내 영숙은 토하기 시작했다. 뱃전을 붙들고 목을 바다 위로 내밀고 소녀는 경련하면서 토했다. 여윈 어깨가 경직되면서 토할 때마다 마른 목의 뼈마디가 병든 날짐승의 날갯죽지처럼 수축되었다.

"제발…… 제발……"

견딜 수 없다는 듯 영숙은 간간이 신음했다. 자신의 처참한 모습을 보여주지 않으려는 듯 그녀는 머리를 흔들었다. 활처럼 굽은 몸이 경련할 때마다 비에 젖지 않게 우의로 감싸든 종이봉지가 드러났다.

아마도 그 봉지 속에는 그들이 먹다 남긴 닭다리 하나쯤 소중히 들어 있을지 모른다.

종대는 낱낱이 지켜보았다. 그 기분은 사병구락부 안에서 네 명의 흑인 병사들에게 희롱당하던 여인의 모습을 어둠 속에서 지켜보던 것과 같은 느낌이었다. 여인의 허벅다리에서는 술이 흘러내리고 있었다. 마찬가지로 영숙은 토하고 있다.

실신한 여인이 혼미한 정신상태 속에서도 지폐를 꼬옥 쥐고 있었듯이 영숙은 그들이 먹다 남긴 음식물을 꼬옥 부여잡고 있었다.

나는 여인을 희롱하던 병사들에게 분노를 느끼지 않았었다. 그건 당연한 일이었다. 강자가 약자에게 베풀어주는 호의란 고문과 같은 고통 뒤에 던져주는 몇 마디의 위로의 말 외에는 없는 것이다. 울부짖던 여인의 신음소리에서 슬픔을 느낄 필요가 없는 것과 마찬가지로 영숙의 고통을 나는 달래줄 필요가 없는 것이다.

갑자기 종대는 영숙에게 잔인한 학대를 퍼붓고 싶은 충동을 느꼈다. 너는 언제까지 견딜 수 있을 것인가.

종대는 이 아이를 정복하고 그리고 버리리라고 마음먹었다.

신선대 부둣가에서 영숙은 내렸다. 종대도 따라 내렸다. 파도는 더욱더 부풀어오르고 날은 저물어 시야는 온통 캄캄했다. 미친 바람이 어디에서건 밀려왔다.

"절 따라오려는 건가요?"

야산이 앞을 가로막고 있었다. 산 아래 게딱지 같은 판자촌들이 다닥다닥 붙어 있었다.

"바래다주겠어."

"뭣 때문에요?"

어둠 속에서 영숙이 종대를 쏘아보았다. 그러나 어제처럼 날카로운 비웃음은 없어 보였다. 이미 자신의 추한 모습을 보이고 말았다는 마음이 다소 오뚝이 같은 그애의 마음을 방심상태로 만들었기 때문이었을까.

비는 그쳐 있었다. 검은 파도가 모래사장을 향해 쉴새없이 가래침을 뱉고 있었다. 둑 옆으로 비쭉비쭉 솟아난 바위들이 보였고 그 위로 부딪치는 파도의 포말이 캄캄한 시야를 덮었다.

"할 말이 있어."

종대는 소리를 질렀다. 바람이 세어서 웬만큼 악을 쓰지 않으면 소리가 전달되지 않았다.

"난 가야 해요."

순간 종대는 영숙의 손을 날쌔게 부여잡았다.

"따라와."

"왜 이러시는 거예요?"

"잠깐이면 돼."

"이 손 놓으세요."

영숙은 몸을 비틀었다.

"소리를 지르겠어요."

"질러봐."

종대는 차갑게 말했다.

"아무도 듣지 않으니까."

종대는 그 손을 잡아채었다. 중심을 잃은 영숙이의 몸이 종대의 몸으로 다가왔다. 여유를 주지 않고 종대는 영숙을 모래사장으로 이끌었다.

갈매기 울음소리가 들렸다. 바위에 넘어져 굴껍데기에 종대는 손을 베었다. 파도의 포말이 솟구쳐올라 두 사람을 적셨다. 어디선가 뱃고동이 울었다. 그러나 시야는 캄캄하게 가려져 있었다. 하늘과 바다가 맞부딪쳐 어지럽게 흔들렸다.

"놔요. 놔주세요."

"따라와."

종대는 영숙을 바닷가에 누운 폐선 밑으로 끌고 갔다. 그제야 종대는 손을 놓았다. 영숙은 뱃전에 주저앉았다.

먼 곳에서부터 파도가 띠를 두르고 달려오고 있었다. 흰 파도의 포말이 형광색으로 어둠 속에서 선연히 드러났다. 그것은 수천 마리의 반딧불처럼 보였다. 버림받은 바다의 숲, 여하한 바람, 여하한 햇볕에도 흔들리지 않는 깊은 바다의 숲속에서 제 스스로 형성되어 일어서는 빛들이 모이고 모여 바다의 잎 사이로 기어오르고 바다의 꽃 사이로 날아오르면서 마침내 온갖 더러운 시체 속에서 구더기가 살아 움직이듯 빛의 벌레가 되어 날개를 달고 솟구치다가 바다 표면에 부딪친 순간 죽어가면서, 통곡하면서, 빛의 벌레들이 하얗게 죽어가며 파도에 휩쓸려 모래사장까지 달려오는 것이다.

그리하여 바다의 숲속에서 자란 빛의 벌레들은 마지막 순간에 요염하게 타올라 모래사장과 부딪치는 최후의 정사를 불꽃처럼 사르고 있는 것이다.

"보내주세요……"

영숙은 심상치 않은 낌새를 눈치챈 듯 애원조로 말을 꺼냈다. 종대는 영숙을 노려보았다. 무대에 누웠던 여인도 그런 목소리를 내었다.

"보내줘. 나를 보내줘."

종대는 주머니에서 지폐를 꺼냈다. 그리고 그것을 영숙에게 내밀었다. 영숙은 그것이 무엇인가 유심히 들여다보았다. 돈이라는 것을 안 순간 영숙은 앉은 채 뒤로 물러섰다.

"왜 이러시는 거예요?"

"받아."

종대는 소리질렀다.

"이걸 왜 제게 주시는 건가요?"

"네 몸을 사겠다."

"뭐라구요?"

"적다면 더 주겠다……"

종대는 주머니에서 네댓 장의 지폐를 더 꺼내었다. 종대는 영숙이의 옆에 앉았다.

망설여서는 안 된다. 이 여자는 이미 내 소유다. 내가 돈을 주고 산 물건이다.

종대는 영숙의 어깨를 부여잡았다. 새와 같은 가슴이 파들파들 떨리고 있었다. 한창 자라야 할 시기에 영양부족으로 채 피어나지 못한 왜소한 어깨가 사납게 떨리고 있었다. 종대는 그녀가 울고 있는 것을 알았다.

상관해서는 안 된다. 잔인하게 짓밟아라. 종대의 입술이 영숙의 목덜미를 훑었다. 순간 영숙의 손이 날쌔게 종대의 얼굴을 후려쳤다. 매운 손이었다. 종대는 엉겁결에 물러섰다.

"더러운 자식."

저주의 말 한마디가 영숙의 입에서 터져 흘렀다.

종대는 망연히 영숙을 바라다보았다. 범연치 않은 기세가 영숙을 무장하고 있었다.

종대는 차가운 불꽃이 내부에서 끓어오르는 것을 느꼈다. 그는 영숙에게 다가갔다.

정확히 종대는 영숙이 머리를 후려갈겼다. 단 한 대에 영숙은 모래사장 위에 누웠다. 신음소리조차 내지 않았다.

파도가 발바닥까지 밀려들어와 있었다.

종대는 영숙의 아랫도리를 벗겨내렸다. 정욕은 일지 않았다. 그러나 분노가 정욕보다 더 크게 일었다. 막사 어둠 속에 떠오르던 병사들의 엉덩이 두 개가 희게 떠 보였다.

종대는 바지의 혁대를 풀었다. 찬 감각이 아랫도리에 다가왔다.

종대의 등을 밤하늘이 내리누르고 있었다. 영숙의 등을 땅이 떠받치고 있었다. 그 사이에 유리처럼 견고한 바다가 한 겹으로 가로막고 있었다.

종대는 처녀의 빗장을 열었다. 영숙은 무방비상태였다. 손 하나 까딱하지 않았다. 그녀는 시체처럼 누워 있었다. 바람이 겹겹이 어우러져 편물기 속의 섬유들이 직조되듯 이상한 무늬의 비단을 짜올리고 있었다. 바람이 통곡을 하고 있었다.

어, 머, 니.

누운 영숙의 입에서 불확실한 신음소리가 새어나왔다.

종대는 그 소리가 무슨 소린가 듣기 위해서 귀를 모았다.

어머니.

여위고 마른 다리를 모으며 영숙이 중얼거렸다. 눈물이 얼굴 가득 흘러넘치고 있었다.

어머니.

종대는 바지를 꿰어입었다. 몸이 사시나무 떨리듯 흔들리고 있었다. 공포가 다가왔다. 닥치는 대로 돈을 꺼내 영숙의 손에 쥐여주었다. 그러나 돈은 모래였다. 종대는 영숙에게 모래를 쥐여주는 셈이었다. 모래가 손가락 사이로 빠져나가듯 오므리려고 하지 않는 영숙의 손에 쥐여준 돈이 제멋대로 바람에 불리어 날아갔다.

종대는 필사적으로 그 손에 돈을 쥐여주려고 노력했다.

공포가 다가와서 더이상 지체할 수 없을 것 같았다.

어, 머……니.

한마디 한마디 끊어서 영숙은 불렀다. 마치 그곳에 어머니가 있는 듯이. 종대는 영숙이 보는 곳을 노려보았다.

그러나 그곳엔 아무도 없었다. 어둠뿐이었다.

종대는 간신히 영숙의 손에 돈을 쥐여준 다음 뒷걸음질쳐서 그곳을 떠났다.

마침 시내로 돌아오는 연락배가 선착장에 닿아 있었다. 종대는 뛰어서 배에 올라탔다.

파도는 한결 가라앉아 있었다. 뱃전에 기대서서 종대는 헐떡이며 캄캄한 바닷가를 돌아보았다. 아무것도 보이지 않았다. 칠흑 같은 어둠뿐이었다. 귀를 기울여보았다. 아무것도 들리지 않았다. 미친 바람소리와 성난 파도소리뿐이었다. 그 바람소리 속에서 외마디 비명소리 하나가 들려왔다.

어머니.

다음날 아침 종대는 침대에 온통 모래가 가득 들어 있는 것을 보았다. 그것은 가시처럼 종대의 몸을 찔렀다. 비록 멀리 도망쳐왔다 하더라도 씻을 수 없는 죄의 허물이 끝까지 따라온 것 같은 느낌으로 달라붙고 있었다.

종대는 모래를 꼼꼼히 털었다. 그때 종대는 자신의 내복에 피가 묻어 있는 것을 보았다. 종대는 피 묻은 내복을 소각장에서 태워버렸다.

바람도 없는데 내복은 잘 타올랐다. 그가 떠나온 정읍에서 전염병에 걸려 죽은 아이들을 화장하는 것처럼 종대는 핏자국에서 얼핏 시체처럼 누웠던 영숙의 모습을 떠올렸다.

종대는 자기가 태우는 것은 자신의 피 묻은 의복이 아니라 그녀의 생명인 것 같은 느낌을 받았다.

종대는 보았다. 장작더미에 누운 어린아이의 시체들이 마침내 뼈를 튕기며 갈라지며 백골을 보이는 모습을.

모두모두 타올라 한줌의 재가 되어버린 영숙의 처녀는 찬바람에 흔적도 없이 날아갔다.

그런데도 모래는 쉽사리 사라지지 않았다.

모조리 깨끗하게 털어버렸다 생각했는데도 어느 구석엔가 모래는 한 알씩 남아 있었다.

군화 속에, 바지 주머니 속에, 군모 속에, 옷 주머니 속에 모래는 어떻게든 남아 있었다.

마찬가지로 죄의식은 쉽사리 사라지지 않았다.

아니 날이 갈수록 더욱더 커가고 있을 뿐이었다. 이상한 일이었다.

어쩌다 한 알의 모래가 군모에서 떨어져 햇빛 속에서 극명하게 눈부신 빛의 반사를 보일 때마다 종대는 영원히 지워지지 않는 피의

274

얼룩이 실상은 그의 혼백 위에 깊은 상처를 남기고 있는 것 같은 두려움을 느꼈다.

오랜 시일이 흐른 후 종대는 시간에 맞춰 영도다리 방파제 앞으로 나가보았다.

황혼이 밀려들고 있었다. 멀리 송도로 넘어가는 비탈길엔 밀려든 피난민들의 급조한 판잣집들이 게딱지처럼 다닥다닥 붙어 있었다. 더러운 기름이 둥둥 떠오른 방파제를 핥는 바닷물 위로 불타는 황혼이 짙어지고 있었다. 부산 시내에서 인근 바닷가로 떠나는 수많은 연락선들이 발동을 걸고 손님을 싣고 있었다.

정박한 배들 위에 곤두선 돛대와 깃발 위로 갈매기들이 이리저리 날고 있었다. 황혼은 어느 한 곳도 빠뜨리지 않고 골고루 붉은 혀를 날름거리며 황금빛을 내뿜어 더러운 바다도, 먼 판잣집들도, 방파제의 둑도 빈틈없이 핏빛으로 물들이고 있었다.

종대는 언젠가 영숙과 함께 탔던 배가 정박한 방파제 둑길 위에 서서 한입 베어문 천도의 속살처럼 붉은 핏물을 뚝뚝 수평선 위로 듣고 있는 황혼을 지켜보고 있었다.

조금씩 어두워져가고 있었다. 선분홍 낙조가 조금씩 기울더니 바닷가에서부터 어둠을 보채는 바람이 일렁거리고, 모든 사물들이 낙과하듯 매달린 일광(日光)의 눈부신 나무 위에서 무르익어 뚝뚝 어두운 늪 위로 떨어져가고 있었다.

푸르르, 푸르르. 거센 밤바람으로 부풀어오른 파도가 물보라를 튀겨 종대의 군모를 적셨다.

영숙은 나타나지 않았다. 적기를 거쳐 신선대로 빠지는 연락배가 떠나기까지 영숙은 나타나지 않았다. 배가 닻을 거두고 서서히 머리를 돌려 황혼 속으로 침몰해 들어갈 때까지 종대는 행여 영숙이가 나타날까 지켜보았다. 그러나 영숙은 나타나지 않았다.

아무래도 한 달 전 모래사장에서 뚜렷한 적의도 없이 범하고 난 뒤 영숙의 신상에 무슨 일이 벌어진 게라고 종대는 생각할 수밖에 없었다. 공교롭게도 영숙이가 몸이 아파 미군대위의 집에 파출부로 출근하지 않는 날을 골라잡아 그녀를 만나러 왔다고는 생각할 수 없었다.

어, 머, 니.

바람이 겹겹이 어우러져 편물기 속의 섬유들이 직조되듯 이상한 무늬의 천을 짜올리고, 통곡을 짜올리던 밤의 바닷가 모래밭 위에서 울부짖던 영숙의 외마디소리가 종대의 귓가에 들려오고 있었다.

영숙의 몸에서 흘러내린 피로 붉게 물든 내복을 소각장에서 태우고 난 뒤에도 그녀의 잔상은 쉽사리 사라지지 않았다. 용케도 남아 있는 모래처럼 그녀의 여윈 몸, 비명소리, 얼굴 위에 굴러떨어지던 눈물은 의식적으로 피하려고 하면 할수록 집요하게 의식의 녹을 벗기고 있었다.

미군들이 먹다 남긴 칠면조 고기들을 몰래 숨겨들고 가면서도, 그들이 피우다 버린 꽁초들을 주워모아 소중히 들고 가면서도 그녀가 좀처럼 쓰러지지 않았던 것은 그녀의 자존심 때문이었다. 힘들고 무거운 굴욕의 짐을 지고 가면서도 쓰러지지 않았던 것은 그녀의 자존심 때문이었다. 그 걸레처럼 때묻고 더러운 한 조각의 자존심을 꿋꿋하게 지탱시켜준 것은 그나마 그녀가 가진 유일한 육체였다. 스타킹 한 켤레에도 몸을 팔고, 치즈 한 조각에도 치마를 벗는 그 사나운 거리에서 비록 남들이 먹다 버린 음식을 쓰레깃더미에서 추스르면서도 오만할 수 있었던 것은 단단하게 지키고 있었던 처녀성 때문이었다.

그것을 종대는 잘 알고 있었다. 바로 그런 오만한 자존심을 향해 종대는 어쩌면 침이라도 뱉고 싶은 모멸감을 느꼈을 것이다.

276

그래서 나는 그녀를 범했다.

좀처럼 지워지지 않는 죄의식이 떠오를 때마다 종대는 중얼거리며 자신을 합리화시키곤 했다.

이제 그녀는 자신이 가졌던 마지막 자존심을 빼앗기고 나서도 더이상 살기 위해 남의 쓰레기통과 재떨이를 뒤질 것인가.

종대는 영숙의 집으로 가는 연락선이 떠나고 난 뒤 어두운 선창가를 따라 걸어내려가며 생각했다.

영숙은 내일도, 모레도 나타나지 않을 것이다. 이제 더이상 그들이 먹던 닭다리를 봉지에 싸들고 뱃전에 기대어 토하면서 살아가려고 하지는 않을 것이다.

영숙은 잊어버리지 않을 것이다.

자신을 범하고 도망가던 사내가 쥐여주던 지폐의 감촉을.

종대는 나온 김에 시내로 빠져들어갔다. 영숙이 일하던 대위 집으로 찾아가보리라고 생각했다. 그곳에 가면 확실한 것을 알 수 있을 것이다.

언젠가 영숙을 따라 걷던 국제시장을 종대는 거슬러올라갔다. 시장은 밤에 더욱 활기를 띠고 있었다. 목판 위에 걸린 알전구들의 불빛이 야시를 한결 풍요하게 만들고 있었다. 시장을 벗어나자 미군들의 외인주택 지역이 나타났다. 그곳은 사람들로 복작거리는 시내에 있으면서도 조용하고 깊은 정적에 빠져 있었다. 바닷가 쪽 창문을 열어놓은 울타리 낮은 집에서 웃통을 벗은 사내가 클라리넷을 불고 있었다. 쿵쿵거리는 전축 소리도 들려오고 음악에 맞춰 춤추는 그림자가 보도 위에 흔들리고 있었다.

조무래기들이 키 낮은 울타리에 걸터앉아 하모니카를 불고 있었다.

종대는 외따로 떨어진 대위의 집 앞으로 다가갔다. 커튼이 굳게 닫혀 있었다. 주의깊게 지켜보았지만 인기척이 느껴지지 않았다.

그냥 돌아갈까 하고 몇 발짝 물러서보았다. 평소에도 까다로운 대위가 집에 있다면 종대를 이상하게 생각할지 모른다. 부르지도 않았는데 저녁시간에 찾아간다면 무어라고 할 것인가. 대위의 한국인 부인이 있다 해도 마찬가지일 것이다. 다른 부인들보다 친절한 편이긴 했지만 막상 영숙의 안부에 대해서 묻는다면 의아하게 생각할 것이다.

그러나 그냥 물러설 수는 없다고 생각했다. 종대는 초인종을 눌렀다. 곧 문이 열렸다.

"누구세요?"

다행히 부인의 목소리가 들려왔다.

"접니다."

종대는 모자를 벗어들고 여인이 나타나길 기다렸다.

"웬일이세요?"

가슴이 파인 홈웨어를 입은 여인이 문 밖으로 나타났다.

"대위님 들어오셨습니까?"

종대는 공식적으로 찾아왔다는 것을 강조하기 위해서 딱딱하게 몸을 곤두세웠다.

"아뇨. 무슨 일이 있나요?"

"저 다름 아니라 대위님 댁에서 일하는 파출부의 신상에 대해서 조사할 것이 있어서 왔습니다."

"누구요? 영숙이 말인가요?"

"상급 부대에서 일괄적으로 장교 숙소에 근무하고 있는 파출부들의 신상에 대해서 파악하라는 지시가 내려왔습니다."

"그 아인 그만뒀어요."

여인은 귀찮다는 듯 머리를 흔들었다.

"언젭니까?"

278

"한 달쯤 되었나요."

"거처를 알고 계십니까?"

"그건 왜요? 벌써 오래 전에 그만두었는데요."

"그래두 저희들은 기록을 해두어야만 합니다."

"기다려보세요."

여인은 문을 닫고 사라졌다.

종대는 차라리 이런 식의 임기응변이 잘되었다고 생각했다. 공연히 사적인 질문을 한다면 오히려 이상하게 생각할 테니까. 잠시 후여인은 나타났다. 손에 메모지를 들고 있었다.

"이게 맞는지 모르지만 하여튼 이것밖에 없어요. 들어올 때 가지고 온 신상메모예요. 그 아이가 무슨 일을 저질렀나요?"

"아닙니다."

종대는 그 메모지를 받아들고 모자를 눌러썼다. 그는 부인을 향해거수경례를 했다.

"고맙습니다. 안녕히 계십시오, 사모님."

바닷물은 한 마장이나 빠져 있었다. 간조시간인 모양이었다. 넓은모래사장엔 썰물로 드러난 암벽들이 우뚝우뚝 솟아 있었고 벌거벗은 아이들이 물이 덜 빠진 감탕을 쑤셔서 게를 잡고 있었다. 양은그릇에 게들이 수북이 쌓여 있었다.

성미 급한 아이들은 아직 쌀쌀한 초여름인데도 미역을 감고 있었다. 하나같이 발가벗은 모습들이었다. 물구나무서서 물 속에서 자라는 바다풀을 한움큼씩 따다가 모래사장에 쌓아놓고 껍질을 벗기고씹어먹거나 암벽에 붙은 굴껍데기들을 돌로 깨어 까먹고 있었다.

성급하게 빠져나간 바닷물로 모래사장은 말리기 위해 내건 갓 바른 창호지처럼 젖어 있었다. 태양은 뜨겁게 내리쬐고 있었다. 곧 모래사장은 말라붙을 것이다.

어디만큼일까.

종대는 비바람치는 모래사장에서 영숙을 쓰러뜨리고 강제로 탐하던 폐선 밑 근처를 어림짐작으로 짚어보았다. 그러나 짐작이 가지 않았다. 폐선도 간 곳 없고 벌거벗은 아이들만 떼지어 뛰어다니고 있을 뿐이었다.

종대는 모자를 벗고 이마에 밴 땀을 닦았다. 그리고 피엑스에서 사든 물건을 추슬러 들었다. 대위의 집에서 영숙의 주소를 알았지만 좀처럼 시간을 낼 수 없어 모처럼의 토요일을 기해 찾아나선 길이었다.

어쩌자는 것인지.

종대는 몇 번이나 돌아서려고 망설였다.

막상 만나서 어쩌자는 것인지.

그러나 돌아설 수는 없었다. 아직도 남아 있는 손톱만큼의 죄의식 때문은 아니었다. 첫번이자 마지막으로 부딪쳤던 기억은 이미 두어 달 전의 일에 불과하다. 그건 희미한 그림자일 뿐이야.

하지만 날이 갈수록 영숙에 대한 기억은 재 속에 남아 있는 불티가 점점 커지듯 다른 의미에서 다가오고 있었다.

종대로서도 영숙은 첫번째로 경험한 여인이었다. 영숙이 그에게 첫번의 빗장을 열어 처녀를 바쳤듯 종대로서도 영숙은 첫번째 동정을 바친 여인이었다. 이제 종대는 겨우 열아홉이었다. 신상메모에 씌어진 영숙의 나이는 종대보다 두 살이나 위였다.

정읍의 유원지에서 놀러온 여학생들을 희롱해본 적은 많았다. 그러나 그것은 기껏해야 강제로 입술을 탐하거나 젖가슴을 만지는 정도의 희롱에 불과하였다. 종대는 조숙한 데 비해서 성적인 호기심은 아주 결여되어 있었다. 어린 나이에 여학생들을 희롱했었던 것도 성욕 때문이라기보다는 자신이 어른스럽다는 것을 확인하기 위한 과장된 행동에 불과했다. 나이를 속여 열여덟에 군에 입대한 후 동료들이 주체할 수 없는 성욕 때문에 쩔쩔매는 것을 보면서도 언제나 종대는 이질감을 느끼곤 했다.

눈에 보이는 것, 귀에 들리는 것 모두가 벌거벗은 여인들이었고, 여인들의 신음소리, 헐떡이는 가쁜 숨소리들이었다. 남녀가 벌거벗고 그짓을 하는 춘화쯤은 너무나 쉽게 구할 수 있었다. 가끔 토요일이면 외출 못 나간 병사들이 모여 8밀리 영사기로 섹스 필름을 구경하곤 했는데, 흑인 병사들은 누가 보거나 말거나 담요로 아랫도리를 가리고 수음을 해댔다.

종대는 전혀 흥분되지가 않았다. 그는 얼음처럼 차디찬 자신의 냉정에 대해 오히려 두려웠을 정도였다. 같은 동료들과 어울리며 음담패설을 하면서도 종대는 전혀 성에는 백지인 자신을 감추기 위해서 책이나 영화에서 보고 들은 단편적인 지식을 마치 실제로 겪었던 경험담처럼 얘기하곤 했다.

영숙은 무아지경 속에서 그의 몸을 받았었다. 잠들기 전 낱낱이 기억해보리라. 처음부터 천천히 생각해보려 해도 막상 그 부분에 가서는 기억이 단절되었다. 그것은 기억되지 않는 꿈에 불과했다. 벗은 엉덩이를 스치던 비바람의 매서운 채찍 소리만 기억될 뿐. 나는 비의 옷을 벗기고 바람의 살 속에 숨은 모래의 자궁 깊은 곳에 정액을 흘리고 도망쳐온 것이다. 나는 비와 바람과 정사한 것이다.

그러나 날이 갈수록 잠깐씩 부딪치던 영숙의 여윈 다리, 비명소리가 구체화되어 다가와 귓가에 부서졌다.

어. 머. 니.

만나고 싶었다. 만나서 확인하고 싶었다. 자신이 부둥켜안았던 것이 과연 비와 바람이 아니라 따스한 체온이 깃든 살과 뼈였는지 그것을 확인하고 싶었다. 그것은 그리움으로 다가오고 있었다.

종대는 송림이 우거진 언덕길을 올랐다. 빽빽하게 드리워진 소나무숲 사이로 판잣집들이 밀집해 있었다.

주소만으로는 찾을 수 없는 번지 없는 판잣집들이었다. 털 빠진 병든 개 한 마리가 풀숲에 앉아 있다 종대를 보고 무섭게 짖기 시작했다. 그러자 여기저기서 개들이 나타나 사납게 짖기 시작했다. 좀처럼 찾아오지 않는 낯선 이방인의 존재를 온 마을에 알려주려는 듯.

그러자 판잣집 창문마다 얼굴 하나씩 떠올라 비탈길을 오르는 종대를 우울하게 지켜보고 있었다. 빨래를 걷던 아낙네가 눈으로 종대를 좇고 있었다. 벌거벗은 아이들도 더러운 손을 입에 물고 숫돌 같은 음험한 얼굴로 행여 말이라도 걸어오면 물어뜯을 듯이 적의를 가지고 노려보고 있었다.

개들은 종대가 다가갈 때마다 같은 보조로 물러서며 목청껏 짖어댔다. 그러나 누구 하나 그들의 광기를 달래려고 하지 않았다.

"얘들아."

종대는 떼지어 서 있는 아이들을 불러보았다. 그러나 아무도 대답하지 않았다. 그들은 조금씩 물러섰다.

"엄마."

그중에 한 아이가 빨래를 걷는 아낙네에게로 달음박질쳐서 치마폭에 숨었다.

종대는 그 아낙네 앞으로 다가갔다.

"말 좀 묻겠습니다."

여인은 대답 대신 기폭처럼 펄럭이는 빨래를 걷어 광주리에 집어넣었다.

"사람 좀 찾으러 왔는데요."

종대는 주머니에서 메모지를 꺼냈다.

"누굴 찾는데요?"

여인은 무명 러닝셔츠 사이로 드러난 젖가슴을 두 손으로 가리며 물었다.

"김영숙이라구."

"김영숙이요?"

잘 모르겠다는 듯 여인은 머리를 갸우뚱거렸다.

"왜 저 미군부대에 파출부로 나가던……"

"아."

여인은 그제야 알겠다는 듯 고개를 끄덕였다.

"영철이 누나 말이군. 영철아."

여인은 고개를 돌려 언덕길 위로 물러서서 여전히 음험한 얼굴로 경계의 표정을 거두지 않고 있는 한 떼의 아이들을 소리쳐 불렀다.

"이 아이가 어디 갔나? 금방 여기 있었는데. 늬들 영철이 못 봤니?"

"저기 있어요."

꼬마들 중에 한 아이가 소나무숲을 가리켰다. 소나무숲 속에 벌거 벗은 한 아이가 이쪽을 노려보고 있었다. 배가 임산부처럼 불러 있었다.

"저애한테 물어보세요. 저애 누나가 영숙이니까요."

"고맙습니다."

종대는 성큼성큼 소나무숲 속으로 걸어갔다. 아이는 두어 발짝 뒤로 물러섰다. 손에 꽁지 자른 잠자리를 꿴 실을 단단히 들고 있었다. 잠자리가 허공을 날고 있었다.

"네가 영철이냐?"

소년은 대답 대신 머리를 끄덕였다.

"늬 누나가 영숙이니?"

"예."

소년은 더러운 손가락을 입에 문 채 머리를 끄덕였다.

"누나 집에 있니?"

소년은 머리를 흔들었다.

"쟤네 누나 양갈보래요."

지켜서서 보고 있던 아이 중에 하나가 주먹나팔을 불며 소리질렀다.

"똥갈보래요!"

"양갈보, 똥갈보."

아이들이 일제히 소리질렀다. 약속이나 한 듯 그들의 합창은 화음이 맞았다. 소년은 묵묵히 손등에 가득한 사마귀를 이빨로 물어뜯었다. 여전히 개들이 악을 쓰고 짖었다.

"얼레껄레, 양갈보, 똥갈보, 양갈보."

"이 쌔끼들."

갑자기 소년은 땅바닥에 실에 꿴 잠자리를 팽개치더니 돌멩이를 집어들었다. 그는 힘껏 돌멩이를 아이들에게 던졌다. 아이들은 일제히 흩어졌다.

"양갈보 똥구멍은 빠알개. 빠알가면 사과. 사과는 맛있어. 맛있으면 바나나……"

소년은 또다시 돌멩이를 집어들었다.

"아서라."

종대는 손을 들어 제지했다.

"가자. 늬 집으로 가자."

"아저씬 누구예요?"

소년은 땅바닥에서 잠자리를 주워들었다.

"나는 늬 누나 친구란다."

"누난 집에 없어요."

소년은 비탈길을 오르기 시작했다. 찢어진 러닝셔츠 속으로 여위고 마른 갈빗대가 드러나 보였다. 소년은 관목처럼 바짝 말라 있었다.

"언제 들어오니?"

"누난 안 들어와요. 가끔씩 들어와요. 하지만……"

소년은 걷던 발을 멈추고 종대를 노려보았다.

"누난 양갈보가 아니에요. 똥갈보도 아니고요. 누난 검둥이하고 빠구리하지 않아요."

"알고 있다."

종대는 웃으며 말했다.

"나는 이담에 군인이 될 거예요."

소년은 손을 휘둘러보았다. 그러나 꽁지가 부러진 잠자리는 이미 죽어 있었다. 그래서 잠자리는 원을 그리지 못했다.

"집에 누가 있니?"

"아버지요."

"어머니는?"

"엄마는……"

소년은 돌멩이를 걷어찼다.

"피난 오다 죽었어요. 폭격에 맞았어요. 빨갱이는 나빠요. 난 이 담에 군인이 될 거예요."

"식구는 그뿐이냐?"

"형은 군대 갔어요."

"아버지는 왜 집에 계시냐?"

"아버진 아파요. 그래서 누워 있어요. 다 왔어요."

도랑 속으로 더러운 하숫물이 흘러내리고 사람 하나 겨우 들어갈

까 말까 한 좁은 골목 속에 쓰러져가는 판잣집이 비스듬히 기울어
진 채 서 있었다.

"아부지."

소년은 소리를 질렀다.

"손님이 왔어요."

종대는 판자 벽에 씌어진 치졸한 문구와 그림을 보았다. 영철이
누나는 양갈보.

판자문이 열렸다. 대낮인데도 방 안은 토굴처럼 어두웠다. 한눈에
도 병색이 완연히 보이는 사내가 고개를 내밀었다.

"아부지."

소년은 툇마루에 걸터앉아 손등에 난 사마귀를 물어뜯었다.

"누나를 찾아왔어요."

"뉘시오?"

가래 끓는 목소리로 사내가 종대를 올려다보았다. 정기가 없어 두
눈은 허공을 꿰뚫지 못하고 있었다. 그 짧은 말을 하는데도 힘에 겨
운지 사내는 헐떡이며 찢어지는 듯한 기침을 했다. 종대는 그가 기
침을 멈추기를 기다렸다. 기침은 오래 계속되었다. 기침이 끝나자
그는 골목길에 가래침을 뱉었다.

"저는 김영숙씨를 만나러 왔습니다."

"어떻게 되는 사인데?"

종대는 대답 대신 들고 온 봉지를 툇마루에 올려놓았다. 사내는
동물질의 눈을 번득이며 봉지를 보았다.

"웬 선물을?"

말소리가 단박에 부드러워졌다. 소년이 날쌔게 다가와 봉지 속에
서 초콜릿을 꺼내들었다.

"들어오시유. 방이 누추해놔서."

"아닙니다. 전 여기 이대로가 좋습니다."

"그 아인 가끔 들른다우. 전엔 매일같이 왔소만."

"지금 어디 있습니까?"

"그 아이가 무슨 일을 저질렀나요?"

"아닙니다."

종대는 양담배를 권했다. 사내는 세 개비의 담배를 한 손으로 끄집어내었다.

"전에 파출부로 있던 저희 부대 대위님께서 찾으십니다. 저는 심부름을 왔습니다. 대위님께서는 곧 연락이 되셨으면 합니다."

잠자코 사내는 담배를 다시 물었다. 한 모금 연기를 빨아들이고 난 뒤 또다시 사내는 발작적인 기침을 계속했다.

"가만있어보자, 어디 써둔 종이가 있긴 있소만……"

사내는 머리맡에 쌓아둔 잡동사니 속을 뒤져 묵은 신문지를 한 장 꺼내들었다.

"이게 맞을 거요."

종대는 사내가 내미는 신문지에 씌어진 주소를 옮겨적었다. 그는 우두커니 종대를 쳐다보았다.

"어느 부대에 있소?"

"전 미군부대에 있습니다. 카투사입니다."

"좋은 데 있구먼. 우리 아들은 전방에 있소."

"고맙습니다."

종대는 군모를 눌러썼다.

"이제 찾아온 용건은 다 마쳤으니 서둘러 가겠습니다. 안녕히 계십시오."

"좀 들어왔다 가시잖구."

사내는 인사치레의 말을 기어들어가는 목소리로 했다.

"아닙니다. 또 찾아오겠습니다."

"그럼 영철아, 니가 선창가까지 바래다드려라."

소년은 신이 나서 소리를 질렀다.

"예, 아부지."

문이 덜컹 닫혔다. 소년은 바삐 앞서 걷기 시작했다. 송림 사이로 6월의 뜨거운 바다가 엿보였다. 태양이 바다 위에서 산산이 부서지고 있었다.

멀어지는 등뒤에서 가슴이 터질 듯이 기침을 하는 사내의 신음소리가 끊임없이 들려오고 있었다.

마치 그녀의 딸을 범하고 공포에 질려 도망가던 종대의 등뒤를 따라오던 영숙의 비명소리처럼. 어, 머, 니……

그제야 종대는 그녀의 어머니가 피난길에 폭격 맞아 죽었다는 소년의 말을 새삼스럽게 떠올렸다.

갑자기 종대는 소름이 끼치는 것을 느꼈다. 그 역시 어머니를 잃었다. 어머니는 그가 아주 어렸을 때 피를 토하고 죽었다. 집 뒤의 갈대밭이 바람도 없는데 물결치고 있었다. 열린 싸리문 곁에 무성한 갈대밭이 서걱서걱대며 풀끼리 어우러져 초금(草琴) 소리를 냈다.

종대야, 니 어데 가노.

종대야, 니 어데 가노. 종대야, 니 어데 가노. 종대야, 니 어데 가노.

바람이 몹시 부는 날이면 뒤쪽의 갈잎들은 머리를 풀어헤치고 이렇게 속삭였다.

종대야, 내캉 살자. 종대야, 내캉 살자. 종대야, 내캉 살자.

별들이 소곤대는 홍콩의 밤거리
나는야 꿈을 꾸는 꽃 파는 아가씨
이 꽃만 사가시면……

네온이 명멸하는 거리의 확성기에서 노랫소리가 들려오고 있었다. 역 앞, 소위 텍사스거리라는 곳은 이른 저녁이었는데도 벌써 쇼윈도마다 불이 켜지고 거리에 내건 국적불명의 상점 이름을 알리는 네온들이 명멸하기 시작했다.

부기우기, 카우보이, 맨해턴, 플레이보이……

술집, 양복점, 초상화를 그려주는 화점, 댄스홀, 오락장…… 외국인을 상대하는 온갖 가게들이 일제히 문을 열고 손님을 맞고 있었다.

여기저기서 음악소리가 들려오고 가슴이 파인 원색의 옷을 입은 여인들이 열린 문 안에서 혹은 밖에서 화장품 냄새를 짙게 풍기며 지나가는 미군들에게 서툰 영어로 혀꼬부라진 헬로 달링을 남발하고 있었다.

길가에 의자를 내다놓고 앉아서 몇 명의 흑인들이 깡통맥주를 마시고 있었다. 그중 한 사내는 주머니에서 접는 나이프를 꺼내 전신주를 향해 칼을 던져대고 있었다. 나이프는 날랜 물고기처럼 전신주에 정확히 꽂혔고 그럴 때마다 칼을 던진 흑인은 후익후익 휘파람을 불었다.

술집들은 대부분 흑인 상대의 술집과 백인 상대의 술집으로 나뉘어 있었다. 어쩌다 이 엄격한 불문율을 어기게 되면 피투성이 싸움이 벌어지곤 했다. 그들을 상대하는 접대부들도 백인 상대의 여인들과 흑인 상대의 여인들로 갈라져 있었다. 흑인 상대의 여인들은 한결 요란한 복장과 머리를 지지고 볶아 스스로를 검둥이화시키고 있었다.

종대는 김빠진 맥주를 찔끔찔끔 들이켰다. 열린 문 밖으로 삼바춤을 추는 듯한 걸음걸이로 키 큰 흑인이 건들거리며 지나가는 것이 보였다. 그 옆에 매어달리듯 키 작은 여인이 달라붙어 있었다. 사복을 한 흑인의 셔츠 뒤에는 입을 벌린 커다란 호랑이 한 마리가 그려 져 있었다.

아직 시간 이른 홀 안 구석에 저녁인데도 파일럿용 선글라스를 쓴 병사 하나가 홀로 서서 담배를 질겅질겅 씹고 있었다. 그는 아까부 터 주크박스 속에 동전을 집어넣고 음악을 들었으며 음악이 나오면 혼자 춤을 추었다.

느린 음악이 나오면 느린 춤을, 빠른 음악이 나오면 빠른 춤을. 그 는 막 〈이태리의 정원〉이란 노래를 틀어놓고 혼자서 블루스를 추고 있었다. 그런데도 열심이었다. 몇 명의 접대부들이 함께 추자고 웃 어 보였으나 그는 머리를 흔들고 함께 추기를 거부하였다. 그는 혼 자인데도 마치 누구를 껴안고 있는 듯한 몸짓을 하고 있었다.

종대는 또 한 개의 깡통맥주를 뜯었다. 밖은 완전히 어두웠다. 건 너편 초상화 그리는 화점 쇼윈도 속에서 마릴린 먼로가 짙은 어둠 이 깔릴수록 밝아오는 형광불빛 밑에서 요염하게 웃고 있었다.

종대는 성급하게 맥주를 벌컥벌컥 들이켰다. 낮부터 적지 않은 맥 주를 연거푸 들이켰다. 그런데도 취기는 오르지 않았다.

나는 지금 무엇을 기다리고 있는 것일까.

맥주를 마시며 종대는 자신을 향해 물었다.

술이 취하기를 기다리는 것일까. 아니면 용기가 나기를 기다리고 있는 것일까.

지난 낮 종대는 영숙의 아버지가 보여준 주소를 들고 이곳으로 찾 아왔다. 주소만을 보았을 때는 아무런 느낌이 없었다. 그러나 그 주 소가 가리킨 지점을 찾아헤매는 동안 점점 그 주소가 다름 아닌 텍 사스 거리에 가까워지는 것이 확실하다고 느꼈을 때 종대는 발이 떨어지질 않았다.

가끔 종대는 텍사스 거리에 나왔다. 술을 마시기 위해서가 아니라 의무실 미군 병사에게서 얻은 페니실린과 마이신 알약을 텍사스 거리에 있는 약방에 팔아 용돈을 마련하기 위해서였다. 그러나 그 거리가 무슨 거리라는 것쯤은 잘 알고 있었다. 이른바 그 거리는 미군을 상대로 그들에게 기생하는 사람들과 여인들의 치열한 전쟁터였다.

마침내 주소가 가리키는 지점이 텍사스 거리 골목에 있는 적산가옥이라는 것을 알았을 때 종대는 차마 문을 두드릴 용기가 나질 않았다.

그의 귓가에 양갈보, 똥갈보라며 합창하던 조무래기들의 고함소리가 들려왔다.

아니다.

종대는 머리를 흔들었다. 불길한 예감을 털어버리기라도 하려는 듯이.

그럴 리가 없다. 절대 그럴 리가 없다.

종대는 발길을 돌려 텍사스 거리로 쫓기듯 뒷걸음질쳤다. 술이라도 한잔 마시지 않으면 견딜 수 없을 것 같은 쓰라림이 솟구쳤다.

그래. 기다리자.

종대는 허겁지겁 술집에 들어가 맥주를 시켜 마시며 결정을 내렸다.

일단 어두워지기를 기다리자.

"위 워 워찡 투게더 투 어 드리민 멜로디……"

주크박스에서 패티 페이지의 〈체인징 파트너〉가 흘러나왔다. 백인 병사는 여전히 혼자서 흐느적거리며 춤을 추고 있었다.

"꼴값하구 자빠졌네."

카운터에 높은 의자를 기대놓고 앉은 여인이 깔깔대며 웃었다. 팬티까지 보이는 살찐 넓적다리가 붉은 불빛 아래, 근수를 재기 위해서 저울 위에 올려놓은 고깃덩어리처럼 무방비상태로 벌어져 있었다.

"미친새끼."

맞은편에 앉아 담배를 피우고 있는 여인이 말을 받았다.

"스트립쇼 하구 있나. 원 별 미친놈 다 보겠네."

종대는 남은 맥주를 단숨에 들이켰다. 무작정 기다릴 수만은 없다는 생각이 치밀었다.

술은 취하기를 기다리며 퍼마신다고 하더라도 이대로는 취하지 않을 것이다.

종대는 카운터에서 술값을 계산하고 거리로 나왔다. 거리는 요염하게 무르익고 있었다. 사이렌을 울리며 헌병차가 골목길을 빠르게 진입해 들어오고 있었다. 또 어디선가 싸움이 벌어진 모양이었다. 철모를 쓴 엠피들이 투구벌레들처럼 빠르게 뛰어가고 있었다.

종대는 뒷거리로 들어섰다.

지난 낮에 찾은 적산가옥이 보이는 길목에 서서 종대는 우두커니 담장 너머 이층집 창문을 지켜보았다. 불이 꺼져 있었다. 집 앞 베란다에 빨래들이 널려 있었다. 그것들은 만국깃발처럼 보였다.

종대는 골목에 기대서서 오줌을 누었다. 한꺼번에 들이켠 맥주가 은근히 몸을 상기시키고 있었다.

어쩔 것인가.

불이 켜져 있고 창문이 열려 있다고 하더라도 어쩔 것인가.

종대는 골목길을 비추는 가등 불빛을 피해 어둠 속에 몸을 숨기고 서서 얼마 동안 서 있었다. 마치 캄캄한 창문이 열리고, 불빛이 새어나오기를 기다리는 사람처럼.

어디선가 전축 소리가 들려왔다. 깔깔거리는 웃음소리도 들려왔다. 무어라고 앙칼지게 소리지르는 여인의 고함소리도 들려왔다. 눅눅한 바람이 불어오고 밤하늘엔 별도 보이지 않았다. 비라도 한

바탕 뿌릴 모양인지 이따금씩 후드득 불확실한 빗방울이 얼굴을 두드렸다. 무언가 깨지는 소리가 아득히 먼 곳에서 들려왔다. 고양이 울음소리도 들려왔다. 지붕을 타고 사라지는 고양이의 꼬리가 얼핏 보였다. 또다시 후드득 빗방울이 바람에 날려 떨어졌다.

그때였다. 골목 어귀에서 헤드라이트 불빛이 비쳐들어왔다. 종대는 어둠 속에 몸을 숨겼다. 지프는 소리없이 굴러들어왔다. 차 안이 엿보이지 않았다. 헤드라이트가 꺼졌다. 가등에서 비추는 불빛이 어렴풋이 차 안을 밝혔다. 간신히 차 안에 탄 사람의 모습이 보였다. 운전석에 앉은 미군과 그 옆에 탄 여인의 모습이 보였다. 두 사람은 몇마디의 이야기를 나누었다. 들리지는 않았다. 두 사람은 잠시 몸을 부딪쳤다. 처음엔 짧게, 다음엔 길게. 키스는 오랫동안 계속되었다. 키스하던 몸짓이 어쩌다 팔꿈치로 클랙슨을 건드렸을까. 느닷없이 경적이 울었다.

빠앙, 빠앙.

그 소리가 두 사람을 떨어뜨렸다. 여인이 지프에서 내렸다. 헤드라이트가 켜졌다. 여인은 손을 흔들었다. 차는 왔던 길을 되돌아 물러갔다. 차가 사라지기를 기다려 여인은 골목길을 걸어올라왔다. 가등의 불빛이 여인의 모습을 순간 사로잡았다. 여인의 모습이 극명하게 드러났다.

종대는 그 여인이 누군가를 알았다. 두어 달 만에 보는 영숙의 모습은 전혀 다른 여인처럼 변모해 있었다. 짙은 화장과 원색의 옷이 그녀를 가리고 있었다.

후드득. 제법 굵어진 빗방울이 얼굴을 찔렀다.

종대는 어둠 속에서 걸어나와서 종종걸음으로 달려오는 영숙의 앞을 가로막았다.

무심코 걸어오던 영숙은 갑자기 나타난 장애물에 놀란 듯이 물러서며 종대를 쏘아보았다.

"누구세요?"

머리를 꼼꼼히 파마해 올린 영숙의 얼굴은 표독스럽게 어둠 속에 웅크리고 선 종대를 쏘아보았다. 밝은 곳에서 어두운 곳이 잘 보이지 않는 탓일까, 영숙은 얼른 종대를 알아보지 못했다.

"후 아 유?"

날카로운 목소리로 영숙이 비명을 질렀다.

종대는 불빛 아래로 한 발짝 다가섰다. 짧게 시선이 마주쳤다. 요란스럽게 화장한 영숙의 얼굴이 순간 일그러졌다.

"오랜만이야, 영숙이."

비가 쏴아 흩날리기 시작했다. 전신주 위에 높이 매어달린 가등의 불빛으로 어지럽게 내리는 빗줄기가 보였다.

"기다렸어."

순간 영숙의 얼굴에 엷은 비웃음 같은 것이 떠올랐다.

"미친놈, 더러운 자식."

침이라도 뱉을 것 같은 모멸의 표정이 영숙의 얼굴을 스쳐갔다.

"비켜."

원한에 사무쳐서 영숙은 쏴질렀다. 영숙은 종대의 앞을 빠르게 걸어갔다. 종대는 그녀의 어깨를 거머쥐었다.

"할 말이 있어."

"이 손 놔."

영숙은 후딱 고개를 돌리며 종대를 쏘아보았다.

"잠깐이면 돼. 할 말이 있어. 그래서 기다렸어."

"난 바빠."

영숙은 종대의 손을 뿌리쳤다.

"그리고 너같이 더러운 인간과는 말하고 싶지 않아."

"너를 찾아 오랫동안 헤매었어. 오늘 낮엔 신선대로 너의 집을 찾아갔었어. 너의 아버지와 남동생을 만나고 오는 길이야. 그곳에서 네 주소를 알았어."

잠자코 영숙은 종대의 말을 듣고 있었다. 술이라도 마셨는가, 영숙은 거친 숨을 몰아쉬고 있었다.

"용서를 빌러 왔어."

종대는 진심으로 말했다.

"내가 잘못했어. 본의는 아니었어."

난폭해진 빗방울에 바다에서 불어오는 해풍이 섞이고 있었다. 골목길로 차들이 굴러가는 소리가 났다.

"내가 하고 싶은 말은 이것뿐이야."

잠자코 영숙은 등을 보였다. 그녀는 어둠 속으로 사라졌다.

대문 열리는 소리가 났다. 컹컹 개 짖는 소리가 났다.

종대는 담 너머 불 꺼진 적산가옥의 이층 창문을 지켜보았다. 곧 창문에 불이 켜졌다. 커튼을 젖히는 그림자가 일렁이었다. 베란다로 통하는 창문이 열리더니 영숙의 모습이 나타났다. 그녀는 베란다에 걸린 빨래를 황급히 걷었다. 서둘러 빨래를 걷던 영숙의 몸이 멈춰섰다. 골목 어귀 가등 밑에 비를 맞고 서 있는 종대를 발견한 듯 영숙은 물끄러미 종대를 내려다보았다. 한마디할 듯이 머뭇거리다가 영숙은 홱 몸을 돌려 사라졌다. 방에 불이 꺼졌다. 종대는 천천히 골목길을 벗어났다. 세차게 내리는 비로 군복은 이미 빈틈없이 젖어 있었다. 오싹오싹 한기가 느껴졌다.

한창 대목을 맞은 주말의 텍사스 거리도 내리는 비에는 어쩔 수 없는 모양이었다. 번질거리는 네온의 불빛만 요란할 뿐 미군 병사들의 모습은 보이지 않았다. 그때였다. 누군가 등뒤에서 쫓아오는 발소리가 났다.

"군바리 아저씨. 헤이, 군바리 아저씨."

종대는 돌아보았다. 키 작은 소녀 하나가 우산을 받쳐들고 쫓아오고 있었다.

"아저씨, 영숙이 언니 만나러 오셨죠?"

종대는 대답 대신 머리를 끄덕였다.

"아이 숨차."

아직 나이 어린 소녀는 그러나 얼굴에 교태를 가득 떠올리면서 가쁜 숨을 할딱거렸다.

"무슨 걸음이 그리 빨라요. 번갯불에 콩 볶아 잡수셨나. 언니가 잠깐 들어왔다 가시래요."

자근자근 껌을 씹으며 소녀는 하얗게 눈을 흘겼다. 슬리퍼만 신은 소녀의 발은 맨발이었다.

포장 안 된 거리 위를 때리는 빗방울로 흙이 튀어올라 소녀의 종아리를 더럽히고 있었다.

"우산 안으로 들어오세요."

몇 가구들이 세들어 살고 있는지 대문은 열려 있었다. 일본식 마루에 속치마 차림의 두 여인이 내리는 비를 보며 노래를 부르고 있었다.

"계단으로 올라가세요."

소녀는 실내로 통하지 않고 이층으로 연결된 좁은 옥외 계단을 가리켰다.

"고맙다."

종대는 계단을 올라갔다. 얼기설기 조잡하게 판자로 가설해놓은 계단은 체중을 못 이겨 고통스러운 신음소리를 냈다.

붉은 등이 방 안을 밝히고 있었다. 종대는 노크를 했다.

"열렸어요."

영숙의 메마른 목소리가 들려왔다. 종대는 문을 열었다.

붉은 실내등 아래 영숙은 두 다리를 포개고 앉아 담배를 피워물고 있었다.

"들어오세요. 비가 들이쳐요."

종대는 쪼그리고 앉아 군화를 벗었다.

"벽에 수건이 있어요. 얼굴을 닦으세요."

종대는 시키는 대로 타월을 꺼내 흠뻑 젖은 머리를 닦았다. 쏴아, 지붕을 두드리는 빗소리가 바닷속처럼 들려왔다. 몇 번 붉은 등이 깜박거렸다.

"짐작하셨겠지만……"

오랜 후 영숙은 재떨이에 담배를 눌러 끄며 말했다.

"내 생활은 이래요."

좀전에 만났을 때의 신경질적이고 날카로운 한은 이미 사라져버린 듯 영숙은 감정이 섞이지 않은 건조한 목소리로 말을 꺼냈다. 불과 두 달 사이에 이처럼 변할 수 있을까 싶을 정도로.

커다란 더블베드가 방 한구석에 놓여 있었고 전신을 비추는 거울이 달려 있는 화장대 하나, 조그마한 옷장, 전축, 벽에 걸린 외국 여배우의 웃고 있는 사진, 요강, 그런 자질구레한 살림도구들이 방 안을 가득 채우고 있었다.

"미안해하실 필요는 없어요. 제게 용서를 빌 필요두 없구요. 제가 이 짓을 하는 것은 당신 때문은 아니니까요. 단순히 내 처녀를 빼앗겼다고 해서 이 길로 뛰어든 건 아니에요."

"믿어지지 않겠지만……"

종대는 어눌한 목소리로 말을 뱉었다.

"나 역시 영숙이가 처음이었어."

"내가 처음이었나요?"

영숙은 한숨을 쉬면서 종대를 쳐다보았다.

"그래."

영숙은 일어서서 등에 걸린 줄을 잡아당겨 붉은 등을 껐다. 그리고 부시도록 환한 형광등을 켰다.

"온통 젖었어요. 부끄러워하실 것 없어요. 옷을 벗으세요."

"괜찮아."

종대는 머리를 흔들었다.

"곧 마를 거야."

"내가 있는 곳은 어떻게 아셨어요?"

"영숙이가 파출부로 있던 노먼 대위님 집에 가서 주소를 알았어. 신선대로 찾아갔지. 아버지가 일러주더군."

"아버진 돌아가실 거예요."

밑도끝도없는 말을 영숙은 불쑥 꺼냈다.

"며칠 내로 돌아가실 거예요."

누난 양갈보가 아니에요. 똥갈보도 아니구요. 누난 깜둥이하구 빠구리하지 않아요.

문득 영숙의 동생 영철의 목소리가 귀를 때렸다.

"전 결혼했어요. 마이클 중위라고 아시죠?"

마이클 중위라면 종대도 잘 알고 있었다. 그는 권투선수 출신이었다. 부대 내의 그 누구도 마이클을 당해내지 못하였다. 그의 취미는 마음에 안 드는 사병에게 기합을 주는 게 아니라 부대 내 헬스클럽에서 억지로 권투 글러브를 끼게 하고 삼 분 삼 회전의 스파링을 한다는 미명하에 합법적으로 상대방을 녹아웃시켜버리는 야비한 취미를 가진 장교였다. 그는 전형적인 촌놈 미군장교였다.

"오시라고 한 건 다름 아닌 부탁이 있어서예요."

영숙은 침대 시트 밑을 뒤져서 한 움큼의 달러를 꺼내들었다.

"이왕 우리 집을 가봐서 알고 있다면 며칠 내로 이 돈 좀 아버지한테 전해주세요. 그걸 부탁드리고 싶어요. 제가 가고 싶지만 그렇게 되면 금방 소문이 날 거예요. 그리고 이건 파스예요. 하루에 아침 저녁으로 세 알씩 드시라구 전해주세요. 제 부탁 들어주실 수 있겠죠?"

종대는 잠자코 머리를 끄덕였다.

"그리구 제 안부를 묻거들랑 그저 잘 있더라구만 전해주세요. 묻지도 않으시겠지만 뭘 하구 있느냐고 물으시면 미군부대에 타이피스트로 취직이 되었다구 거짓말하시면 돼요. 일이 너무 바빠서 들를 시간이 없어서 자주 못 들른다구 말해주세요."

"알겠어."

종대는 대답했다.

"술 한잔 드릴까요?"

"마셨어."

종대는 대답했다.

"어디서요?"

"요 앞 홀에서 맥주를 마셨어."

이 아이가 신선대로 향하는 연락선 위에서 구토를 하던 그 아이였던가. 이 아이가 노먼 대위 집에서 먹다 남은 칠면조 고기와 담배꽁초를 주워모아 봉투에 싸들고 도망가던 그 아이였던가. 이 아이가 비바람치는 바닷가에서 외마디 비명소리를 지르던 그 아이였던가.

불과 두 달 만에 영숙은 허물어져 있었다. 어지러운 혼란 속에서도 나이 어린 여인이 버텨나갈 수 있었던 것은 오직 그녀가 가진 오염되지 않은 육체 때문이었다.

그것이 더럽혀진 순간부터 이처럼 변할 수 있는 것일까.

"이렇게 오래 앉아 있을 수 있어요?"

오랜 침묵 끝에 생각난 듯 영숙은 물었다.

"토요일이야."

종대는 겸연쩍은 소리를 내었다.

"마이클 중위는 오지 않나?"

"당직이래요. 오늘밤은 돌아오지 않아요."

"마이클 중위는 일 년 뒤엔 임기가 끝나. 일 년 뒤엔 본국으로 돌아가기로 되어 있는데."

"함께 가기로 했어요."

영숙은 피로한 듯 침대 위에 머리를 기대었다.

"이젠 그만 가보세요. 난 피곤해요."

종대는 주섬주섬 영숙이 방바닥에 내려놓은 돈뭉치와 약병을 주워 주머니에 집어넣었다.

"내일이라도 찾아가서 전해주겠어."

"전해주신 다음에 한번 들러주세요. 아래층에서 경자를 찾으세요. 경자가 말해줄 거예요. 마이클이 있을 때 찾아오면 안 돼요. 마이클은 의심이 많아요."

종대는 군화를 신었다. 천천히, 이대로 떠난다는 것이 왠지 미진해서 천천히 구멍에 군화끈을 집어넣으며 종대는 머릿속으로 한마디 인사말이라도 생각해내기 위해서 머리를 모았다. 그러나 아무런 말도 생각나지 않았다.

"가겠어."

종대는 돌아보았다. 영숙은 침대 위에 엎드려 있었다.

"문 닫고 가세요."

여전히 바닷물은 간조시간이었는지 한 마장이나 빠져 있었다.
벌거벗은 아이들이 소리지르며 물이 드문드문 남아 있는 감탕을 쑤셔서 게를 잡고 있었다.

일 주일 전 영숙을 찾아 약도를 들고 찾아왔을 때와 조금도 다름 없는 풍경이었다.

종대는 영숙이 부탁한 돈과 약병을 들고 그녀의 아버지를 찾아나 선 길이었다. 날은 무더워져 본격적인 무더위가 시작되고 있었다.

소나무숲이 우거진 언덕길로 올라서자 뒤따르던 병든 개가 종대 를 보고 컹컹 짖었다. 여기저기서 개들이 합창하듯 짖어댔다. 동네 아이들이 중턱 빈터에서 뛰어놀고 있었다.

종대는 그 아이들 중에 영철이가 어디쯤 있는가 찾아보았지만 눈 에 띄질 않았다.

이미 한번 찾아왔던 길이라 새삼스레 아이들에게 길을 물어볼 필 요는 없었다. 더러운 하수가 흘러내리는 골목길로 종대는 접어들었 다. 울타리도 없는 판자문은 굳게 닫혀 있었다.

한낮의 정적이 무거운 중압감으로 내리누르고 있었다.

"여보세요."

종대는 소리내어 불러보았다.

대답이 없었다. 하수구에서 몇 마리의 쉬파리들이 위잉 소리를 내 며 날았다.

"여보세요."

종대는 판자문을 두드려보았다. 한참 만에 간신히 문이 열렸다. 한낮의 태양이 눈에 부신 듯 기어나온 사내는 바로 한치 앞에 서 있 는 종대를 발견하지 못하였다.

"누구시오?"

"접니다."

종대는 모자를 벗었다. 그러나 그는 종대를 알아보지 못하였다. 일 주일 만인데도 사내는 놀라울 만큼 초췌해져 있었다.

"절 알아보시겠습니까? 전번 주일에 찾아왔었던 군인입니다. 따님의 주소를 알아가려고 왔었던 군인입니다."

"아, 알겠소."

사내는 기침을 시작했다.

기침은 오래 계속되었다. 기침이 끝나자 그는 골목길에 가래침을 뱉었다.

"따님을 만났습니다."

종대는 툇마루에 걸터앉았다.

"따님은 잘 있습니다."

"나쁜년."

사내는 듣기 싫다는 듯 손을 내저었다.

"어디서 뭘 하고 있습디까?"

"미군부대에서 타이피스트로 있습니다. 워낙 바빠서 들를 수가 없다고 했습니다. 제가 대신 왔습니다."

종대는 주머니에서 영숙이 준 돈과 약병을 꺼내었다.

"이것을 전해드리라고 했습니다."

사내는 떨리는 손으로 돈을 받았다.

"아니, 이건 달러 아니오?"

이 사내는 제 딸이 어떻게 해서 번 돈이라는 사실을 알아볼 필요가 있다는 듯 몰라보게 생기가 오른 얼굴로 종대를 보았다.

"이 많은 돈을 영숙이가 보냈을 리가 없을 터인데. 설마, 그 아이가 나쁜 짓을 한 것은 아니오?"

"아닙니다."

사내는 발작적인 기침을 계속하였다. 그러나 숨이 끊어질 듯한 기침에도 두 손에 들린 지폐는 신앙처럼 붙들고 있었다.

"이것은 약입니다. 따님이 주셨습니다."

종대는 그의 앞에 약병을 내놓았다.

"아침에 세 알, 저녁에 세 알 드시라고 했습니다."

"고마워요, 청년. 고마워."

사내는 종대의 손을 잡기 위해서 손을 내저었다. 종대는 그의 손을 잡았다. 얼음처럼 차디찬 손이었다.

"한번 들러달라고 하시오. 그 아이를 만나거들랑 집에 들러달라고 하시오."

"알겠습니다."

종대는 일어섰다.

"전 그만 가보겠습니다. 영철이는 어디 있습니까?"

"그 아인 보리밭으로 나갔소. 깜부기를 따먹고 있을 거요."

"안녕히 계십시오."

종대는 언덕길을 내려왔다. 바다가 보이는 언덕길 아래로 무수한 보리들이 해풍에 물결치고 있었다. 알맞게 익어 황금의 담요를 깔아놓은 것 같았다. 하늘엔 햇솜을 뭉쳐 던져놓은 것 같은 구름이 펴 있었다. 바다는 끓어오르는 햇살 속에 거대한 생선처럼 비늘을 번뜩이며 뒤채고 있었다.

눈부시게 탈색된 모래사장을 핥는 파도소리가 달콤한 낮잠에 빠진 아이의 입가에서 간혹 흘러나오는 잠꼬대 소리처럼 들려왔다. 바람에 불려가는 구름이 햇살을 가릴 때마다 구름의 그림자가 보리밭 위를 완만하게 스쳐 지나갔다.

보리밭 위로 한 소년의 목이 달랑 빠져나와 있었다. 영철이였다. 그는 동네 아이들과 동떨어져 혼자 보리밭 사이에서 놀고 있었다. 둑길로 해서 종대가 다가가자 소년은 겁에 질린 듯 보리밭 사이로 숨어들었다. 종대는 가만히 보리밭을 헤치고 소년이 웅크린 밭 가운데로 들어갔다.

"뭘 하고 있니?"

소년의 등뒤에서 종대는 숨박꼭질하다 발견한 술래처럼 툭 머리통을 때렸다. 소년은 종대를 돌아보았다.

"아저씨구나."

시큰둥하게 소년은 말했다.

"누나 만났어요?"

"만났다."

"어디 있어요, 누난?"

소년은 깜부기를 먹은 시커먼 입을 손등으로 아무렇게나 훔쳐내리며 볼멘소리로 물었다.

"난 누나한테 갈 거예요. 날 누나한테 데려다주세요, 아저씨. 씨팔, 아버진 죽고 말 거예요. 난 무서워서 집에 들어갈 수가 없어요. 누난 나빠요."

"누나가 너에게 선물을 주더라."

종대는 주머니에서 장난감 권총을 꺼내들었다. 그것은 그가 피엑스에서 산 물건이었다.

"받아라. 넌 이담에 군인이 되고 싶다지 않았니?"

"일없어요."

소년은 토라졌다.

"아이들이 뭐라는 줄 알아요? 누난 똥갈보래요. 양갈보래요. 밤마다 깜둥이하고 빠구리한대요."

"누난 양갈보가 아니다."

종대는 말했다.

"너의 누난 훌륭한 사람이다."

소년의 입에서 자랑스런 미소가 떠올랐다.

"너의 누난 미군부대에서 일하고 있어. 돈두 많이 벌구 아주 똑똑한 사람이라구 칭찬을 듣는다."

"증말이에요, 아저씨?"

"그럼 정말이잖구."

소년은 그제야 권총을 받아들었다. 철커덕 소년은 종대를 향해 총을 겨누었다.

"손 들엇!"

종대는 손을 들었다.

소년은 방아쇠를 잡아당겼다. 종대는 비명을 지르며 보리밭 사이에 쓰러졌다.

대문은 열려 있었다.

종대가 문을 열고 들어서자 마당엔 수많은 사람들이 나와서 이층을 올려다보고 있었다. 그들은 누구 하나 종대가 들어서는 것을 아랑곳하지 않았다. 무언가 깨지는 소리가 이층에서 들려왔다. 비명 소리도 들려왔다.

"지랄하네. 좆 같은 새끼."

내복바람으로 팔짱을 끼고 서 있던 여인 하나가 침을 뱉으며 중얼거렸다.

"사람 죽이겠다. 누구 엠피 좀 불러라."

"얘, 저래뵈두 부부싸움이다. 부부싸움에 헌병은 불러서 뭣 하니?"

"저러다가 살인 난다구. 우린 송장 치게 된다구."

잠시 조용했던 이층에서 또다시 한바탕 부서지는 소리가 났다. 불확실한 목소리로 고함지르는 분노에 찬 사내의 목소리도 들려왔다. 사람들은 모두 마당에 몰려나와 이층을 쳐다보고 있었지만 말리려는 생각보다는 오히려 구경하고 싶은 호기심이 더 강한 모양인 듯 모른 체 내버려두고 있었다. 평소 부대 내에서도 잔인하고 난폭하기로 소문난 마이클이 영숙을 구타하고 있는 모양이었다.

"저러다 필경 죽고 말지. 하루이틀도 아니고."

나이든 여인 하나가 혀를 끌끌 차며 중얼거렸다.

"누굴 찾아왔수?"

여인은 그제야 낯선 사람을 발견한 듯 종대를 쳐다봤다.

"경자를 만나러 왔습니다."

"경자? 얘, 경자야, 경자야."

"예에 ―"

안쪽에서 연약한 대답 소리가 들려왔다.

"니 오라버니 찾아왔다."

조그만 소녀가 깡충깡충 뛰어 달려왔다.

"오머, 아저씨구나. 언니 만나러 왔어요?"

종대는 대답 대신 머리를 끄덕였다.

"언닌 보다시피 굿하고 있어요."

뭐가 우스운지 소녀는 입을 가리며 깨득깨득 웃었다.

"요 앞 거리에 나이아가라라는 술집이 있어요. 거기서 기다리고 계세요. 굿은 오래 걸리지 않아요. 금방 끝날 거예요."

무언가 깨어지는 소리가 났다. 돌연 주위를 의식한 듯 터져나오려는 통곡을 간신히 틀어막고 안으로만 오열하는 울음소리가 들려왔다.

영숙의 비명소리였다. 종대는 쫓기듯 뛰어 거리로 나섰다. 나이아가라라는 술집은 거리 끝에 있었다. 주말을 즐기러 외출한 외국 병사들로 가득 차 있었다. 종대가 들어서자 문 입구에 앉아 있던 비만한 사내가 퉁명스럽게 말을 했다.

"우린 한국사람은 받지 않습니다."

종대는 모른 체 술집 안으로 들어섰다. 홀은 접대부들과 춤을 추

306

는 사복 입은 병사들로 숲을 이루고 있었다. 귀를 찢는 요란한 재즈 음악이 출렁이고 있었다.

"이봐."

사람들을 헤치고 비만한 사내가 다가와 종대에게 말했다.

"내 말이 안 들려? 여긴 한국사람 상대하는 술집이 아냐. 엽전들은 들어올 수 없게 돼 있다구."

종대는 그를 쳐다보았다.

"순순히 말할 때 나가시지, 군바리 선생. 아무리 카투사라지만 얼굴이 노란 사람은 곤란해. 영업에 지장이 있거든."

종대는 말없이 일어섰다. 그는 사람들을 헤치고 입구로 걸어나갔다. 새삼스레 분노는 일지 않았다. 막 입구를 나서려는데 경자가 팔짝팔짝 뛰어 나타났다.

"어머, 어딜 가세요?"

경자는 알겠다는 듯 혀를 쏘옥 빼물었다.

"괜찮아요. 들어오세요, 아저씨. 우리 오빠예요. 술 한잔 마시고 갈 거예요. 괜찮죠?"

비만한 사내는 모른 체 딴 곳을 쳐다보았다.

구석진 자리에 앉자, 경자는 맥주 두 병을 시켰다.

"막 굿이 끝났어요."

아직 어린 티가 가시지 않은 소녀는 씹던 껌을 탁자 위에 놓더니 맥주를 홀짝 들이켰다.

"언니는 잘못 걸렸어요. 마이클은 나쁜 쌔끼예요. 그 쌔낀 변태성욕자예요. 그리구 의처증이구요. 그 쌔끼하구 살다간 언닌 죽을 거예요. 헌데 이상해요. 굿이 지나면 말이에요, 그 쌔낀 언니 앞에서 무릎을 꿇고 운다구요. 엉엉 운다구요. 미친 쌔끼예요. 싹싹 이렇게 두 손이 발이 되도록 빌면서……"

경자는 제 손을 맞비벼 비는 시늉을 했다.

"용서해달라구 울어요. 평소에는 아주 사근사근한 쌔끼예요. 그러다가 한번 증세가 발동하면 가구를 다 때려부수고 언닐 복날 개 패듯 두들겨패요. 언닌 그 쌔끼와 헤어져야 해요. 그렇지 않으면 언닌 죽을 거예요."

"헤어지면 되잖아."

종대는 미지근한 맥주를 들이켰다.

"한번 도망쳤더랬어요. 하지만 이 바닥이 빤한데 뛰어야 손바닥 안이죠, 뭐. 언닌 그 쌔끼와 헤어져야 해요."

"왜 아무도 말리지 않는 걸까? 왜 구경만 하고 모른 체 내버려두고 있지?"

"누가 말려요, 부부싸움인데. 내 참……"

소녀는 깔깔대며 웃었다.

"다 지들 좋아서 하는 굿거린데."

종대는 잠자코 맥주를 들이켰다.

"곧 갈 거예요. 마이클이 구두 신은 걸 봤어요. 아직 언니한테 아저씨가 왔다는 걸 알리지는 못했지만 괜찮아요. 올라가시면 될 거예요. 언니 나올래두 나올 수가 없어요. 온통 얻어맞아 입술이 터지고 멍이 들었을 테니까요. 저 담배 한 대 주세요."

종대는 잠자코 담배를 내어밀었다. 소녀는 한 개비 뽑아 성냥불을 댕겨 한 모금 빨아들이더니 칭찬받고 싶어하는 학예회의 소녀처럼 담배연기로 도너츠 모양을 만들었다.

"어떻게 되는 사이세요? 아저씨하구 언니하구 말이에요."

종대는 대답하지 않았다. 조명 밑에서 템포 느린 블루스에 맞춰 사람들은 서로를 껴안고 흐느적거리고 있었다. 뜨거운 열기가 홀 안을 가득 채우고 있었다.

"시치미 떼지 마세요. 애인 사이시죠?"

종대는 연신 나불거리는 소녀의 얼굴을 쳐다보았다.

"난 보면 알아요. 어떤 사인지. 나쁜 사람은 마이클이 아니에요. 아저씨가 나빠요. 애인이 그런 거 곁에 있으면 구해주는 거예요."

경자는 단숨에 맥주를 들이켰다.

"가요, 아저씨. 마이클은 이제 갔을 거예요."

두 사람은 홀을 빠져나왔다.

"언니는 이런 데 있을 사람이 못 돼요. 언닌 너무 착해빠졌어요. 물렁팥죽이에요."

골목 끝에서 경자는 발돋움을 하고 담 너머 이층 창문을 쳐다보았다.

"갔어요, 그 쌔끼. 들어오세요."

대문은 여전히 열려 있었다. 마당에 나와 있던 사람들은 사라지고 없었다.

소녀는 언젠가처럼 이층으로 통하는 계단을 가리키며 말했다.

"올라가세요, 아저씨. 오늘밤 안으로 그 쌔낀 오지 않을 거예요."

종대는 계단을 올라갔다.

"남의 눈에 띄지 않으시는 게 좋아요, 아저씨."

계단은 종대의 몸무게를 이겨내지 못하고 해수병 걸린 늙은이처럼 삐걱거렸다.

불이 꺼져 있었다.

숨죽인 울음소리가 닫힌 방 안에서 새어나오고 있었다. 종대는 노크를 하지 않았다. 그는 문을 열었다. 울음소리가 순간 멎었다.

"누구세요?"

물기에 젖은 영숙의 목소리가 맥없이 흘러나왔다. 종대는 구두를 벗고 방 안으로 들어섰다. 줄을 잡아당겨 불을 켜려 하자 영숙은 비명을 질렀다.

"불을 켜지 마세요."

종대는 잠자코 어둠 속에 웅크리고 앉았다.

"누구세요?"

영숙이의 목소리가 재차 꽂혀왔다.

"나야."

종대는 낮은 목소리로 대답했다.

"종대야."

말이 끊겼다. 종대는 물끄러미 소리가 날아오는 쪽을 쳐다보았다. 희미한 잔영 속에 어슴푸레 침대 위에 앉은 영숙의 모습이 희게 떠 보였다.

"언제 오셨어요?"

"조금 전에. 기다렸어, 마이클이 갈 때까지. 경자가 가르쳐줬어. 낮에 신선대에 들렀다 오는 길이야. 아버지한테 돈과 약을 전해줬어. 그것을 말해주러 왔어."

"모두 보셨겠군요."

영숙이가, 될 수 있는 대로 아픈 점을 찌르지 않기 위해서 두서없이 딴전을 부리고 있는 종대의 마음을 알아차린 목소리로 물었다.

"조금 전에 있었던 굿거리를……"

종대는 대답 대신 머리를 끄덕였다.

"가겠어."

종대는 일어섰다. 군화를 찾아 몇 발짝 떼어놓는 종대의 발목에 무엇인가 걸렸다.

종대는 휘청이며 넘어졌다.

"불을 켜세요."

한결 침착해진 목소리로 영숙이 말을 꺼냈다.

"괜찮아."

"거울이 깨졌어요. 잘못하다간 발바닥이 베일지 몰라요."

종대는 캄캄한 허공에 매어달린 불을 켜는 줄을 찾아 더듬었다. 종대는 그것을 잡아당겼다. 몇 번 깜박이다가 불이 켜졌다.

그제야 난장판이 되어버린 방 안의 풍경이 눈에 들어왔다. 갈가리 찢긴 옷들, 깨진 거울, 박살난 화장도구들, 어지러이 구르는 침구와 깨진 레코드판. 어디 한 군데도 발디딜 틈이 없을 정도로 방 안은 어질러져 있었다.

영숙은 침대 옆에 무릎을 세우고 앉아 있었다. 종대 쪽으로 돌리지 않고 얼굴을 피하면서.

종대는 영숙의 모습을 지켜보았다.

슈미즈바람의 영숙의 머리칼은 분명 가위로 잘린 듯 듬성듬성 이가 빠져 있었고, 드러난 어깨 위로 얻어맞아 부풀어오른 상처가 보였다. 여윈 어깨가 조금씩 경련하고 있었다.

종대는 영숙의 곁으로 다가갔다.

"오지 마세요."

등뒤로 다가오는 종대의 인기척을 느끼자 반사적으로 무릎 속에 얼굴을 파묻으며 영숙은 소리질렀다.

"가세요."

종대는 영숙의 머리카락을 쥐었다.

두 손을 영숙의 무릎 사이로 찔러넣어 영숙의 얼굴을 받쳐들었다.

얼굴은 온통 젖어 있었다. 떠받쳐올리려는 종대의 두 손을 피하며 영숙은 몸을 비틀어 물러나 앉았다.

"왜 이러는 거예요? 뭘 보기 원하시는 건가요?"

"얼굴을 들어봐."

"가세요, 제발."

종대는 순간 영숙의 머리칼을 부여잡았다. 알 수 없는 분노가 치밀어올랐다. 영숙의 머리가 끌어올려졌다. 영숙은 두 눈을 꼭 감고 있었다.

찢어진 입술과 부풀어오른 턱. 푸르게 멍든 눈자위와 핏멍울이 맺힌 볼. 그 위로 쉴새없이 흘러내리는 눈물.

종대는 상처투성이의 얼굴을 쓰다듬었다. 쓰라린 듯 비명을 지르며 영숙은 고개를 돌렸다.

"죽일 셈이었군."

종대는 맥없이 침대 모서리에 주저앉았다. 그는 담배를 피워물었다. 그리고 불을 댕긴 담배를 건네주자 영숙은 담배를 받아물었다.

"그 쌔끈 미친놈이야."

종대는 볼멘소리를 질렀다.

"죽기 싫다면 당장 헤어져. 니 아버지보다 먼저 네가 마이클한테 얻어맞아 죽어버리고 말 거야."

"그인 내 남편이에요. 우린 정식으로 결혼했어요."

영숙의 머리가 꼿꼿이 세워져 종대를 향했다. 그녀의 두 눈이 이글이글 타오르고 있었다.

"당신은 내게 이래라저래라 참견할 자격이 없어요."

"넌 버림을 받을 거야. 난 알고 있어. 양키 아이들의 수법쯤 충분히 알고 있어. 언젠가는 임기가 끝나 돌아갈 때 함께 데려가주겠다고 약속했겠지. 사랑한다고 말했겠지. 그리고 결혼도 했겠지. 면사포쯤 일 달러면 빌려주는 사진관이 얼마든지 있으니까. 그러다가 어느 날 마이클은 돌아오지 않을 거야. 출근하는 사람처럼 키스를 하고 이렇게 말하겠지. 저녁때 퇴근하는 대로 돌아오겠어, 마이 달링. 그날밤 돌아오지 않는다. 다음날도 돌아오지 않는다. 다음날도 다음날도, 그리고 영원히 돌아오지 않을 거야. 부대에 알아보겠

지. 그럼 이렇게 이야기할걸. 마이클 중위는 임기가 끝나 미국으로
돌아가셨습니다. 이 바닥엔 모두 그런 계집들만 남아 있어. 한번 속
게 되면 흰둥이건 검둥이건 가리지 않게 된다구. 나중에는 니그로
한테 매달리게 될 거야. 벌써 수십 번 속았으면서도. 나를 데려가줘
요. 나를 켄터키로 데려가줘요. 당신의 아이를 낳겠어요. 그러다가
미쳐 죽은 갈보들도 있지. 그러다가 바다에 빠져죽은 년도 있어. 평
생 고치지도 못할 매독에 걸려 머리칼이 다 빠져버린 갈보들도 있
지. 늙고 병들게 되겠지. 수면제나 하루에 수십 알씩 먹으면서. 마
찬가지야. 너두 언젠가는 버림받게 돼."

"나가, 씨팔쌔끼야!"

영숙이 처참하게 찢긴 얼굴을 들고 나지막이 부르짖었다.

"안 나가면 죽이겠다."

영숙은 침대 위에 떨어진 가위를 집어들었다. 그녀의 두 눈에 살
의가 번득였다. 자신의 머리칼을 자른 가위를 영숙은 날이 보이도
록 세워들었다.

"니 쌔낀 내게 말할 권한이 없어. 니 쌔낀 내 몸을 빼앗았어. 아
아, 이 쌔끼야. 넌 내 몸을 빼앗았어. 넌 나를 죽였어. 내 손에 구겨
진 돈을 쥐여주며 말했어. 가져, 가져, 니꺼야. 난 이미 죽은 몸이
야, 아아."

영숙은 가위를 집어던졌다. 영숙은 통곡하기 시작했다.

"아, 아, 어머니."

그 말, 그 한마디의 말이 종대의 심장을 갈가리 찢었다. 그 일이
있은 뒤 털어도 털어도 어느 구석에 숨어 있다 나타나는, 모래알처
럼 영원히 지워지지 않는 상처를 남겨준 한마디의 말, 그것은 영숙
의 입에서 흘러나오던 넋없는 한숨의 외침이었다.

어, 머, 니.

종대는 영숙이의 머리칼을 부여잡았다. 영숙의 몸은 침대 위에 던져졌다. 종대는 영숙의 젖은 얼굴로 입술을 들이밀었다. 더이상 영숙의 몸은 저항하지 않았다. 그녀는 널린 빨래처럼 누워 있었다.

끊임없이 눈물이 솟아오르고 간혹 사이사이에 곡성과 같은 한마디의 말들이 섞여나왔다.

어, 머, 니.

종대는 그 말과 싸우기 위해서 이를 악물었다. 찢긴 옷을 내리자 영숙의 마르고 여윈 맨몸이 드러났다. 여기저기 푸르게 멍든 자국이 보였다. 그 자국마다 종대는 입술을 들이댔다. 자신의 상처를 자신의 혀로 씻어내리는 가축처럼. 이것으로 너의 상처가 나을 수 있다면.

종대는 녹슬고 더러운 계급장을 치약으로 닦아내면 윤기가 반짝반짝 돋아나듯이 때묻은 영숙의 육체를 자신의 혀로 씻어내리면 모든 것이 씻겨나가고 상처는 치료될 것 같은 느낌을 받았다.

종대는 영숙의 젖가슴과 배, 넓적다리, 그리고 성기, 그 모든 부분을 혀로 핥았다.

영숙은 천장에 시선을 고정시킨 채 생명이 없는 무생물처럼 누워 있었다.

종대는 그 속에 자신의 몸을 구겨넣었다. 두 몸은 잠깐 동안이나마 하나가 되었다. 눈물마저 끊긴 영숙의 얼굴은 물로 씻은 듯 정결해 보였다. 몸을 떼어 바지를 치켜올리면서 종대는 영숙의 얼굴을 들여다보았다.

"가겠어."

영숙은 미동도 하지 않았다. 알몸인 영숙의 육체는 차디찬 침과 땀, 넓적다리로 흘러내리는 넘치는 정액의 끈적끈적이는 액체로 형광불빛에 주름을 두른 듯 반짝이고 있었다.

"가겠어. 또 오겠어."

군화끈을 구두 속으로 구겨넣으며 종대는 말했다. 어느 틈에 깨어진 유릿조각 파편을 밟은 모양인지 발바닥이 따끔거리고 있었다.

"가지 마세요."

불확실한 목소리로 영숙이 중얼거렸다. 종대는 구두끈을 매다 말고 영숙을 돌아보았다.

"가지 마세요."

똑같은 어조로 영숙은 되풀이했다.

"아침까지 같이 있어요."

왜 가지 못하게 했을까. 종대는 다음날 아침 일찍 영숙의 방을 나와 부대로 돌아와서부터 늘 그 생각에 사로잡혀 있었다.

조금 전까지 살의가 번득이는 분노의 시선으로 종대를 노려보던 영숙이 어떤 심경의 변화를 일으켜 종대를 막아세웠을까.

새벽 미명이 창가에 물처럼 스며들 때까지 두 사람은 한잠도 자지 않았다. 그리고 한마디도 나누지 않았다. 간혹 서로 깨어 있음을 확인시키기 위해서라도 몸을 바꿔 누우며 어둠을 지켜보았다. 가끔 살이 부딪쳤다. 손이 마주쳤다. 어쩌다 한숨이 맞아떨어졌다. 무슨 말을 해야 할 것인지 곰곰이 궁리하던 처음의 부담감도 이내 재처럼 잦아들었다. 그저 평온하였다. 나중에는 입을 열어 말을 한다는 것이 모처럼의 침묵을 깨뜨리는 것 같아 말이 필요치 않게 되었다. 우연히 스친 손끝에 영숙의 심장이 만져졌다. 더운 피가 달음박질하고 있었다. 머리카락이 검(劍)처럼 영숙이가 일으키는 바람으로 일어섰다. 차마 말로 형상화되지 않는 하고 싶은 말들이 지층 밑에서 끓어오르는 불꽃처럼 체온과 내쉬는 한숨 속에 묻어나는 바람으로 전해왔다.

그래서 종대는 쉴새없이 손으로 만져 그녀의 말을 확인했다. 입을 열어 말하지 않았지만 그녀는 몸 전체로 말하고 있었다. 두 사람은 장님이었고, 서로의 몸은 점자였다. 눈으로 귀로 확인하느니보다는 두 손으로 더듬어 판독하는 것이 쉬웠다.

어떤 때는 그녀의 온몸에 숨어 있는 육체의 뿌리가 보일 때도 있었다. 그 뿌리 밑에 종대는 물을 주었다. 어떤 때는 그녀의 살 속에 박힌 가시가 보였다. 종대는 입으로 그것을 빼어주었다. 어떤 때는 그녀의 뼛속에 깊이 새겨진 문신을 보았다. 종대는 혀로 그것을 지워주었다.

확인되는 것은 손 하나 뻗으면 가질 수 있는 육체뿐이었다. 종대는 새벽이 올 때까지 수차례 영숙의 몸 위로 올라갔다. 경련하며 떨고 그리고 캄캄한 숲과 같은 절망감에 사로잡혀 어둠 속에 던져졌다. 원할 때마다 영숙은 받아들였다. 그리하여 잠깐씩 함께 부딪쳤다. 그러할 때 두 사람은 한 몸이 되었다. 서로의 마음속에 태어날 때부터 지니고 있는 독들이 함께 섞여서 조금씩 중화되어갔다. 종대의 독은 영숙에게 아무런 해독도 불러일으키지 않았다. 영숙의 한은 종대에게 아무런 적의도 불러일으키지 않았다. 나눠주었으므로 안심이 되었다.

새벽이 가까워올수록 서서히 영숙의 몸에서 체온이 달아올랐다. 시체처럼 던져져 있던 영숙의 두 손이 거미의 발로 일어섰다. 그녀는 수십 개의 발을 움직여 종대를 부둥켜안았다. 그녀의 자궁이 종대를 덫처럼 사로잡았다. 거미가 줄에 걸린 곤충의 몸에 독침을 찔러 의식을 마비시켜놓듯이 종대는 그녀가 내뿜는 독에 빠져들었다.

새벽 미명이 머문 영숙의 두 눈은 쌍꺼풀이 세 겹, 네 겹으로 접혀 있었다. 일어서려는 종대를 붙잡으며 영숙은 말없이 자신의 몸을 가리켰다. 종대는 군화를 신은 채 영숙의 몸 위로 올라갔다. 영숙의 몸이 침대 밑으로 굴러떨어졌다. 깨어진 그릇 조각이 영숙의 등을 찔렀다. 피가 배어나왔다. 그러나 괜찮다고 영숙은 말했다. 그녀는 몸으로 말했다. 어서 계속하라고 강요하고 있었다. 깨어져 안의 내용물이 흘러나온 화장품들이 그녀의 몸을 덮었다. 그녀는 깨진 유리 파편처럼 보였다. 부서져 안의 내용물이 고스란히 나온 화장대처럼 보였다. 던져진 베개처럼 보이고 박살난 레코드판처럼 보였다.

"또 올게."

혁대를 잠그며 종대는 말했다.

"언제든 또 올게. 잘 있어."

"문 닫고 가세요."

영숙은 밤새도록 단 한마디의 말을 종대의 등에 쏘았다.

부대에 들어온 사흘 뒤 종대는 변소에서 소변을 보다가 격심한 통증을 느꼈다. 팬티에 지저분하게 고름이 묻어 있었다. 직감적으로 성병에 걸렸다는 확신이 들었다. 의무반의 카투사들이 종대의 오줌을 받아 현미경으로 들여다본 다음 낄낄거리며 말했다.

"임선생이다. 이 새끼야, 된통 걸렸다."

엉덩이를 까내리고 페니실린 주사를 맞으며 종대는 병든 영숙의 몸을 떠올렸다.

어째서 마이클은 임시라고 할지라도 자기 아내의 몸에 더러운 병을 남겨주고 있는 것일까. 왜 고쳐주려 하지 않는 것일까. 어쩌면 마이클은 고질적인 병을 가지고 있을지도 모른다. 원하기만 한다면 마이클은 의무반에서 얼마든지 병을 고칠 수 있을 것이다. 중위 계급장을 달고 있다면 최고급 항생제쯤은 마음대로 구할 수 있을 것이다. 어째서 영숙에게 페니실린 알약을 구해다주지 않는 것일까.

"너 마이클 알고 있지?"

주사를 맞은 엉덩이를 손으로 문지르며 종대는 위생병에게 물었다.

"그 권투선수 새끼 말이냐?"

"그래."

종대는 머리를 끄덕였다.

"그 자식 가끔 병원에 오지 않니?"

"말두 말아라."

위생병은 혀를 내둘렀다.

"그 자식은 갈보두 똥갈보만 상대하는 모양이다. 임질만 해도 벌써 전과 오범이다. 언제나 줄줄 새고 있다."

종대는 닷새 동안 페니실린 주사를 맞았다. 닷새째 되는 날 위생병은 현미경을 들여다보더니 말했다.

"다 나았다, 깨끗하다. 이젠 술 처먹어두 괜찮겠다. 그 대신 앞으로 작전 나갈 땐 장갑 끼고 나가라. 자칫하면 고치지도 못하구 만년필 망가진다."

그날부터 종대는 캐노피를 구해 비행기를 만들기 시작했다. 손재주가 좋은 종대가 만드는 비행기는 부대 내에서 언제나 인기가 있었다. 캐노피를 잘라 샌드페퍼로 밀어 곱게 표면을 만든 다음, 군용 치약으로 닦으면 비행기 유리는 놀라울 정도로 투명해진다. 그것을 날개는 날개대로, 꼬리는 꼬리대로, 몸체는 몸체대로 만들어 접착해 붙이면 아주 훌륭한 모형 비행기가 되었다. 빨리 지금이라도 박차고 뛰어나가 영숙이 보고 싶다는 생각이 들 때마다 종대는 캐노피를 샌드페퍼로 밀었다. 조바심을 달래기 위해서 종대는 잠시도 캐노피를 손에서 놓질 않았다.

영숙은 종대의 머릿속을 완전히 점령하고 있었다.

사랑한다.

종대는 거친 페퍼로 대충 면을 고르게 만든 다음 알이 작은 물페퍼로 캐노피를 정성들여 문지르며 중얼거리곤 했다.

나는 영숙이를 사랑한다.

318

이제 난 영숙이를 내 것으로 만들 것이다.

곱게 간 캐노피를 치약을 발라 낙하산 천조각으로 문질러 광택을 내며 종대는 생각했다.

처음부터 영숙이는 내 것이었다. 비바람치는 모래사장에서 그녀를 범할 때 비로소 내 것이 되었던 것은 아니었다. 태어날 때부터 영숙은 나의 것이었다. 나 역시 태어날 때부터 영숙의 것이었다. 서로 먼 곳을 떠돌며 부초처럼 흘러흘러오다 이제야 만난 것이다. 이제 더이상 헤어져서는 안 된다.

나는 마이클의 손에서 영숙이를 빼앗아올 것이다. 그리고 결혼할 것이다.

비행기가 완성되던 날 종대는 위생병에게 페니실린 알약을 서른 개나 얻었다. 종대는 위생병에게 일 주일 안에 모형 비행기를 만들어주겠다고 약속했다. 비행기가 부서지지 않게 상자 속에 넣고 종대는 보름 만에 영숙을 찾아 외출을 나갔다.

온갖 그리움과 끓어오르는 욕망을 달래며 만든 모형 비행기는 언제라도 두 사람을 이륙시켜줄 것이다. 그리하여 캄캄한 어둠 속을 비행기는 머나먼, 쉽사리 갈 수 없는 나라에까지 두 사람을 안전하게 태우고 날아갈 것이다.

살인적인 무더위가 텍사스 거리를 푹푹 삶고 있었다. 수요일 저녁이라 거리는 한산했다. 문 열린 술집마다 벌거벗은 여인들이 쭈그리고 앉아서 거리를 내다보며 노래를 부르고 있었다. 벌거벗은 흑인들이 먼젓번 왔을 때와 똑같은 장소에 서서 전신주에다 나이프를 집어던지고 있었다.

던질 때마다 나이프는 물고기처럼 날아 진저리를 치며 전신주에 꽂혔다. 빈 거리에 확성기에서 흘러나오는 노랫소리만 요란하였다. 종대는 골목길을 접어들었다.

영숙의 방이 보이는 골목길에 서서 종대는 오랫동안 불 켜진 적산 가옥 이층 창문을 지켜보았다. 불이 켜진 것으로 보아 안에 분명히 사람이 있는 모양이었다. 그러나 마이클이 있는 것 같지는 않아 보였다. 문 열린 창 안으로 영숙의 모습만 보였을 뿐 키 큰 마이클의 모습은 보이질 않았다.

경자에게 물어볼 수도 있겠지만 될 수 있는 대로 자신이 찾아왔다는 것을 아무에게도 알리고 싶지 않은 심정이었다.

오랫동안 지켜보고 나서야 종대는 확신을 내렸다. 마이클은 오늘 야간 당직사관이 아니었던가.

종대는 도둑고양이처럼 문 열린 마당으로 들어섰다. 다행히 아무도 종대를 보지 못했다.

마루에서 미군들과 여인들이 음악에 맞춰 춤을 추고 있는 것이 보였다.

종대는 재빠르게 옥외 계단 위로 몸을 숨겼다. 계단의 삐걱이는 소리가 신경에 거슬렸다.

문은 열려 있었다.

등을 보이고 영숙이가 서 있었다. 붉은빛 속치마를 입은 영숙은 저쪽 창가에 서서 네온이 번뜩이는 거리를 내려다보고 있었다.

인기척에 놀란 듯 영숙의 몸이 젖혀졌다. 영숙은 어둠 속에 서 있는 종대를 보았다. 영숙의 얼굴에 미소와 불안이 뒤범벅된 표정이 떠올랐다.

"언제 왔어요?"

"방금."

"누가 봤어요?"

"아니."

종대는 자랑스럽게 머리를 흔들었다.

"아무도 보지 못했어."

반가운 마음으로 단숨에 달려온 종대의 발걸음은 영숙의 말로 일단 멈춰졌다. 종대는 엉거주춤 서 있었다.

"들어오세요."

할 수 없다는 듯 주위의 눈을 꺼리며 영숙은 창문을 닫았다. 백열등으로 날아든 불나방 한 마리가 원을 그리며 날았다. 방 안에는 불나방이 춤을 출 때마다 거대한 그림자가 일렁였다.

"불안하면 그대로 가겠어."

종대는 구두를 벗으려 하지 않고 손에 들린 선물꾸러미를 가리켰다.

"선물을 가져왔어."

종대는 영숙 앞에 그것을 내밀었다.

"뭐예요?"

비로소 웃음이 떠오르는 얼굴로 영숙이 상자곽을 집어들었다.

"풀어봐. 하지만 주의해. 부서질지도 모르니까."

영숙은 상자곽을 풀었다. 투명한 유리제품 비행기가 날씬한 몸매를 드러내었다. 백열등 불빛을 받아 비행기는 눈부시게 빛났다.

"비행기 아니에요? 이거 어디서 났어요?"

"내가 만들었어."

"종대씨가요?"

감탄하면서 영숙은 조심스럽게 비행기를 받쳐들었다.

"아, 아, 예뻐라. 이게 무슨 유리예요?"

"비행기 유리야."

영숙은 가만히 투명한 비행기 동체를 손바닥으로 쓰다듬어보았다. 그녀의 얼굴에 단박 생기가 차올랐다.

"뭐 마실 것 좀 드릴까요? 구두를 벗으세요."

"가야지."

"괜찮아요. 마이클은 오늘 당직이에요."

영숙은 얼음에 채운 깡통콜라를 따며 한숨을 쉬었다.

"워낙 의심이 많은 사람이니까 언제 들이닥칠지는 모르지만……"

"할 말이 있어."

종대는 컵에 따른 콜라를 단숨에 들이켜고 영숙을 보았다.

"기분 나쁠지 모르지만 병에 걸렸었어. 고약한 병이었어."

"무슨 병인데요?"

영숙은 담배를 피워물었다.

"감긴가요?"

"아니."

종대는 낯을 붉혔다. 그는 주머니에서 주섬주섬 페니실린 알약을 꺼내들었다.

"화류병이었어. 믿어지지 않겠지만 영숙에게서 옮았어. 영숙인 몹쓸병에 걸려 있어. 그래서 약을 가져왔어. 하루에 두 알씩 세 번 먹으면 깨끗하게 나을 거야. 언짢게 생각하지 마. 내 말은 거짓말이 아니야."

영숙은 종대의 시선을 피하려 하지 않고 마주보았다. 담배연기가 눈에 들어갔는지 영숙은 눈물이 괸 눈을 손등으로 비벼 씻었다.

"고치지 않으면 아이를 못 낳게 될지도 몰라."

영숙은 쿨럭쿨럭 얕은기침을 했다.

"약 먹는 동안 술은 먹지 마. 술은 금물이니까."

영숙은 피우던 담배를 재떨이에 눌러 껐다. 백열등을 중심으로 어지러운 춤을 추던 불나방이 어디론가 사라졌는지, 아니면 날개를 접고 쉬고 있는지 그림자는 더이상 일렁이지 않았다.

"보고 싶었어, 영숙이. 얼마나 보고 싶던지 꿈까지 꾸었어. 가기 전에 한마디만 하겠어. 영숙일 남에게 떠맡기고 있을 수는 없다는 생각이 들었어. 내가 갖겠어. 이젠 이 생활을 청산했으면 좋겠어."

"늦었어요."

영숙은 모기라도 무는지 타악 어깨를 때리며 나지막이 말했다.

"소용없는 일이에요. 난 마이클의 아내예요."

"넌 마이클의 아내가 아니야. 그 자식의 요강일 뿐이야. 그것도 더럽고 병균투성이인. 넌 마이클의 배설구에 불과해."

종대는 소리를 질렀다.

"환상은 갖지 마, 병신 같은 계집애야. 너는 버림을 받아. 그리고 폐인이 될 거야."

"그래두 당신보단 마이클이 나아요. 그인 그래두 진실이 있어요. 당신은 진실이 없어요. 당신은 사기꾼이에요. 그인 날 사랑해요. 그래서 때리는 거에요. 날 감시하구 때리구 가두구 의심하는 거예요. 독점하구 싶으니까. 난 맞아두 행복해요."

"맞아서 언젠가는 죽게 될 거야."

어디선가 흐느낌소리가 들려왔다. 어디선가 피리소리가 들려왔다. 저문 거리를 눈 감은 장님 하나가 피리를 불며 지나가는 모양이었다. 뼛골이 쑤셔 안마를 원하는 갈보들이 불러주기를 기다리며. 피리소리는 거리 끝에서 끝까지 흘러갔다.

갑자기 영숙이 자신을 죽은 목숨이라고 말하는 순간에 들려온 피리소리는 마치 영숙의 장례행렬을 달래는 진혼의 곡성 같았다. 종대는 불길한 예감으로 그 소리를 들었다. 만가 소리는 너울너울 흘러갔다.

"그런 식으로 이야기하지 마. 네 아버진 죽어가고 있어. 네 동생은 널 기다리고 있었어. 누나를 찾으며 죽어가는 아버지 곁을 떠나겠다고 했어. 너는 어차피 살아야 할 몸이야."

"우리 집은 어머니가 죽을 때 함께 죽었어야 했어요. 피난길에 어머니가 기관총 세례를 받을 때 우린 땅에 엎드려 숨는 게 아니라 함께 죽었어야 했어요. 어머니 품속에 갓 찐 강냉이가 피범벅이 되어 따뜻하게 안겨 있었어요. 우린 죽었어야 했어요."

그때였다.

마당을 저벅이며 들어오는 군화 소리가 들려왔다.

영숙은 반사적으로 몸을 일으켜서 밖을 보았다. 그녀의 얼굴은 하얗게 질려 있었다.

"마이클이에요."

종대는 민첩하게 몸을 일으켰다. 그러나 밖으로 빠져나가는 통로는 옥외 계단 하나뿐이었다. 어차피 피할 방도는 없었다. 계단을 올라오는 소리가 났다.

"숨어요."

영숙은 베란다를 가리켰다.

"숨어 있다가 내가 마이클을 데리고 나가면 그때 도망가세요."

종대는 그러나 숨지 않았다. 숨을 겨를도 없었다. 몸을 움직이려 하는 순간 벌써 계단에서 올라오는 문이 열렸다. 마이클의 비대한 몸집이 보였다. 그는 엉거주춤 서 있는 종대와 영숙을 번갈아 보았다. 그의 얼굴이 창백하게 질렸다.

"후 아 유?"

그는 종대를 가리키며 물었다.

종대는 두어 발짝 물러섰다.

"가세요. 도망가세요."

종대는 벽에 몰려 한 발짝도 물러설 수 없었다. 아니 도망칠 수 있는 출구가 종대의 등뒤에 열려 있다고 하더라도 종대는 더이상 물러설 수 없다고 생각했다.

서서히 마이클의 얼굴에 비웃음이 떠오르며 허리에 찬 권총을 움켜쥐는 것을 종대는 보았다.

"안 돼, 마이클!"

영숙의 비명소리가 허공을 찢었다. 기세에 놀란 불나방이 푸드득 솟구쳐올랐다.

천천히 권총의 총구가 종대의 가슴을 향해 겨누어졌다. 종대는 그 권총 속에 총알이 들어 있음을 잘 알고 있었다. 저것은 단순히 공포탄을 넣고 다니는 장교용 위장 피스톨이 아니다. 당직사관용이라면 분명히 실탄이 들어 있을 것이다.

"캄 온."

마이클의 혀꼬부라진 목소리가 터져나왔다.

"캄 온."

마이클의 손가락이 방아쇠 쪽으로 다가갔다. 마이클의 얼굴이 창백했다. 눈에서 살의가 보였다.

그때였다.

순간 영숙의 몸이 총을 든 마이클의 팔에 매달렸다.

타앙—

고막을 찢는 굉음이 천장을 뚫었다. 귀가 먹먹한 무아지경 속에 종대는 마이클의 총구에서 달려나간 총알이 천장을 뚫는 것을 보았으며 파란 화약 연기가 일순에 방 안을 가득 채우고 반사적으로 탄피가 방바닥에 떨어지는 것과 영숙의 몸이 풀썩 방에 쓰러지는 것을 동시에 보았다.

종대의 몸이 쇠꼬챙이처럼 일어섰다. 그의 발이 마이클의 턱을 강타했다. 비명을 지르며 마이클의 몸이 넘어갔다. 종대의 두 손가락이 마이클의 두 눈을 후벼팠다. 피가 튀어올랐다. 그의 마음은 얼음처럼 냉정했다. 분노도 일지 않았다. 오랫동안 계획했던 일처럼 종대는 마이클의 목을 주먹으로 찔렀다.

"안 돼."

종대는 미친 듯이 일어서는 영숙을 보았다. 종대는 방바닥에 굴러 떨어진 권총을 쥐어들었다. 그는 방아쇠울에 손가락을 우겨넣었다. 묵직한 중량감이 두 손에 가득 차올랐다.

타앙―

정읍의 밤 이불 속에 머리를 묻고 있을 때 들려오던 총소리가 그의 의식을 찢었다.

죽인다.

순간적으로 생전 처음 권총을 쥔 그의 손바닥에 가득 찬 충일감을 종대는 쾌감처럼 느껴받았다. 권총과의 최초의 악수였다. 이 악마와의 악수에서 종대는 운명적인 암시를 받았다.

살인은 별것이 아니다. 손가락 하나에 달려 있다. 살인과의 엄격한 계약 앞에 종대는 무릎 꿇고 경배를 드렸다. 그는 비로소 죽음과 악수했으며 악의 제자가 되었다. 피도 끓어오르지 않았다. 그저 싸늘했다. 엉겁결에 쥔 총신, 그 금속성의 비정한 침묵과 비릿한 냄새를 종대는 하나를 가르쳐주면 동시에 사물의 본질까지 꿰뚫어볼 수 있는 머리 좋은 아이처럼 한꺼번에 터득했다. 종대는 총구를 마이클의 가슴에 들이댔다. 그것은 절대였다. 그 이상의 법은 존재하지 않았다.

"안 돼."

영숙의 손이 종대의 몸을 잡아끌었다.

"제발, 제발……"

종대는 흐린 의식으로 머리 풀고 날뛰는 영숙을 보았다. 그는 잠시 이해할 수 없는 심정으로 영숙을 응시했다. 왜 저토록 날뛰고 있는 것일까.

종대는 권총의 손잡이로 마이클의 머리를 후려쳤다. 붉은 피가 솟아났다.

"도망가요."

울며 소리지르는 영숙의 소리가 귓가에 꽂혔다.

"도망가요, 종대씨."

순간 종대는 계단으로 통하는 문을 박차고 단숨에 비상계단을 뛰어내렸다. 총소리에 놀란 사람들이 마당에 모여 있다가 종대를 보더니 막아섰다. 종대는 그제야 아직 그의 오른손에 들린 권총을 느꼈다. 그는 사람들을 향해 총을 겨눴다. 사람들이 한꺼번에 흩어졌다. 겨우 뚫린 길을 종대는 내처 뛰었다.

골목을 지나고 네온이 번쩍이는 거리를 지나고, 캄캄한 어둠을 지나고, 전차가 달리는 한길을 종대는 무턱대고 뛰었다. 방향감각이 상실되어 종대는 오발된 총알처럼 마구 달렸다.

종대는 오랜 후 자기가 바닷가 둑 위에 서 있는 것을 발견했다. 달빛이 파도 위에서 허연 웃음을 질질 흘리고 있었다. 바람이 세차게 불어왔다. 머리칼이 날리고 물보라가 휘날렸다.

방죽을 때리는 파도가 종대의 얼굴을 때렸다. 종대는 헐떡이며 정신을 차렸다. 바다로 앞이 막히지 않았더라면 종대는 내처 뛰었을 것이다. 그러나 종대는 바다 앞에서는 무력한 직립인이었다. 그에게는 지느러미가 없었으니까.

무언가 묵직한 것이 오른손에 들린 것을 종대는 보았다. 그것을 유심히 들여다보았다. 그것은 윤기 흐르는 독침을 가진 전갈처럼 보였다. 본능적으로 종대는 총을 바닷속에 집어던져넣으려고 힘을 주었다. 허공으로 치켜든 순간 종대의 마음속에 계약을 맺었던 악마의 외마디소리가 들렸다.

거대한 바다를 향해 총을 집어던지기 위해서 손을 치켜든 종대의 머리를 악마의 고함소리 하나가 화살처럼 꿰뚫었다.

종대는 얼어붙은 듯 하늘을 우러렀다. 밝은 달은 검은 먹구름에 의해서 조금씩 잠식되고 있었다. 탐욕스런 어둠이 이빨을 세우고 달을 갉아먹기 시작했다. 곧 빛은 사라졌다.

종대는 몸을 떨면서 어둠의 독아(毒牙)가 지상에 남아 있는 빛을 소멸시키는 과정을 바라보았다. 그것은 그가 부딪칠 미래에의 암시처럼 느껴졌다.

캄캄한 어둠 속에서 악마의 목소리가 종대에게 꽂혀왔다.

버리지 마라, 종대야.

허공으로 치켜들었던 오른손을 종대는 힘없이 떨어뜨렸다.

그 총을 버리지 마라, 종대야. 언젠가는 그것이 필요하게 될지도 모른다.

파도가 아우성치며 끓어올랐다. 부우웅! 방향을 알 수 없는 암흑 속에서 뱃고동이 울었다. 바람에 날려가는 갈매기 울음소리도 들려왔다.

종대는 소중히 권총을 두 손으로 감싸쥐었다. 그제야 달을 가렸던 검은 구름이 엇샤엇샤 흘러가고 달의 얼굴이 나타났다.

달빛은 어느 한 곳도 버리지 않았다. 빈틈없이 낮은 촉광을 밝혀들고 골고루 채우며 성난 바다 위에서 연신 흰거품을 흘리며 낄낄거리고 있었다.

종대는 권총을 주머니에 집어넣었다. 갑자기 자신이 엄청난 사건을 저질렀다는 느낌이 전율로 다가왔다. 이것은 엄청난 하극상이다. 나는 엄격한 군법회의에 회부될 것이다. 마이클은 어쩌면 휘두른 권총 손잡이에 맞아 두개골이 깨어져 목숨을 잃었을지도 모른다.

도망가요.

귀를 때리던 영숙의 고함소리가 연이어 들려왔다.

종대는 뒤를 돌아보았다.

행여 그곳에 영숙이 서 있어 재촉하고 있는가 하고.

그러나 등뒤에는 바람뿐이었다. 앞에도 뒤에도 옆에도 모두 빈 바람뿐이었다.

어디로 갈 것인가.

종대는 둑길을 따라 걸으며 생각했다. 부대 안으로 도망간다는 것은 자살행위나 마찬가지가 아닌가. 지금쯤 부대 안에서는 마이클의 명령으로 헌병들이 종대를 기다리고 있을지 모른다.

도망가요.

등뒤로부터 불어오는 바람이 빠르게 걸어와 영숙의 외마디소리를 전해주었다. 그 바람에 종대는 밀려갔다.

어디로 갈 것인가.

종대는 생각했다.

정읍으로 돌아갈 것인가. 다시는 돌아오지 않으리라 맹세하고 떠나올 때 침을 뱉었던 정읍으로 되돌아갈 것인가. 아니면 그를 낳은 고향 양산으로 돌아갈 것인가. 고향의 갈대밭, 금모래 위에 부서지던 태양. 아직도 낯익은 몇몇 사람들의 얼굴이 떠오른다. 그러나 그는 추방당했었다. 그가 태어난 고향으로부터.

순간 종대의 머릿속엔 번개처럼 한 가지 생각이 떠올랐다. 그것은 같은 부대에 노무병으로 있는 근식의 얼굴이었다. 어떻게 해서 그가 후방 미군기지로 배속받았는지 불가사의한 일일 정도로 근식은 전형적인 촌놈이었다. 근식은 웬만한 미군병사보다 키도 크고 몸집도 컸다. 한마디로 어딘지 나사가 하나 풀린 것처럼 통 모자란 녀석이었다. 아침저녁 서너 그릇 먹는 것만 빼놓으면 아무것도 할 줄 모르는 녀석이었다.

운좋게 미군부대에 들어왔을 뿐 그는 아무런 보직도 받을 수 없는 녀석이었다. 그 흔한 영어 나부랑이도 한마디 할 줄 모르는 돌대가리였는데, 골치를 썩던 본부중대에서는 그가 누구보다 일을 잘한다는 사실을 안 뒤부터는 아예 그를 노무자들 속에 편입시켜버렸다. 그는 군인이라기보다는 고용된 노무자였다. 눈만 뜨면 삽과 곡괭이를 들고 사역을 하는 것이 녀석의 일과였다.

종대가 녀석에게 어떻게 이런 부대에 배속되었느냐고 묻자 녀석은 자랑스레 대답했었다.

훈련소 선임하사를 금덩어리로 녹여버렸다며 녀석은 백치처럼 웃었다.

"금덩어리?"

종대는 이해가 가지 않았다.

"금이라니?"

근식은 말없이 손가락을 펴 보였다. 그리고 손가락에 낀 굵은 금반지를 가리켰다.

"나는 금을 캐다 나왔다."

근식은 초점 잃은 시선을 들어 먼 병영 막사 쪽을 보았다.

"하룻밤에 이만한 금을 캤었다구."

언제든 게걸스런 공복감에 젖어 있는 근식은 주머니에 늘 씹어먹을 만한 음식들을 가지고 다녔는데 주머니에서 찐 고구마를 꺼내보이며 근식은 백치처럼 웃었다.

그 뒤부터 종대는 주의깊게 녀석을 지켜보았다. 미군병사들에게는 물론이고 같은 한국병사들에게도 따돌림당하던 근식으로선 종대에게 각별한 우정을 보여줄 수밖에 없었다.

그는 모든 것을 금에 비유하곤 했다. 그는 금에 미친 녀석이었다.

마시는 물과 먹는 음식도 그에겐 모두 금으로 비유되었다. 그는 이 세상에서 금처럼 맛있는 음식을 먹어본 적이 없다고 말했다. 그는 눈을 떠서 잠들 때까지 입만 열면 자기가 몸담았던 금광의 이야기였다. 그곳엔 무를 심으면 금뿌리가 내린다고 말했다. 금을 캐러 막장에 들어가면 어떤 날은 잡석더미에서 순금덩어리가 번쩍번쩍 빛나고 있다고 말했다.

한창 금이 나올 때는 아버지(근식의 이야기에는 언제나 금광에 미쳐 죽은 아버지와 금 이야기가 섞여 있었다)는 멀쩡한 생니빨을 모두 뽑고 앞니에서 어금니까지 금니빨을 해 쑤셔박고 다녔다고 말했다. 아버지의 잇몸은 금이었으며 아버지가 햇볕 속에서 자랑스럽게 웃을 때면 입 속이 온통 휘황한 금빛으로 가득 차곤 했었다고 녀석은 말했다. 아버지는 성기에도 금으로 만든 반지를 끼고 다녔다고 그는 이야기했다. 오줌 눌 때면 아버지의 성기가 순금으로 찬란하게 빛나곤 했었다고 녀석은 말했다.

"왜냐하면 말야, 아버지 자진 너무 커서 말야, 금으로 만든 반지를 끼워두지 않으면 말이야, 당해내는 여자가 없었다구."

녀석의 말이 온전한 정신에서 나온 말이 아니라고 할지라도 종대는 녀석의 미친 소리를 들으면 금으로 만든 궁성과 금으로 만든 식탁과 촛대, 그 위에 흘러넘치는 금으로 만든 음식을 앞에 놓고 금으로 만든 수염을 가진 사내가 껄껄 금니빨을 보이며 커다랗게 웃는 모습을 상상할 수 있었다.

종대의 의식 속에서 제멋대로 상상되는 환상의 세계였지만 종대는 근식의 말을 들을 때마다 즐겁고 유쾌했다.

"난 도망간다, 종대야."

기회 있을 때마다 근식은 삽질로 부르튼 손바닥을 비비며 말했다.

"금 캐러 가자, 종대야. 금광에 숨어버리면 잡힐 걱정도 없다구. 종대야, 늙어 죽을 때까지 잡힐 염려는 없는 거야."

금을 캐러 가자.

순간 종대의 머릿속에 한 가지 말이 회오리쳐 떠올랐다. 종대는 비로소 빠르게 부대로 달려갔다. 녀석을 유혹해서 함께 도망쳐버리자. 녀석이라면 당장 따라오겠지. 금광에서 태어난 녀석이라면 누구보다 종대를 안전하게 안내해줄 것이다.

녀석의 말처럼 금광에 파묻혀 있다면 쉽사리 남의 눈에 띄지 않을 것이다. 그곳으로 우선 몸을 피하지 않으면 안 된다. 반 년쯤만 땅밑에 파묻혀 있으면 자연 잠잠해지겠지. 그때 동면을 끝낸 개구리처럼 땅 위로 올라오면 모든 것은 잘 해결될 것이다.

서두르지 않으면 안 된다.

당직사관인 마이클의 명령이 채 하달되기 전에 부대를 도망쳐나오지 않으면 안 된다.

부대 안은 텅 비어 있었다. 아직 점호시간이 멀었으므로 사병들은 대부분 외출 나갔다가 사병구락부에서 술을 마시며 춤을 추고 있었다. 남의 눈을 피하기엔 알맞은 시간이었다.

종대는 우선 자신의 막사로 숨어들었다. 관물통에서 백을 꺼내 닥치는 대로 쑤셔넣었다. 사복 몇 벌과 달러, 세면도구, 간단한 물건을 쑤셔넣는 것으로써 백은 가득 차올랐다.

주머니 속에서 묵직한 무게의 권총을 빼서 종대는 사복 사이에 조심스레 넣은 후 근식을 찾아나섰다.

근식은 어두운 막사 침대 위에 누워 있었다. 여름감기라도 앓는지 담요를 뒤집어쓰고 땀을 흘리고 있었다.

"누구야?"

종대의 그림자가 다가가자 근식은 소리질렀다.

"나야, 밥통."

종대는 근식의 입을 틀어막았다. 밥통은 그의 별명이었다.

"웬일이냐?"

"소리를 낮춰."

누군가 막사 밖을 지나갔다. 자갈을 밟는 군화 소리가 멀어져갔다.

"일어나라, 밥통."

"왜?"

근식은 투덜대며 상반신을 일으켰다.

"고뿔에 걸렸나부다."

"도망가자, 근식아."

종대는 근식의 귓가에 입을 들이대고 속삭였다. 근식의 몸이 움찔
했다.

"금 캐러 가자, 밥통."

근식의 얼굴이 잠자코 종대의 얼굴을 마주보았다. 그의 두 눈이
번득였다.

"정말이냐?"

"정말이잖구. 함께 가자. 나두 금을 캐러 가구 싶다."

"지금?"

"지금 당장."

누군가 막사 앞으로 걸어오는 소리가 났다. 두 사람은 숨을 죽이
고 문을 쳐다보았다. 살그머니 문이 열렸다.

휘파람 부는 소리가 났다. 각 막사에 고용된 쇼리는 불을 켜기 위
해서 발돋움을 했다.

"불 켜지 마라."

근식이가 소리쳤다. 휘파람소리가 뚝 끊겼다.

"밥통 아저씨세요?"

쇼리가 두 사람 앞으로 다가왔다. 군복을 주워입은 쇼리는 소년병
사처럼 보였다. 방 안에서 제일 작은 모자를 얻어 눌러썼지만 모자
는 코 위에까지 내려와 있었다.

"종대 아저씨."

쇼리는 종대를 보자 입을 벌리며 웃었다. 녀석은 이빨이 모두 빠져 있었다. 일부러 이빨을 뺀 녀석의 입은 찢긴 구멍처럼 보였다. 확인된 것은 아니지만 녀석은 전쟁고아로 후퇴하던 미군들이 건진 부랑아였다. 녀석은 훌륭히 병영생활에 적응하였으며, 밤이면 잇몸으로 제법 수입을 올리고 있었다. 특히 흑인 병사들이 귀여워해서 몇몇은 쇼리를 놓고 칼부림까지 했던 적이 있었다.

"아저씨."

쇼리는 다정스레 종대의 손을 쥐었다.

"조금 전에 엠피들이 아저씨를 잡으러 왔었어요. 무슨 일이라도 생겼나요?"

"언제 말이냐?"

"조금 전에요. 아저씨, 페니실링 팔아먹다 들켰죠?"

종대는 주머니에서 은전을 두 개 꺼내 쇼리에게 내밀었다.

"담배 좀 사다주지 않겠니? 나머지는 네가 갖구."

"쿨이요, 켄트요? 팔말?"

"팔말을 사다다구."

쇼리는 휘파람을 후익후익 불었다. 그는 흘러내리는 군복을 걷어올리며 막사 밖으로 사라졌다.

"일어나 밥통. 빨리."

종대는 행동이 미적거리는 근식을 재촉했다. 그는 일어섰다.

"쇼리가 들어오기 전에 도망가야 한다. 저 새끼 입이 빨라. 벌써 헌병대에 찌르러 갔을지도 모른다. 워낙 눈치가 빠른 녀석이니까."

"알았어."

근식은 관물통을 열었다. 그는 더듬거리며 백 속에 물건을 쑤셔박았다.

"사복을 입지 마라. 어차피 갈아입을 거니까."

334

"난 사복이 없어."

낭패한 목소리로 근식이 말을 받았다.

"됐어. 어떻게 되겠지."

"기다려."

관물통 밑에서 근식은 재빠르게 우산을 꺼내 백 속에 집어넣었다. 순간 날카로운 섬광 같은 것이 그의 손에서 파득였다. 물러앉았지만 종대는 그것이 금이라는 것을 알아차렸다.

"가자."

종대는 백을 메고 일어섰다.

"구두를 신어야지."

덩치 큰 근식은 허둥대며 군화 속에 발을 집어넣었다.

"양말을 어디다 두었더라."

"맨발로 신어."

점호시간이 다가오고 있었다. 파장이 가까워진 구락부에서 술취한 노랫소리가 합창 되어 들려왔다.

"켄터키 옛집에 햇빛 비치어 여름날 검둥이 시절……"

쇼리의 말이 틀림없다면 점호시간에 헌병들이 들이닥칠 것이다. 점호시간에 종대가 보이지 않는다면 그건 엄연한 무단이탈이 되는 것이다.

서두르지 않으면 안 된다.

"끈을 맬 수가 없어, 종대야."

마음이 급하면 급할수록 근식의 손은 떨리고 있었다.

"우선 나서자."

두 사람은 막사를 빠져나왔다.

약속은 하지 않았지만 두 사람의 발길은 자연 철조망으로 치달았다. 이미 체크포인트에는 명령이 하달되었을 것이다.

다행히 가끔 야밤 점호시간이 끝난 후 빠져나가던 개구멍을 종대
는 잘 알고 있었다.

달빛은 투명했다.

두 사람의 짧은 그림자가 우쭐우쭐 춤추었다. 멀리 불이 환히 켜
진 연병장에서 한 떼의 군인들이 야구를 하고 있었다.

"잘 있어라, 양키 쌔끼들."

뒤뚱뒤뚱 따라 걷던 근식이가 느닷없이 침을 뱉었다.

"염병할 쌔끼들."

평소 따돌림당하고 괄시받던 분풀이를 근식은 애꿎은 병사들을
향해 던졌다.

두 사람은 풀숲으로 숨어들었다. 우거진 수풀이 얼굴을 찔렀다.

푸드득 밤벌레들이 이리저리 날뛰었다. 어디선가 도랑물 흐르는
소리가 콸콸 들려왔다. 도랑물 위로 달빛이 비늘처럼 부서지고 있
었다.

개구리가 울다가 인기척에 놀라 멈췄다. 이중 철조망은 간혹 야밤
을 틈타 물건을 훔치러 잠입해 들어오는 도둑을 막기 위해서 철저
히 경비되고 있었다.

카투사는 야간보초에서 제외되었다. 미리 짝을 이루어 도둑과 손
을 잡을 우려가 있다는 미군들의 의심 때문이었다.

철조망 저 너머 망루가 보이고 망루에서 간혹 서치 라이트가 스쳐
지나갔다.

떨어진 바늘 하나까지 투명하게 보일 만큼 대낮처럼 밝은 탐조등
이 철조망을 비추고 있었다. 점호가 끝나면 군견반에서 길들인 셰
퍼드가 동초(動哨)와 더불어 파견되어 경계는 더욱 강화될 것이다.

종대는 야광시계를 들여다보았다. 점호시간 전까지는 십오 분 정
도 남아 있었다.

저녁 아홉시 반에 야간 순찰조와 교대될 것이다. 그 교대시간을
노리지 않으면 안 된다. 어쩌면 종대가 저지른 범죄 때문에 경비는
이미 물샐틈 없이 강화되었을지도 모른다.

"종대야."

풀밭에 고개를 처박은 근식이 속삭였다.

"난 똥이 마렵다. 어쩌면 좋으냐?"

"미친쌔끼."

종대는 근식의 옆구리를 쥐어박았다.

"참아라."

날벌레들이 풀밭을 날고 모기가 사정없이 덤벼들었다. 숨죽였던
개구리들이 일제히 울기 시작했다. 먼 병영에서 나팔소리가 들려왔
다. 점호시간을 알리는 예비 신호소리였다.

아득히 먼 곳에서 고함소리 같은 것이 바람에 불려왔다. 하늘엔
별들이 무성하고 풀들이 바람에 검(劍)처럼 일어섰다.

그때였다. 이쪽으로 다가오는 발소리가 조심스럽게 일었다. 두 사
람은 바싹 땅 위에 몸을 눕혔다. 후익후익 휘파람소리가 났다. 쇼리
의 휘파람소리였다.

"종대야."

겁먹은 목소리로 근식이가 속삭였다.

"저 쌔끼가 이리로 오고 있다."

종대는 여차하면 쇼리의 모가지를 비틀어 도랑물에 처박기 위해
서 숨을 죽이고 쇼리를 노려보았다.

쇼리는 태연스럽게 철조망을 따라 주머니에 손을 찌른 채 휘파람
을 불면서 걸어오고 있었다. 제 몸의 두 배쯤 되어 보이는 군복을
질질 끌면서. 쇼리는 풀숲까지 와서 걸음을 멈춰섰다.

"종대 아저씨, 종대 아저씨."

바람이 쏴아아 불어왔다.

그는 철조망에 몸을 갖다대고 오줌을 갈기기 시작했다.

"내 말 들려요, 종대 아저씨?"

종대는 대답하지 않았다.

"난 아저씨가 이 근처 어디 있다는 걸 잘 알고 있다구요, 종대 아저씨."

"저 쌔끼."

근식이가 씩씩거리며 중얼거렸다.

"종대 아저씨, 지금 부대 안에서는 난리가 났다구요. 마이클이 병원에 앰뷸런스로 실려갔다구요. 병원에 입원했대요. 얼른 도망가세요. 잡히면 큰일나요."

쇼리는 오줌을 다 누더니 부르르 몸을 떨며 바지를 추켜올렸다.

"보초는 내가 잘 아는 깜둥이예요. 허먼 일등병이에요. 내가 가서 좆이나 빨아주죠 뭐."

쇼리는 깔깔 계집애처럼 웃었다.

"잘 가요, 종대 아저씨. 그리구 밥통 아저씨."

쇼리는 아무 일도 없었다는 듯 망루를 향해 걸어갔다. 휘파람을 후익후익 불면서.

그러다 생각난 듯 손을 치켜올렸다.

"팔말은 내가 피울게요. 땡큐 베라먹을 망치."

쇼리는 담배를 꺼내 입에 한 개비 피워물었다. 그는 망루까지 다가갔다. 다시 나팔소리가 들려왔다. 점호시간이었다.

부산스럽게 달려가는 발소리, 구령소리, 번호 붙이는 고함소리가 이상하게도 선명하게 들려왔다. 망루 계단을 오르는 쇼리의 모습이 보였다. 쇼리의 모습은 사라졌다.

"됐다."

종대는 중얼거렸다.

"내가 먼저 빠져나가겠다."

망루 위에 불이 꺼졌다. 쇼리의 말이 사실이라면 녀석은 지금쯤 허먼 일등병의 바지 단추를 끄르고 있겠지.

종대는 풀숲을 뛰쳐나갔다. 뚫린 철조망에 머리부터 들이밀었다. 작열하는 불빛이 눈에 가득 차올랐다. 아무것도 보이지 않았다. 서두르는 탓에 철조망이 종대의 넓적다리를 찔렀다. 종대는 이를 악물고 이중 철조망을 뛰어넘었다.

별안간 어둠이 다가왔다. 그는 수풀 속에 곤두박질쳐서 뒤를 돌아보았다. 무사히 철조망을 넘었다는 생각도 들지 않았다. 유릿조각 하나가 강렬한 빛을 발하고 있었다.

그제야 철조망을 향해 기어드는 근식의 모습이 보였다.

그는 필사적이었다. 비대한 몸집이 철조망 개구멍으로 던져졌다. 그러나 용이하지 않았다. 서치 라이트가 무의미하게 근식의 모습을 훑었다.

제발.

종대는 중얼거렸다.

쇼리야, 허먼 일등병의 그것을 열심히 빨아다오.

옷이 찢기며 근식의 몸이 일차 철조망을 뚫었다.

"빨리 해, 이 쌔끼야."

종대가 받은소리를 질렀다.

근식의 몸이 정교한 외곽 철조망에 걸려들었다. 마음이 급해 뚫린 구멍을 찾지 못하고 함부로 철조망을 향해 덤벼들었다.

이리저리 찢겨서 붉은 피가 생채기마다 흘러나오고 있었다.

"종대야."

꼼짝하면 할수록 점점 더 죄어드는 덫에서 빠져나오기 위해서 근식은 비명을 질렀다.

또 한번 서치 라이트가 근식의 몸을 훑았다. 다행히도 라이트는 그대로 스쳐 지나갔다.

종대는 철조망을 향해 뛰어갔다. 그제야 찢긴 넓적다리에 극심한 통증이 다가왔다. 종대는 고꾸라졌다.

"이쪽이다, 이 쌔끼야."

종대는 철조망을 힘껏 벌려주었다.

엉금엉금 근식은 기어나왔다.

두 사람은 무턱대고 뛰기 시작했다. 먼 곳에서 개가 짖었다.

개울에 두 사람은 고꾸라졌다. 정강이까지 오는 도랑물이었다. 차디찬 물이 두 사람의 광기를 순간 베었다.

두 사람은 물 속에 몸을 담그고 그들이 도망쳐나온 철조망과 다시는 돌아가지 못할 병영을 쳐다보았다. 그제야 두 사람의 마음속엔 마침내 일을 저질렀다는 공포가 다가왔다. 먼 곳에서 취침 나팔소리가 들려왔다. 고함소리가 들려왔다. 반나절 사이에 거푸 씻어질 수 없는 죄를 범한 두려움이 종대의 심장을 얼어붙게 만들었다.

돌이킬 수는 없다.

종대는 이를 악물었다.

이제 와서 엉금엉금 부대 안으로 기어 돌아갈 수는 없다. 이것은 운명이다.

종대는 시야를 차단하는 차디찬 철조망을 보며 생각했다. 이 생각은 종대의 일생을 지배하였다. 어쩔 수 없이 마이클에게서 권총을 빼앗은 뒤 결국 악마와 최초로 계약을 맺어 영원히 총을 분신으로 일생을 마칠 것처럼 앞뒤 가릴 것 없이 떠오른 찰나의 충동으로, 사고하느니보다는 행동으로, 회의하느니보다는 실천으로 일생을 점철해온 종대의 첫번째 발짝이었다. 찰나는 한순간이었지만 영원은 바로 그 찰나로 이어진 무한대의 매듭이었다.

그는 비로소 터득했다. 인간에겐 곤충과 같은 동물적이고 본능적인 직감이 있다. 그 직감이 이끄는 대로 행동할 것이다. 그것만이 진실이다. 그러할 때 나는 존재한다. 그러할 때 나는 죽은 것이 아니라 살아 있는 것이다. 살아 있음을 확인하기 위해서라도 나는 범인(凡人)이어서는 안 된다. 나는 초월할 것이며 초인이 될 것이다. 그래야만 나는 지배할 것이다. 죽음까지도 나는 지배할 것이다.

그것이야말로 절대의 자유며 그것이야말로 인간으로부터의 탈출이었다.

종대는 첨벙이며 철조망을 바라보았다. 그에게 있어서 약속된 미래가 보였다. 그 몸뚱이는 단지 그의 영혼이 머무르는 육신에 불과하였다. 그는 우주 위에 떠서 자신의 전생을 되돌아보는 듯한 느낌을 받았다.

훗날 종대가 무슨 일에든 사고하느니보다는 행동으로, 인간끼리의 약속, 법질서, 구속, 그러한 일상적인 것에 안주하지 못하고 신경질적인 반응을 보일 때만 생존할 수 있었던 것은 자신의 생을 주관하는 악마의 위치에서 자신을 관조했기 때문이었다.

그는 두 다리를 지구 위에 내딛고 있었지만 그의 혼은 이미 저 세상 바깥에서 이렇게 명령하고 있었다.

행동하라. 행동하라. 그것만이 진실이야.

육체는, 종대의 묘비에 불과하였다. 그의 혼은 이미 묘비 앞에 서서 가엾은 육체를 위해 진혼의 노래를 부르고 있는 셈이었다.

종대는 물 속에서 일어섰다. 그는 넓적다리에서 흘러내리는 피를 씻었다.

"옷을 벗어라."

종대는 와들와들 떨고 있는 근식에게 명령했다.

"하지만 난 사복이 없다."

"괜찮아. 우선 군복을 벗어라."

종대는 젖은 옷을 벗기 시작했다.

"너 도대체 무슨 일을 저질렀니? 마이클 중위가 입원했다면서?"

"사실이 아니다."

종대는 차갑게 대답했다.

"이젠 더이상 부대 안에서 있었던 이야길 할 필요가 없으니까."

옷을 벗던 근식이 가는 비명을 발했다.

"엉망으로 찢겼다. 종대야, 상처투성이야."

"서둘러."

종대는 쉴새없이 흘러내리는 넓적다리의 피를 막기 위해서 러닝 셔츠를 찢어 붕대를 만들었다. 그것으로 힘을 주어 넓적다리를 동여매었다.

"여기라고 안심할 수는 없어. 빨리 거리로 나서는 게 좋아."

근식은 찢긴 옷을 벗어던졌다. 그의 알몸 여기저기에 붉은 피가 흘러내리고 있었다.

그는 도랑물을 끼얹어 몸을 씻었다.

"입어라."

종대는 사복을 내밀었다.

"좀 작겠지만 무리해서라도 입어라. 군복을 입고서는 한 발짝도 나갈 수 없으니까. 그리고 모자도 써라."

근식은 잠자코 종대가 내어주는 옷을 받아들었다. 그는 신음소리를 내며 옷을 갈아입었다. 무리해서 입는 통에 단추 두어 개가 뜯겨나갔다.

"어떠냐?"

근식은 짧은 머리를 감추기 위해 모자를 눌러썼다. 덩치 큰 근식

342

의 몸은 꽉 붙은 종대의 작은 옷으로 희극배우처럼 보였다. 그는 허수아비 같은 옷차림으로 몇 발짝 걸었다.

두 사람은 넝마처럼 찢긴 군복을 물 위에 던졌다. 세차게 흘러내리는 물은 옷가지를 아주 먼 곳으로 보내줄 것이다.

종대는 주위를 둘러보았다.

어디가 어딘지 방향이 분간되지 않았다. 그러나 한 가지만은 확실했다. 철조망을 등뒤로 해서 어디든 걸어가면 자유가 있다는 것.

바람이 불어왔다.

쏴아아, 풀들이 머리 풀고 일어섰다. 어두운 벌판 여기저기에 죽어가는 불티처럼 인가의 등불이 보였다. 그곳에서부터 다듬이질 소리가 들려왔다.

종대는 어둠을 향해 힘차게 한 발짝 내디뎠다.

"발이 아프다, 종대야."

뒤뚱거리며 근식이 투덜거렸다.

"천천히 걸어라. 무슨 걸음이 그리 빠르냐."

종대는 대답 대신 묵묵히 벌판을 걸었다.

문득 그가 나아가는 어둠 속에 어디서라고 할 수 없는 밝은 빛 하나가 물처럼 스며들더니 한 사람의 얼굴을 또렷하게 떠올렸다. 영숙이 얼굴이었다.

종대는 발을 멈추고 영숙이 얼굴을 쳐다보았다.

당장 소리쳐 부르며 달려가고 싶은 그리움이 복받쳐올랐다.

서로의 육체 속에 태어날 때부터 지니고 있었던 독들이 서로의 육체를 가짐으로써 중화되어갔던 지난날들이 낡은 영사막처럼 흘러갔다.

도망가요.

총을 든 마이클의 손에 매어달리며 울부짖던 영숙의 목소리가 귀청을 찢었다.

어디든 도망가요.

종대는 너무나 생생한 영숙의 얼굴을 본 순간 심장이 얼어붙는 고통을 느꼈다.

그는 그 얼굴을 향해 달려갔다. 그리고 쓰러졌다. 서서히 영숙의 얼굴이 물러섰다. 그 얼굴에서 눈물이 흘러내렸다. 채 손으로 거머쥐기 전에 영숙의 얼굴은 재처럼 스러졌다.

언젠가는 만나게 될 것이다.

"종대야."

먼 뒤쪽에서 조심스럽게 부르며 뛰어오는 근식의 발소리를 종대는 들었다.

"어디 있어, 종대야?"

종대는 일어섰다.

"난 어디가 어딘지 모르겠다."

그제야 종대를 발견한 듯 부지런히 따라 걸어오며 근식은 겁에 질린 목소리로 중얼거렸다.

"여기가 어디냐?"

"이 쌔끼야."

종대는 뒤돌아보며 껄껄 웃었다.

"알게 뭐냐. 하지만 우린 지금 금 캐러 가는 거다. 우린 금을 따러 가는 게 아니냐."

갑자기 근식의 얼굴에서 백지 같은 웃음이 피어올랐다. 그는 즐거워서 못 견디겠다는 듯 허이허이 웃었다.

"맞았다, 종대야. 힛히히. 우린 금 따러 가는 거야, 힛히히."

"니 아버지처럼 금을 많이 캐면 너두 이빨을 뽑거라. 그리고 온통 금니빨을 하렴."

"그럼."

근식은 기다렸다는 듯 큰 소리로 말을 받았다. 그는 한결 생기가 오른 발걸음으로 힘차게 팔을 휘두르며 걸었다.

"우린 금똥을 싸게 될 것이다. 종대야, 너와 나는 금똥을 쌀 거야."

불확실한 미래의 어둠 속에서 서서히 하나의 신기루가 떠올랐다.

금으로 만든 궁전이 떠올랐다.

금으로 만든 말 위에 올라탄 금으로 만든 투구 입은 금의 경기병들이 금으로 만든 나팔을 입에 대고 뚜우따따 나팔을 불었다.

그곳엔 금의 알을 낳는 닭과 금으로 피어나는 꽃들이 무성했으며 식탁에는 금으로 만든 식기들과 그 안에 금으로 만든 음식들이 가득했다.

그것을 앞에 놓고 한 사람이 앉아 있었다. 그는 금으로 만든 옷을 입고 있었다. 금의 수염이 얼굴을 뒤덮고 있었다. 그는 말했다.

이리로 와라.

"아버지가 말했어."

근식이 중얼거렸다.

"너는 금을 캐거라. 삼태기로 주워담을 만큼 금을 캐거라. 피똥을 싸며 아버지는 죽었어. 내 손을 잡으며 아버지는 말했다. 너는 금을 따거라. 금밭으로 가거라."

이 쌔끼는.

종대는 생각했다.

지 애비처럼 미쳐 죽을 것이다.

하지만 나하고는 상관없는 일이야. 나는 다만 그를 이용해서 땅 밑으로 잠시 동안만 숨어 있으면 그만이다.

별들이 무성한 하늘 위에서 별똥별이 획을 그으며 떨어져내렸다.

그것은 제 무게를 못 견뎌 이윽고 낙과하는 금나무의 무르익은 열매처럼 보였다.

멀리 불밝힌 거리가 보였다.

그곳을 향해 두 사람은 빠르게 걸어갔다.

행여 인근부대의 헌병들이 미리 와서 기다리고 있지나 않을까 사냥개처럼 날카로운 후각을 곤두세우고 노려보면서.

종대는 휘파람을 불면서 불밝힌 거리로 다가갔다.

평상을 거리에 내놓은 상점 앞에 대여섯 사람이 모여앉아 술을 마시며 노래를 부르고 있었다.

"눈보라가 휘날리는 바람찬 흥남부두에 목을 놓아 불러봤다 찾아를 보았다. 금순아, 어디로 가고 나만 홀로 헤매이는가……"

엉거주춤 버스정류장으로 걸어갈 때였다. 누군가 골목에서 걸어나와 근식의 어깨를 톡톡 건드렸다. 캡을 쓴 사내였다.

직감으로 종대는 사내가 흔히 길거리에서 볼 수 있는 기관원임을 알았다.

"보소."

사내는 쌀쌀하게 말했다.

"신분증 좀 보입시더."

평소 군복을 입고 다닐 때는 조금도 신경쓸 필요 없었던 부류의 작자들이었다.

그러나 이제 두 사람은 민간인이 아닌가. 민간인이면 신분증 이외에도 제2국민병 수첩은 휴대해야만 했다.

별수 없이 걸렸군.

종대는 여차직하면 녀석을 후려치고 도망쳐야 한다고 생각했다.

그래서 주위를 살펴보았다. 그건 불가능한 일처럼 보였다.

도망칠 출구가 마땅치 않았다. 그곳은 버스 종점이었기 때문에 외부로 통하는 길은 하나밖에 없었다. 따로 갈림길은 있어 보이지 않았다.

더구나 백 속에는 총알이 장전된 권총이 들어 있었다. 아무런 증명서도 가지지 못했으므로 혐의를 받게 되는 것은 물론이다.

그렇다고 군인의 신분을 밝힐 아무런 증명서도 가지고 있지 않았다. 이미 도랑물 속에 던져버린 군복과 함께 물에 떠내려갔을 것이다.

근식은 우물거리며 종대를 쳐다보았다. 그는 눈에 띄게 몸을 떨고 있었다.

"이리 오소."

무언가 이상한 낌새를 눈치챈 듯 캡을 쓴 사내는 사납게 말했다.

종대는 근식에게 순순히 따라가라는 눈짓을 했다. 두 사람은 골목 안으로 들어갔다.

"손에 든 게 뭐요?"

"백입니다."

"열어보소."

"아, 아무것두 아닙니다."

"열어보라니까, 쌔꺄."

근식은 허리를 굽혀서 백의 지퍼를 열었다. 사내는 찬찬히 안의 내용물을 훑어보았다.

헌 옷가지와 세면도구를 무슨 귀중한 정보라도 되는 듯 훑어보더니 갑자기 사내는 백을 뒤집어 안의 내용물을 모두 땅 위에 쏟아버렸다.

"이게 뭐요?"

거리에서 내비친 빛의 잔영이 골목에까지 흘러들어와 쏟아버린 내용물을 밝혔다.

무언가 반짝이는 금속이 헌 옷가지 속에서 빛나고 있었다.

종대는 그것이 막사 안에서 근식이 황급하게 찔러넣던 물건임을
알았다.

"이게 뭐냐니까?"

"금입니다."

근식은 어눌한 목소리로 중얼거렸다.

"금?"

사내는 금쪼가리를 허공에 치켜들었다. 그는 싱글싱글 웃으며 말
했다.

"이게 무슨 금이고. 쇳조각이지."

그는 웃으며 그것을 주머니 속에 집어넣었다.

"안 됩니다."

근식이 허우적대며 덤벼들었다.

"그건 금입니다."

순간 종대는 사내가 무엇을 원하는지 알았다. 종대는 근식의 옆구
리를 쥐어박았다.

"맞습니더."

종대는 크게 웃었다.

"쇳조각입니더. 가지소 마."

사내는 그럼 그렇지 별 수 있겠느냐는 듯 쓰게 웃더니 두 손을 털
었다.

"신분증 좀 가지구 다녀."

그는 아무 일도 없었다는 듯 휘파람을 불며 어슬렁어슬렁 골목길
을 벗어나고 있었다.

근식은 묵묵히 쏟아진 잡동사니들을 백 속에 쓸어담고 있었다.

조용하다 싶어 들여다보니 녀석의 큰 얼굴에서 눈물이 굴러떨어
지고 있었다.

어쨌든 녀석의 엉뚱한 물건이 또 한번의 위기를 벗어나게 해주었다.

종대는 백을 추스르며 중얼거렸다.

"울지 마라, 밥통."

"씨팔놈."

근식은 뚜렷한 대상 없이 중얼거렸다.

"그건 쇳조각이 아니야. 그건 금인기라. 그건 아버지의 이빨인기라."

종대는 눈물에 젖은 근식의 얼굴을 쳐다보았다.

"어쨌든 잡히기보단 잘됐지 뭐냐. 금이야 또다시 캐면 그만이구."

종대는 근식의 어깨를 부축해서 일으켰다.

"서둘러 가자. 밤열차를 놓치면 안 되니까."

마악 출발하려는 시내로 들어가는 버스가 발동을 걸고 있었다.

두 사람은 버스를 향해 뛰었다. 두 사람이 타자마자 버스는 출발하였다.

버스는 텅 비어 있었다.

"종대야."

버스가 상한 짐승처럼 윙윙거리며 몇 정류장을 지나는 동안 입을 굳게 다물고 앉아 있던 근식이 낮은 목소리로 종대를 불렀다. 이미 흘러내리던 눈물은 말라붙어 있었다.

그는 참을 수 없다는 듯 중얼거렸다.

"똥이 마렵다, 종대야. 아무래도 바짓가랑이에 그냥 싸버릴 것만 같다."

마침내 갱 속은 금맥이 끊기고 말았다. 한 보름 갱 속에서 금쪼가리 하나 나오지 않더니 그래도 용케 하부 막장에서 마지막 발악을 하는가, 한 일 주일 금이 쏟아져나왔다. 금맥이 끊겨가는 막장치고는 푸짐한 선물이었다. 광부들은 제 줄기를 찾은 모양이라고 다들 희희낙락했지만 그 흥청거리던 기쁨도 일 주일이 지나자 흉흉한 불안으로 바뀌고 말았다. 금맥은 칼로 베인 듯 끊어지고 말았다. 순도 나쁜 감석줄기라도 보여야만 희망이 있는 법인데, 눈어림으로 보아도 그저 시커먼 돌조각뿐이었다.

이제나저제나 아슬아슬한 불안으로 하루하루를 지내던 광부들은 마침내 무서운 현실이 다가온 것을 알게 되었다. 광부들은 누구나 금에 대한 미련을 버리지 못해 설혹 자신의 것이 아니더라도 용케 밀린 노임을 받아들고 정들었던 광산을 떠나 새 일자리를 찾으니 매일처럼 조금씩이나마 금이 나와 하루살이 목숨을 부지시켜나가기를 염원하고 있었으므로 이 엄격한 현실을 그대로 받아들이려 하지 않고 눈을 뜨면 묵묵히 헬멧을 쓰고 점호를 받으러 사무실 옆으로 집합하곤 했다.

사무실 벽에 야밤을 틈타 도망쳐버린 광주측의 폐광 공고가 나붙지 않는 한 그들에겐 아직 희망이 있는 셈이었다. 오늘만은, 오늘만은, 누구든 이를 악물고 갱구 속으로 들어갈 때면 다짐하고 있었다.

그러나 금은 더이상 나오지 않았다. 알게 모르게 이 금광은 이제 폐광이 되고 말았다는 소문이 입에서 입으로, 귀에서 귀로 전해지고 있었다. 누구든 막연하게 불길한 예감을 가지고 기다리던 현실이 마침내 눈앞으로 다가온 것이었다.

빠져나갈 사람들은 이미 빠져나간 지 오래였다. 금광에 붙어 있던 사람들은 같은 두더지 인생이라도 석탄을 캐는 일엔 진저리를 치고 있었다. 석탄을 캐다보면 마흔이 넘기 전에 분진으로 가슴이 굳는 병에 걸리게 되어 숨도 제대로 못 쉬고 죽어가지만 금광은 그래도 거기에 비하면 깨끗한 맛이 있었다. 그러나 이것저것 가릴 처지가 아니었다. 인근 금광들은 더이상 광부들을 받아들일 처지가 못 되었다. 힘깨나 쓰고 기운이 남아 있는 젊은 놈들은 이미 다른 금광으로 갔거나 석탄을 캐러 떠났다. 남아 있는 놈들은 대부분 늙고 더이상 다른 직업을 구해 새 인생을 마련하기엔 기진한 사람들이었다. 수십 년 이 금광에서 젊음을 바친 나이든 것들은 이러지도 저러지도 못하고 주저앉아 있었다. 그들은 올망졸망한 처자식들을 거느리고 또다른 금광을 찾아 떠나기엔 이미 희망조차 없는 사람들이었다.

광주측은 이미 코빼기도 보이질 않았다. 한창 흥청거릴 때는 뻔질나게 드나들던 광주측은 서서히 손을 떼는 모양으로 종적을 감추었고 먼 일가뻘 되는 젊은 보안과장과 유일하게 지부와 연결되는 전화를 받는 사무소 직원 두 사람뿐이었다. 그래도 금광이 돌아가고 있다는 사실이 신기할 정도였다.

금은 겨우겨우 감질나게 나오고 이미 채산성이 맞지 않는데도 광부들은 누구 하나 불평하지 않고 갱으로 기어들어가고 있었으며, 권양실의 벨트는 우잉우잉 돌아가고 있었다. 사무실에서는 접촉이 잘 되지 않는 시외전화를 받는 고함소리가 악악 들려왔으며 기약 없는 공전표는 여전히 꼬박꼬박 떼어주고 있었다. 경비원들은 갱에서 나오는 광부들의 사타구니까지 뒤집어보고 있었고 누구의 입에서인지 새로운 갱을 굴착한다는 희망적인 소문이 흘러나왔다. 그것은 그럴듯한 소문이었다. 아무래도 흉흉한 불안을 달래기 위해서는 그나마 광주측에서 퍼뜨린 헛소문인지는 몰라도 곧 최신장비를 들여다가 수직갱을 굴착해보리라는 소문이 퍼지자 너나 할 것 없이 큰 기대에 부풀어 있었지만 불과 며칠 만에 이 소문은 종지부를 찍고 말았다.

끝까지 남아 있던 보안과장이 밤 동안 행방을 감춰버린 것이었다. 아침 점호에 나왔던 광부들은 보안과장이 보이지 않자 전표를 떼어주는 임씨에게 너나 할 것 없이 덤벼들었다. 보안과장은 광부들에게는 유일한 인질과 마찬가지였으므로 그가 보이지 않는다는 것은 무서운 현실이 다가왔다는 증거이기도 했다.

"아니여."

임씨는 덤벼드는 광부들에게 손을 흔들며 말했다.

"토낀 게 아니구 당신들 임금 챙기러 간 거여. 돌아온다니께. 기다려보드라고."

그러나 사흘 뒤 사무실 벽 게시판에 간단한 공고가 나붙었다. 조잡한 글씨로 씌어진 그 글씨는 광부측에 행하는 사형선고와 다름없는 폐광 공고였다.

광부들은 변함없이 아침 점호에 모였다가 흰 종이 위에 붉은 잉크로 씌어진 공고를 읽었다. 누구 하나 선뜻 입을 열려고 하지 않았고 헛기침조차 하지 않았다.

비가 주룩주룩 뿌리고 있었다. 검은 흙더미 위에 돋아오른 풀들이 검(劍)처럼 날카롭게 솟아나 참다랗게 비를 맞고 있었다.

어떻게 해서든 도시락통을 옆구리에 꿰고 오늘은 희망이 있겠지 하고 나선 광부들이었다. 아직 지난밤에 꾸었던 꿈의 잔영이 사라지지 않은 미명의 새벽이었다.

폐광 공고는 그들의 발길을 막아세우고 완강하게 버티고 서 있었다. 후려치는 비바람이 붉은 잉크에 번져들어가고 있었다.

"임씨를 찾아라."

누가 언제랄 것 없이 서서히 그들의 가슴에서 분노가 치밀어오르기 시작했다.

"임가를 찾아라."

그들은 사무실 문을 열고 숙직실로 들어가보았다. 숙직실은 텅 비어 있었다. 그제야 그들은 완전히 버림을 받은 것을 알았다. 공전표라도 나눠주는 임씨마저 밤을 틈타 도망가버렸다면 완전히 끝나버린 셈이었다. 폐광 공고를 쓴 필체가 다름 아닌 임씨의 글씨라는 것을 알면서도 그들은 행여나 샅샅이 사무실을 뒤져보았다. 더이상 희망이 없는 광주측에서는 퇴직금이다 밀린 임금이다 주판질해보다 남은 기재나 사무실 가재도구 같은 하찮은 허섭스레기 같은 것은 버리고 깨끗이 도망쳐버리는 것이 현명하다는 결론을 내린 모양이었다. 누군가 전화기를 들어보았다. 전화는 불통이었다. 그는 전화기를 내동댕이쳤다. 한 사람 두 사람 폭력을 휘두르기 시작했다. 닥치는 대로 사무실 의자들을 부수고 유리창을 깨기 시작했다. 그것만이 그들의 분노를 달래줄 유일한 탈출구였으므로 아무도 말리려 들지 않았다.

그들의 마음속에는 그들이 버림받았다는 분노보다는 그들이 사랑과 연민으로 몸바쳐온 저 죽어가는 금광이 버림받았다는 분노가 가득히 차올랐다.

사무실은 당장 박살이 나버리고 말았다. 그들은 아직 분노가 덜 풀렸으므로 미처 변명할 여유를 주지 않고 경비원들을 잡아다가 린치를 가하기 시작했다. 사실 경비원들이 그들의 적은 아니었다. 그들의 적은 너무나 먼 곳에 있었다. 그러나 우선 당장은 집단의 분노를 터뜨려줄 대상이 필요했으므로 평소 광주측에 서서 그들을 감시하고 하찮은 권력으로 거들먹거렸던 경비원들을 두들겨패는 것으로 울분을 달랠 수밖에 없었다. 경비원 김가는 자전거를 타고 도망가다 언덕길에서 붙잡혀왔다. 그는 벌거벗긴 채 빗속에 온몸이 묶여 각목으로 무차별한 폭력을 당했다. 그의 자전거는 단번에 부서졌다. 경비원 김가는 구타하는 무리 중에 종대를 발견하고 유일한 구세주를 발견했다는 듯 피가 밴 입으로 말했다.

"살려다구. 형석아, 나 좀 살려다구."

근식이 부서진 자전거 체인을 들고 와 김가의 등을 후려쳤다. 그는 정신을 잃었다. 평소 누구보다 근식을 미워했던 경비원 김가로서는 당연한 보상을 받는지도 몰랐다. 피가 그들을 광기로 몰아넣었다. 이대로 가다간 소문 없이 몇 사람의 목숨을 빼앗아 폐광 속에 처넣고 다이너마이트로 터뜨려버릴지도 모르는 일이었다. 그들의 살인은 무너지는 갱구와 더불어 영원한 미궁 속에 빠져버릴 것이다.

그것만이 버림받은 폐광을 달래기 위해 그들이 바칠 수 있는 유일한 성의의 제물일 것이다.

종대는 광란하는 무리에서 빠져나와 홀로 합숙소로 돌아왔다.

나하고는 상관없는 일이다. 나는 언제든 떠날 준비를 하고 있었잖은가. 그믐밤이라도 좋다. 떠나면 그만이다. 합숙소 뒤 소나무숲 낡은 통발을 철거한 통나무 밑을 파면 그 동안 모은 금덩어리들이 식기통에 가득 들어 있을 것이다. 그것만 있으면 나는 떠날 수 있다. 벌써 이 산속으로 들어온 지도 사 개월 남짓. 그 정도면 탈영에다 하극상을 범한 종대를 잡으려는 군수사대도 긴장이 풀리었을 것이다.

종대는 짐을 싸기 시작했다. 아무런 미련도 남아 있지 않았다. 어차피 굴 속에 갇혀 살아갈 운명이 아니라면 폐광 공고는 종대에게 떠나라는 운명의 암시였다. 백 속에 떠나올 때 싸가지고 왔던 옷가지들을 차곡차곡 개서 넣었다. 그리고 마이클에게서 빼앗아온 45구경 권총을 옷가지 속에 깊숙이 찔러넣었다. 권총은 이미 그의 분신이 된 기분이었다. 간혹 주위의 눈을 피해서 종대는 권총을 꺼내 그 무겁고 비릿한 쇠녹 냄새를 맡아보곤 했었다. 권총의 손잡이를 쥘 때마다 종대의 가슴속에 신뢰감이 뿌듯하게 솟아올랐다. 그것은 영원히 배반하지 않을 종대의 우정이었다.

서두르지 않으면 안 된다.

종대는 백의 지퍼를 밀어올리며 중얼거렸다.

깊은 산 계곡을 내려가려면 곧바로 출발하지 않으면 안 된다. 며칠째 계속되는 비가 내리고 있었지만 산 밑으로 내려가면 의외로 날이 개어 있을지도 모른다. 문제는 광부들의 눈을 피해 금을 모은 식기통을 캐는 일이었다. 아무래도 가장 안전할 때는 모두 잠든 밤중일 것이다. 그러나 밤이 오기까지 기다릴 수는 없는 일이었다. 외부로 향한 광부들의 광기는 막바지에는 서로서로를 구타하고 서로의 물건을 약탈하려는 증상에 도달하게 될 것이다. 차라리 지금 출발하는 것이 나을 것이다. 모두들 분노에 가득 차서 제정신이 아닐 때 소나무숲 사이에서 금을 캐내는 것이 안전할 것이다.

종대는 잠시 근식을 생각했다. 그에게만은 이별의 말을 하고 떠날 것인가.

종대는 머리를 흔들었다.

어차피 녀석은 금에 미친 녀석. 함께 떠나자고 해도 그는 떠나지 않을 것이다. 더구나 그는 제정신이 아니다. 그와의 우정에 연연할 필요는 없다. 나는 그 녀석을 잠깐 이용했을 뿐이니까.

그때였다. 누군가 걸어오는 발소리가 들려왔다. 종대는 숨을 죽이고 소리나는 곳을 보았다. 덜컹 문이 열렸다. 문 밖에는 우의를 걸친 근식이 우뚝 서 있었다. 그의 거구가 흠뻑 비에 젖어 있었다.

"뭣 하고 있냐?"

근식은 화가 난 듯 소리를 질렀다. 종대는 심상치 않은 그의 눈을 보았다. 그의 눈은 이상한 열기에 들떠 있었다.

"난 떠난다."

종대는 백을 들어 보이며 말했다.

"밥통, 너도 함께 가자. 어차피 글렀다."

"안 돼."

근식은 머리를 흔들었다. 그의 두 눈이 광기에 동물질로 번들거리고 있었다.

이 새긴 미쳤다. 이제 완전히 돌아버리고 말았다.

"함께 가자, 종대야."

그는 확신을 가지고 소리쳤다. 종대는 그를 올려다보았다.

"어딜?"

"막장으로 들어가자."

그는 판초 우의 속에서 무엇인가 꺼냈다. 그것은 한 묶음으로 묶은 다이너마이트였다. 종대는 근식의 말이 무엇을 의미하는가를 알아차렸다.

"이 새끼야, 너 미쳤니? 금쪼가리 하나 없는 갱이다."

"아냐."

근식은 머리를 흔들었다.

"난 캘 수 있어, 종대야. 다이너마이트 가지구 야단들인데 내가 혼자 이걸 빼앗았다. 난 지금 갱으로 들어간다."

"너 혼자 말이냐?"

"종대 니가 가지 않는다면 혼자라도 들어갈 것이다."

"너 미쳤니?"

종대는 근식의 두 눈을 보았다. 그의 두 눈이 벌겋게 충혈되어 있었다.

"너는 아구리를 틀 줄도 모르잖니. 노미를 들이댈 줄도 모르잖니. 자칫하면 죽고 만다."

"그 정도는 나도 할 수 있다. 착암기는 막장에 있을 것이구 해머는 내가 갖고 가겠다."

"안 돼."

종대는 머리를 저었다.

"너는 안 된다. 나 역시 안 돼. 갈 테면 착암조장을 데리고 가라. 미리 권양실에 연락이라두 해놓구 가."

356

"조장놈은 토졌다."

"그럼 발파부의 아무라도 데리고 가거라. 너 혼자선 안 돼."

"서두르지 않으면 안 돼. 경비원 한 놈이 토졌어. 오늘밤 안으로 산 밑에서 지서 순경이 올라올지도 모른다. 김가놈이 다 죽어가니까. 너나 나나 탈영병이라는 게 드러난다. 지금 막장에 들어가지 않으면 때를 놓친다."

"난 안 가겠다."

종대는 단정을 내렸다.

"난 지금 떠나겠다."

"정말이냐?"

근식은 다짐하듯 물었다.

"너 혼자 가거라."

"좋아, 종대야."

근식은 우의를 추스르며 말했다.

"난 혼자 들어가겠다. 허지만 조금만 기다려다오. 떠날 땐 함께 떠나자."

"제발…… 밥통."

종대는 돌아서려는 근식의 등뒤에 대고 소리를 질렀다.

"막장에 들어가지 마라, 이 미친 새끼야."

근식은 자욱한 빗줄기 사이로 사라졌다.

그는 죽을 것이다. 종대는 쇠창살처럼 가로막는 빗줄기 사이로 사라지는 근식의 완강한 등을 보며 생각했다.

그래도 상관없는 일이다.

종대는 우의를 걸쳐입으며 생각했다. 어차피 금에 미쳐 죽을 녀석이므로.

종대는 비가 쏟아지는 밖으로 뛰쳐나왔다. 멀리 사무실 쪽에는 아직 광부들이 모여 있었다. 사무실 도구들을 모아다가 휘발유를 뿌리고 불을 지르고 있는 모양이었다. 고함소리도 들려오고 간간이 노랫소리도 들려왔다.

종대는 소나무숲 속으로 뛰어들었다. 그는 어림짐작으로 우리 속에서 부러진 부삽을 꺼내 소나무 밑을 파헤치기 시작했다.

주위의 눈도 있어 이 일을 성급하게 하자니 열이 오르고 있었다. 비에 젖은 흙은 푸석푸석하게 밀려났다. 무릎 깊이로 파묻었기 때문에 쉽사리 식기통의 금속부분이 부삽 끝에 닿지 않았다.

종대는 오직 파헤친다는 일념으로 주위에 신경을 쓰지 않았다. 비는 더한층 거세어졌다. 쏴아, 굵어진 빗방울은 소나무 사이로 뚫고 밀고 들어왔다.

간신히 식기통에 닿는 감촉이 부삽 끝에서 느껴졌다. 그것은 쾌감으로 종대의 마음속에 번져나갔다.

헐떡이는 가쁜 호흡 속에 미친 웃음이 섞여나왔다. 종대는 웃으며 식기통을 꺼내들었다. 언제나 그것을 파내 또다른 금쪼가리를 합칠 때마다 종대는 왠지 그것이 그 사이에 없어졌을 것 같은 불안감에 휩싸이곤 했었다. 그래서 야밤에 홀로 소나무 밑둥을 파헤칠 때마다 마음은 조마조마하게 급해오고 무릎 깊이로 파들어갈 때마다 이상한 절망감이 엄습해오곤 했었다. 마침내 식기통을 확인할 때마다 자신의 그 우스꽝스러운 불안과 두려움이 비애로 다가와 미친놈처럼 웃곤 했었다.

미쳤다. 종대는 자신의 꼬락서니를 객관화시켜보며 자조적으로 웃곤 했다. 나 역시 미치고 말았다.

그러나 종대는 알고 있었다. 한밤중 바람소리에도 선잠이 깨면 종대는 아득히 먼 그가 도망쳐온 도시의 세계를 떠올리곤 했는데, 그곳은 종대가 엄청난 죄를 저지르고 떠나올 때 막연히 생각하던 환상의 세계, 금의 세계와 마찬가지로 비현실적으로 느껴지곤 했다.

불과 도망쳐온 지 한 달 만인데도 그가 낳고 자라고 살아온 세계는 신기루의 환영처럼 멀어 보였다.

그러나, 실은 그곳이 이 금광촌의 확대판이라는 것을 갓 스물의 종대는 비로소 알게 되었다. 금광촌은 저 바깥세계의 축소판이었다. 저 사람들은 보이지 않는 금맥을 찾아 부초처럼 부랑하는 거랑꾼들이었다. 금에 미쳐 죽은 근식의 아버지처럼 오로지 번쩍이는 금, 그 막강한 힘을 좇아 서로를 속이고 악수를 하고 술을 마시고 강간을 하고 살인을 하고 그리고 전쟁을 하는 미친 사람들이었다. 그것을 감추고 있을 뿐이다.

그러나 서로의 가슴을 감추어둔 발톱으로 갉아내리며 서로의 심장을 비수로 찌르며 그들은 금을 찾아 헤맨다. 오직 금이 그들의 머리를 지배한다. 금이 주는 명예와 금이 주는 권력을 좇아 서로를 죽이며 전쟁을 한다.

오직 금을 가진 자만이 세상을 지배할 수 있다. 오직 가진 자만이 위대하다.

종대는 식기통 뚜껑을 열어볼 때마다 찔끔찔끔 눈물을 흘리면서, 그리고 교미하는 전갈처럼 쾌감에 젖어 웃었다. 종대는 식기통을 건져올려 뚜껑을 벗겼다. 처음으로 한낮에 보는 황금들은 광채를 발하면서 둔중하게 빛나고 있었다.

그때였다. 종대는 본능적으로 식기통을 감추며 몸을 홱 젖혔다. 소나무 줄기 사이로 한 사람의 모습이 보였다. 누군가 종대의 행동을 낱낱이 지켜보고 있었던 것이 분명했다. 반사적인 종대의 행동에 미처 피하지 못하고 반쯤 노출된 상태로 사내는 엉거주춤 서 있다가 마침내 겸연쩍게 웃으며 스스로 나타났다.

"이씨, 여기서 뭣 하는 거야?"

발파부에 있던 오라는 젊은 녀석이었다. 종대는 그의 이름을 알고 있지 않았다. 다만 이곳에 들어오기 전에 엄청난 죄를 저지르고 들어왔다는 소문이 있는 정도로 험상궂고 난폭한 성질을 가진 녀석이었다. 이미 자신의 정체를 들키고 말았으므로 시치미를 뗄 필요는 없지 않느냐는 뻔뻔스런 얼굴로 오가는 종대 앞으로 다가왔다.

그는 한 손에 쇠갈고리를 들고 있었다. 그의 얼굴에는 애매한 웃음이 떠올라 있었지만 눈은 살쾡이처럼 표독스럽게 빛나고 있었다.

"그게 뭐야, 이씨?"

종대는 두어 발짝 물러서며 웃었다.

"아무것도 아냐."

"어디 좀 봅시다."

그는 공연히 쇠갈고리로 소나무 줄기를 찍었다.

"좋은 거라면 나눠 먹읍시다. 우리 같은 동포끼리."

"아무것도 아니라니까."

"허허, 이러지 마슈. 이씨, 내가 다 지켜봤어. 난 그 속에 뭐가 들었는지 다 알아. 이씨, 이제 보자니 이씨 여간내기가 아냐. 이제 보니 대단한 솜씨를 가졌어. 이씨, 언제 그렇게 금을 모았수? 하지만 이씨……"

오가는 싱글싱글 웃으며 쇠갈고리를 휘둘렀다. 비가 자욱이 내리쏟아지고 있었다. 산등성이 너머로 광부들이 보일 뿐 이쪽은 텅 비어 있었다. 녀석의 쇠갈고리에 소리없이 맞아죽어도 누구 하나 눈치챌 사람은 없어 보였다.

"그건 원래 임자가 따로 있는 게 아냐. 금 캐는 놈끼리 나눠가지는 게 좋아. 이씨, 안 그래? 임자 없는 물건은 사이좋게 나눠가져야 말썽이 없는 법이니까."

오가는 능글맞게 웃으며 손을 내밀었다.

"내 다 달라는 말은 안 하겠다. 반만 내놓으시지."

종대는 몸을 꼿꼿이 세웠다. 그는 더이상 물러설 수 없다고 생각했다.

"우라질."

오가는 이빨 사이로 침을 찍 하고 뱉었다.

"순순히 말을 안 들으면 네 대갈통을 부숴버리겠다."

오가의 쇠갈고리가 순간 허공을 갈랐다. 날렵한 솜씨였다. 종대는 몸을 뒹굴며 비탈길을 굴러내렸다. 일단 그가 종대의 위치보다 높은 곳에 서 있는 이상 공격한다는 것은 무리다. 그리고 그는 무기를 가졌다. 그가 무기를 가졌다면 좁은 공간에서의 싸움은 불리하다. 그를 평평한 평지로 끌어내릴 필요가 있다. 오가는 재빠르게 종대의 몸을 쫓았다. 합숙소 앞 뜨락에서 종대는 멈춰섰다. 그는 부서진 부삽을 한 손으로 집어들었다.

오가는 종대의 행동을 보며 낄낄거리며 웃었다.

"옳지, 요 쥐새끼 같은 놈. 내가 송두리째 가져주지."

쇠갈고리를 세워든 오가의 손이 휘익 허공을 베기 시작했다. 위험하다. 종대는 치명적인 급소를 향해 정확히 달려드는 쇠갈고리를 피하며 생각했다. 일 대 일의 싸움에서는 누구에게도 지지 않을 자신을 종대는 갖고 있었다. 무기만 들지 않는다면 서너 명과의 집단 싸움에서도 종대는 쓰러지지 않을 자신이 있었다. 정확한 발길질은 종대의 장기였다. 누구에게서 배운 솜씨가 아니라 정읍의 거리에서 어렸을 때부터 익혀온 싸움솜씨였다. 싸움이 시작되면 종대의 몸은 모두 급소를 찌르는 비수가 되었다. 키가 작은 종대는 그래서 주먹보다는 두 발을 더 아끼는 편에 있었다. 주먹보다 발은 공격하는 상대와의 간격을 좁혀줄 수 있는 것이다. 하지만 발은 공격하는 상대방의 허점을 찌른 후엔 필연적으로 빈틈을 주게 된다. 발길질은 일단 행하여진 후에는 거두어들이는 데 시간이 걸린다. 때문에 발길질은 아껴야 하며 아끼는 대신 결정적인 기회를 포착해야 하는 것이다. 오가의 쇠갈고리가 풍차처럼 돌아가기 시작했다. 한 획 한 획 허공을 그어내릴 때마다 살의가 번득였다. 그것은 단순한 엄포행위나 위협행위로 그치는 공격이 아니었다. 행동 하나하나가 살의를 품고 있었다.

종대는 손에 들린 부삽을 오가를 향해 집어던졌다. 불의의 습격에 오가의 몸이 휘청이며 민첩하게 물러섰다. 그 순간을 종대는 놓치지 않았다.

종대의 발이 허공으로 날았다. 그의 몸이 허공에 떴다. 공격하는 목표를 종대는 노려보았다. 찰나가 순간 정지되었다. 정지된 찰나가 무아지경 속에 길게 연장되었다. 피하려는 오가의 옆구리를 또 한번 솟아오른 이단의 발길질이 정확히 강타하였다. 발끝에 급소를 찌른 충일감이 느껴졌다. 오가가 비틀거리며 물러섰다.

너를 죽여야만,

종대는 다시 한번 몸을 날렸다.

내가 산다.

종대의 왼발이 오가의 턱을 향해 날았다. 그러나 그는 빈 허공을 후려쳤다. 발끝에 아무것도 걸리지 않았다. 위험하다. 종대는 착지를 찾으며 순간 생각했다. 종대의 찰나적 느낌은 정확했다. 무언가 날카로운 것이 왼쪽 팔뚝을 쑤시고 박혔다.

당했다.

종대는 뒹굴며 생각했다. 몸을 엇비슷 피하며 날아오는 종대의 몸을 기다렸다가 쇠갈고리를 정확히 후려친 오가의 솜씨는 조금의 빈틈도 없었다. 왼쪽 팔뚝에 불이 확 댕겨지는 느낌이었다. 불과 같은 통증이 순간 온몸에 퍼져나갔다. 그것은 갈래갈래 찢긴 분노가 되어 종대의 몸을 불태웠다. 종대는 신음소리를 내며 일어섰다. 오가의 애매한 웃음띤 얼굴이 빗속에 버티고 서 있었다.

이것이다. 종대는 생각했다. 가진 자가 되기 위해서는 상대편의 목숨을 끊어야만 한다.

종대는 순간 합숙소의 방문을 향해 몸을 던졌다. 문이 부서지며 종대는 구두 신은 발길로 방 안으로 뛰어들었다. 눈앞에 백이 보였다. 저 안에 권총이 들어 있다. 안전장치만 끄른다면 총알은 방아쇠를 당기는 순간 표적을 향해 날아갈 것이다.

종대는 백을 주워들었다. 왼팔이 말을 듣지 않았다. 그러나 깊은 상처처럼 느껴지지는 않았다. 뼛속까지 파고든 상처는 아니고 단지 깊은 살점 속에 쑤셔박힌 통증이었다.

종대는 오른손으로 권총을 집어들었다. 문 밖에 능글거리며 웃고 서 있는 오가의 얼굴이 보였다. 종대는 천천히 그의 가슴을 향해 총구를 겨누었다. 종대의 행동을 이해할 수 없다는 듯 오가는 웃으며 종대를 쳐다보았다. 그러나 그의 얼굴에 떠오른 미소는 차차 굳어갔다.

"갈쿠리를 버려라."

종대는 안전장치를 끌렀다.

"농담하지 마라, 이 쌔끼야."

오가는 반신반의의 얼굴로 두어 발짝 다가섰다.

"장난감 권총은 버려, 이 새끼야."

종대는 가만히 방아쇠 속에 손가락을 밀어넣었다. 낯익은 감촉이었다. 뚜렷한 살의 없이도 방아쇠를 당길 뻔했던 옛 기억이 떠올랐다.

안 돼요! 영숙이의 비명소리가 귓가에 쟁쟁히 들려왔다.

망설일 것 없어. 죽음과 생은 손가락 하나에 달려 있는 것이다. 손가락을 잡아당긴다면 그는 쓰러진다. 그것이 존재다. 오가의 얼굴이 납처럼 창백하게 굳었다. 종대의 얼굴에 떠오른 확신감이 오가에게 공포의 무게를 주었을까. 오가는 천천히 갈고리를 든 손을 떨구었다.

"갈쿠리를 던져."

오가는 망설이며 서 있었다. 화약담당인 오가로서는 누구보다도 총기의 위력을 잘 알고 있을 것이다. 과거 화약병 출신으로 폭약을 다루었던 오가로서는 총의 공포를 충분히 알고 있을 것이다.

오가는 갈고리를 떨어뜨렸다.

"물러서라."

오가는 서너 발짝 물러섰다. 종대의 왼쪽 팔에선 피가 흐르고 있었다.

"농담하지 말어, 이씨."

종대는 떨어뜨린 갈고리를 허리 굽혀 집어들었다.

"돌아서라."

천천히 오가는 돌아섰다.

"걸어라."

종대는 낮은 목소리로 명령을 내렸다. 오가는 산비탈을 오르기 시작했다. 합숙소 뒤편 소나무숲 너머로 깎아지른 절벽이 있었다. 종대는 오가를 그곳으로 몰고 갔다. 비는 한층 기세를 올려 온 산을 바닷속처럼 자옥한 빗소리로 채우고 있었다. 오가가 절벽에 떨어져 숨을 끊는다면 그것은 누가 떨어뜨린 것이 아니라 실족사가 될 것이다.

"다섯 발짝 뒤로 물러서라."

절벽 아래서 강한 바람이 불어왔다. 운무 사이로 계곡으로 흐르는 성난 폭포가 보였다.

"이씨. 씨팔, 우리 말이야……"

"물러서!"

오가는 종대의 강한 기세에 눌려서 서너 발짝 물러섰다. 그는 위태롭게 벼랑에 버티어 섰다. 그는 비굴한 웃음을 보였다.

"이씨. 그것만 있으면 말야, 우리 둘이 힘을 합친다면 말야, 오늘밤 안으로 여기 있는 바보 같은 자식들을 모조리 털어서 말야, 토낄 수가 있다구. 이씨, 안 그래? 제발 그 총 좀……"

"다섯 발짝 물러서라."

그는 종대를 정면으로 쏘아보았다. 그는 어차피 뒷걸음질쳐 절벽에서 굴러떨어져 죽거나 종대의 총에 맞아 죽거나 마찬가지라는 최후의 결단을 내린 모양이었다.

"이봐, 이씨. 거 뭐 우라질……"

"물러서!"

"이봐, 이 새끼야."

그는 될 대로 돼라는 식으로 종대 앞으로 다가왔다. 순간 종대의 왼손에 들린 갈고리가 허공을 그었다. 갈고리는 그의 어깨를 정확히 찍어내렸다. 그는 비명을 지르며 쓰러졌다. 종대의 손에 들린 갈고리는 또 한번 오가의 넓적다리를 쑤셔박았다. 그의 몸이 비틀거리며 비탈길을 굴러내렸다. 종대는 달려가 녀석의 목을 발길로 후려찼다. 그리고 그의 목을 구둣발로 내리눌렀다.

"내가 보이냐?"

종대는 그의 눈을 보았다. 그의 눈은 공포와 두려움으로 새앙쥐처럼 떨고 있었다. 절대의 공포와 절대의 위력 앞에는 이처럼 겸허한 눈빛이 되는 것일까.

"너를 죽여주마."

종대는 발길로 오가의 몸을 굴렸다. 그는 절벽 아래로 굴러떨어졌다. 종대는 절벽 위로 올라서보았다. 오가는 이미 보이지 않았다.

빽빽한 솔잎이 우거져 있는 절벽 아래로 굴러떨어진 오가의 몸은 흔적도 없이 운무에 덮여버렸다. 죽지는 않았을 것이다. 종대는 우물 안 보듯 절벽 아래를 내려다보았다.

나뭇가지에 걸려 멈추어섰을 것이다. 하지만 너는 치명상을 입었을 것이다. 내가 떠날 때까지는 나를 찾지 못할 것이다. 내가 떠나고 난 뒤에 너는 운수 좋게도 사람들 눈에 띄게 되리라. 네 스스로 기어서 절벽을 올라오게 되겠지. 내가 떠날 때까지만 침묵하면 돼.

종대는 서서히 손에 들린 총을 거둬들였다. 그때였다.

그가 서 있는 땅 밑이 둔중하게 흔들리는 것을 느꼈다. 그것은 갱속 어디선가 다이너마이트가 폭발되는 울림이었다. 그러나 그 울림은 보통 들려오던 은은한 울림이 아니었다. 한꺼번에 터진 듯한 심상치 않은 진동이었다.

순간 종대는 다이너마이트를 잔뜩 가지고 막장으로 뛰어가던 근식의 모습을 떠올렸다.

그 녀석이다. 종대는 생각했다.

그 녀석이 기어코 일을 저지르고 말았다. 종대는 비틀거리며 걸었다. 바람이 불어왔다. 사무실 쪽에서 아우성소리가 일었다. 그 소리가 바람에 실려왔다.

막장이 무너졌다!

막장이 무너졌다!

그 소리는 적군의 진군을 알리는 척후병의 고함소리처럼 들려왔다.

막장이 무너졌다!

막장이 무너졌다!

종대는 비틀거리며 숙소 쪽으로 걸어갔다. 오가의 갈고리에 날카롭게 찍힌 왼쪽 팔뚝에서 피가 끊임없이 배어나오고 있었다. 왼손이 마비된 기분이었다. 통증은 이상하게도 느껴지지 않았다.

종대는 숙소로 돌아와 헌 러닝셔츠를 찢어 팔뚝을 힘껏 동여매었다. 뼈가 다치지 않았는가, 종대는 손가락을 하나하나 세워보았다. 그러나 다행히도 손가락 마디마디는 시키는 대로 얌전하게 곤두섰다. 다행히도 갈고리는 살점을 쑤시고 뼛속까지 박혀들지는 않은 모양이었다.

됐어.

종대는 중얼거렸다.

그는 권총을 소중히 집어들었다. 빗물에 젖은 권총을 옷가지로 깨끗이 닦은 후 그는 그 절대의 권위와 절대의 능력을 가진 쇠뭉치를 천천히 세워들어 허공을 겨냥하였다. 권총은 지구의처럼 무거웠다. 그가 발을 디디고 서 있는 지구를 떠받쳐올리는 지렛대처럼 권총은 마법의 공간(憤杆)이었다.

이미 이 불가사의한 권총은 종대를 두 번의 위기에서 구해주었다. 한 번은 마이클에게서, 또 한 번은 폐광이 된 아비규환의 폭력 속에서. 아직 방아쇠 속에 손을 넣고 잡아당겨 탄창 속에 들어 있는 다섯 발의 총알 중 한 발도 사용하지 않았는데도 그것은 종대에게 절체절명의 위기에서 막강한 힘을 보여주었다. 이것이 없었다면 나는 생명을 잃었을 것이다. 이것이야말로 내가 가진 두텁고 견고한 방패이며 보호막인 것이다.

종대는 탄창을 뽑았다. 용수철을 눌러 탄알을 한 알 한 알 헤아려보았다. 예쁜 분홍의 크레용 같은 총알을 어루만지며 그는 이를 악물었다.

이제 나는 쏠 것이다. 엄포에도 물러서지 않는 상대가 있다면 나는 그 녀석의 심장을 향해 방아쇠를 잡아당길 것이다.

종대는 총을 백 속에 집어넣었다. 그리고 일어섰다. 그는 판초 우의를 걸쳐입고 비가 쏟아지는 뜨락으로 나섰다.

불과 몇 시간 동안에 금광은 임종을 맞아 막 숨을 거둔 시체의 굳게 다문 입술처럼 깊은 침묵 속에 빠져 있었다. 갱부들은 정물들처럼 부서진 사무실에 쪼그리고 앉아 있었다. 휘발유를 부어 태우던 불길도 잦아들고 있었다.

비는 폐광된 금광 위에 빈틈없이 내리고 있었다. 한바탕 태풍이 스쳐 지나간 듯한 불길한 정적이 무겁게 짓누르고 있었다. 여기저기 산더미처럼 쌓인 버력더미들이 무덤처럼 누워 있었고 비바람에 찢어진 종잇조각들이 흙탕물에 젖고 있었다. 정지된 권양기가 참담하게 비를 맞고 있었다. 레일 위에 이동차들이 거꾸로 처박혀 내장을 드러내고 있었다. 통발들이 재를 헤치고 골라낸 유골들처럼 여기저기 모가지가 부러진 채 널려 있었다.

그 위에 사정없이 비는 내리붓고 있었다.

순식간에 분노마저 잊어버린 갱부들은 우두커니 빗속에 잠겨 있는 폐광을 물끄러미 바라보고 있었다. 더이상의 폭력도, 광기도 일어나지 않았다. 갱부들에게 린치당한 몇몇 사람들도 아낙네들에 의해서 사택 쪽으로 들려간 모양이었다. 불안한 어린아이들이 비 오는 산비탈을 개구리처럼 팔딱팔딱 뛰어다니고 있었다.

종대가 사무실 쪽으로 올라가자 많은 광부들이 앉아 있었고 나이 많은 운반조장 박씨가 종대를 보고 말을 던졌다.

"어디 갔다 왔어?"

"왜, 무슨 일이 생겼습니까?"

"막장이 무너졌어. 근식이가 다이너마이트를 들고 들어가버렸어. 그 아인 그렇게 말렸는대두 듣질 않더구먼. 자네가 있었다면 자네가 말렸어야 했다구. 그 아인 제정신이 아니었어."

"그래 어떻게 되었습니까?"

"서너 명 내려보냈어. 그런데 중간에 되돌아왔어. 통발이 무너져

368

서 겁이 나서 못 들어가겠다는 거야."

"길이 끊겼다는 겁니까?"

"아니 끊기지는 않은 모양이야. 하지만 그때가 더 위험하니까."

박씨는 식기통에 술을 가득 부어 벌컥벌컥 들이켰다. 주막에서 마지막 남아 있는 술이란 술은 모두 꺼내온 모양이었다. 그는 이 금광에서만 십여 년 몸을 담고 있던 고참 중의 한 사람이었다. 그는 젊은 광부들에게 가장 존경을 받고 있는 고참이었다.

"그럼 어떻게 합니까?"

종대는 별 생각 없이 물었다.

"막장에다 근식을 생매장시킬 수는 없지 않습니까?"

"헐 수 없지 않는가베. 모두들 들어가지 않으려니까 별 수 없지."

그는 화가 난 듯 술을 들이켰다.

"그 아이 춘부장을 내가 잘 알고 있어. 그 양반 앞에서 노다지 캐는 일을 배웠구먼서두. 자네도 근식이와 제일 친했지 않나."

박씨는 우울한 눈초리로 종대를 보았다. 무언중에 그의 눈초리는 종대에게 막장에 내려가 근식을 구해올 것을 강요하고 있었다. 마치 그의 눈초리는 너밖에 없다, 근식을 데리고 올 사람은 너밖에 없다는 식으로 말하고 있는 것처럼 보였다. 종대는 모른 체 시선을 피해버렸다.

"헐 수 없이 내가 들어갈까 하는데……"

박씨는 일어섰다. 그는 벗어두었던 헬멧을 눌러썼다.

"누구 한 사람만 더 따라왔으면 좋겠구먼."

박씨는 행여 박씨와 시선이 마주칠까 딴전을 피우며 앉아 있는 갱부들을 주욱 훑어보았다.

"아따, 영감 놔두시오. 어차피 죽은 새끼요."

술을 들이켜고 있던 젊은 축 중에 누구 한 사람이 소리를 질렀다.

"죽은 새끼 부랄 만지기여."

"아직 죽은 새끼 죽은 새끼 하덜 말어, 이 시러베 같은 놈아."

박씨는 버럭 고함을 질렀다.

"영감 새끼나 되는감."

"어떤 놈이야?"

"나요."

젊은 청년이 벌떡 일어섰다.

"어차피 산 놈이 죽은 놈이고 죽은 놈이 산 놈이지요. 내뿌려두쇼, 잉. 거 혼자 잘난 체하덜 마시오. 어느 미친놈이 뻔히 무너질 줄 아는 막장에 내려간단 말이오, 내 참……"

"쫓아오기 싫은 놈은 따라오질 않으면 될 게 아냐, 이 잡놈아."

"아따, 영감 불쌍해서 그러오. 아새끼들은 어쩔 것이오. 좆두 누군 용기가 없어서 이러구 있는 줄 아시오."

"씨팔놈."

박씨는 욕을 해대며 칸델라를 챙겨들었다.

"막 굴러먹다 더 굴러먹을 게 없어 이곳까지 흘러왔다만서도 천하 잡놈 금 캐는 놈이라도 다 법도는 있는 법이여."

"아따, 되게 유식헌 체한다니께."

젊은이도 만만히 물러서지는 않았다.

"형님 눈으로 보지 않았소. 서너 명 아까 들어갔다가 도루 나오질 않았소. 통발이 무너져 손으로 스치기만 해도 무너질 판인디 뭣 땜시 들어가겠소."

"싫으면 관둬. 내 말을 들어. 한 사람만 따라나서면 들어가겠어. 이제부터 제비를 뽑겠구먼. 뽑힌 놈은 싫어두 할 수 없는 거여."

"내가 가겠습니다."

종대가 일어섰다. 모두들 의아한 눈초리로 종대를 쳐다보았다. 언제나 이질적인 존재처럼 보이던 종대는 광부들에게 있어서 항상 이방인에 불과했었다. 근식이가 데리고 온 녀석으로만 알았지 항상 금을 캐어 사는 녀석으로는 모두들 생각지 않고 있었다. 서로의 과거를 묻지 않는 것이 불문율로 되어 있는 이곳에서는 아마도 종대를 몹쓸 죄라도 저지르고 도망쳐온 범법자 정도로만 생각하고 있을 뿐이었다.

하기야 근식과 가장 친했던 것은 종대였지만 그러나 모두들 근식과는 오랫동안 함께 금을 캐왔던 사이였다. 오히려 그들이 더 근식과 함께 오랫동안 고락을 같이해왔다고 할 수 있었다. 그들에게 있어서 종대는 근식이 데리고 온 낯선 침입자에 불과했다.

종대가 일어서자 모두들 의외라는 듯 이상한 눈초리로 종대를 쳐다봤다. 막상 일어선 종대의 마음속에도 순간 공연한 짓이다, 라고 후회감이 스쳐 지나갔다.

쓸데없는 짓을 하고 있다.

종대는 생각했다.

가장 최선의 방법은 지금 떠나는 것이다. 무엇 때문에 이곳에 남아 이들과 어울리고 있는가. 저녁 무렵이면 인근 마을 지서에서 경찰관이 올라올지도 모른다. 그래서 절벽 위에서 굴러떨어진 오가의 시체가 발견될지도 모른다. 아직 목숨이 붙어 있다면 오가는 이를 갈며 절벽을 기어오르고 있을 것이다.

"됐어, 형석이."

박씨가 종대의 어깨를 두드렸다.

"형석이와 함께 가겠다. 누구 헬멧 좀 빌려줘라."

누군가 헬멧을 벗고 있었다. 종대는 그것을 머리에 뒤집어썼다.

"술을 한잔 다고."

박씨는 빈 식기통을 내어밀었다. 되들이 소주병을 콸콸 따라부어

들고서 박씨는 단숨에 들이켰다.

"자네두 한잔 마시게."

"싫습니다."

"늬놈은 이곳에 있질 말고 권양실에 올라가 있거라. 우리가 신호를 보내거들랑 이동 벨트를 작동시켜. 운반차에 싣고 올라올 테니."

박씨가 한 젊은이에게 말했다.

두 사람은 자욱한 빗줄기 사이로 걸어나왔다. 갱구로 들어가는 비탈길로 물보라가 뽀얗게 일고 있었다. 어제까지만 해도 그들은 떼를 지어, 그나마 희망을 가지고 이 비탈길을 오르곤 했었다. 주머니에 있는 도시락통이 벨트의 금속부분과 부딪쳐 걸을 때마다 달그락 달그락 소리를 내었었다.

야구라가 갱구 위에 솟아 있었다. 그것은 이제 막 숨을 거둔 폐광 위에 서 있는 묘비처럼 보였다. 두 사람은 더이상 망설이지 않고 갱구로 들어섰다. 갱구는 입을 벌리고 있었다. 마지막 유언을 남기기 위해서 혼신의 힘을 모아 겨우 한마디 해낸 후 그대로 경직되어버린 시체의 입처럼.

갱 속에서만 십여 년 보낸 박씨는 칸델라 불빛이 꺼진다 해도 길은 잃지 않을 것이다. 구덩이 속으로 가는 사다리가 뻗어 내려왔다. 땅으로부터 오십 미터의 깊이다. 발 하나 자칫 잘못 놀리다가는 그대로 추락해버리고 만다. 먼저 박씨가 사다리를 잡고 기어내려갔다. 종대는 늪과 같은 구덩이 속을 들여다보았다.

내가 무엇 때문에 이 속에 잠겨드는 것일까. 저곳은 바다다. 나는 지금 바닷속으로 잠수하려 하고 있다.

종대는 사다리의 난간을 붙들고 구덩이 속으로 빠져들었다. 벌써 빛은 차단되었다. 이미 사 개월 동안 되풀이되던 일이었으므로 손잡이 마디마디가 낯이 익어 있다. 후드득, 어디선가 물방울이 굴러

떨어진다.

　이마에 매어달린 칸델라 불빛이 희미하게 살아나기 시작한다. 흙더미가 부스스 부서져내린다. 이젠 올라갈 수도 없는 사다리에 매어달려 있다. 어차피 올라갈 수 없는 내친걸음이라면 부지런히 내려갈 수밖에 없을 것이다. 먼저 내려가는 박씨의 숨소리가 거칠어진다. 뛰는 심장의 박동소리가 귀에 가득 차오른다. 눈이 어둠에 익어간다. 미세한 빛조차도 놓치지 않는다. 지상의 모든 것이 멀어져간다. 이곳엔 더이상 비가 내리지 않는다. 비 오고 바람 부는 일은 모두 저 바깥에서의 일이다.

　뜨거운 열기만 가득 차 있다. 날개를 가진 어둠이 다가와 이마를 어루만진다. 1레벨의 상갱에 발이 닿자 먼저 기다리고 있던 박씨가 종대의 어깨를 두드린다. 박씨의 이마에 매어달린 불빛이 희미하게 번득인다.

　알겠다.

　종대는 생각한다. 어째서 두더지는 눈이 멀어 있는가를. 어둠 속에서 필요한 것은 눈이 아니다. 오직 감각이다.

　이제 또다시 팔십 미터의 하갱으로 내려가야 한다. 두 사람은 바짝 흙벽에 매어달렸다. 말을 하지는 않았지만 이제부터가 문제인 것이다. 하갱으로 내려갈수록 화약 냄새가 짙게 풍겨오고 연기가 눈을 찌른다. 눈물이 찔끔찔끔 고인다. 앞서 내려가던 박씨가 기침을 하기 시작한다. 그의 기침소리는 텅 빈 갱 속으로 공허하게 울려퍼진다. 흙의 속삭임 소리가 들려온다. 정밀하게 떨어지는 모래시계의 초침 소리 같은 흙의 속삭임이 귓가에 바짝 가까이 들려온다. 땀이 비 오듯 쏟아져 흐른다. 절로 숨이 가빠진다. 공기가 희박해진 탓일 것이다…… 칸델라 불빛에 흙벽을 타고 흐르는 지하수의 물줄기가 번들거린다.

나는. 종대는 이를 악물고 중얼거렸다.

살아 있다. 나는 살아 있다. 나는 살아 있다.

버릇처럼 외던 주문이 떠오른다. 죽어 있는 자들의 세계인 땅 밑
으로 나는 그들과 만나러 두레박을 타고 내려간다.

막장 입구에 도착했을 때 두 사람은 벌써 지쳐 있었다. 막장으로
가는 길은 네 가닥으로 갈라져 있다. 그중 두 개는 이미 폐쇄된 길
이다. 나머지 두 개 중 한쪽으로 근식은 달려갔을 것이다. 그러나
종대는 잘 알고 있었다. 근식이 두 개의 막장 중 어느 쪽으로 갔는
가를. 그곳에서는 며칠 전까지만 해도 제법 숱하게 금이 쏟아져나
왔었다. 그곳 막장에 근식은 착암기를 들이대고 다이너마이트를 재
어넣었을 것이다. 미련하게도 한꺼번에 그 많은 다이너마이트를 폭
파시켰을 것이다. 어쩌면 지금쯤 다이너마이트에 갈가리 찢겨 형체
도 없이 사라졌는지도 모른다.

앞서 걷던 박씨가 걸음을 멈추었다. 그는 뒤따라오는 종대를 말없
이 돌아보았다.

갱구가 무너져 있었다. 아직 빠져나가지 못한 연기로 갱구는 연막
탄을 뿌린 듯 안개가 끼어 있었다.

한꺼번에 폭발한 다이너마이트의 강한 힘으로 통발이 무너져내
린 모양이었다. 엄청난 압력을 이겨내기 위해서 드문드문 받쳐두었
던 받침대가 꺾어져서 흙더미가 밀려내리고 있었다.

위험하다.

종대는 직감적으로 생각했다.

이럴 때는 발걸음 소리에도 흙더미가 무너져내린다. 근식을 구출
하러 갔던 사람들이 돌아선 것은 바로 이 지점에서였을 것이다. 부
러진 통발이 간신히 겨우 한 사람 빠져나갈 정도의 공간을 형성하
고 있었다. 그러나 그 구멍 속을 기어간다는 것은 자살행위와 마찬

374

가지였다. 스치기만 해도 받침대는 무너져내릴 것이다. 그렇게 되면 생매장을 당하는 셈이 된다.

박씨가 우울하게 종대를 돌아보았다. 종대는 머리를 흔들었다. 박씨는 조심스레 손에 들린 회중전등을 구멍 속으로 밀어넣어보았다.

"잘하면……"

박씨는 침착하게 말했다.

"빠져나갈 수 있을지도 모르겠어."

박씨는 회중전등을 비추어 부서져내리는 흙더미와 그것을 간신히 받치고 서 있는 받침대를 살펴보았다. 그는 혼잣말로 중얼거렸다.

"금광은 탄광과는 달라서 단단허니께 괜찮겠지."

그는 결심했다는 듯 무릎을 꺾었다. 그리고 좁은 공간 속으로 기어들어가기 시작했다. 종대는 망설였다. 생각했던 것보다 상태는 더 나빴다. 자칫하다가는 흙더미에 깔려 죽을 것이다. 종대의 그런 마음을 읽어내었는지 박씨는 재촉하지 않고 혼자 갱 속을 기어나갔다. 하지만 그것은 그가 보일 수 있는 가장 엄격한 명령이었다. 종대는 무릎을 꺾었다. 그리고 갱 속을 기기 시작했다.

나 역시 미쳤다.

헬멧으로 흙이 부서져내렸다. 입 안으로 흙이 가득 차오른다. 입 안이 흙투성이다.

괜찮다.

종대는 필사적으로 기면서 생각했다.

나는 지금 이곳에 실재하고 있는 것은 아니야. 시간과 공간을 초월하고 있다. 나는 지금 먼 미래의 시점에서 과거의 한 부분을 회상하고 있는 거야. 내 회상은 이곳에서 끝나지 않는다. 그러므로 나는 이곳에서 죽지 않을 것이다. 이곳에서 땅강아지처럼 기어가고 있는 나는 이미 과거다. 나의 실재는 이미 단절되어 있다. 나는 옛 기억을 되살리고 있는 것뿐이야. 이미 결정지어진 운명을 되풀이하고 있는 것뿐이야. 나는 죽지 않는다. 나는 살아 있다.

숨막히던 좁은 공간이 갑자기 뚫렸다. 종대는 곤두박질쳤다.

그의 몸 위로 흙더미가 부서졌다. 그는 반사적으로 몸을 퉁겨 일어섰다. 앞이 보이지 않았다.

그는 쿨럭쿨럭 기침을 했다. 누군가 그의 어깨를 부여잡았다. 종대는 그를 보았다.

"뚫렸다."

박씨의 목소리였다.

"아직 무너지지는 않았다."

두 사람은 앞을 더듬거렸다.

자욱한 연기 때문에 시야는 두텁게 차단되고 있었다.

"근식아."

조심스레 박씨가 소리질렀다. 무언가 발길에 걸렸다. 박씨는 쓰러졌다. 그는 더듬거리며 흙바닥을 만져보았다. 순간 그는 무릎을 꿇고 주저앉았다. 그는 미친 듯이 흙더미를 헤치기 시작했다. 종대는 발길에 걸린 것이 바로 근식의 몸이라는 것을 알았다.

종대는 칸델라의 불빛을 흙더미 위로 비춰보았다. 희미한 불빛 사이로 근식의 몸이 드러났다.

그는 갈가리 찢겨 있었다. 두 다리는 폭발하는 기세에 어디론가 날아가버린 모양이었다. 흙과 범벅이 된 피가 근식의 얼굴에 엉겨붙어 있었다. 팔 한 짝이 흙더미를 헤치고 곤두서 있었다.

"죽었구먼."

박씨가 넋나간 듯 중얼거렸다. 그는 아직 감기지 않은 근식의 두 눈을 손바닥으로 쓸어내렸다. 근식의 벌린 입으로 흙이 가득 차 있었다.

종대는 물끄러미 근식의 얼굴을 들여다보았다. 그가 한때 살아 있었다는 것이 믿어지지 않았다. 그는 가장 행복할 때 죽었으므로, 적어도 그렇게 생각되었으므로, 그렇게 생각하는 것이 최선의 것이었으므로 종대는 조그만 슬픔도 느끼지 않았다.

이제야 비로소 그에게 진 빚을 갚았다는 생각이 머리를 때렸다. 나는 이제 홀가분하게 떠날 수 있을 것이다.

"미친놈."

실감이 오지 않는 목소리로 박씨는 망연히 중얼거렸다.

"지 어른처럼 죽고 말았구먼."

그의 두 눈에서 눈물이 굴러떨어지고 있었다. 연기에 익은 시야로 막장이 어렴풋이 드러났다. 여기저기 튕겨져나간 착암기와 해머가 굴러떨어져 있었다.

찢긴 근식의 몸에서 떨어져나간 살점이 핏덩어리가 되어 흙벽에 매달려 있었다. 형언할 수 없는 참혹한 광경이었다.

그날밤 근식의 장례식이 거행되었다. 여기저기 떨어져나간 근식의 살점들을 주워모아 이동 운반차에 실어 나왔다. 근식의 시체를 바라보는 갱부들의 표정은 화석처럼 굳어 있었다.

그들의 운명을 점쳐보는 무서운 현실이 바로 떨어져나간 근식의 시체였다. 아낙네들은 소리 죽여 울었고 갱부들은 이를 악물고 있었다. 해가 저물기를 기다려 젊은 갱부들이 언덕에 제단을 쌓았다.

나뭇가지를 꺾어서 침상을 마련하고 그 위에 근식의 시체를 얹어놓았다. 아이들은 절대로 나오지 못하게 하였으나 호기심 많은 아이들은 문틈으로 내다보았다. 여기저기서 통곡소리가 들려나왔다.

일가친척 하나 없는 근식의 유족들은 바로 그네들 자신이었다.

날이 저물자 모든 갱부들이 제단 곁으로 모여들었다. 비는 조금 기세가 꺾였으나 여전히 내리고 있었다. 그래서 시체 위에 묻었던 흙과 피를 말끔히 씻어내렸다. 그러나 더욱 처참하고 끔찍한 모습이 드러났으므로 누군가 시체의 얼굴 위에 생소나무를 꺾어 이불을 만들었다. 그들은 그들이 가진 작은 선물들을 근식에게 주었다. 마지막 떠나는 근식에게 음식을 바치고 그의 몸 위에 더운 술을 부었다.

그리고 낮은 목소리로 노래 부르기 시작했다.

에헤야 데헤야
이제 가면 언제 오나
어헤야 데헤야
북망산천 가는 길이
멀고도 머나멀어
가다간 쉬어가고
쉬어가단 또 가네
에헤야 데헤야
에헤야 데헤야

모든 것이 저물어간다.

숲도, 나무도, 풀도, 집들도, 녹슨 기계들도, 야구라도, 레일도, 버력더미도, 갱구도 저물어가는 땅거미 속에 가라앉는다.

누군가 근식의 시체 위에 휘발유를 뿌린다. 그리고 불을 댕긴다. 불은 일순에 타오른다. 탁탁 젖은 나뭇가지들이 튕겨오른다. 빗줄기 속에서도 연기는 용케도 번져간다. 곡소리가 높아진다. 아낙네들이 땅을 치며 운다. 사나운 빗줄기로 잦아들어가던 불길에 휘발유를 부어넣는다. 그럴 때마다 불길은 맹렬히 타오른다. 오직 살아 있는 것은 그의 육신을 태우는 불. 비릿한 냄새가 풍겨온다.

곧 근식의 몸은 한줌의 재로 변할 것이다. 잿더미 속에서 아직 타오르지 못한 뼈를 추려내어 갱부들은 그것을 폐광된 갱구 속에 뿌릴 것이다.

그는 영원히 갱 속에서 살아 있을 것이다. 내일이면 갱부들은 갱구에 다이너마이트를 모두 집어넣고 터뜨려버릴 것이다.

그리고 뿔뿔이 떠날 것이다. 곧 금광촌은 텅 비게 될 것이다. 거대한 갱은 근식의 무덤이 될 것이다. 그의 혼령은 영원히 갇혀서 갱도를 헤맬 것이다.

땅 밑 갱도는 그의 날마다의 회랑이 될 것이다. 그의 날마다의 성찬은 오직 땅 밑에 들어 있는 금들이 될 것이다. 그의 영혼은 금으로 짠 옷과 금으로 만든 식탁 위에서 날마다의 성찬을 마시고 먹게 될 것이다.

종대는 온 사람들이 타오르는 근식의 시체 옆에 서 있는 동안 홀로 떨어져 짐을 꾸렸다. 행장은 따로 차릴 것이 없었다. 헌 옷가지들을 집어넣은 백을 들고 떠나면 그만이었다.

그는 합숙소 뒤편으로 걸어나왔다. 우장을 차렸지만 아무래도 산 밑까지 내려가면 흠뻑 젖을 것이다. 산 언덕 위에 수많은 사람들이 모여 있었다. 성큼 어둠이 다가와 불이 붙은 제단이 거대한 모닥불처럼 보였다. 탁탁 불똥들이 어둠 속을 번져나갔다.

잘 있거라, 밥통.

종대는 중얼거렸다.

완강한 뼈들이 튕겨나가면서 침상 위로 솟아올랐다. 통곡소리는 이미 그쳐 있었다. 젊은 갱부들이 시체가 더 잘 타게 하기 위해서 휘발유를 붓고 부러진 나뭇가지로 시체의 재를 뒤적였다. 완전히 삭아들면 사람들은 재를 뒤져 나무젓가락으로 뼈들을 추리겠지.

잘 가.

누군가 종대의 등뒤에서 중얼거렸다. 종대는 등뒤를 돌아보았다.

등뒤엔 근식의 혼령이 우뚝 서 있었다.

　종대는 서둘러 비탈길을 뛰어내렸다. 비가 내리고 있어 어둠은 한층 무거웠다. 계곡 어디선가 요란스레 물줄기가 쏟아져 흐르는 소리가 들려왔다.

　연일 내린 비로 쓸려나간 비탈길엔 나무뿌리가 드러나 있었다. 누군가 저벅이며 비탈길을 오르고 있었다. 종대는 반사적으로 몸을 숲 사이에 숨겼다.

　박씨가 주막에서 되들이 술병을 들고 언덕길을 올라오고 있었다.

　"누구……?"

　그는 혀꼬부라진 소리를 내며 종대를 보았다.

　"접니다."

　"자네 여긴 웬일인가?"

　그는 충혈된 눈으로 종대를 쳐다보았다.

　"뼈는 아직 추리지 않았겠지?"

　"불도 아직 꺼지지 않았습니다."

　"벌써 떠나나?"

　달리 할 말을 생각해내지 못하고 비켜서 있는 종대의 심중을 꿰뚫어본 듯 박씨는 넌지시 말을 던졌다.

　"예."

　종대는 솔직해지기로 마음을 먹었다.

　"왜 분골이나 한줌 뿌리고 가지. 섭섭해할 텐데."

　"시간이 없습니다."

　종대는 말을 잘랐다.

　"기차시간에 대려면 서둘러 산을 내려가야 합니다."

　"자네가 아니었다면 근식이는 한이 맺혀 저세상에도 가지 못했을 걸세."

박씨는 물끄러미 비가 쏟아져내리는 계곡 밑을 내려다보았다.

"어디로 갈 생각인가?"

"모르겠습니다."

종대는 머리를 흔들었다.

"내려가다보면 생각이 나겠지요."

"허기야, 자넨 이런 곳에 어울리는 사람은 아니니까."

그는 멍청하게 종대의 얼굴을 보았다.

"술 한잔만 하고 가게."

그는 성큼 손에 든 술병을 기울여 식기통 뚜껑에 넘치도록 부었다.

"마셔."

"전 술 마실 줄 모릅니다."

"이게 다 좋은 세상 가라고 마시는 술이여."

종대는 술잔을 받아들었다. 그는 꿀꺽꿀꺽 술을 들이켰다.

"잘 가게."

그는 생각난 듯 손을 내밀었다. 종대는 그의 손을 마주 쥐었다.

그의 손은 살아 있는 사람의 손이 아니라 의수처럼 느껴졌다.

종대는 앞을 향해 걸었다.

미련을 가질 필요는 없다. 결코 또다시 만날 사람들은 아니므로.

앞일을 걱정할 필요가 없겠다. 내겐 식기통 가득 그 동안 모은 금이 있으므로 그것만 있으면 두어 달 동안은 먹을 걱정, 잘 걱정은 하지 않아도 된다. 그것이 떨어진다면 또다른 금을 찾아 나는 헤맬 것이다. 내가 걸어가는 저 바깥세상은 노출된 거대한 금광이므로.

나는 그곳에서 금맥을 찾아 헤맬 것이다.

쉽사리 금을 주지 않으면 나는 빼앗을 것이다. 금을 가진 자만이 승리한 사람이므로. 실패한다면 나는 한꺼번에 수많은 금을 캐기 위해 다이너마이트를 안고 막장으로 뛰어든 근식처럼 저 바깥세상,

저 거대한 금광에 폭탄을 터뜨릴 것이다. 그리하여 미친 근식처럼 숨을 거두게 되겠지.

하지만 그렇게는 되지 않을 것이다.

종대는 빠르게 걸으며 생각했다.

내겐 절대의 법이 있으므로, 나는 명령할 수 있는 무기와 지배할 수 있는 법을 아울러 가지고 있으므로 나는 그들 위에 군림할 것이다.

나는 초인이다.

나는 지금 또다른 금광을 찾아가는 것이다. 그는 비로소 깨달았다.

그가 탈영해서 어쩔 수 없이 도망쳐와 서너 달 몸담은 이 기묘한 금광의 세계가 실은 저 바깥세상의 축소된 지도임을.

나는 지금껏 한 조각의 금을 채취하기 위해서 땅 밑으로 들어갔었다.

하지만 나는 이제 한 조각의 금을 얻기 위해서 땅 위로 올라간다. 보다 더 큰 음모와 보다 더 큰 비밀 속에 겹겹이 감춰진 금맥을 찾기 위해서.

비 오는 숲속 어디선가 처량하게 부엉이가 울었다. 빛은 없었지만 숲 사이로 뻗은 오솔길은 뚜렷했다. 금을 실어나르던 차량이 오가는 큰길로 내려갈까 하다가 종대는 오솔길로 질러가기로 했다. 나뭇가지 위에 잠들어 있던 새들이 종대의 저벅이는 발소리에 놀라 푸드득 푸드득 날면서 울었다.

종대는 어느 만치엔가 서서 등뒤를 돌아보았다.

그가 떠나온 세계는 어디에도 없었다. 본능과 탐욕만이 지배하던 세계. 금을 위해 죽고, 죽이고, 도망치고, 싸우던 지난날의 기억은 잠시 떠올랐다 스러지는 신기루처럼 형체도 없었다.

종대는 우두커니 산 언덕을 올려다보았다. 타오르던 불길도 보이지 않았다. 그저 컴컴한 어둠뿐이었다.

쏴아아, 바람이 어디선가 불어와서 어디론가 불려갔다. 잠시 기진했던 나뭇잎이 아우성치며 일어섰다. 바람에 떠오르는 빗줄기가 말갈기처럼 가로세로 흩날린다.

종대는 몸을 돌려 두어 발짝 걸어나갔다. 오솔길은 숲 사이를 지나 빠르게 도망쳐 흐르고 있었다. 그러나 상관없는 일이었다.

그가 가는 길은 분명했으므로. 그곳은 산 밑으로 걷는 외가닥의 길뿐이었다.

(2권에서 계속)

문학동네 장편소설
지구인 1
ⓒ 최인호 2005

1판 1쇄 │ 2005년 2월 23일
1판 4쇄 │ 2017년 9월 4일

지은이 최인호
펴낸이 염현숙

펴낸곳 (주)문학동네
출판등록 1993년 10월 22일 제406-2003-000045호
주소 10881 경기도 파주시 회동길 210
전자우편 editor@munhak.com │ 대표전화 031)955-8888 │ 팩스 031)955-8855
문의전화 031) 955-3576(마케팅) 031) 955-8864(편집)
문학동네카페 http://cafe.naver.com/mhdn

ISBN 89-8281-920-7 04810
      89-8281-919-3 (세트)
＊ 이 책의 판권은 지은이와 문학동네에 있습니다.
    이 책 내용의 전부 또는 일부를 재사용하려면 반드시 양측의 서면 동의를 받아야 합니다.
＊ 이 도서의 국립중앙도서관 출판예정도서목록(CIP)은 서지정보유통지원시스템 홈페이지
    (http://seoji.nl.go.kr)와 국가자료공동목록시스템(http://www.nl.go.kr/kolisnet)에서
    이용하실 수 있습니다. (CIP제어번호 : CIP2004002186)
www.munhak.com

최인호

중단편 소설전집

전5권

현대적이며 젊은 감각의,

조용하면서도 슬프고 정열적인 문장!

파고들수록 소중한 보물이 보이는

최인호 소설의 풍부한 광맥!

대단히 현대적이며 젊은 감각의, 조용하면서도 슬프고 정열적인 소설을 읽다가 나는 이 책이 어느 누구의 야심만만한 첫 소설집이구나! 싶어 작가의 이름을 기억해두고자 책 맨 앞장을 펼쳐봤다. 그것은 최인호 선생이 이미 25년 전에 쓴 소설들이었다. 그런데도 나는 그의 옛 소설을 읽자마자 어릴 적 지붕 위로 던져버렸던 이빨이 생각났고, 마치 지금은 있는 힘껏 두레박을 올려야 할 때이 듯 그것을 찾으러 지붕 위로 올라가야 하지 않겠는가, 자못 망설이지 않을 수 없었다. 최인호, 그는 문장을 대패처럼 쓸 줄 아는 작가다. **조경란**(소설가)